中华译学佳言传字与

以中华为根 译与学并重

弘扬优秀文化 促进中外交流

拓展精神疆域 驱动思想创新

丁酉年冬月许钧撰 罗卫东书

罗卫东

中华译学馆·中华翻译研究文库

许　钧◎总主编

译翁译话

杨武能◎著

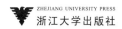
ZHEJIANG UNIVERSITY PRESS
浙江大学出版社

译翁译话

巴蜀译翁杨武能

总　序

　　改革开放前后的一个时期,中国译界学人对翻译的思考大多基于对中国历史上出现的数次翻译高潮的考量与探讨。简言之,主要是对佛学译介、西学东渐与文学译介的主体、活动及结果的探索。

　　20 世纪 80 年代兴起的文化转向,让我们不断拓宽视野,对影响译介活动的诸要素及翻译之为有了更加深入的认识。考察一国以往翻译之活动,必与该国的文化语境、民族兴亡和社会发展等诸维度相联系。三十多年来,国内译学界对清末民初的西学东渐与"五四"前后的文学译介的研究已取得相当丰硕的成果。但进入 21 世纪以来,随着中国国力的增强,中国的影响力不断扩大,中西古今关系发生了变化,其态势从总体上看,可以说与"五四"前后的情形完全相反:中西古今关系之变化在一定意义上,可以说是根本性的变化。在民族复兴的语境中,新世纪的中西关系,出现了以"中国文化走向世界"诉求中的文化自觉与文化输出为特征的新态势;而古今之变,则在民族复兴的语境中对中华民族的五千年文化传统与精华有了新的认识,完全不同于"五四"前后与"旧世界"和文化传统的彻底决裂与革命。于是,就我们译学界而言,对翻译的思考语境发生了根本性的变化,我们对翻译思考的路径和维度也不可能不发生变化。

变化之一,涉及中西,便是由西学东渐转向中国文化"走出去",呈东学西传之趋势。变化之二,涉及古今,便是从与"旧世界"的根本决裂转向对中国传统文化、中华民族价值观的重新认识与发扬。这两个根本性的转变给译学界提出了新的大问题:翻译在此转变中应承担怎样的责任? 翻译在此转变中如何定位? 翻译研究者应持有怎样的翻译观念? 以研究"外译中"翻译历史与活动为基础的中国译学研究是否要与时俱进,把目光投向"中译外"的活动? 中国文化"走出去",中国要向世界展示的是什么样的"中国文化"? 当中国一改"五四"前后的"革命"与"决裂"态势,将中国传统文化推向世界,在世界各地创建孔子学院、推广中国文化之时,"翻译什么"与"如何翻译"这双重之问也是我们译学界必须思考与回答的。

综观中华文化发展史,翻译发挥了不可忽视的作用,一如季羡林先生所言,"中华文化之所以能永葆青春","翻译之为用大矣哉"。翻译的社会价值、文化价值、语言价值、创造价值和历史价值在中国文化的形成与发展中表现尤为突出。从文化角度来考察翻译,我们可以看到,翻译活动在人类历史上一直存在,其形式与内涵在不断丰富,且与社会、经济、文化发展相联系,这种联系不是被动的联系,而是一种互动的关系、一种建构性的力量。因此,从这个意义上来说,翻译是推动世界文化发展的一种重大力量,我们应站在跨文化交流的高度对翻译活动进行思考,以维护文化多样性为目标来考察翻译活动的丰富性、复杂性与创造性。

基于这样的认识,也基于对翻译的重新定位和思考,浙江大学于 2018 年正式设立了"浙江大学中华译学馆",旨在"传承文化之脉,发挥翻译之用,促进中外交流,拓展思想疆域,驱动思想创新"。中华译学馆的任务主要体现在三个层面:在译的层面,推出包括文学、历史、哲学、社会科学的系列译丛,"译入"与"译出"互动,积极参与国家战略性的出版工程;在学的层面,就翻译活动所涉及的重大问题展开思考与探索,出版系列翻译研究丛书,举办翻译学术会议;在中外文化交流层面,举办具有社会影响力的翻译家论坛,思想家、作家与翻译家对话等,以翻译与文学为核心开展系列活动。正是在这样的发展思路下,我们与浙江大学出版社合作,集合全国译学界的力量,推出具有学术性与开拓性的"中华翻译研究文库"。

积累与创新是学问之道,也将是本文库坚持的发展路径。本文库为开放性文库,不拘形式,以思想性与学术性为其衡量标准。我们对专著和论文(集)的遴选原则主要有四:一是研究的独创性,要有新意和价值,对整体翻译研究或翻译研究的某个领域有深入的思考,有自己的学术洞见;二是研究的系统性,围绕某一研究话题或领域,有强烈的问题意识、合理的研究方法、有说服力的研究结论以及较大的后续研究空间;三是研究的社会性,鼓励密切关注社会现实的选题与研究,如中国文学与文化"走出去"研究、语言服务行业与译者的职业发展研究、中国典籍对外译介与影响研究、翻译教育改革研究等;四是研究的(跨)学科性,鼓励深入系统地探索翻译学领域的任一分支领域,如元翻译理论研究、翻译史研究、翻译批评研究、翻译教学研究、翻译技术研究等,同时鼓励从跨学科视角探索翻译的规律与奥秘。

　　青年学者是学科发展的希望,我们特别欢迎青年翻译学者向本文库积极投稿,我们将及时遴选有价值的著作予以出版,集中展现青年学者的学术面貌。在青年学者和资深学者的共同支持下,我们有信心把"中华翻译研究文库"打造成翻译研究领域的精品丛书。

许　钧

2018 年春

序

译翁从事文学翻译六十余年,经历过无数的人和事,对许多问题做过思考,晚年记下它们来分享给同行同好,自娱自乐之余,或可多少有益于社会。

"译话"一词,也许是巴蜀译翁杨武能参照诗话、书话之创造?意义无须解释,译界同仁都可使用,我身体健康就可以一集二集三集地写下去,只要许钧馆长的中华译学馆不嫌弃。

因书中选文来自不同时代创作的不同篇章,文字上难免有重复之处,而贸然删去又怕破坏各篇的完整性,故视情况予以保留。

杨武能(巴蜀译翁)

2021 年 1 月　于重庆武隆仙女山译翁山房

目　录

第一辑　译坛杂忆

第二辑　译余漫笔

第三辑　译翁译话

第一辑　译坛杂忆

曲折艰辛从译路

一、走投无路的选择

1953年，我从育才学校初中毕业考入重庆一中，小小年纪却陷入了理想破灭的苦闷和彷徨中：升学体检发现色弱，我不能再学工，不能进而成为一名我梦想中的建设三峡水电站的工程师了！

也许是深受育才学校"早日成才，服务社会"的教育思想熏陶，也许头脑里成名成家的思想根深蒂固，到了高二我仍在痛苦地寻觅人生道路。所幸在经历了诸如尝试当音乐家的一次次挫折后，我终于遇上两位领路人：一位是我的班主任兼语文老师王晓岑，他精彩而富有启发性的语文课，使我逐渐产生了对文学的爱好；另一位是刚从上海外国语学院（现名为"上海外国语大学"）毕业分配来的俄语教员许文戎，他生动活泼又学以致用的俄语课让我喜欢上了俄语。

"能以自己的爱好作为职业，乃是人生最大的幸福！"后来听台湾著名画家蔡志忠当着我和我女儿的面如是说。通过王、许两位老师，我找到一条把自己的爱好变为职业乃至毕生事业的"捷径"——做一名文学翻译工作者，以最终圆自己当作家、成为一名"灵魂工程师"的梦。

除了王、许两位师长，我能寻觅到适合自己的人生道路，还得感谢另外两个人——陆蠡和丽尼！

在王晓岑老师带领的我们班，同学们课外读文学作品特别是俄罗斯和苏联的翻译作品成风，屠格涅夫更是大家的最爱。拿我来说，《罗亭》《前夜》《贵族之家》《猎人笔记》等等，都读得津津有味，废寝忘食。读多了，自然会对比不同译本给人的感受，于是渐渐悟出一个道理：一部外国作品是否受看、动人，是否得到传播，很大程度上取决于译文的优劣；文学翻译家的作用和贡献，可谓实在而又卓著。联想到自己，当一名文学翻译家也不失为聪明的选择啊，结果高中毕业后进了四川外语学院（简称"川外"，现名为"四川外国语大学"）的前身西南俄语专科学校（西南俄专）。为了成为丽尼、陆蠡似的俄苏文学翻译家，我拼命学习俄语，用一年时间取得了两年的学习成果。

二、因祸得福，如鱼得水

1957 年，由于中苏关系的影响，俄语人才过剩，我不幸而又有幸地从西南俄专转学到了南京大学德语专业。这对立志当文学翻译家的我实乃因祸得福：单科性的俄文专科学校，无论硬件还是软件，都远远无法与老牌综合大学南大同日而语。

而今回忆起在南大五年的学习生活，仍感觉如鱼得水似的畅快。这里仅举一个例子：搞文学翻译，原文书籍的获得和从中挑选出有价值的作品，实乃第一件大事；没有可供翻译的原文，真叫"巧妇难为无米之炊"。作为南大学生，我可谓身在福中，得天独厚：师生加在一起不过百人的德语专业就拥有自己的原文图书馆不说，图书馆还对师生一律开架借阅。这图书馆的藏书装满了西南大楼底层的两间大教室，真个是一座敞着大门的知识宝库，我则好似不经意走进了童话里的宝山。更神奇的是，这宝山竟然也有一位充当看守的小矮人！别看此人个子矮小，却神通广大，不仅对自己掌管的宝藏了如指掌，而且尽职尽责，开放和借阅时间总是坚守在自己的位置上，还能对师生的提问一一给予解答。从二年级下学期起，我跟这小老头儿几乎每周都要打交道，都要接受他的服务和帮助。起初我对此只是既感叹又庆幸：自己进入的这所大学真是个藏龙卧虎之地。

日后才得知,这位其貌不扬、言行谨慎的老先生,竟然就是我国日耳曼学宗师之一的大学者、大作家陈铨。

不过我在南大从事文学翻译的领路人并非陈铨教授,而是当时德语专业风华正茂的叶逢植老师。

叶老师在 20 世纪五六十年代确实相当年轻,尚未跻身于外文系全系学子崇拜的大翻译家何如教授、张威廉教授等之列。不过我们班上的同学仍十分钦慕他,对他在《世界文学》发表的译作如席勒的叙事诗《伊璧库斯的仙鹤》《人质》,以及德国当代作家魏森堡的广播剧《白雪》,等等,都引以为荣,津津乐道。

三、《为什么谁都有一丁点儿聪明?》

——"自留地"里掘出的第一桶金

正是受叶逢植老师影响,我才上二年级就尝试做点儿翻译,也就是当年为人所不屑的"种自留地"。那是 1959 年春的一天午后,我正站在南园三舍旁的阅报栏前读报,同窗好友舒雨突然跑来不胜惊喜地冲着我叫:

"杨武能!快来看,你小子的译文登出来啦!"

登出来的不过是巴掌大的一篇非洲童话——《为什么谁都有一丁点儿聪明?》,原文采自世界和平理事会主办、由茅盾任中国编委的《国际展望》这份德文刊物。然而也有很不一般的地方,就是这篇富有哲理智慧的小文章,竟然发表在 1959 年 3 月 27 日的《人民日报》也即中国的第一大报上。对我而言,用现代的时髦话语来讲,这可真是"自留地"里掘出的第一桶金啊!它确实给了初试身手的我莫大鼓舞,使我一发不可收拾,继续在小小的"自留地"里一个劲儿地挖呀、挖呀,挖个不止⋯⋯

结果呢,到底还是让系里的学生工作干部找去谈了话,起因是《中国妇女》编辑部慎重来函,向组织了解"译者杨武能同志"的政治表现来了。不过已经尝到甜头的犟骨头穷小子并未收手,反倒变本加厉起来,很快动起了翻译真正的文学作品的念头。只是为了尽量规避风险,也得聪明一点不是,于是一个接一个地使用起了笔名……

四、从丽尼、陆蠡到金尼

小打小闹、有啥译啥的试水阶段,我曾用过好几个笔名,目的仅在减少"种自留地"的风险,没有多少讲究。唯有"金尼"不是这样,它不仅是我在《世界文学》正式发表文学译作的第一个笔名,而且见证了我做文学翻译的一段珍贵经历。

前面说过,20世纪50年代初,我在育才学校初中毕业后考入重庆一中,因升学体检发现色弱,小小年纪就陷入了理想破灭的彷徨苦闷。在经历了诸如尝试当音乐家的一次次挫折后,我终于遇上两位领路人——我的班主任兼语文教员王晓岑老师和俄语教员许文戎老师。通过王、许两位老师,我找到了一条把自己的爱好变为职业乃至毕生事业的"捷径"——做一名文学翻译工作者。

除了王、许两位师长,我能寻觅到适合自己的人生道路,还应该感谢陆蠡和丽尼!特别是丽尼,他就是我取金尼这个笔名的由来。

在王晓岑老师带领的我们班,同学们课外读文学作品特别是俄罗斯和苏联的翻译作品成风,屠格涅夫更是大家的最爱。在当时的屠格列夫翻译家中,我最喜欢陆蠡和丽尼。翻译《罗亭》的陆蠡,我知道他系左联的重要成员,他创作的小说《为奴隶的母亲》和《二月》都曾令我感动;翻译《前夜》和《贵族之家》的丽尼,我完全不了解,可他的译笔却特别令我佩服。是的,他把《贵族之家》开篇的风景描写译得太美了,一下子就吸引了我,令我陶醉,我很快意识到:这位翻译家多半也是一位作家,一位不同凡响的作家!

后经了解,原名郭安仁的丽尼1909年生于湖北孝感,果真是20世纪三四十年代一位有影响的散文家,有巴金为其编选的《白夜》和《鹰之歌》两本散文集存世。中华人民共和国成立后,丽尼历任武汉大学中文系教授,中南人民出版社编辑部副主任、副社长兼总编辑,暨南大学中文系教授,并为《译文》(后改名《世界文学》)编委;"文革"中受到迫害,1968年殁于广州。

丽尼的散文代表作为《江南的记忆》。卢沟桥抗战开始后携家眷逃难时的情景,深深地刺激了他,使他在自己这最后的散文作品里写道:

> "我记忆着那土地。我记得,在一次夜行车上,我曾经一手搂着发热的孩子,用另一只手在一个小小的本子上,握着短短的铅笔,兴奋而又惭愧地借着月光,写下几个大字:江南,美丽的土地,我们底!……"

对这部散文杰作,巴金曾说:"江南,美丽的土地,我们的这样响亮的声音,这样深厚的感情,我们永远忘记不了《江南的记忆》的作者。"对那朴素、刚健、含义深沉、感情激越的"几个大字",巴金更是无限感慨,写道:"在抗战的年代里,我不知道多少次重复说着这一句话,我常常含着眼泪,但是我心里燃起了烈火。甚至就在那些时候,我也相信我们美丽的土地是敌人夺不走的。"

丽尼的文学成就不仅表现在散文创作上,他还为我们留下了一批翻译作品。就是他译文优美的屠格涅夫,促使我逐渐形成了真正的文学翻译家必须同时是作家的理念。以金尼做笔名,表明我初登译坛确曾视丽尼为楷模;而今回忆这段往事,略表深藏心中的对丽尼等前辈的感念之情。

五、叶逢植老师

真叫幸运啊,才华横溢又循循善诱的叶老师在一、二年级教我们德语和德语文学。在他的手下,我不仅打下坚实的语言基础,还得到从事文学翻译的鼓励和指点,因此在那个物质和精神都极度匮乏的困难年代,我们之间建立起了相濡以沫的深厚情谊。

大约在1959年那年年末,我正在考虑是不是该译一点正儿八经的文学作品之时,一天去医务所探望患肝炎的叶老师。我把家里千辛万苦地省下来的粮票送些给他,好让他加强营养。闲聊时顺便提到我在重庆的父母经济极度困窘,这时叶老师便提示我:为何不试着为《世界文学》译一点东西,挣些个稿费接济家里呢?说罢他就递了几册64开本的原文书给我,说这些是德国著名诗人贝希尔的诗论,《世界文学》约他选译几千字或万把字,我如果乐意便可代他选译一部分,将来两个人以一个共同的笔名发表。

我当然求之不得。但我也不想光靠老师牵着扶着一步一步往前走,便在德语专业的图书馆里东翻西找,终于又选译了一组莱辛的寓言,一篇捷克作家扬·聂鲁达的小说《更高原则》,请叶老师与贝希尔的诗论一并寄去。

《更高原则》不幸撞了车,莱辛寓言《世界文学》则准备采用,只是说发表还得等相当长时间。我紧接着又译了亨利·曼的著名中篇小说《格利琴》自行寄去,结果倒先在《世界文学》1962年的1、2月合刊用金尼这个名字发表了;以彭芝为笔名的贝希尔《诗论选译》刊登于同一期。莱辛的《寓言八则》也登在随后的3月号上,译者仍为金尼。快到年底,《世界文学》11月号又刊用了我选译的丹麦大作家尼可索的回忆录《童年》片断,只是译者变成了蜀夫。

回想当年,在中国发表文学翻译作品的刊物仅有以茅盾为主编的《世界文学》一家,未出茅庐的大学生我竟一年三中标,应该讲实在是不易。还不止此,编辑部负责与我联系的李文俊先生来信称,《童年》的译文受到实际主持编务的老翻译家陈冰夷同志赏识,希望我再选译几个片断投去。就这样,还在大学时代,我便连跑带跳地冲上了译坛。

记得是1962年春天,用文学翻译的第一批多达一百八九十元的丰厚稿酬,我不仅接济了贫困的家庭,还在鼓楼附近的服装店替自己买了一件灰色夹克衫,破天荒地改善了一下形象。但是现在看来,名利的收获对我实不足道,重要得多的是文学翻译事业有了一个良好开端。这除了靠自己的天分和勤奋,还得感谢学校环境的熏陶,感谢老师们的激励、帮助和提携,因此我永远不会忘记我那介乎师和友之间的文学翻译领路人叶逢植老师,不会忘记帮我发表译作的头两位编辑——《世界文学》的李文俊、张佩芬夫妇。

1962年大学毕业,我被分配回由西南俄专发展成的四川外语学院,头两年还在《世界文学》发表了《普劳图斯在修女院中》和《一片绿叶》等德语古典名著的翻译。谁料好景不长,再往后选题怎么都过不了关,就连审毕待发的诸如自然主义大师豪普特曼的短篇小说,无产阶级作家魏纳特的诗歌、散文,也统统发不出来了。1965年,《世界文学》这份由鲁迅创刊的中国唯一的一家外国文学刊物干脆停刊了,我的文学翻译梦也眼看着化为泡影,身心遂堕入了黑暗而漫长的冬夜。

六、否极泰来忆绿原

古语云:"吉人自有天相。"我相信此语,不过这"天",在我看来既不是老天爷,也非神仙,而是一个个我们在人生旅途中偶然遭遇,却给我们的成长以巨大助力,让我们终身受惠、感恩的人。回首生平,这样的人,这样的"天",幸运的我遇到得真是不少。对于他们,我始终怀有无尽的感激;而越到老年,眼见自己这些恩人这些亲人一个个故去,胸中的感怀之情越加浓烈,越加汹涌,越加难以抑制……

1993年2月,冯至老师溘然长逝,我含泪写了一篇《厚实温暖的大手》,回顾老人家对我的教诲、提携、奖掖。今天撰写本文,则为怀念于我亦师亦友的绿原。继叶逢植和冯至两位恩师之后,他是给过我最多温暖和阳光的"天"啊!

20世纪50年代初,还在念高中的时候,我就和喜欢文学的同窗一起诵读过绿原的诗作,对这位印象中的民众诗人心存敬佩。然而后来有幸遭逢绿原,竟缘起于诗人生命中的一次大灾难、大不幸,叫我不能不诅咒造化弄人!

因为所谓的"胡风问题"而身陷囹圄,复旦大学外文系出身而精通英语与法语的绿原未免意志消沉,遂发奋自学德语,重获自由后改行当了人民文学出版社的德文编辑。春风乍起的 1978 年,憋闷了多年的我忍不住给该社写了一封自荐信,希望领取一点儿译介德语文学的任务。6 月 12日,我接获回函。回函称"你给孙玮同志的信,收到了",希望我坚持自己的翻译计划,还讲"我们计划编印一部德国古典短篇小说集……您手头如有适当材料,希望能为我们选译几篇",云云。我知道孙玮即编辑室主任和著名翻译家孙绳武;而回函人却不知是谁,因为署名处只盖了个圆圆的红色印章。

那年头儿,能得到国家级出版社的认可和约稿,可不是小事。受宠若惊的小子我不敢怠慢,立马给不知名的编辑同志寄去十来个选题,并且不知天高地厚地提出:能否把整部书的编选和翻译工作统统交给我?

约莫一个月后,我忐忑不安地拆开了回函,欣喜的是对方并未对我的冒昧和"贪婪"表现出丝毫讶异,而只是讲:"……谢谢你的帮助。经过研究,我们原则上同意这个选目。不过,这个选题在我们这里,要到明年才开始编辑,目前只是约稿和集稿阶段。最后究竟落实到哪些作品,还得看明年的集稿情况如何。希望你把你准备翻译的和已经译出的篇目告诉我们,并立即动笔翻译下去。"

两封回函都言简意赅,口气平和,笔迹工整,整篇未见哪怕一丁点儿的涂抹和删改。我不由想,肯定是碰见位道行高深、行事谨严的文坛高手啦,心里遂对未曾谋面的编辑同志生出了几分敬畏。

半个多月后的 1978 年 10 月,我到北京参加中国社会科学院(以下简称"社科学")硕士研究生复试,顺便拜访了心目中的圣地人民文学出版社。在朝内大街 166 号二楼一间简朴的小办公室,出来接待我的是位五十来岁的瘦小男同志,一身洗得泛白的学生服,脸上架着副黑框近视眼镜,整个人平凡简朴得一如他所在的办公室。他言行举止的平易近人,顿时消解了我心里的敬畏。他自我介绍说就是那个跟我通信的编辑,名字叫绿原。

"绿原? 诗人绿原吗?"我惊喜地问。

"不敢不敢,犯错误啦。"语气平和、含蓄,却难掩些许的无奈和尴尬。

兴奋莫名的我却信口背诵了一首误以为是他的短诗,他呢,只淡淡地应了句:"嗯,这是鲁藜的作品。"

诗人显然不乐意流连于诗的话题,我们随即言归正传,谈起了德国古典短篇小说集的选编和翻译。谈完,应我的请求,我用事先从北京老同学处借来的相机给他留了一张影。

又过了大约一个月,我正式成为社科院外文所所长冯至教授的及门弟子,住进了研究生院从北师大借来的学生宿舍。从此便经常与绿原面对面商谈编书译书事宜,通信反倒稀疏起来了。直到第二年4月下旬,小说选的集稿和翻译接近尾声,才又有一封"进城望来一谈"的短信,结尾没了公章,而署了"绿原"这个名字。

按照我的提议,小说集定名为《德语国家短篇小说选》;共选收了德国、奥地利、瑞士三国的德语短篇小说34篇,其中20篇系我自行翻译。看着面前的一大摞稿子,绿原提出得有一篇序言,并要我说说这序应该如何写。我有条不紊地讲出自己的想法,心里却琢磨,这序肯定得由他或其他权威、前辈执笔,问我的想法只为做参考罢了。谁知绿原听完立即说道:"好,这序就由你写,你已经考虑得挺周到、成熟了嘛!"语气一改平素的委婉、平和,坚定果决得似乎根本不存在商量的余地。

乍暖还寒的20世纪70年代末,学术界盛行论资排辈,人们遵从权威近乎迷信。我虽年逾不惑,却仍是德语文学圈里的一个小毛头,做梦也不敢想能替国家级出版社一部厚达700多页的大作写序,须知那可是僭越呀!然而转念一想,既然也属前辈的绿原决定要我写,我又何必推诿,遂以初生牛犊不怕虎的心态和架势,接下了这个本该由某位师长来完成的任务。

序很快交了稿,书也在一年多后的1981年2月印出来了。叫我做梦也没想到的是,不仅序署了我的名,而且书的编选者也成了杨武能!

在出书相对容易的今天,对于已是所谓"著作等身"的我来说,出书这件事应该讲稀松平常,不足挂齿;可在"一本书主义"尚未过时的当年,却真个非同小可！要知道,具名编选该社同一系列的英国、美国、法国短篇小说者,都硬是王佐良、罗大冈、朱虹等大权威。

还记得书刚出版的 1981 年春夏之交,我在南京大学做文学翻译的启蒙老师叶逢植来北师大看我。他翻阅着厚厚实实的《德语国家短篇小说选》,就不无欣羡地说:"真的,能这样出一本书也挺像样哦!"

紧接着,我又斗胆向绿原要求重译郭沫若译过的世界名著《少年维特之烦恼》(简称《维特》),同样得到了他和孙绳武同志的认可,译本《少年维特的烦恼》(亦简称《维特》)顺利地在 1981 年问世了。事后我发表过两篇短文,记述绿原鼓励、指点、帮助我译《维特》的情况,在此只想说一下:成功地重译和出版《维特》,对我个人实在关系重大;自此我便在译坛"崭露头角",译著成了各出版社争抢的"香饽饽"。

《维特》之后,仍是绿原任编辑,我又自告奋勇地编选和主译了上下两册《德语国家中篇小说选》,并在 1984 年 4 月由人民文学出版社出版。对我而言,这套书虽不如《维特》影响大,却与前面的《德语国家短篇小说选》合在一起,开了我国系统介绍德语 Novelle 这一特殊体裁的先河。需要说明的是,Novelle 即中短篇小说,乃是德语文学常见的体裁之一,因创作 Novelle 而享誉德语乃至世界文坛的作家不胜枚举,E. T. A. 霍夫曼、施笃姆、S. 茨威格等只是他们中的佼佼者。

我上述三部堪称厚重并具有一定文化学术价值的译著,真不知倾注了绿原多少心血,但却没有留下他个人的丝毫印记。只有在我心里,永永远远地活着他那对后学循循善诱、大胆奖掖,对工作兢兢业业,淡泊名利的高尚形象。而且我相信,受过编辑同志绿原恩惠的人当不止杨武能一个。人们都知道,绿原是杰出的诗人、翻译家和学者,却很少有人道及他还是一位堪为楷模的文学编辑。人们都称赞和敬仰绿原的才华与学识,我却以为,更值得我和所有"文人"追慕、效法的,是他为人处世的坦诚与无私,是他高尚的品行与人格,是他值得我们诗人、作家和编辑好好学习的高风亮节。

七、严寒酷暑话"苦译"

回眸文学翻译生涯,真还有几次"苦译"的经历,也叫我铭刻在心,永远怀念。

第一次是翻译半部《旧人与新人》。

"文革"即将结束的 1976 年夏天,我带学生到武钢实习,不期然见到了一别多年的恩师叶逢植。话题很快便转到文学翻译上,我慨叹自己刚刚上路就被迫止步,语气、表情想必是抑郁而又悲哀。

"唉!"叶老师叹口气,歇了歇。突然,他转而以欢快的语调继续说道:"嘿,我现在正有一本书要翻译,你参加怎么样?"

我心存怀疑,但叶老师不慌不忙地告诉我原委:当时也需要一点对研究马列文论有用的书,如他前不久出版的拉萨尔的剧本《弗兰茨·冯·济金根》。现在,有关单位又指名要他译敏娜·考茨基的小说《旧人与新人》,如果我愿意,他可以让一半给我。

"不过既没有稿费,也不署译者的名字,就像《弗兰茨·冯·济金根》那样。"叶老师带着询问的口气补充。

"怎样都行啊,只要有东西译,只要译出来有用!"饥不择食的我赶紧回答。

我回到重庆就偷偷摸摸干起来。山城的冬天,歌乐山麓的穷教师寒舍才不是爬格子的好地方!妻子女儿又进城度假去了,晚上实在冻得受不了,我就把即将熄灭的烧饭火炉搬进房来夹在两条腿中间,说什么也得坚持译下去啊。一坚持就坚持到下半夜。现在想来不禁失笑,傻不傻呀,既无名又无利,还不能让人知道,何苦呢!

我承担的半部译稿 1977 年早春已寄给叶老师。谁知等了一年又一年,他的前半部不知何故始终完不成。结果,我们的《旧人与新人》胎死腹中,但却在我心中留下了难以磨灭的记忆。

另一次难以忘怀的是苦译《格林童话全集》。而今它已成了我最受欢迎的译品,30 多年来译林等数十家出版社推出了不知多少不同装帧设计的版本,摆在一起跟成排成群的孩子似的,叫生养他们的父亲我看在眼里油然生出幸福感。可是谁又知道当年为他们的诞生,译者受了多大的苦啊!

不错,这是民间儿童文学作品,内容不深奥,文字也浅显,但却厚厚两册,译成汉语多达 50 余万字。想当年,计算机汉字处理技术刚起步,我想用却怎么也用不起来,只好一笔一笔地写! 每天这么译啊写啊,要写上八九个小时。终于熬到全集的后半部分,却突然一天脖颈发僵,手腕颤抖,躺着站着只觉得天旋地转,头晕目眩——后来长了见识,才知道是闹颈椎病啦!

再也译不下去,只得拉也是学德语的妻子和女儿来"救场",自己只能勉强完成最后的校订。所以,译林 1993 年最初那个版本,译者多了一个杨悦。后来台湾的出版社要求只保留我的署名,我同意了,心想女儿反正已经另有事业。

出生前和出生后不一般的经历、景况,都决定《格林童话全集》是我最疼爱的孩子。所以,每当有见利忘义之徒损害我的这个孩子,我都会挺身而出,拼命护卫,用我译者的笔破例地写了《格林童话辩诬——析〈成人格林童话〉》《捍卫世界文化遗产,为格林童话正名》等论辩文章,以鞭挞那些无耻的家伙,揭露他们所谓《成人格林童话》或《令人战栗的格林童话》的卑劣骗术。

言归正传,在译林出版我的《施笃姆诗意小说选》《海涅抒情诗选》《霍夫曼志异小说选》之后,约莫是 1991 年,李景端和刘硕良几乎同时约请我重译格林童话,我欣然同意了。在李、刘两位大腕儿的格林争夺战中,最终是老李获得胜利。他亲自跑到成都我家里签了出版合同,而此时老刘恐怕即将退休,已经分心了。

1993 年,杨译《格林童话全集》问世。

真庆幸我这中华人民共和国成立后第一个格林童话全译本降生在译林出版社,降生在李景端带领下的这个殷实富足、诚信可靠的家庭里。他一生下来就壮实、英俊,在施梓云这样忠实的"奶爸"呵护下更一年年出落得越发漂亮、可爱,越发受到老少读者的欢迎和青睐。

还有一次译得更苦的是《魔山》,说来话更长,就单独讲吧。

八、"返老还童"

——《永远讲不完的故事》

是译林和《格林童话全集》帮助我返老还童,使我这棵翻译老树在风风雨雨半世纪之后又发出新枝:多年来《格林童话全集》不断重印、再版,其影响和受欢迎的程度,在我数十种名著翻译里唯有早期的《维特》堪与比拟。这个情况,当然早已为业内注意到,于是译翁慢慢被视为译介少儿作品的好手,因此收到了各式各样的约请。举两个例子。

2007年,经儿童文学理论家王泉根教授推荐,我应邀担任湖南少年儿童出版社"全球儿童文学典藏书系"的"翻译专家委员会委员",不但接受组织德语作品翻译的委托,自己也承担和完成了《七个小矮人后传》和《胡桃夹子》等几本小书的翻译。书虽说单薄,跟我已出版的大多数译著比微不足道,却是我进入新的年龄段即70岁后的第一批成果,使我不仅重温了当年翻译格林的美妙滋味,而且认识到为孩子们干活儿的非凡意义。不再做翻译的决心动摇了,开始考虑在保持健康的前提下,力所能及地再为孩子们做点事。

2010年,以出版少儿读物享有盛誉的二十一世纪出版社找到远在德国的我,约我翻译德国当代著名儿童文学作家普罗斯勒的《大帽子小精灵霍柏》和《霍柏和他的朋友毛球儿》。为考验该社诚意,我提出相当高的签约条件,不想他们慨然应允。这就使我再也脱不了手,两本小书交稿后,该社又请我重译已故当代德国儿童文学大师米切尔·恩德的代表作《永远讲不完的故事》和《毛毛》。我查了资料,发现不但这两本书的旧译广为流传,而且译者都是熟人,因此颇感为难和犹豫。把疑虑告诉了联系人,回答却是请我重译经过慎重考虑,而且决定系由社长张秋林本人做出,只因他喜欢我翻译古典和现当代童话的译笔。

思考再三,几经踌躇,我终于决定接受约请,理由是应该以广大小读者的接受为重,以大师恩德杰作的传播为重,而不能太在乎个人的得或失。

这样,我开始"返老还童",决心在有生之年集中精力、心思于少儿文学的译介,相信假以时日,也会有一些建树吧。结果真就返老还童了,《永远讲不完的故事》成了我最珍视的、与《浮士德》《格林童话全集》《魔山》《少年维特的烦恼》《歌德谈话录》不相上下的代表性译品。特别是米切尔·恩德的《永远讲不完的故事》和《毛毛》,不仅出版后大受欢迎,而且其翻译过程也帮助我加深了对一些理论问题的理解,例如名著的复译或曰重译问题,我将在下一缉详细谈到。

九、《杨武能译文集》:不是全部,更非终结

回顾、总结 60 多年的文学翻译生涯,计出版名著翻译近千万字,其中大部分收入了 2003 年广西师范大学出版社推出的《杨武能译文集》,由此我有幸成为中国历史上头一个健在即出版 10 卷以上大型译文集的翻译家。能了却出译文集的多年夙愿,我很感激我在社科院的同窗好友、法国文学专家郭宏安,是他给了我广西师大出版社的联络方式;更感谢该社的呼延华副社长和郭启明社长,感谢他们在出版形势并不很好的情况下,爽快地接受我这个其他社望而却步的大选题,并于非典之年推出了大气而漂亮的译文集。

《杨武能译文集》尽管多达 11 卷,却并未囊括我全部的翻译成果,还有《魔山》《纳尔齐斯与歌尔德蒙》《歌德谈话录》《魔鬼的如意潘趣酒》以及后来的一系列重要译品,未能纳入其中,更不意味着我翻译事业的终结。

60 多年的从译经历,可以回顾记述的虽说还很多很多,却也没有什么不可以略去不提,然而唯独歌德的译介是个例外,因为歌德对我太重要了。

基督徒有一句祝福语曰"神与你同在",我却庆幸"歌德与我同在",以为自己数十年的好运气,很大程度上都源于自己的这位"神"。我这么想,并不仅仅因为在德语里,神(Gott)与歌德(Goethe)发音近似,而且因为自1978年考入中国社会科学院研究生院做冯至教授的研究生起,我便与这位德国大诗人、大文豪、大思想家结下了不解之缘:1981年以一篇评说《维特》的毕业论文获得了硕士学位,同年更因出版《少年维特的烦恼》新译而小有名气,第二年又因应邀参加德国海德堡的纪念歌德学术讨论会而第一次走出国门,第三年更以"歌德与中国"为研究课题获得享誉世界的洪堡博士后研究奖学金,获得在德国长时间研修的机会,并终身受到洪堡基金会的关注和扶持——我因研究译介歌德而受到的眷顾,真可谓一言难尽。自然,反过来我也尽心竭力地侍奉自己的这位神,即使在当川外副院长和苦译《魔山》的那些年,歌德仍始终是我最大的牵挂。只是苦于缺少时间和精力,我那七八年能为他做的事实在有限,也愧对我在社科院学习、研究歌德的导师冯至。

所幸1990年我终于调离位于山城重庆的川外,落脚到了成都平原上的四川大学,才有了专心致志地研究译介歌德的可能。

一进川大,我便特意摆脱一个享受"高干"待遇的前副院长循例受到的一切羁绊,包括参加校一级的中心组学习等职权、义务、应酬、礼仪以及照顾,因而赢得了最大限度的自由和异常充裕的时间。如此一来,便能在七八年间出版《歌德与中国》和《走近歌德》两本专著,完成包括《浮士德》《威廉·迈斯特的学习时代》《迷娘曲——歌德诗选》《亲和力》等在内的4卷本《歌德精品集》的翻译。这几部专著和译作,连同我和刘硕良主编的14卷《歌德文集》,都在1999年歌德250年诞辰之前面世,不仅成了我个人文学翻译生涯中超越系统译介国Novelle的又一建树,还是我国百年来研究、译介歌德最具规模、最为系统也最令世人瞩目的成果。

主要因为这些成果和建树,我于2000年获得约翰尼斯·劳总统颁授的联邦德国国家功勋奖章,2001年获得终身成就奖性质的洪堡奖金。

回眸半个多世纪的翻译生涯,感到欣慰和自豪的有三点:

第一，一生所译几乎都是名著佳作，其中尤以古典名著居多。既翻译古典名著，就难免重译。重译的必要性已为业界所公认，问题只在质量和效果。如重译做到了推陈出新，更上层楼，有利原著进一步传播，有利读者更好地接受，其价值就不容否认和低估，也不一定比某些新译或所谓"原创性翻译"来得差。具体说到我重译的《少年维特的烦恼》等歌德代表作以及《格林童话全集》《茵梦湖》《海涅抒情诗选》等等，事实表明都取得了很好的效果，相信同行专家和广大读者会对其质量和价值做出公正的评判。

除了重译，我也有不少首译或曰原创性翻译的作品，最重要的如托马斯·曼长达70多万字的巨著《魔山》，黑塞的长篇小说《纳尔齐斯与歌尔德蒙》，海泽的中篇集《特雷庇姑娘》，迈耶尔的《圣者》以及霍夫曼、克莱斯特等的许多中短篇名著，还有米切尔·恩德的现代经典童话《魔鬼的如意潘趣酒》等等，加在一起不但数量可观，而且受到了读者的欢迎与同行的肯定。囿于篇幅，不再赘述。

第二，尽管痴迷于文学翻译实践，我却并非只顾埋头译述，做一个吭哧吭哧的搬运工，而是还对自己投身的这个行道做过不少理论思考，对它的性质、意义、标准以及文学翻译工作者应具备的条件和修养等等，都形成了有自己特色的理念和理想。

总的说来，对于文学翻译，我特别重视"文学"二字：早在20世纪80年代，我就强调优秀的译文必须富有与原著尽可能贴近的种种文学元素和品质，也就是在读者审美鉴赏的显微镜下，译文本身也必须是文学，即翻译文学。而这一点，即文学翻译除去正确和达意之外，还必须富有与原文近乎一样的文学美质，正是文学翻译的难点和据以区别于他种翻译的特质。

德国人称纯文学即 belletristik 为"美的文学"（schöne literatur），我想也不妨称文学翻译为"美的翻译"，或曰"艺术的翻译"。使自己的译作成为"美的翻译"，成为"美玉"或美文，成为翻译文学，是我半个多世纪翻译生涯的不变追求。只是为避免误解，必须说明和强调：我翻译理念中的

"美",指的是尽可能充分、完美地再创原著所拥有的种种文学美质,而非译者随心所欲地想怎么美就怎么美,更不是眼下一些人津津乐道的所谓"唯美"。

要创造传之久远的、能纳入本民族文学宝库的翻译文学,要创造美的翻译和美玉、美文,必须充分发挥翻译家的主观能动性和艺术创造精神。因此我赞成文学翻译是艺术再创造的说法;因此我认为,翻译家理所当然地应被视为文学翻译的主体,事实上也确实是主体。

第三,实现了身为翻译家同时是学者和作家的理念,在学者和作家朋友面前当不自惭形秽。其他理由不说了,只讲我译著的读者以千万、亿万计,有几个作家堪与比拟?不少以原创性自诩的作家瞧不起翻译家,岂知一部名著名译可以流传数十载,影响一代又一代人,而并非每一位作家都有哪怕一部作品影响如此巨大,生命如此绵长。

2020 年 7 月　二稿于重庆武隆仙女山译翁山房

我译《维特》

二十多年前,在南京大学学德文的时候,我已经读过《少年维特之烦恼》这部书。当时,只觉得郭老的译文不那么好懂,或者说读起来有些别扭,我却未加考虑为什么,更没想到自己什么时候要来重译这部书,虽然那时我已开始翻译介绍德国文学。那年头儿,我们对于权威的尊重和崇拜到了近乎迷信的程度,就算有谁认定《维特》应该重译并且也真的把它译成功了,能够通过吗? 能够出版吗? 难!

世事沧桑,人生多变。1978 年,我在当了十多年教师以后,想不到又成了中国社会科学院外国文学研究所的研究生,跟随导师冯至教授学习研究起歌德来,而《维特》则是我研究的一个重点。在此过程中,自然又读了郭沫若前辈的译本,再一次感到它已经过时,已经失去曾经有过的动人情致,不易为现代的读者所接受了,于是便在当时掀起的思想解放运动的大背景下,动了重译的念头。刚一说出这个"大胆的"打算,就引起几位好心的朋友的异议:德国文学可译的东西很多,何必去惹那个麻烦呢! 可是我没有接受朋友的劝告,因为我不愿再听到那些只能读译本的爱好文学的青年对我抱怨:《少年维特之烦恼》这本小说读起来真没意思。也不愿再看着某些同行拿当时的标准去苛求产生于约 60 年前的郭译本,因而下定决心重译《维特》,以使它在中国赢得新的读者,同时让早已完成了历史使命的郭译本光荣地进入文学博物馆。

1979 年暑假以后的一天,在人民文学出版社,我对当时自己的问题尚未完全解决的绿原同志说,我想翻译《维特》。这位改行当德文编辑的诗人看着我沉吟了好一会儿,然后脸上才露出微笑来,回答道:"好!这本书我们本来也打算请人重译。不过嘛,你也晓得,这本书以前出的是郭老的译本,现在组织重译必须特别慎重。你能不能先交一万字试译稿,让我们社领导研究研究再定?"

我欣然同意绿原的建议。

他又对译文提出了一两点具体要求,并特别要我记住《维特》是一部产生于两百多年前的古典作品,在翻译时必须在保持原著格调上狠下功夫,尤其是注意一个"化"字。

按说,作为一名歌德研究者,我对《维特》一书的时代背景、成书经过、思想意义以及艺术风格等等,都是相当熟悉的;但是,为了真正译好这本书,我又细读了原著,查阅了许许多多的研究资料,直至确信已经基本把握住《维特》的风格。

在此之前我经过数十万字的翻译实践和多年的学习揣摩,到了北京后又受众多译界前辈的指点熏陶,应该讲也大致上懂得了上乘的译品必须符合哪些标准。但是,为了更好地理解那个"化"字,我仍悉心研读了钱锺书先生等的有关论著。

1979年冬天,在做了上述准备之后,我开始试译。令我喜出望外的是,试译稿寄出不久,便收到绿原同志的回信:审查业已通过。接着,我开始了全书的翻译。工作是艰辛的,为达到保持和再现原著风格、情致的要求,我常常是字斟句酌,每译一段都要进行一番思考。为了尽可能接近那几乎是不可企及的"化境",使译文对原作"忠实得以至于读起来不像译本","而精神姿致依然故我",我使出浑身解数,费了几牛二虎之力。这不足十万字的薄薄一本小说的翻译,竟花了两三个月时间,这在我是从未有过的。

关于重译《维特》的前后情况,已谈得够多了。现在再具体讲一讲,我所理解的《维特》的风格究竟是什么,以及我又采取了怎样的方式,使用了哪些手段,来力求再现这个风格等问题。

如前所述,《维特》是一部产生于两百多年前的世界文学名著。因此,整个地讲,我认为它的译文就应该文学味更浓厚,就应该比较高雅。所以,要力避使用现代流行的大白话、口头语,而尽可能用那种经过锤炼的文学语言,以及较高层次的(如知识分子中通行的)口语。例如,我在小引中不用"你们"而用"诸位",不讲"不可能吝惜自己的泪水"而讲"不免一洒自己的同情泪",以及后来在正文内用"岑寂"代替"寂寞"或"安静",用"躺在由山上流下来的小溪旁边的深草里"等等,都是出于这一考虑。此外,我有意识地多采用了一些现成的四字词组,以增加译文古雅的色彩,同时使行文更加简练。当然,所有这一切都有个"度"和"量"以及是否自然、得当的问题;超过了一定"度"和"量",不自然,不得当,就会弄巧成拙。我的《维特》重译本,毕竟是给今日的广大读者特别是青年阅读的,因此,在考虑它的"文"、它的"雅"、它的"古"时,必须以广大读者所能接受为限度,必须让青年们都能读得懂,必须能够朗朗上口,否则,重译便失去了意义。

我一再强调,《维特》产生于两百多年前,但更确切地说,产生于 18 世纪 70 年代德国的"狂飙突进"运动时期。这个时期的作家们,包括青年歌德在内,都狂热地追求个性解放、感情自由,加之受了英国的感伤主义的影响,他们就变得十分多愁善感。因此,强烈的感情色彩,乃是《维特》这部"狂飙突进"时期的代表作的又一风格特征。歌德巧妙地利用一封封近乎内心独白的书信,把年轻的主人公时而欢欣陶醉,时而苦闷不满,时而憧憬追求,时而愤懑绝望的情怀,抒写得淋漓尽致。老实讲,那动不动就以泪洗面,自称有着一颗"敏感的心"的维特,在我们今天的读者看来,恐怕是经常在无病呻吟的吧。为了保存和再现这一风格特征,我的译文除适量选取感情色彩强烈乃至夸张的字眼,常常采用感叹句、排比句以外,还充分发挥汉语语气词丰富的优点。试看下面的引文(引自《维特》第一编 5 月 17 日的信):

> 可叹啊,我青年时代的女友已经去世! 可叹啊,我曾与她相识! ——我真想说:"你是个傻瓜! 你追求着在人世间找不到的东西。"可是,我确曾有过她,感到过她的心,她的伟大的灵魂;和她在一起,我自己仿佛也增加了价值,因为我成了我所能成为的最充实的

人。仁慈的主啊！那时难道有我心灵中的任何一种能力不曾发挥么？我在她面前，不是能把我的心用以拥抱宇宙的奇异情感，整个儿抒发出来么？我与她的交往，不就是一幅不断用柔情、睿智、戏谑等等织成的锦缎么？这一切上面，全留下了天才的印记呀！可而今！——唉，她先我而生，也先我而去。我将永远不会忘记她，不会忘记她那坚定的意志，不会忘记她那非凡的耐性。

在这段情绪激昂乃至夸张的引文中，我上面讲的三种手段都用上了，而其中的八个语气词，除去两个"可叹啊"和一个"唉"在德语原文中有同一个相应的"ach"以外，其余全都是为了增强语气和情感而添加的。

"近代意大利哲学家克罗齐(Benedetto Croce)批评歌德此书，以为是首'素朴的诗'。我也有同感。此书几乎全由一些抒情的书简集成，叙事的成分极少，所以我们与其说是小说，宁肯说是诗，宁肯说是一部散文诗集。"①这段郭沫若在他1922年写的《〈少年维特之烦恼〉序引》一开头说的话，道出了《维特》的第三个风格特征，即浓郁的诗意。

如果说，要理解任何一部文学作品，译者都必须具有高度的逻辑思维能力和形象思维能力的话，那么，为了把握《维特》的这一风格特色，译者还必须具有一颗如同小说主人公一般的"敏感的心"，才能把寓于那许许多多场景、细节乃至普通事物中的诗意寻找出来。而为了再现这些诗意，译者就必须在遣词造句的精练、含蓄、优美方面下更大的功夫，在行文的流畅自然、朗朗上口方面下更大的功夫。

修辞的问题这儿就不谈了。在重译《维特》时，我尽可能既避免佶屈聱牙的长句，也避免被拆得支离破碎，因而模糊了原文表情达意重心的短句。例如，德语中常有后置或插入的定语从句，我一般都按汉语习惯予以前置，并在这样做时尽可能注意用词的精练，使句子既不太长，又保持原文自然流畅的语势，突出原文达意表情的逻辑重心。除此之外，我还注意了行文的节奏和音韵；在我看来，好的散文，尤其是《维特》这样的诗一般

---

① 郭沫若. 文艺论集. 北京：人民文学出版社，1979：180.

的散文,也必须是节奏优美、音韵和谐的。经过种种努力,加之原著本身富于诗的意境和情感,译文也就该是诗意沛然的了。

当然,这些只是我的理想和追求,至于我的《维特》重译本实际成绩如何,则有待读者和专家们的比较、鉴别和评论。

上面讲了《维特》的三个值得注意的主要风格特征。那么,这三个特征是不是自始至终地贯穿全书,平均地体现在小说的各个部分中呢?我在《维特》的译后记里面写了下面的一段话,可以看作对这个问题的回答:

> 应该说,翻译文学作品是件困难的工作,而译《维特》尤其如此。主人公激情奔放的书简,"莪相"情调沉郁、意境诡奇的哀歌,"编者"冷静纪实的叙述,统统都要求译文追随、再现,实在是个异常艰巨的任务。为了不愧对原书作者和前辈译家,后学唯有兢兢业业,勉力为之。

> 也就是说,翻译文学作品之难,难就难在要再现原著的情致风格。而在《维特》这本小书中,粗分便有三种大不相同的格调。为了再现这三种格调,我又各有侧重地采用了前文所述的种种手段。举最明显的例子来说,在书简中更多地使用了感叹句、感叹词、语气词,整个行文也尽量带上独白式的口语色彩,以便把主人公的喜怒哀乐都宣泄出来。"莪相"的古老哀歌——《维特》这"素朴的诗"里的"诗中诗",原文是没有韵的,我却尽可能地押了韵,并用了诸如"寻觅""絮语""秀发""把头儿低昂"这样的古雅词语,让诗味儿更浓。至于后面的"编者致读者",却应有区别于前两者的冷静与平实,因此,我便努力避免了上述那类或感情色彩强烈,或太文太雅的语言。至于全书前面那一段短短的"引子",虽说也同样出自"编者"之手,但却应该是富于感召力和文学味儿的,以便人一读就感到亲切,就产生共鸣,就被吸引住,因此也更值得推敲和讲究。

> 完整地保持和再现原著的风格,使译文变成"仿佛是原作者的中文写作"一般的神似,接近使译本对原作"忠实得以至于读起来不像译本"的"化境",要达到这些文学翻译的高标准,谈何容易!不过,难

尽管难,努力追求却是应该的、必须的,至于结果如何,成绩怎样,则是另一回事。而我写此文的主旨,也仅在于向读者和同行们讲一讲自己所做的努力而已。

1980 年夏秋之交,我去人民文学出版社"交卷"。绿原同志接过我写得清清爽爽的译稿,笑呵呵地说:"哈,你又当了一次维特。"

说得真不错,我是当了一次维特!在翻译这部小说的过程中,我的确常常不知不觉地"进入了角色",和年轻的主人公喜怒哀乐与共。之所以如此,是因为我在重译《维特》时还比较年轻,是因为我也曾经被认为是一个出身不好的人,有过某些类似小说主人公的经历和遭遇,故而能较好地体会他的思想、情感,与其产生共鸣。这,无疑是我重译《维特》的一个有利条件。

还有另一个有利条件,就是在此之前,我已为人民文学出版社编选翻译过《德语国家短篇小说选》,曾经为把握和再现歌德、克莱斯特、海涅、施笃姆等作家的迥异风格而做过尝试和努力,摸索和积累了一些经验。然而,最重要的,还是我的责任编辑、诗人绿原既对我严格要求,又给我具体指点和热情帮助。在我重译《维特》乃至成为一名文学翻译工作者的过程中,除他以外,我有幸还得到了许许多多师友和前辈的鼓励、帮助和提携;对他们,我要表示衷心的感谢。

(原载于《翻译通讯》1985 年第 10 期,《新华文摘》1985 年第 12 期)

能人李景端

我认识的出版界朋友中有不少能人,李景端便是其中的一位。

本文只谈李景端,并不因为在近 20 年的交往中,他着实给过我不少鼓励和帮助,而是今年适逢《译林》杂志创刊 20 周年,译林出版社建社 10 周年。文化圈中谁不知道,这份在今天深受广大读者喜爱的大型外国文学刊物,这家在当今外国文学界举足轻重的专业出版社,就是老李当年受命带着一批年轻干将,顶着压力,冒着风险,白手起家创办起来的。20 年来,李景端这个名字已与"译林"密不可分,谈他亦即谈"译林",谈"译林"亦即谈他,可谓一举两得。

老李他们说我是"译林成长的见证人之一",确实如此。

回想当年初登译坛,能在当时全国唯一的翻译刊物《世界文学》发表习作,真是莫大的幸运。为此得感激我那位才华横溢、客死异国的老师叶逢植,感激热情诚恳地对待年轻投稿者的好编辑李文俊。可是就因为只有一份《世界文学》吧,那两年我连连在上边发表习作,占用它十分有限的篇幅,自己也觉得很不合适,于是便用了金尼、蜀夫、彭芝等笔名和本名。是《译林》的勇敢登场和茁壮成长,真正结束了功不可没的《世界文学》独自撑持中国译坛的尴尬局面,不仅为中国人了解世界多开了一个窗口,让中国人看到了外边更广阔也更新鲜的风景,而且新辟出了一大片土质肥美、气候宜人的文学翻译园地,20 年间为译坛培养了大批的新苗。说实话,我真羡慕这些后来者呀!他们在《译林》发表作品再不用像我似的遮遮掩掩,而且还可以获得这样那样的奖励;以翻译家的名义给译者、译作设立诸如"戈宝权文学翻译奖"之类的奖项，不仅始于李景端主持下的《译林》，而且至今似乎仍然独此一家。仅此一端，就叫身为译坛中人而深知其多方面意义的我，体察到了他们为发展文学翻译事业的一片赤心和痴情，自己尽管没得过"译林"任何奖，在只发表现当代作品的《译林》上露面的机会也不多，我仍要真诚地道一声：译林人，辛苦了！译林人，多谢了！

《译林》诞生于1979年11月，诞生在那个乍暖还寒的时候，加之在当年清规戒律甚多的出版界又是一个个性突出的孩子，就注定在成长过程中要经历许多的风风雨雨。景端兄赠我刚出版的大作《波涛上的足迹——译林编辑生涯二十年》，对其创业的艰难、挫折、失意以及终于苦尽甘来等等，都有非常翔实、精彩的记述，无须我画蛇添足。我这儿只想说，书中留存下来的绝不只是他个人艰苦奋斗、事业有成的"足迹"，也有"译林"由小到大，由刊到社，由地方性的刊物、出版社到成为全国乃至海外声誉卓著的名刊、名社，一步一个脚印地前进的"足迹"。还不仅如此！我斗胆地说一句，译林20年的发展历程，也从一个侧面生动具体地反映出我国的文学翻译乃至出版事业，是如何一步步实现了开放，一步步进行着改革的。李景端和他的同事们说得完全正确，译林的发展成长首先归功于国家的改革开放，同时也多亏他们那些思想开明、用人不疑而且勇于承担责任的"顶头上司"。我呢，反过来却要说，也多亏有了译林人似的思想解放而且执着追求的出版工作者，才打破了当年唯有两社一刊的沉闷、冷清的局面，才有了今日我国文学翻译和出版园地百花竞艳的热闹和繁荣。须知在20年前的那个冬季，《译林》确乎如傲雪绽放的一枝寒梅，给大地带来了春的消息。至于为译林所在的江苏省南京市，为那些独具慧眼、始终支持译林事业的省市领导，这一刊一社也确确实实争了气，长了脸。

"半路出家"搞出版而能很快入道的李景端，把《译林》杂志办出了气候，并使译林出版社以其不容否认的实力和业绩，取得了外国文学出版界几近三分之一的天下，当然是得有些非凡的才能的，特别是在当年刚开始拨乱反正的环境和条件下。有关他作为主编、社长的领导才能和组织才能，作为组稿者的眼光、"磨劲"和人缘，作为经营者的包装、宣传和营销手段,《浪涛上的足迹》以及前边的几篇名家序言,都已经讲得很生动具体,很有说服力,相信对出版界的同行,不,也对我们译者,会有不少的启迪。我个人特别赞赏李景端,视他为能人,还因为他有广阔的视野、超前的眼光:在地方出版社中,不是译林率先向国外购买版权,并且尝到了甜头吗?译林人不是足迹遍天下,把自己的出版业务与促进国际文化交流结合起来,因此"名"与"义"双收吗? 在繁忙的编辑和管理工作余暇,景端兄不是笔耕不辍,书评、报道、散文、随笔什么都写,而且往往能抓住本行业乃至全社会所关心的热点问题,因此成为出版界和外国文学界的名人乃至专家吗? 他1996年名义上退了休,却开始研究起在我国十分重要的著作权问题来,时有高论见于报端,不说明他心胸仍然开阔,目光始终向着前方吗?

不过,能人不等于贤人、完人,在咱们中国常常还会是有争议的人。具体对"李景端这个人",他的同行和同事们怎么看怎么讲,我不了解。只是本人从20世纪80年代初就开始经他之手出版译著,着实地领教过他在定稿酬标准时振振有词的抠门儿,因此心里并不总是那么喜欢他。不过后来想想,他老兄这么做也是为了自己单位的利益,天经地义,何况在信守合同、出书及时、付酬及时方面,译林又比其他不少出版社都好呢。所以,至今我仍愿意把自己重要著译的出版,托付给译林。而今的译林人,可谓青出于蓝而胜于蓝,把摊子搞得更大了,书也出得更加漂亮,同时也继承和发扬了他们泼辣、严谨的工作作风。使我格外满意的是,我在译林出的书,特别是其中的《海涅抒情诗选》和《格林童话全集》,重印率都非常高,不仅及时满足了读者的需要,还提高了本人劳动成果的经济效益和社会效益;而后者即作品的社会影响力,是我们这种人更加在乎的。

还想说一说:今日的译林人,大概多少受了老李的影响,同样也在为人作嫁之余,注意提高自己的素养,使自己同时也成为译者、作家和出版外国文学的专家,不仅经常在传媒上发表言论、文章,还十分注意参与和组织国内外的文化学术交流。这一点,译林的领导和编辑们在全国的同行中显得颇为突出,在我看来也正是他们眼下办刊、出书的品位越来越高,以及未来立于不败之地的重要保障。难怪他们的《译林》双月刊会成为"全国百种社科类期刊中唯一的外国文学杂志";他们近年来出版的几套大书如"世界文学名著"系列和"播火者译丛"等等,会那样大气,那样气势恢宏。

套用两句时髦语结束本文:祝愿景端兄壮心不老,事业日新;祝愿译林红红火火,明天更加美好!

1999 年 12 月

忙人刘硕良

"忙人"之前最好还加上"大"甚或"特大"这样的形容词,不然不足以道出他老兄忙得马不停蹄,忙得一塌糊涂,忙得晕头转向的实际。

从1982年前后认识在漓江出版社当副总编的刘硕良起,我最深刻的印象就是此人非常非常忙。一开始,他忙着编辑出版"漓江译丛",同时又在忙着组译"获诺贝尔文学奖作家丛书"以及"外国文学名著"丛书,再往后则忙着出版柳鸣九老师主编的"法国廿世纪文学丛书",忙着筹办由小子我提议的期刊《青年外国文学》……

在所有这些让他忙活了少则两三年多则十数年的项目中,除了难产而又生不逢时的《青年外国文学》不幸夭折,其他几项都不同程度地成了气候。特别是其中的"获诺贝尔文学奖作家丛书",可谓创我国有史以来外国文学出版规模与规格之最,而且译文质量和设计装帧都堪称一流,也就难怪会在海内外赢来巨大的声誉,获得众多各式各样的奖项。

四川省作家协会有我一位朋友叫张先痴,他老先生喜爱漓江社的"诺贝尔"真到了痴迷的程度。为了收全这套书,他先托成都某翻译家替他补缺未果,又几次三番找我替他直接从出版社邮购,因为他听说我与丛书主编刘先生的关系更过硬。为他的诚心所动,便把收入丛书的拙译《魔山》送给他一本——《特雷庇姑娘》他已有了,但痴兄他仍然坚持要买新版精装的。其时老刘已从漓江社"离休",我只好一封一封地写信、一次一次地打电话给时任总编宋安群,最后,社里终于从库房里清理出来一些,部分地满足了我那痴兄的心愿。这个例子,说明漓江的"诺贝尔"在中国读书界和文学界,享有何等崇高的威望。

还有那套不怎么起眼的"外国文学名著",不也开了时下热门的类似套书的先河吗?那套销势旺盛的"法国廿世纪文学丛书",不也至今仍为译介当代国别文学之最吗?

忙,忙,忙!刘硕良带着他那帮年轻助手大忙特忙了十年光景,新组建的地方小社漓江就变成了我国外国文学出版的一个方面军,成了广大读者心目中的一块品牌,论实绩不比人文、译文、译林等大社老社和专业社逊色。

能取得如此骄人的成绩,光靠忙,即使忙得人仰马翻,天旋地转,看来仍不行。关键是得忙在点子上,忙在大事上。硕良兄正好是一位点子专家,正好生就一副干事就干大事的德行。他"离休"后,为河北教育出版社出了一个大点子——时髦的说法叫策划,与属于下一代但同样爱干大事的王亚民社长一拍即合,开启了"世界文豪书系"这个比"诺贝尔"更加宏伟、更需要眼光和魄力的特大工程。别的不说了,单是我与老刘合作主编的 14 卷《歌德文集》,就不但基本上了却了我国几代歌德译介者的夙愿,而且很快就在海内外产生了影响。碰上了一老一少这两位大手笔,我这个歌德研究者和译介者三生有幸。

不过,"卖点子"只是老刘的副业;他离而不休的正业——他近些年忙得东西南北团团转,忙得白了须发、添了眼袋的差使,却是创办和主编广西师范大学主管的刊物《出版广角》。说来这只是一家省级的行业期刊,但经过他老兄一策划,一倒腾,一忙活,短短几年不仅站住了脚,能够自己养活自己,而且在全国的类似刊物中崭露头角,并把影响扩大到了行业之外。即使是与出版界没有直接关系的人,只要见到这份大气、漂亮、信息及时、图文并茂的刊物,都没有不喜欢的。于是,发行越来越好。于是,季刊变成了双月刊、月刊。

可就这样,硕良老兄似乎仍嫌忙得不过瘾,仍想忙上加忙,忙他个不亦乐乎。前不久中国版权协会和《出版广角》联合在成都开会,他告诉我又在筹办两份新的期刊,一份面向广大读者,一份面向年轻女娃,听他介绍前景都不错——但因涉及商业机密,这儿就不详述啦。

望着这个不知老之将至的大忙人,我忍不住提出在心里藏了许多年的问题:他怎么干起活儿来狼吞虎咽,恰似地狱里放出来的饿鬼? 他搞出版以前都干什么去了,为什么总表现出要把失去的时间抢回来的紧迫感?

当着他的爱人老黄和我的爱人小王,刘硕良沉吟片刻后开了口:

"是啊,1958 年到 1978 年整整 20 年白白地浪费了,你说要弥补、要抢回来的多不多!"

原来 1949 年他中学刚毕业,就在湖南老家参加新闻干部训练班,随后被分配到《广西日报》社,1958 年已当上编委和副刊主编,按行政级别也就是一位处座。可谁知就在少年得志、春风得意之时,他莫名其妙地摔了一个跟头,从此便入了另册,想干什么偏偏不能干什么。幸好 1978 年后有位省委宣传部领导看了他的材料说:"以前的问题慢慢调查解决,这个人还是先用起来吧。"于是他才到了出版界,才当了漓江社的副总编,而且一副就副到了底,因为他过去的问题仍未解决。

就是背着如此沉重的包袱,他仍在忙来忙去。"好在最近问题彻底澄清了,给了我离休的待遇!"刘硕良似乎很欣慰地说。

老兄啊老兄,我心里想:让你离休只是承认你 1949 年参加革命,把你 1958 年的问题勾销了;以你的资历和能力,当个局长部长的原本不在话下,你不是还很冤吗? 你这样知足是很好,可为什么已经离休还要忙个不停,还要越来越忙呢?

望着这个真的准备为事业鞠躬尽瘁的知识分子,我不禁生出惺惺相惜的伤感,只叹自己不坐在高高的宝座上,可以封这位二十多年如一日的大忙人一个劳模称号,授予他一枚"五一劳动奖章"!

别以为我是刘硕良的老朋友就光给他评功摆好。其实他老兄缺点一大堆,得罪的同行和著译者真不少。拿著译者来讲吧,他深知他们的重要,对他们总的说来也不错,特别是赠样书、开稿费相当大方;但是催起稿来一封电报接一封电报,稿子到手后人家来信却十有八九没回音,碰面问他,他也没事人似的回答:太忙啦。对"衣食父母"就这态度,难怪我有的朋友不再与他打交道。

也是因为"太忙啦",他出了不少大乱子。我写了一篇纪念亡友力冈的短文,《出版广角》发表时配了一张照片,照片上两人一个是他刘兄,另一个不知是哪位大活人,反正不是故去了的力冈。好在力冈已不能提抗议,他马马虎虎过了关。最近的一次就没这么轻松,差点儿被告上法庭。人家辛辛苦苦译成一本书,按他的指示印出来译者署名却错了!更可气又可笑的是,他在电话上向人赔礼道歉时还将错就错,一个劲儿地用他派给人的名字喊人家,气得电话另一头哇哇叫。

知识分子大多爱名,要想淡泊实在不容易,硕良兄似乎也未能免俗。而且听说他有意无意地做过件把过河拆桥的事,如果是真的,我觉得真应该检讨。虽说我们不必如曾子希望的那样"吾日三省吾身",但一个"信"字还是须时时谨记,不然朋友会越离越远,帮手会越来越少,对不对?

对于硕良兄的上述缺点,有时候我真恨得牙痒痒的,但转念一想他就是那么个人,他真有那么忙,就原谅了他。现在,了解了他的过去,对他的忙还有他的爱名又多了一份理解,就更容易想到他的优点和好处,对他的小节就越发睁一只眼闭一只眼。希望对他有气的朋友也消消气,这家伙毕竟大节不坏,贡献挺多。金无足赤,人无完人。有点杂质的金子毕竟还是金子,与污泥、狗屎之流有本质的差别;对不是完人的大忙人刘硕良,我仍然举双手赞成发给他"五一劳动奖章"。

硕良兄,你如果在百忙中读到这篇小文,特别是最后说你的坏话,请你千万别生气。要知道,不把你当朋友,并相信你受得住,鬼才管这些闲事哩。

补记:十多年后的 2016 年 11 月,在前往北海避寒的途中,我专程到南宁看望老朋友刘硕良,在出版单位安排给他的宽敞住宅里,我俩畅叙阔别。我得知,他老兄还在忙,忙着为出版单位编一套大大的文献资料,忙着主持出版纪念改革开放和漓江出版社建社 30 周年纪念文集,还有就是出版新版的"获诺贝尔文学奖作家丛书",以及他个人与著译者的通信集。

巴蜀译翁与刘硕良（右），龚雪梅摄

在他家附近的餐馆吃过中饭，我俩坐在他宿舍楼前话别。看着面前这位满头堆雪的耄耋老人，译翁心中无限感慨，颇为伤感！伤感不只因为我们都老了，更因为那懂得依靠著译者、善待翻译家、眼光远大、胸怀广阔的刘总已经永远离开漓江……

2020 年 7 月　于重庆武隆仙女山译翁山房

钱春绮传奇

中等个儿,平头,须发俱已斑白,经常身着一套洗得褪了色的灰色学生装,举止洒脱机敏,眼睛经常笑成一条缝,讲话带着浓重的上海人所谓的江北口音;走在他家所在的上海南京路上,尽管圆脸上架着副近视眼镜,充其量也只会被人当作某家小理发铺的老师傅,或者某所小学堂的老教员;谁也不会想到,这就是今天在我国读书界享有盛名的翻译家——钱春绮先生。

1983年4月15日上午10时许,在北京大学图书馆一楼的大会议厅中,正举行我国第一届"歌德学术讨论会"的开幕式。大会主持人对出席的学者、专家、教授和外国朋友一一做了介绍后,特别加重了语气宣布说:"今天,我们还邀请到了近年来在德语文学的介绍方面做出了巨大贡献的著名翻译家——钱春绮先生!"这时候,听众纷纷交头接耳起来,不少脑袋开始转动,希望一睹这位自己倾慕的翻译家的风采。

然而,能找到并认出他的人却极少极少,因为他并未如人们想象的那样,跻身于坐在前排的名人和贵宾中,而是混迹在普通听众里,坐在大厅的一个远远的犄角上。再说,本文一开头所勾勒的那个形象,在读书界和翻译界知者寥寥,虽然钱春绮的名字在20世纪50年代就很响亮,而且近几年越来越响亮。对于我们不少搞德国文学的人来说,这个名字甚至带着几分传奇色彩,有时简直像个叫人猜不透的斯芬克斯之谜⋯⋯

1960年前后,我在南京大学学习德国文学,开始做一些文学翻译的尝试,当时最爱阅读并引为楷模的就是钱春绮先生翻译的《德国诗选》等诗选,对钱先生相当钦佩。在同学们中传说,他原本是上海的一位开业医生;于是在自己的脑子里,便时时出现一个戴着金丝眼镜、革履西装、言谈举止派头十足的洋医师形象。他那么棒的德语,也无疑是长期生活在德国学来的吧?大家纷纷猜测,他要么在做开业医生时赚够了钱,要么家有巨额资产,所以才肯扔下手中的铁饭碗,不,金饭碗,来搞搞翻译,过优哉游哉的文士生活……说实话,当时在钦佩、嫉妒与羡慕之余,穷小子我对"洋大夫"钱春绮是颇觉不可亲近的。

十年"文革",百无聊赖之时,朋友们聚在一起常常以怀旧的心情谈起昔日翻译界的情况,总免不了提出这样一个疑问:"咳,上海的钱春绮现在不知怎样了呢?"语气中虽带着一点儿对自愿丢弃铁饭碗、硬跻身文坛的"洋大夫"的幸灾乐祸情绪,但更多的却是关心和同情。那年月,我脑海里时时出现一个满脸愁苦的老头,即使不挨批挨斗,也不知该如何挨过那坐吃山空的日子,打发那无所事事的时光啊。

"文革"终于过去。不久,又见到了重版的钱先生的译著,听见了他还健在的消息,大家都松了一口气。

去年秋天我因事到上海,经上海译文出版社的韩世钟同志指点,以后学身份登门拜访了自己仰慕已久的钱春绮先生,希图解开他这个斯芬克斯之谜。

"欢迎,欢迎,杨武能同志!"他应声迎出门来,亲切地握着我的手说,大概译文社的同志已预先告诉他我要去。

"不敢当,不敢当! 你们才是正统,我不过……"说时眼睛笑成了一条缝,态度是那样谦和。

随后,他把我让到房里,在一把藤椅上坐下;自己则动手为我沏茶。趁此机会,我观察了一下他的房间。那是一栋小楼第二层的一间角室,狭长狭长的,拦腰被一排高低不等的书架隔成两个小间。外间摆着床铺、桌椅等十分简朴的家具,里间摆着写字台,台上摊着雪白的稿纸。显然,我的到来打断了钱先生正在进行的工作。

室内安静,敞亮,除了三面墙壁上贴着一些未经裱褙的国画,堆在书架和书柜里的大量书籍文稿,便没有任何引人注目的东西,也看不见一个人。

茶沏好了,主客二人相对而坐。他那谦和的态度解除了我的一切顾虑,我便接二连三地提出了多年来一直藏在自己心中的问题。

"钱先生,您是怎么成为翻译家的?"

"我从小欢喜作诗,但诗作得不好,当不了诗人,译译诗聊以自慰吧。"回答是那么干脆、实在。我明白了,钱先生为什么译的多半是诗歌。

"钱先生,什么使您放弃原来的职业,走上了文学翻译的道路?"

"我原来在医院工作(不是开业医生!)。我这人不善于和人打交道,还是不当医生为好。1956 年纪念海涅逝世 100 周年,我译了他的《新诗集》交给出版社,结果被采用了,以后便继续翻译其他东西,适应社会的需要罢了。"话说得仍然是那么实在,毫无虚夸之意。

"您翻译的作品可不少啊!"

"哪里! 不过就仅仅……"

我当即掰起指头为他算了算,从德国的中古史诗《尼伯龙根之歌》到海涅的四部诗集,从一大本《德国诗选》到上、下两卷《浮士德》(当时《歌德诗集》尚未发行),全部加在一起已在十种以上,而且都是德语文学中的名著精品,多半还是些"硬骨头",没有高深的德文和中文造诣很难译出来,更别提译得好了。

"钱先生,您大概在德国住过很多年吧?"我想当然地说。

"不,我没去过德国,我只是在大学学医时念了几天德语,半路出家啊。"

我默然了。事后才听熟悉钱先生的同志讲,他不仅精通德语,日语、英语也不错,所以翻译时多半有后两种文本作为对照、参考,而注释、题解也常常采自其他语种的译本。

谈话停顿了片刻。我环视着他那简朴的居室,思路转到了另一个方面。

"钱先生,'文革'我们真为您捏了把汗,稿费没有了,生活一定够苦的吧?"话刚出口,我又有些后悔了,心想何必去揭人家的疮疤呢。

"也没有啥,"他淡然地说,"咱们中国知识分子有句古训,叫作:安贫乐道。你看,靠我老伴的工资有碗稀饭喝,不也就挺过来了吗?"

好个"安贫乐道"! 我沉吟着,咂摸着,环顾了一下那安静简朴的居室,瞅瞅面前这位理发师傅模样的老翻译家,想想他为读者提供了那么多那么好的精神食粮,我似乎悟出了某些道理。

"可是,"我又开了口,"您大概也被……"我正斟酌着适当的措辞,在"横扫了一下""整了整""批得够呛"之间摇摆不定,不想他却打断了我的思路,那眼镜后的一条缝变得更细了,嘴里同时迸出响亮的笑声:

"哈哈,没怎么样,没怎么样。只可惜我的那些书籍文稿! 已译成的《浮士德》上部卖了废纸,造了纸浆。"

他说话时的态度如此洒脱,好像讲的是与己无关的故事。然而我这听者心情却变得沉重起来。要知道被卖了废纸、造了纸浆的不是别的什么,而是半部《浮士德》的译稿,是数千行译者用自己的心血熔铸成的诗句啊!

第二次见到钱春绮先生,是"歌德学术讨论会"开幕前夕,在他下榻的北大勺园招待所里。

如果说,去年在上海我和他已经一见如故的话,今年重逢我们两个更成了忘年的知己。我们半躺在他房里相对的两张单人床上,随随便便地聊了起来。谈了他新近出版的两大本《歌德诗集》,谈了拙译《少年维特的烦恼》第一版后记中的一处疏漏,最后话题转到了从事翻译工作的苦与乐上。

"我们这些搞翻译的人也是浮士德,"我感慨地说,"一迷上这件事,就像也把灵魂卖给了魔鬼一样,要想停下不干都不行了。"

"是的,"他回答,俨然是过来人的口气,"严格地讲,一切文艺都是梅非斯托,都有不可抗拒的魔力,要我们为它受苦,为它牺牲,不过,受苦和牺牲也自会带来乐趣。"

以后,从无数次的交谈中,我了解到钱先生是江苏江都人,1983 年时 63 岁,老伴健在,二女一子俱已成人。为了赢得一个不受干扰的安静环境和大量的自由支配时间,专心从事翻译工作,他不仅于 20 世纪 50 年代末主动丢弃了当医生的铁饭碗,成了一个完全靠稿费为生的无固定职业者,而且现在离开子女和老伴单独住在一个地方,吃饭也在亲戚家搭伙。如此一心扑在事业上,他取得的成就是惊人的。去年出了他译的《浮士德》上、下卷,今年出了两厚本《歌德诗集》,明年后年还会出他译的《席勒诗集》《华伦斯坦》……一部一部,以至于十部二十部;一个字一个字,以至于数百万字,近千万字! 所谓著作等身,在他将不是一个带有夸张意味的套语。

在整个讨论会期间,钱先生始终坐在一个不显眼的角落里,一言未发,只是认真地阅读着别人的发言稿。直到闭幕前的最后一次讨论会上,他才从座位上站起来,对会议主席鞠了一躬,简简单单地讲了几句话。他的话的要旨是:在我们的东邻日本那么个小国,已出版歌德等重要作家的全集不止一种。而以我国幅员之大,人口之多,历史、文化传统之悠久,迄今竟连一套歌德选集都没有,德语界的同仁真需要加倍努力才对。钱先生这一段以平淡的语调说出的朴实无华的话,在比较了解他的我听来却饱含激情,富于深意。我仿佛看见,老翻译家突然敞开了自己的心扉,一切围绕着他的谜好像都解开了,他的所作所为不再是富于神秘色彩的传奇,而是一个恪守"安贫乐道"古训的中国知识分子的正常而合理的行动。

对于钱春绮先生这样一位为丰富祖国的文化宝库而尽心竭力、茹苦含辛的知识分子,尽管他自视为德语文学界的"非正统",尽管对他的翻译水平和学术成就同行中还存在高低不等的评价,人们却是绝对不会忘记的:在"歌德学术讨论会"筹备期间,外国文学学会会长冯至教授一再指示,必须把蛰居在上海的钱先生请到北京来。开幕式后,年高德劭的冯至教授又让人领自己到比他小 15 岁的钱春绮席前,亲切地握住他的手说:"钱先生,您为介绍德国文学做了那么多工作,我非常钦佩……"上海译文出版社的副编审韩世钟同志,27 年来一直是钱春绮译著的责任编辑,对他的工作和生活都十分关怀、照顾。这次二人同车来京，同住一室，形影不分，彼此常常戏称对方为自己的"衣食父母"。在新成立的德语文学研究会中，钱先生尽管不代表任何一个单位和团体，仍被公推为所谓"当然理事"。一批一批的同行和读者到招待所登门拜访他，有的买来他译的《歌德诗集》，请他签名留念……

人们如此敬重我们这位老翻译家，为了他渊博的学识，为了他巨大的贡献。而作为他的同行、后学和忘年好友的我，则更敬重他一心扑在事业上的决心和毅力，弃医从文丢弃铁饭碗的勇气和魄力，以及那安贫乐道的做人和严肃认真的治学精神。

（原载于《中国翻译》1986 年第 1 期）

上面这篇"传奇"，写成于 1983 年 4 月中旬的某一天。那天中国第一届"歌德学术讨论会"组织游览北京新开辟的名胜潭柘寺，我因心里不痛快没有前往，而是留在住地发愤写成了这篇文章。

三个多月后，我便调离当时工作的社科院外文所，回到四川外语学院当副教授、副院长。两年后的 1985 年 4 月，我在小小的川外发起并主持了"席勒与中国·中国与席勒"讨论会。它至少是我国德语界的第一次大型国际学术活动，除了十多位直接从德国飞来的学者，国内同行也可谓群贤毕至，自然也少不了邀请钱春绮先生，并且让学校为他报销了全部的差旅费。钱先生在会上同样备受尊重，会议还安排朱雁冰教授代读了他的发言。本来我还想利用职权，特聘他做川外的教授，只因他故土难离，未能实现我的想法。

后来我与钱先生一直保持书信联系，并曾建议德国有关机构邀请他去访问，结果人家以他没有派出单位而婉拒了。而今钱先生已八十高龄，前往歌德、席勒的德意志一游的夙愿更难实现，这将成为这位为传播该国文化贡献殊伟的老翻译家及其朋友们的一大憾事。

20 世纪 90 年代初，我再次踏进了钱先生在上海南京路那幢小楼里的简朴的家。其时他的另一位朋友兼后学曹乃云先生也在他那里。这一次,老先生已不像十年前那么乐天、旷达,相反是牢骚满腹。他一骂正卷土重来的"帝国主义冒险家",为了建他们的商厦和写字楼,竟生生地要推掉老先生这地处黄金地带却闹中取静的旧居;二骂某家敲骨吸髓的混账出版社,说它不打招呼就用自己的译文,不仅事后不给样书和稿酬,写信去问还置之不理,既无赖又霸道……

听着钱先生的牢骚和抱怨,在同情之余,我感到他的心态明显地老了,已经跟不上眼前这飞速变化、色彩斑斓的时代。

令人欣慰的是老先生的儿子挺有出息。指着儿子儿媳从国外寄回来的大照片,他告诉我不久他将第一次走出国门探亲。1995 年夏天我在加拿大开会、访学,就与其时正在国外的钱先生通了电话。听得出来,当时在大洋彼岸的老先生蛮开心。

又有几年没见这位亦师亦友的前辈同行了。我在这儿只想对他讲:钱先生,您辛苦了一辈子,做的事情已经不可能再多,该好好歇一歇,安享晚年了。我在南大的业师张威廉即将满一百岁,遥祝你老和他一样健康长寿!

旷达、潇洒傅惟慈

——"我的北京老哥们儿"之一

他们不是直接教过我的老师，不是老师却胜似老师；他们多数都比我年长，原本不好意思与他们称兄道弟，却又硬是拗这帮长者不过，只好老老实实地当人家的小兄弟。

傅惟慈在我北京的老哥们儿中资格不算最老，名气不算最大，但与我关系最深、最密切，因此也对我最重要。已经记不确切是什么时候开始来往，只知道上大学时就读过他译的书，对这位前辈同行早已怀着敬意。读研究生进了京城，一大收获是结交了不少高级别的文化人，傅惟慈怎么也算一位。不过，此级别非彼级别，不是由上头任命或曰恩赐，也非经什么什么委员会评定，而完全为自身的人格、学养和生活品位所标注、所展现、所表明。

说傅惟慈与我关系最深、最密切，是我在读研究生时就常上他在四根柏胡同的家里去，他呢，也不止一次屈尊来我住的北师大看我。记得一次是我生病了；另有一次是暑假，他来时我正一个人打着赤膊在寝室里翻译赫尔曼·黑塞的小说《纳尔齐斯与歌尔德蒙》。他见了既感慨又感动，感慨于我们这些"翰林"生活、工作条件之艰苦，感动的是我这么用功、勤奋。可他不知道，就是这部我冒着暑热，用两个多月时间夜以继日地译成的书，在1983年经译文出版社推出后，竟成了我仅次于《维特》的最受欢迎的译作。特别是一些爱好文艺的青年更是喜欢它：著名旅德画家程丛林告诉我，当年他们在四川美院的同学是排着队等看这本书；《四川日报》的记者李中茂一下竟"抢购"了十本,为的是公诸同好。

岂止是青年。在流传甚广的《文化苦旅》中有这么一段让我喜出望外的文字:"什么时候,那一位大手笔的艺术家,能告诉我莫高窟的真正秘密?日本井上靖的《敦煌》显然不能令人满意,也许应该有中国人的赫尔曼·黑塞,写一部《纳尔齐斯与歌尔德蒙》(*Narziss und Goldmund*),把宗教艺术的产生,刻画得如此激动人心,富有现代精神。"

也就是说,大学者、大作家余秋雨也被这部小说感动了,看来多半还是读的拙译,尽管他没有忘记在括号里抄上原文书名。遗憾的只是,余先生惜墨如金,或者根本就不觉得应该注出译者的名字。即便这样,我也并不特别对余先生有意见,因为他并不像傅惟慈先生似的看见我曾挥汗如雨、夜以继日地爬格子,做翻译,更何况在当今的中国知识界,不尊重翻译家劳动的情况多着呐;相反倒要感激他赏识我长途搬运来的精神产品,有意无意地为它做了"广告宣传",尽管他眼里全无一路艰辛的"苦力"。在尊重翻译家这个问题上,顺便讲一讲,我最欣赏和佩服已故的王小波。在他的《我的精神家园》里有一篇《我的师承》,我读了确确实实异常激动、感动。

言归正传,傅惟慈见我这么亡命地译书,也许因此想起了自己的青年时代,惺惺惜惺惺吧,对我便格外地好起来。我呢,觉得他旷达、随和、好交游,也就不再拘束、见外,成了他家的常客。一开始,我仍理所当然地跟研究生院的同学们一样称他傅先生、傅老师。他当然对我直呼其名,在信里却称武能兄,多次指责我叫他老师太见外,太客气。叫他惟慈兄吧实在不好意思,就干脆来个折中叫老傅。

说傅惟慈先生或老傅对我最重要,一是其他的哥们儿多半都是他给我介绍的,比如我一定要写到的董乐山;二是1983年我离开北京以后,他就成了我在北京的联络员,比如要去拜见老大哥冯亦代,总是由他先电话联系。还不仅如此,老傅的小院简直成了我在北京的半个家,说半个是因为还有另外半个在我的老同学舒雨家里,前些年进京总是在他或她家落脚,倒不是为了省旅馆费,而是住起来随意、安全,有人说话不寂寞。1998

年夏天去德国前,我竟全家进驻老傅家,好在他房间还够。

老傅是老北京,满族——怪,跟舒雨一样!——对北京的情况了如指掌,没少领着我这个在北京混了五年还摸不着北的小兄弟到处逛,去游雍和宫,去拜访他的亲家叶君健先生,去看另一位说算哥们儿也算哥们儿但来往不多的梅绍武,等等。反正,只要我提出上哪儿,老傅总是有时间。

从多少次的闲谈中,从他悼念乐山兄的文章中,我大致了解了老傅的身世。祖上看来是有产有业的旗人,他现在住的绿荫匝地的小院就是上一辈传下来的。很长一段时间背负着他所谓了不清的"旧账",在任职的北京语言学院(现名为"北京语言大学")被剥夺了上讲台的资格,只能在资料室里一杯茶一支烟地和董乐山一起打发光阴。但是,一个有才华的人绝不肯白白地浪费生命,同时精通英文和德文的老傅便潜心译事,即使在那个既无稿费也不能署名甚至还要冒"贩毒"挨批风险的时候。然而,功夫不负苦心人,等到知识不再无用的 20 世纪 80 年代,老傅已卓然成家,和乐山兄一起成了中国译协当然的理事。

不说他从英文译的格林、毛姆以及与董乐山、梅绍武等合译的《马克思和世界文学》什么什么的了,就讲他译自德文原文的《布登勃洛克一家》和《臣仆》这两部大名著,这两部现代德语文学的经典,就已经很了不起!它们分别是大文豪托马斯·曼和亨利·曼弟兄的代表作,谁要译出其中一部,就足以在中国的现代翻译文学史上留名。而且我这位老哥译得是那样好,不但令我这个 Germanist(德国语言文学学者)佩服,还使在重译或复译成风的今天,至今没人敢动另起炉灶的念头。也许就因为译得太好了吧,个别德语同行竟在背后嘀嘀咕咕,怀疑是从英文转译的。对此,老傅当着我只淡淡地说了一句:"谁译得更好,就请吧。"老实讲,对于德语界开会从来不请卓有建树的德语文学翻译家傅惟慈——他还译过布希纳尔等等,我是有看法的,尽管他自己一点也不在乎。

他好像同样也不怎么在乎的是,语言学院迟迟没解决他的职称问题。差不多十年前他退休时,他对我避而不谈此事,我估计仍然没解决。尽管如此,人家都叫他傅教授,因为论学识谁都认为他该是教授。就拿德语来讲吧,他两次应聘到德国大学教中国语言义化,像我的某些同行那样讲起德语来结结巴巴的行吗? 今天有几个语言或外语学院的教授,能像他这样精通两种语言,翻译两种文字的文学经典?

不管是对待使自己遭受委屈的"旧账"问题,还是对待职称之类的名分问题,老傅真可以讲十分地看得开,十分地旷达。

旷达的老傅退休后过起了潇洒、随意的日子,但是并不清闲。在家里他是老太爷,饭来张口,衣来伸手,贤惠的夫人——我仍尊敬地称她段老师——一味由着他,惯着他,辛苦了一辈子嘛,该! 每次去他家暂住,也跟着享受老太爷待遇,实在说就不那么心安理得。

说老傅潇洒,随意,是指他不再吭哧吭哧地当"苦力",爬格子搞翻译作长途的文化搬运啦。一辈子译了那么多,除了社会名声什么也没带来,再多两本又能怎样! 明说吧,要译就得赚钱快,不然宁可歇着。

说不清闲,是他又迷上了其他几件事,又有了一些个雅好。

老傅的第一个爱好是听音乐,而且是真正地听,入迷地听。在我的哥们儿和朋友中,他第一个玩起了激光唱机,十多年来一次又一次地升级换代,称得上个发烧友,但绝不属于那玩纯器材的一类。每次朋友对他的高、新设备发出赞叹,老傅总解释是"女儿孝敬的"或"儿子寄钱买的"。反正没得说,好福气!

老傅的第二个爱好是整修房子。自从"文革"中硬派进来的邻居搬走以后,他便不断请人整房子,或维修,或改建,或扩大。暖气和卫生间更是改了又改,我每次去都发现有新变化。而今,无论寒暑春秋,坐在他那小院里是既惬意又有看头啦。尽管如此,老傅看来似乎仍然还不满足,还不肯罢休。

最近一些年,我在老傅家里常常发现有些奇异的访客。他们大多独来独往,行色匆匆,通常操外地口音,而且手里无不拎着个大提包,一来就给老傅让进另外的房间里,然后开始密谈,谈个十多二十分钟又很快离去。对这些人,老傅从来一副公事公办的样子,从来不讲虚礼客套,更不留人家吃饭。后来我才知道这些人与他的第三个雅好有关,原来都是他的"币友",也就是说要么是集币爱好者,要么是币商。老傅告诉我,他搜集钱币系家传,只不过在退休以后多花些时间在上面罢了。然而等他特许我参观了他的藏品以后,我才知道他这个"只不过……罢了"颇不简单——收藏颇丰不说,恐怕珍稀品种也不少。老傅往往拿着一枚滔滔不绝地在那儿介绍,我仍听得云里雾里。老傅发挥自己会多门外语之所长,借他和亲友经常到国外的便利,专门集外国钱币,很快就成了公认的专家权威,不但当选为中国钱币学会的学术委员,而且几年前就开始了著书立说。前面所说的那些来自全国各地的币友、币商,都是慕名上门来,要么向傅教授讨教,要么求傅老先生调剂余缺。傅老先生于是便来个"以币养币",于购进调出之间赚一点银子。老傅不无嘚瑟地向我透露,他每年的此项收入相当于译一本三四十万字的书,可是费力少,又好玩儿,而且自己的收藏也在不断的补充和更替中越来越上档次,越来越丰富。

看来我这位老哥们儿真快富起来啦,但不是通过教书、译书、编书,不是通过干苦力活儿,也非靠政府提高知识分子的待遇,而是通过玩儿,玩儿可以生出钱币来的钱币。

若问老傅不断赚钱来干什么? 维持他的第四个爱好即旅游呗。

在熟人朋友中,不,甚至所有中国人,我敢说像老傅似的旅游家屈指可数。他不但在国内外跑的地方多,而且全是自费,而且几乎总是一个人独行,而且毫无功利的目的。现代化的欧洲国家就不说了,他还去了文明古国希腊和埃及;国内则偏爱一些边远古镇,四川来过至少三趟,最后一次住在我家里,为的是去看僰人悬棺。古稀之年背着个小包满世界跑,去的经常是人烟稀少之地,宿的多半是鸡毛小店。若问傅教授怕不怕遇上坏人? 不怕,因为他的样子就像个一贫如洗的老流浪汉。

1988 年夏天,老傅流浪到了我客居的波恩,一进屋就毫不客气地要小弟给他煮碗汤面吃。等到一大盆蹄花汤和面条稀里呼噜下了肚,这才慢慢点上一支烟,边抽边给我讲旅途见闻,并让我看他拍的照片。第二天早上进过早点,他又拉着自己的小拖车不慌不忙上了路。

　　说到拍照,这可是他流浪的一大内容,一大收获。他用的是很高级的尼康相机,拍出来的真正是一些艺术风光照。在展示他那些角度特别剪裁也特别的照片时,老傅又不无骄傲地告诉我,他的摄影作品已有不少公开发表了。

　　这篇小文暴露了老傅的不少"军事机密",旷达的他想必不会太在意。再说,他已经七十开外,也不至于再做多久的独行侠,更何况老先生久在江湖,对付拦路抢劫之类早有屡试不爽的绝招和置敌于死地的秘密武器。

　　退休后的老傅实在潇洒是不是?潇洒来自旷达,老傅正因为潇洒又旷达,所以身体特别健康。比他可能还小一点的乐山兄前年就走了,其他老哥们儿几乎都住过医院,唯有他还在玩儿,还在流浪,真是令人羡慕。

　　小兄弟我决心过两年也学学老傅。可旷达也好,潇洒也好,是学得来的么?

（原载于《中华读书报》,刊期不详）

老大哥冯亦代

在北京五年,除去在冯至老师指导下完成了硕士学业,拜识了钱锺书、季羡林、戈宝权等学界大师,还有一大收获是结识了不少文学翻译界的朋友,如傅惟慈、李文俊、董乐山、梅绍武、冯亦代。他们多数比我年长且名声显赫,都是我的前辈,但却被我称为"我的北京老哥们儿",因为他们待我的确像小兄弟一样。先后收入《圆梦初记》和《译海逐梦录》的《旷达、潇洒傅惟慈》一文,回忆了我跟"老哥们儿"结识交往的情况。多年来耿耿于怀的是,董乐山和冯亦代先后故去了,我却没能在两位生前写写他们,在他俩辞世时留下一点点悼念的文字。现在来追忆缅怀,是不是可以多少弥补一点遗憾?

先讲冯亦代,无论年龄还是资历,他无疑都是我们的老大哥。1949 年前,他活跃于上海、香港、重庆的文艺界,是急公好义、乐于助人的好"二哥"。关于他颇具传奇色彩的生平、业绩、建树以及争议,网上随手可以获得,我就只讲自己亲见亲历的冯亦代。

读社科院冯至老师的研究生时,我们借住在新街口小西天外北京师范大学的学生宿舍,离傅惟慈家所在的护国寺四根柏胡同步行半个小时就到了。有事无事独处异乡的小四川佬总往这位忘年之交家里跑。

一天,老傅说要领我去见冯先生,我乍一听蒙了,随后回味过来,此冯先生并非我的老师冯至,而是住在新街口大街对面三不老胡同的冯亦代。

走进胡同深处一个大院,爬上一幢小楼的二楼,来至一道门前,看见门上贴着一张字条,大意是:此为房主学习工作时间,恕不会客。

从左至右：巴蜀译翁、董乐山、冯亦代、傅惟慈，
20 世纪 80 年代初摄于中国译协烟台中青年文学翻译讨论会

"坏了，吃闭门羹不是！"我暗想。

谁知老傅却敲起门来。应声开门的是一位温文尔雅的小老太太，他们只是相互点了点头，老傅就领着我登堂入室，拜识了老人哥冯亦代。

冯老大哥见到我很是高兴。他 1949 年前已经是译介海明威、毛姆的知名翻译家，曾主编过多本有影响的文学刊物，这时赶上改革开放，又重操旧业，正跟广州的花城出版社合作，领着林大中等两三个年轻人办一本外国文学刊物《译海》。他邀我供稿，于是促成我翻译了其时最热门的现代派代表作家卡夫卡，两篇短篇小说《法律面前》和《猎人格拉胡斯》后来也收进了我的译文集。可叹《译海》很快夭折，要还活着，将与《译林》南北呼应，形同双璧！

后来我经常是老大哥家的座上客，直到我 1983 年调回川外。他给我帮助很多，也称得上我生命中的一位贵人。只说最重要的一件：众所周知，《读书》是改革开放后创办的影响巨大的著名文化刊物，老先生以发起人和常年供稿者的身份担任副主编。有一天，我在和平里李文俊家里巧遇他，谈话间他了解到我研究歌德，便说："好不好请你给《读书》写写歌德？"

"好当然好，"我回答，"只是我刚开学习歌德，您应该约冯至先生这样的大专家写才是。"

"大专家我们约不到，你写一个样。"

事情就这么定了，回到北师大学生宿舍，我废寝忘食赶出了两篇文章：《漫话维特》和《有支歌唱出了整个意大利》。稿子经亦代老哥亲手交到编辑部，不久都发出来了；《漫话维特》还上了封面要目。

这样就开启了我跟《读书》的关系。那时候《读书》编辑部在朝内大街166号，跟人民文学出版社在同一幢楼，是多少年我进城去必去之地。我很快跟《读书》的实际管家沈昌文、董秀玉，以及几位年轻编辑混熟了。1989年董秀玉把我写的第一本书《歌德与中国》收进了高规格的"读书文丛"；每次从成都去北京，沈昌文都要请我吃咸亨酒店。三联书店的大头领范用也很待见我，专程访问过我的川外；至今我还收藏着一张有他老人家漫画像的明信片。现在想来，我写的学术论文时而遭到正统学者诟病，说"总带着散文味儿"，恐怕也多少是受《读书》影响。

啰唆这些，证明亦代老哥对我帮助有多么大，可朋友们未必爱听。好吧，搁笔之前，来点有意思的，讲讲他跟黄宗英的黄昏恋。

都说好人好报，要找验证，冯亦代就是。他人好，所以朋友多，粉丝多，婚姻家庭幸福美满，特别是80岁后跟大明星黄宗英的浪漫爱情，百分百的文坛佳话，足以流芳百世！

或问：这也跟你有关系吗？答：有那么一点点，证据藏在重庆图书馆的巴蜀译翁文献馆里。

1993年，疯传耄耋之年的亦代老哥和黄宗英恋爱结婚了，远在成都的我将信将疑，也不好意思写信去问。如此过了些时候，突然收到一张明信片，寄卡人签名冯亦代、黄宗英！

明白啦，这是老大哥向小兄弟报喜来了。可道喜、致贺，甚或送礼，对我却成了难题。我迟疑犹豫，终究没做任何回应，今天想来追悔莫及！要问原因，一大半在我心里，不在黄宗英；对她我有很好的印象。作为影星，她不以容貌取胜，表现出的是端庄大气，是典型的智性女性。1981年，我陪第一个德国作家代表团访问上海。此前在北京是周扬、夏衍的高规格接待，在上海就由巴金宴请。晚宴之前，在上海文艺出版社，中德作家见面座谈，东道主方面出席的是杜宣、沙叶新等当红作家。我不经意一转头，左手边紧挨着我坐的是黄宗英！她身着紧身的浅灰色薄呢子上衣，十足的明星范儿，见我看她，落落大方地莞尔一笑，十分友善。

可是，跟本文开头静悄悄地给傅惟慈和我开门那个小老太摆在一起，两者反差实在太大。后者是亦代老哥的原配郑安娜，宋庆龄曾经的英文秘书，也算一位女杰。老哥坦言，因为她，自己才成了美国文学翻译家；我见到她时，她已是一位贤内助，温文尔雅，贤惠亲切，令我不由得想起钱锺书先生家的杨绛。我进出他们家许多年，她如亦代一样待我似小兄弟。我无法想象，大明星会像这小老太似的默默无声地给我端茶倒水！

后来不止一次到过北京，都下不了决心去老哥在新街口外的新居坐坐。不想追星固然是原因之一，更主要还是克服不了小老太给我造成的心理障碍。

而今异常后悔，悔不该不去再见见老大哥冯亦代。还有对亦代大哥的至爱宗英大嫂，也怀着深深的歉疚：你凭什么认定，身为冯家的女主人，宗英一定不如安娜呢？

2020 年 6 月　于重庆武隆仙女山译翁山房

译坛杂忆:可敬可亲戈宝老

戈宝老,是社科院外文所的同事们对宝权先生的敬称。

1978年,40岁的我考进中国社会科学院外国文学研究所,成了冯至所长的研究生。那时候,所里与宝权先生年资相仿的老先生有好多,如李健吾、卞之琳、杨绛、罗大刚等等,却只有他享有这个既满含尊敬,又显得亲切、随意的称谓。

在外文所当年挤满居家杂物、弥漫煤烟味的筒子楼走道上,时常看得见瘦瘦高高、戴着一副金丝眼镜的戈宝老,其他老先生却难得一见。为什么呢? 因为他们几乎不来所里上班,戈宝老呢,尽管也不必上班,却常来所里,因为筒子楼楼道上的一间办公室里坐着一位叫梁佩兰的女士——宝权先生在遭遇两次离异后成功地黄昏恋娶的新夫人。

我虽说常见戈宝老,却只能远远仰视他。他太高大了,还在中学时代,喜爱文学的我就熟读让他翻译得音韵铿锵、感人肺腑的《海燕》;高尔基这篇激情澎湃、斗志昂扬的散文诗,给了正欲起飞的孱弱少年以激励、鼓舞。还有普希金《假如生活欺骗了你》这首抒情诗,给了一次次遭遇挫折、失意的我慰藉和再出发的勇气。在我年轻的心中,戈宝权无异于神,围绕在他身上的光芒让你无法正视,所以在外文所5年,我对戈宝老一直是敬而远之,一句话都没跟他说过。

谁知情况有了做梦也想不到的变化。那是在我调离开外文所回到川外以后。

1985年《译林》创刊5周年,李景端总编邀请我到南京出席座谈会,使我有幸近距离接触国内一批文学翻译界的名家和前辈。报到后我们被送到了据说是毛主席来南京多数时间下榻的地方。更加让我意外和惊喜的是,德高望重、享誉中外的戈宝老竟不期然地跟我住在同一个标准间里,我们俩的距离一下子拉得这么近!

记得临睡前我俩总爱盘腿坐在各自的床上闲话。一次,老先生一边搓着脚心一边对我讲,搓脚心这事儿简单易行,乃是他的养身秘诀,我也不妨试试……

《译林》创刊 5 周年座谈会就在中山陵 5 号的宾馆举行,与会者几乎都是刊物当年的编委,没有一个不是享誉海内外的资深翻译家;由此可见李总编非同寻常的组织能力和"统战手腕"。我呢研究生毕业没几年,算是初出茅庐的小青年,不知李景端出于什么考虑挑中了我,让我叨陪末座。会上老专家们侃侃而谈,盛赞五年来《译林》的成功和成绩,提了不少办刊建议。

后排左二起周珏良、毕朔望、杨岂深、吴富恒、戈宝权、汤永宽、屠珍、梅绍武;中排左起吴富恒夫人、陆凡、董乐山;前排右起施咸荣、郭继德、巴蜀译翁、陈冠商;余为座谈会东道主

　　会后参观考察,我始终跟戈宝老走在一起。站在一个人头攒动的农贸集市边上,他突然开口道:"杨武能,你看怪不怪,那几个年轻人? 男的蓄着长头发! 戴副蛤蟆镜还留着镜片上的外文商标!"如此走着聊着,有说有笑,好像一对好朋友。事实上,座谈会结束离开南京,我和戈宝老真成了忘年交,随后还有不止一次难忘的聚首。

　　1987 年,历史文化名城四川眉山,由我牵头,在文化圣地三苏祠成立了四川翻译文学学会。作为外地唯一的特邀嘉宾,戈宝老远道而来,受到了与会全体文学翻译家和省作协领导的热烈欢迎。大家都知道戈宝老不只是大翻译家,还是老革命家。我亲眼所见,包括作协主席马识途、副主席高鹰在内的众多著名作家,都对宝权先生满怀敬意,赞誉有加,都说自己受过戈宝老译作的影响。此情此景,让我感受到了翻译家的重要和荣耀!

　　眉山会后,我以四川外语学院副院长名义邀请他到学院讲学,这个学院特别是俄语系的师生热烈欢迎他,大家都敬仰大翻译家、大学者和老革命家。闲暇他和夫人梁佩兰还到我家做客,又留下一张跟我和夫人王荫祺的珍贵照片。

从左至右:戈宝权、梁佩兰、王荫祺、巴蜀译翁

　　20 世纪 90 年代,我在北京罗锅胡同戈宝老家里最后一次见到他,其

时他正忙着准备访问俄罗斯。我们互致问候,讲了讲自己一些年来的工作生活,便在他除了书还是书的居室中匆匆留了一张影。戈宝老看上去精神矍铄,没想到此一分手就成了永别!

巴蜀译翁与戈宝权(右)

可敬可亲的戈宝老,可亲可敬的宝权先生、宝权同志!你逝世整整20年了,可是你并没有离开我们,你和你翻译的普希金、莱蒙托夫和高尔基等大文豪一起,永远活在中国大地上,活在中国人民的心中!

2020年7月　于重庆武隆仙女山译翁山房

寂寞的丰碑

——怀念力冈

10 多年前,从收入漓江出版社"获诺贝尔文学奖作家丛书"的 4 大卷《静静的顿河》,我得识了作为译者的他的大名——力冈。

4 大卷《静静的顿河》,洋洋 150 万言!在深知译事艰辛的我,这本身已是一桩非凡的业绩,令译界的同行羡慕。

丛书的主编刘硕良还告诉我,《静静的顿河》乃是新时期重译的第一部大型多卷本世界文学名著。他并且认为,当年能做和愿做这件吃力又不无风险的"蠢事"者,非力冈莫属:他在"摘帽平反"以后身处世外桃源一般的鞠湖某高等学府,不仅有安静的环境和充裕的时间,还十分耐得住寂寞;而且尤为重要的是,他在 1957 年横遭不测后苦撑苦挨了许多年,好不容易才等到了机会,终于能够实现自己从青年时代起就怀有的译介俄国文学名著的抱负。所以,他能以常人难得有的决心、胆识和毅力,废寝忘食地完成重译《静静的顿河》这一至为艰巨的工作。

大同小异的经历和志趣,使笔者自然而然地对素昧平生的力冈产生了兴趣和倾慕。然而,遗憾的是,在 4 大卷《静静的顿河》里,在我后来所接触的力冈的众多译著中,关于他自己却未着一词,使得这位离群索居、远在千里之外的同行,长时间地成了我心中的一个悬念和谜。

1994 年秋冬之交,终于,在杭州举行的一次文学翻译研讨会上,我与心仪已久的力冈不期而遇,算是四川老远跑去赴会的最大收获。会间我们接触的时间十分有限,但却一见如故,相见恨晚。在会议组织的参观游览途中,我们全然无心于风景名胜,只顾谈论自己感兴趣的文学翻译,谈论翻译界和出版界的熟人朋友。

杭州之行来去匆匆,会后我与力冈开始书信往来。其时我应四川文艺出版社之约,正主编"世界中篇名著金库"等两套丛书,力冈不但自己欣然供稿,而且从北到南地给我推荐了不少他认为信得过的译者,其中包括他的老朋友沈念驹、老搭档冀刚,还有他的学生和年轻同事、同行。在这个过程中,我发现他一点不迷信名家和权威,而是热情提携青年后学,因而大大加深了他在我心目中那个忠厚刚直、重义轻利的山东汉子,那位可亲可敬的仁厚长者的印象。特别是后来了解了力冈的不幸身世,我于钦佩其以九死不悔的毅力追求自己的理想,兢兢业业地完成巨大业绩的同时,更加敬重他虽经历坎坷磨难仍不改赤子之心和善良禀性的高尚人格。

1996 年下半年,突然传来了力冈身患癌症的消息。其时他行将满 70 岁,刚刚借探亲的机会去了一趟自己终生向往的俄罗斯。是的,这位为介绍俄罗斯文学献出了整个生命的大翻译家,他一生仅唯一一次踏上我们北方邻邦的国土,而且只是作为一个普普通通的自费旅游者。

1997 年春节过后不久,我刚从德国访学返回成都,就接到他亲属通过电话传来的噩耗:力冈走了! 是的,他走得如此匆忙,如此寂寞,没有单位发来的一纸讣告,也不见传媒任何报道,虽然他生前为我们的教育事业和文学翻译事业贡献那么大,那么多! 力冈岂止走得寂寞,活得也寂寞。从我接触到的有关材料看,他从未获得过任何奖励和荣誉称号,也没有哪怕仅仅是在某个学会、协会里担任过任何职务;作为教师和翻译家,他有的只是辛勤的劳作和默默的奉献。然而,力冈之能成为力冈,力冈之能给我们留下洋洋 700 多万言的精彩译作,就正好归功于我在本文一开头所说的他耐得住寂寞。

力冈翻译的俄罗斯文学不仅数量巨大,而且质量上乘,大多很好地保持了名著原作的文学价值,忠实地再现了它们的艺术风格。他常讲:"要想做一个优秀的文学翻译家,必须具备敏锐的美感和细腻的文思。文学翻译重在传神,因此对原文必须吃透。"他又说:"翻译家好比蜜蜂,只有将采集的花粉完全消化了,才能酿出真正的蜜来。"因此,他对自己的译品总是字斟句酌,精益求精,甚至不止一次在课堂上鼓励学生为他挑错。他还讲:"心绪不佳和思想紊乱时我绝不动笔。提起笔来就必须专心致志,全神贯注,力求做到像演员一样进入角色,分担书中人物的喜怒哀乐。"也就难怪,读力冈的译品,我们往往会深受感染,获得巨大的艺术享受。

在我国,文学翻译家曾被誉为偷天火赈济人类的普罗米修斯,被誉为替起义奴隶运送军火的无名英雄;然而,这个普罗米修斯最终被缚在了高加索山上,肝脏遭受到老鹰啄食,长期孤寂地忍受着非人的痛苦折磨。在西方,翻译家的精神劳动同样常常遭忽视轻薄,干脆被称作文化界的苦力。先是寂寞地活着和奉献,最终又寂寞地离去的力冈,可以说是我国为数不算很少的文学翻译家的一位典型代表。

不过令人欣慰的是,力冈尽管走了,默默地走了,他却用包括《静静的顿河》《安娜·卡列尼娜》《复活》《猎人笔记》《上尉的女儿》《当代英雄》《帕斯捷尔纳克诗选》等在内的一系列名著佳译,为自己树起了一座不朽而宏伟的纪念碑。还有力冈具有的刚直不阿、善良忠厚、爱护弱小、扶助后学和疾恶如仇的难能可贵的品格,也使他永远活在自己的亲属、朋友、学生和同事的心中,活在视他为楷模的我辈同行和广大热爱他的译品的读者心中!

(原载于《出版广角》1997 年第 4 期)

快乐的文楚安

在我国的外国文学界和读书界，文楚安早已不是个陌生的名字。"文革"结束不久，他便不断地奋笔疾书，至今已在全国一流的报刊《读书》《文艺报》《外国文学评论》《当代文坛》等发表了数十篇有影响的论文，此外还翻译出版了《荣格：人和神话》和《与狼共舞》等大部头理论著作和文学名著；作为一个业余从事著译的学者和翻译家，应该讲文楚安已取得可观的成就。

虽然很早就从北京的同行口里听说"四川有个文楚安"，因而注意读了他的一些作品，与他第一次见面却是在1987年年末。其时四川文学翻译界首次聚会于眉山三苏祠，在会上成立了四川作协的翻译文学委员会和四川翻译文学学会。楚安给人的印象是豪爽、热情，再加上已经取得的成就和声望，因而被公推为学会的秘书长。几年来，他不负众望，确实为四川翻译文学事业的发展兴旺不声不响地做了许多事情。

大概也深知他靠得住吧，北京有几位大主编（如社科院的王逢振）和大编辑（如《文艺报》的李维永）都老拽住他不放，使他狭小阴暗的书房内，不分寒暑地灯火长明。当然，楚安也在他的小书房中自得其乐。

最近几年与他接触多了，才知道他过去的路颇为坎坷曲折：20世纪60年代初在四川外语学院毕业后分配到了边远地区，长期与爱人孩子分居两地，几经辗转终于团聚在华西医大，业务专长才得到较好发挥。不少人告诉我，他开的翻译课很受该校外语系学生的欢迎；我想，除去他备课讲课认真，还与他长期的翻译实践和精深的理论研究有密切关系。也就是说,楚安科研与教学相长,科研教学俱佳,像这样一个教师应该讲难能可贵。然而,他至今还是个副教授,还住着勉强算是一室一厅的房子,可据我观察,他却毫无怨言,口头常挂着的一句话是"总会解决的",说完又埋头书中。所以,我说他"自得其乐",是个对名位和生活享受都看得很淡的达观学人。

还要说说楚安的一件趣事,他虽热情诚恳却不善言辞;我的意思并非他词不达意或者缺少文采。记得大前年在全国外国文学研讨会上,他宣读《向现实主义回归:美国当代小说发展趋势》的论文,川味普通话变成了"不懂话",听得作为他老乡的我在下边一阵阵发怵。得,楚安兄,四川麻辣烫,不比北京涮羊肉味道差,你以后到哪里,还是讲从小讲惯的话吧!这样,你这位学者和翻译家并不掉价,文楚安依然是文楚安……

以上是 1990 年我作的一篇《文楚安剪影》。俗话说,"士隔三日,当刮目相看",更何况从那时到现在已经过去好几年。这几年楚安的成就硬是了得,此文楚安早不是彼文楚安了! 他相信"总会解决的"那些问题果真一个个解决了:1992 年实至名归地从副教授晋升为教授,同时担任外语系的系副主任;房子从凑凑合合的两间,扩大为了正正规规的三室两厅;破自行车终于可以不骑了,有了儿女开的"富康"接送。

但是,让文楚安更加重视,更加乐不可支的,是他这几年事业上突飞猛进般的成就:他不但又出版了斯坦利·费什的《读者反应批评:理论与实践》和《马克·吐温幽默作品集》等重要译著,而且跨出国门,于 1997 年和 1998 年在美国哈佛大学做高级访问学者,潜心研究"垮掉的一代",回国后翻译出版了杰克·克鲁亚克的代表作《在路上》和艾伦·金斯伯格的作品《金斯伯格诗选》。前者使他获得了 1999 年全国外国文学作品的出版优秀奖和第三届"四川文学奖"。这些译著加上见解深刻独到的理论文章,使他成了"垮掉的一代"在中国屈指可数的权威专家,因此经常应邀到各地讲学。1999 年,他理所当然地成了中国作家协会会员,当选为四川翻译文学学会副会长以及中美比较文化研究会理事,并入典了权威的《中国翻译辞典》和《中国作家大辞典》。其在《外国文学评论》《文艺报》《诗刊》等重要报刊发表的论文,即将结集为《"垮掉一代"及其他》,由中央编译出版社出版。楚安这几年真可以说是成就斐然,也就难怪每次与我通电话时,都哈哈不断,让我忍不住想送他一个雅号:快乐的文楚安!

本人一生朋友不少,但最要好的多为性格直率、豪爽的北方人,而且女性多于男性。楚安可算我在四川老乡中极少的两三个朋友之一,原因就在他可爱的个性。

请听他自己讲:

> 本人生性乐观,这或许同我曾在阿坝藏族草原地区八年的生活不无关系:物质生活和工作条件很艰苦,但粗犷的、极具生命活力的大自然让你衷心热爱生命,去搏击人生并且有所作为,不论生涯何等坎坷。我最喜爱的格言是:生命短促,艺术长存。我有幸选择外语作为专业,因为它使我不但能徜徉于英语文学之境,而且能超越时空,用汉语文字使他们中的一些大师同中国读者交谈。我坚信,优秀的文学翻译著作同原著一样都会永恒不朽。

在人生观、事业观和性格方面,我和楚安颇有相似之处。鄙地四川有一句俗话:吃得亏,打得堆——很好地道出了我们的交友之道。楚安能与我长久地保持友谊,而且除了我还有朋友一大串,就因为他是一个吃得亏的人。相反,一个人如果心胸狭小,锱铢必较,待人接物总是拨打着势利的小算盘,谁都会敬而远之,因此也很少有真正患难与共的朋友。而没有朋友便不会有多少欢乐,即使有钱有势有家室有成就。楚安成天乐呵呵的,就因为他有许多朋友。

文楚安吃得亏的例子就不用举了。要说的只是他吃亏有时也怪他自己,熟识他的人没谁不讨厌他那笔鬼字的,读他写的评语什么的比听他的"不懂话"还难受。好在他有自知之明,学会了用电脑写作,而且还不时地E-mail一下,真是好不潇洒。更潇洒的是他还常去跳舞,而且看来对此道十分热衷,每次来电话都要问:

"老杨,最近有没有出去跳舞? ……没有?! 哈哈哈哈! ……我说,我说,还是该多跳一下哦……哈哈哈哈!"老文劝老杨。

老杨反过来却要劝老文:老兄,注意,可不要太潇洒喔!

此文不得不戛然而止,快乐的文楚安走了! 他身为华西医科大学附属医院护士长的夫人一点也没帮上他,单独睡一个房间的他夜里突患心肌梗死,说没就没啦。不过想起他的作为建树,耳畔回响着他的"哈哈哈哈",老朋友我纵然不胜惋惜,却不伤心难过。

(年代不详)

人生难得一知己！

——缅怀译介学大师谢天振教授

学海漂泊半世纪，幸蒙恩师教诲、指引，孤寂艰难的长途中欣逢二三学友，互通声气，相扶相携。毋庸讳言，学术界、文艺界仍是名利场，文人相轻、同行相嫉陋习尚在，旗鼓相当的同辈势同水火恶风尤炽，译翁身受其害，深为所苦，深恶痛绝。唯其如此，能得惺惺相惜的学界知音，实乃幸事！对我而言，恩师、知音不是亲人，胜似亲人。天振即为我学界的知音，自20世纪80年代起，与他相识相交已经三四十年，人虽天南海北，心却始终连在一起。

既然是学友，接触交往多在学术场合，而且主要是由他召集或主持的学术会上。由此可见他在学术界的巨大影响力，还有高超非凡的组织才能。顺便提一句，学术界像他这样的将帅之才，在我的知己好友中还有一位，他就是青出于蓝而胜于蓝的许钧。在他俩率领、指挥下，老朽曾勉为其难，研究、翻译德语文学之外，做成了两三件有意义和影响的事情。

回归正题，天振是一位学问家，一位志存高远的、干大事的学问家。他的建树和贡献很多，最为人称道的是创立了译介学，所著《译介学》一书已经成为学科的经典。这儿说的学科，并非传统的单一学科，而是比较文学的"媒介学"与文学翻译理论的融合。一身兼为比较文学家和翻译理论家的天振，同时担任《中国比较文学》和《东方翻译》两份大刊物的主编，以其学识、地位，创立译介学差不多是信手拈来，顺理成章，没什么好讲。要说难能可贵的不是学识，而是他学术创新的敏锐感知，胆识、抱负，以及责任感和使命意识!

许钧(左三)、黄友义(左二)、曹顺庆(左一)、杨武能(右二)等
专家学者在"谢天振比较文学译介学研究资料中心揭牌仪式"上

我有幸见证天振创立译介学的光辉一刻:26 年前的 1994 年 11 月,在湖南的长沙铁道学院,他主持召开中国比较文学翻译研究会成立大会,把比较文学和翻译学这两个学科,从组织上正式融合在一起。会上天振实至名归选为会长,现清华大学教授罗选民等为副会长;应邀与会的罗新彰和我因年资较长,被尊为顾问。新璋学长怎么顾怎么问我不得而知,我则纯属挂名,只是欣喜地看着天振他们一年年不知疲倦地开会研讨,逐渐成了气候,有了声势,以至于翻译学不久就列进了教育部的学科目录,一所所高校设立了翻译学硕士学位。在我这个吃翻译饭的老头儿看来,这真是一件前无古人的大事! 天振乃"始作俑者"——为求稳妥,我代他谦让一下,可在始作俑者后边加上"之一"。再过 5 年,天振的《译介学》就在上海横空出世,让新生的学科有了可资凭借、传承的经典和衣钵!

相交 30 多年,难以忘怀的美好回忆太多太多,只能再讲讲最新最近的。

2016年初冬时节，天振邀我去广西南宁相思湖畔的广西民族大学，出席"谢天振比较文学译介学研究资料中心揭牌仪式"。到会致贺和做报告的可谓大咖云集，有浙江大学中华译学馆馆长许钧、中国翻译协会常务副会长黄友义、中国比较文学学会会长曹顺庆、时任广州外国语大学校长仲伟合、清华大学教授王宁、北京大学教授孟华、四川外国语大学副校长董洪川，等等等等。还是因为年纪最大，我被天振选定为致辞的嘉宾代表，并跟广西民族大学校长一起揭了牌，真是备感荣幸！

从左至右：陈建华夫妇、巴蜀译翁、谢天振，2019年2月摄于广西北海

特别说这情况，不是巴蜀译翁受宠若惊，也非自我炫耀，而是想告诉世人，天振这位大学问家之可敬可佩，不仅仅因为他治学建树卓著，还因为他为人品格高尚，堪为楷模。他秉承中国传统美德，不重官位高低，不看有无权势，而是尊老爱幼，有情有义，所以朋友特别多，特别受学生爱戴。

南宁会议后部分嘉宾去了北海。天振几年前已在号称天下第一滩的银滩营建避寒居所，并在身边聚集了一些学界朋友。受他感召，我也在金滩边上弄了个瞰海阁。2019年2月残冬时节，天振夫妇和他上外的同事及当时的邻居陈建华教授，还有我坐在他们的小区里，边晒太阳边闲话学界文坛趣事,临别约好来年再相聚。不想天振竟爽了约,于第二年 4 月 22 日溘然长逝!

译翁痛彻心扉,却不哭天抹泪,知道天振肯定不乐意我像这个样子。再说,天振这样的好人、好朋友、好老师,译翁相信他在天国肯定不寂寞孤单、惆怅烦闷,他知道在熙来攘往的红尘中,有无数老老少少在想念他,在他的资料中心听他传经布道,在他的《译介学》《海上译谭》等著述里与他切磋、交流、对话……

> 学海泛舟半世纪,
> 幸蒙恩师教诲提携。
> 有同道砥砺前行,
> 更喜知己惺惺相惜。
> "人生得一知己足矣",
> 何况是天振做我知己!
> 哦,怎能不扼腕叹息,
> 小兄弟你早早逝去!

2018 年 11 月 10 日,谢天振(左)与巴蜀译翁携手出席浙江大学中华译学馆揭牌仪式

2020 年 4 月 于重庆东和春天

北方,有一座小楼

——记联邦德国的"译者之家"

在西欧国家,做文学翻译绝非令人羡慕的行当。职业译家受制于出版商,终年辛劳也莫想"名利双收",社会和经济地位充其量相当于一个小公务员而已;难怪他们要自称为"知识界的苦力"或"文学界的孤儿"。

然而曾几何时,"孤儿"也有了一个"家"。这个"家"在联邦德国北莱茵-威斯特法伦州的施特拉伦市(Straelen),正式名称叫"欧洲译者工作中心"(Europäisches Übersetzer-Kollegium)。

1978 年,在一批深知译家寂寞和甘苦的有识之士倡导下,中心在这座靠近荷兰边境的偏僻而宁静的小城建立了起来。10 年来,靠着主事者的苦心经营与社会各界的支持、赞助,它由小到大,已经有了可观的规模和成绩:2 座融为一体的漂亮小楼,20 套舒适宽敞的住房,众多的工作室、阅览室,还有 2 间供译者们自炊的厨房兼餐厅,生活设施可谓一应俱全。而更加可贵的是那充斥整幢小楼的 4 万多册各国文字的藏书,其中包括 100 余种近 2500 册工具书,此外尚有数十台打字机、个人电脑和复印机等等,随时供译者们自由取用。

近年来,中心每年免费接待来自世界各国的百多位译者。年复一年,月复一月,人们带来的是一项一项工作计划,带走的是一叠一叠译稿。

秋风萧瑟的 10 月末,从波恩乘火车向西北行,来到人口仅 1.3 万却以盛产鲜花闻名全德的施特拉伦。一踏进中心的大门,我确乎已感到家庭般的温暖。这温暖来自等着迎接我的彼德斯小姐送上的一杯热咖啡,来自先到中心的同行们亲切的目光和问候,来自楼内分外明亮的灯光……很快,我便安顿下来。熟悉了环境,开始尽情地享受这"家"里的安静、自由与工作之乐。

眼下,除我之外,"家"中还住着来自德国、法国和波兰的四位同行。白天,大家都关在房里勤奋地工作;到了晚上,才有机会聚在餐厅里的电视机前,悠闲自在地谈论天下大事,无所拘束地交流着工作经验和信息。由于有着共同的语言、共同的职业和爱好,彼此很快结下了友谊。

一个星期之后,我已在中心负责人比尔肯豪厄博士帮助下,用电脑写完了一篇谈文学翻译家修养的论文。比尔肯豪厄尔博士也是中心创建者之一。他带领着两名工作人员整天操持着一切,显然同样把中心当成了自己的家。他告诉我,迄今中心已接待过来自全世界近 40 个国家的不同种族、不同肤色、不同宗教和政治信仰的译者,其中包括王蒙等一些短期做客的著名中国作家,大家在这儿生活得挺愉快、挺充实。他还告诉我,这样的"译者之家",目前世界上实际存在的还仅此一处,因此也就成为小小的施特拉伦市乃至整个北莱茵-威斯特法伦州的骄傲,赢得了越来越多的政府部门、社会团体及个人的重视、赞助和支持。

是啊,这个"译者之家"的存在,看来并不仅仅对于终年辛劳却备受冷落的"孤儿"们是个精神补偿和安慰,也不只是促进了翻译家同行之间的国际交流而已。

回到波恩,坐在写字台前,望着窗外深秋时节阴沉沉的天空,我的心常常又不知不觉地回到那座宁静的小城,回到它鲜花盛开的市集广场,回到那座灯光明亮温暖的小楼中;不知不觉地,口里念出了下面的诗句:

> 在遥远而又偏僻的北方,
> 有"孤儿"们温暖的"家":
> 白色的小楼,盈室的藏书,
> 滚烫的咖啡,亲切的问话。

"家"中住着五个成员：
两个德国人，一个法国人，
还有一个来自东边的华沙，
一个来自万里之外的中华。

五个人整天伏案劳作，
"家"中听不见笑语喧哗；
到晚来餐厅里格外热闹，
荧屏前一家人把酒闲话。

怎么贝鲁特又重开战火？
团结工会领头的叫瓦文萨。
好，科尔密特朗握手言欢！
唉，北京物价跑起了野马！

五个人同住着一幢小楼，
小楼中的"家"温暖融洽；
五十亿人同住一个地球，
地球总比小楼更宽更大。

1988 年 11 月　于德国波恩大学

回家的感觉

——再访欧洲译者工作中心

"并不总是在大都会里才能办成大事,也不总得大张旗鼓,大吹大擂;这么干的结果往往会很快烟消云散。我相信,这儿业已完成一件意义极其伟大的事情,而且很可能是迄今唯一的一次。"——1985年,在德国北莱茵-威斯特法伦州临近荷兰的边陲小城市施特拉伦,德国获得诺贝尔文学奖的著名作家亨利希·伯尔,在欧洲译者之家启用新址的仪式上如是说。

"现在我们不再是唯一的一家啦,"欧洲译者之家的负责人卡琳·汉茨女士(Frau Karin Heinz)不无自豪地告诉我,"法国、荷兰等国也仿效我们,建立了类似的机构;只不过我们仍然是最大的,各种设施也最完备。"

建立于1978年的Europäisches Übersetzer-Kollegium Nordreihn-Westfalen in Straelen e. V.,准确的译名应该是"设立于施特拉伦的北莱茵-威斯特法伦的欧洲译者协会",它在该市使用同一名称的常设机构,则应叫作"欧洲译者工作中心";可是我却喜欢称后者为"欧洲译者之家",因为对于经常如孤儿一般备受漠视和寂寞孤独的文学翻译工作者来说,这个免费向他们提供良好的住宿、生活和工作条件的机构,的的确确如同家庭一般温暖。

15年前的1988年深秋,形单影只、羁旅异国已达半年的我来"家"里住了一个星期,所感受到的温暖尤为强烈。于是写下了上文结尾的那首小诗:

　　在遥远而又偏僻的北方，

　　有"孤儿"们温暖的"家"：

　　白色的小楼，盈室的藏书，

　　滚烫的咖啡，亲切的问话。

　　……

　　世事沧桑，光阴荏苒，15年后即2003年的夏天，我又带着妻子王荫祺来到以盛产鲜花著称的施特拉伦，在欧洲译者工作中心享受了三个星期的盛情接待。这次给我们住的是一个跃层式套间：楼上的卧室摆着两张席梦思床，楼下除了带淋浴房的盥洗间，还有一个异常宽大的起居室兼工作室；室内的两面墙壁完全让摆满书的书架盖住了，中央三张带弹性的木沙发可以舒适地坐着阅读或休息，更难得的是还配备了一台电脑。15年前我一进"家"门就端给我一杯热咖啡的彼得斯小姐，现在主管中心的图书和设备，知道我要写中文，当天下午就派人来给我的机子加装了中文输入法。

　　"遗憾的是眼下在房里还不能上网，"她说，"10台联网的机子全天24小时开放，只是都摆在一楼二楼的回廊里，要查资料和发E-mail得上那儿去。"

　　我告诉她，自己不时地需要与中国通电邮，她讲那就等明天再给一台机子装上中文输入法吧。真是热情、认真又干脆。

　　在我们滞留的三周，中心几乎每天都接待新来的译者，也有的完成了预定的工作按期离去。如此新旧更替，在"家"里先后住过约20人。最远的来自美国和越南，最近的则来自比利时、波兰、瑞士、法国和德国本国的其他城市。这些原本一辈子也不可能谋面的同行生活在同一幢楼里，不但相处融洽，还经常交流、切磋翻译工作中的问题，一些已是中心常客的老相识再次见面时立刻相互拥抱，亲切随便得一如姐妹兄弟。这种情形还由彼此的称呼体现了出来，一开始令我颇不习惯，因为谁对谁都要么直呼其名，要么径直叫对方du(你)而不是尊称Sie(您)。

　　写到此我想起一件事情：一天傍晚碰巧是我拿起了中心的公用电话，

一位女士说她当晚 11 点才能赶到"家",问我或者其他哪位能不能为她开一开大门。我回答当然可以。到时候门一开,进来一位拖着两只大箱子的半老太太,我正担心她不知道自己该住在哪里,她已直奔中心办公室门边的布告栏,在一页名单上立刻找到了自己的名字和房号,接着便拽着沉重的行李咚咚咚爬上三楼。我莫名惊讶地瞠乎其后,帮她拎着一只大包跟着走进了她的房间。一问方知她每年都要来中心住三四次,或长或短,已经连续十四五年,难怪对这儿的一切了如指掌。她就是来自安特卫普的吉瑟拉,一位热心肠的比利时文学翻译家。

就是在吉瑟拉的倡议和操持下,我们热热闹闹地为来自俄罗斯的伏拉季米尔过了 58 岁的生日。事前一切的准备都是在对他严格保密的情况下完成的。因此,当他眼前突然出现插着蜡烛的生日蛋糕,大伙儿突然用德文齐声唱起《祝你长寿》,这位满头白发、历经沧桑,特别是近些年更饱受生活煎熬的俄罗斯戏剧翻译家,真是惊喜万状、百感交集。

是啊,他怎能不百感交集呢?我从与伏拉季米尔以及来自波兰的女翻译家斯洛娃的交谈中得知,这些年俄罗斯和东欧国家的文学翻译工作者们生活得实在不易。而唯其如此,欧洲译者工作中心的存在,更显示出了非同一般的巨大意义和不可取代的实际作用。这意义和作用,从我上面的介绍已可看出,是多方面的和深刻的:不仅仅是缓解翻译家们的经济拮据和生活困难,改善他们的工作条件,提高他们的社会地位,还促进了同行间的切磋、交流,并通过他们增强了各国人民之间的信任和理解。所有这些,正是本文一开头"北莱茵-威斯特法伦欧洲译者协会"的名誉会长即作家波尔所说的"大事",正是 25 年前成立协会的发起人托普霍芬(Elmar Tophoven)和协会第一任会长比尔肯豪厄尔(Dr. Klaus Birkenhauer)创建译者之家的初衷。

还不止此呐!这两位出生于施特拉伦的文学翻译家,他们这在当年敢为天下先的壮举,虽历尽艰辛,困难重重,却不仅终于取得成功,还产生了既意外且巨大、深远的效果:欧洲译者之家如今每年接待来自全世界的 700 多位译者,还举办各种文学翻译研讨班,接待大学翻译专业的实习生,这样,他们原本几乎与世隔绝的故乡便有了一张金光闪闪的"名片",因此"走向了世界",不,让世界走向了它!

毫不夸张地说,欧洲译者之家而今已成为小小施特拉伦乃至整个北威州的骄傲,作为民间机构而深受这两级政府的重视,不仅从其获得了固定的财政拨款和物质支持,还进而获得欧盟委员会(Kommission der EG)、德国国际交流服务处(DAAD)、北威州艺术与文化基金会(Die Stiftung Kunst und Kultur des Landes NRW)等机构以及联邦德国其他一些州的项目资金援助。因此,15 年来,中心的 2 幢小楼已扩大成 4 幢,客房已由 20 套变成 30 套,打字机和电脑不断更新换代,已升级为近 40 台性能卓越的电脑,不仅仍免费接待带着合同任务来的各方译者,还有选择地向他们提供补贴资助,2.5 万册图书已猛增到 15 万册,其中含 275 个语种、涉及百业千行的各类词典和工具书 2.5 万部。一踏进中心洁白、明亮的小楼和庭院,在宁静的氛围中举目四顾,但见凡能摆书的地方都摆着书,人好似置身于书林、书海,一股对知识、对文明的神圣敬仰之情顿时涌上了心头;而一个文学翻译工作者,一个以传播知识、文明为使命的人,一个一辈子以书为伴、靠书吃饭的人,心中更会像游子回到家中似的感到安稳、宁帖,进而萌生好好干活儿的欲望。就这样,展示"施特拉伦译著"的柜子、架子才越来越多,越来越风光万千、琳琅满目。

德意志民族是一个格外尊重知识、文化的民族。在边远、宁静、古老的施特拉伦,每天傍晚漫步在它的市集广场或城郊的林荫道上,凡碰见我们的人都要么发出问候,要么投来亲切的目光,因为他们知道,这些都是欧洲译者工作中心的客人,都是一些对文化传播功不可没的翻译家。可以讲,在这座人口仅 1.3 万的蕞尔小城中,我们比哪儿都受到更多的尊重和礼遇。同时,反过来也因为我们,也因为有我们视为温暖的家的欧洲译者工作中心,施特拉伦受到了国家和文化界比对其他所有同等城市多得多的青睐:赫尔措格总统和约翰尼斯·劳总统相继驾临译者之家,看望它的客人和工作人员。2003 年的隆冬时节,当劳总统乘坐的直升机降落在施特拉伦的运动场上,小城上下为迎接贵客,真个万人空巷,充满了狂欢节一般的喜庆气氛……

完成了工作计划,即将带着丰收的喜悦离去了,按惯例行前得在留言簿上写点什么,于是有感而发,仍旧用德文画上了几句算不得诗的诗,译成中文就是:

回　家

> 漫长的十五年哟,
> 十五年后我终于
> 回到可爱的小城,
> 既不为观赏鲜花,
> 也不为聆听钟声,
> 这儿有家的温馨。
>
> 而今这家的庭院
> 更加宽广、美丽,
> 它的灯光也更加
> 温暖、光明。家中
> 兄弟姊妹更多了,
> 更富生气和干劲。
>
> 只是我仍十分想念
> 从前的那位当家人,
> 那位身材高挑的先生。①
> 人说,我也祝愿他,

———————————————

① 中心前负责人比尔肯豪厄尔博士不幸已于 2002 年病逝。

幸福地回家去了哦，

陪伴他的是天使之群。

2003 年　于德国施特拉伦
2020 年 2 月　改定于重庆武隆仙女山译翁山房

我译《魔山》二十年

20世纪50年代末，我在南京大学外文系学德语，受叶逢植等老师影响，才上二年级就尝试给报刊做点儿翻译。拿到几笔小稿费后一发不可收拾，竟动真格开始翻译起正儿八经的德语文学来啦，四年级时即在《世界文学》以笔名和本名接连发表了莱辛的《寓言八则》等习作。从1961年于这份当时全国唯一能发表译品的刊物露脸算起，至今我做文学翻译已经整整45个年头；而翻译托马斯·曼的著名长篇小说《魔山》，则是我用工最勤、收获最丰的后20年的一件大事。

20世纪70年代末80年代初，中国迎来了自己的"文艺复兴"，一批规模空前的外国文学出版工程得以实施，其时正在北京跟冯至先生念研究生的我有幸躬逢其盛。漓江出版社推出的"获诺贝尔文学奖作家丛书"可谓一鸣惊人。主持这套丛书的是记者出身的刘硕良，他之所以能担此大任，使偏居一隅的小小漓江社后来居上，跃升为出版文学翻译作品的品牌名社，主要是因为他懂得依靠译者，充分调动译者的积极性和挖掘他们的潜力。我虽人微位卑，却待在社科院外国文学研究所这个显赫单位，加之此前又在人民文学出版社出版过译著《少年维特的烦恼》，自然很快便让刘总纳入视野，成了该丛书于1983年最早面世的《特雷庇姑娘》的译者。

其时我年富力强，而且能出活儿，当然不会被轻易放过。于是又由刘君的合作者上海的金先生出面，来约我为丛书翻译另一部德语文学名著《魔山》。

《魔山》是托马斯·曼继《布登勃洛克一家》之后的又一杰作，于世界文坛的影响比前者有过之而无不及,对作者获得诺贝尔文学奖起了至关重要的作用。在立志非名著杰作不译的我看来,这样一本大书无疑也是值得付出劳动和心血的。尽管如此,我却未当即应承,原因一是我主要研究歌德,对托马斯·曼可谓不甚了了,再则须一句句读懂并恰如其分地译出的是一部长达千页的巨著,而这位大师有多么难读难解,我可是在南大上学时就领教过啦。

"先让我读读原著再说吧。"我回答金先生;既不敢贸然应允啃这块特大的硬骨头,又不肯放过明摆着的干成一件大事的机会,须知并非所有翻译家都能碰上这样的机会的。

在咱们中国,德语算小语种,学德语会德语的人尽管千千万万,做文学翻译且信得过者却真是不多。面对这"译者难找"的现实,刘硕良们盯上了我自然不会轻易罢休。我呢,一经涉足《魔山》,就不免受其魅力诱惑,想不进去都不行了。于是便在 1983 年的春天,从我们研究生毕业后栖身的北京东郊西八间房,出发去攀登瑞士的阿尔卑斯山,并闯入了那家坐落在达沃斯地区的"山庄"国际肺结核疗养院……

1912 年,为了探望患病的妻子卡佳,托马斯·曼确曾上达沃斯的这家肺结核疗养院住过几个星期,其间的难忘经历和特异见闻,还有妻子寄回家的书信,便成了作家于次年动笔创作《魔山》的契机和素材。起初他仅打算以生战胜死为主题,用幽默的笔调写一部中篇小说。1914 年第一次世界大战爆发,托马斯·曼中断了创作,直等到 1918 年大战结束才重新提起了笔。战时的痛苦经历和战后的深刻反思,使原本计划的中篇膨胀为一部上下两卷的大长篇,思想内容更得到了急剧的深化和扩展。

如此写成的德语现代文学经典《魔山》,是大文豪托马斯·曼对自己在大战前后的经历和思想的总结,只不过故事情节并不复杂:

出身富有资产者家庭的青年汉斯·卡斯托普,大学毕业后离开故乡,前往瑞士阿尔卑斯山中的"山庄"肺结核疗养院,探望在那里养病的表兄齐姆逊。他原本打算三周后便返回汉堡当造船工程师,却不料在山上一住七年。原来他闯进了一座"魔山"!

"魔山"中住着来自欧洲乃至世界各国的病人。他们代表着不同的民族、种族、文化传统、宗教信仰和政治态度,却有一个共同之处,即都属于不必为生计担忧的有产有闲阶级。与世隔绝而又舒适优越的环境,使"山庄"的居民们自有一套独特的生活方式和人生哲学,一个个都饱食终日,无所用心;都沉溺声色,饕餮成性;都精神空虚,却在尽情地享受着疾病,同时又暗暗地等待着死神的来临。因此,整个"山庄"及其所在的整个地区,就跟着了魔一样,始终笼罩着病态和死亡的气氛。

"魔山"的统领是"山庄"疗养院的院长"宫廷顾问"贝伦斯大夫。他和他的助理克洛可夫斯基博士,一个绰号叫"拉达曼提斯",一个绰号叫"弥诺斯",意思都是地狱中的鬼王。然而"魔山"的真正主宰,却并非鬼王贝伦斯大夫,而是死神。就这样,在死神的统领指挥下,经由贝伦斯这些鬼王精心安排和组织,"山庄"的疗养院客们便像《浮士德》中于瓦普吉斯之夜聚会在布洛肯山的男女妖精,夜以继日地纵情狂欢,跳着死的舞蹈。

主人公卡斯托普是个涉世不深,性格和体质都很柔弱的资产阶级少爷,他刚进"山庄"还有点儿不习惯,但马上被"鬼王"逮住,不久便习惯了不习惯,跟着参加了死的舞蹈。这是因为"山庄"的独特生活方式自有其魅力。这魅力的表现之一就是使人忘记时间,忘记过去和将来,同时也忘记人生的职责和使命。"魔山"成了一个介乎生死之间的无时间境界。

不过,卡斯托普在"魔山"的七年也非完全虚度。他年轻、好奇,日日目睹着疾病和死亡,倾听着以他的导师自居的塞特姆布里尼与纳夫塔的激烈争论,还对爱情的苦乐和生离死别有了切身体验,思想便异常活跃。加之"山庄"无所事事的生活又给了他的充裕时间,使他对疾病与健康、欢乐与痛苦、生存与死亡、时间与空间以及音乐与时间的关系等问题,反复思考,沉思默想,直至七年后"魔山"的梦魇终于为第一次世界大战的"晴天霹雳"所震醒……

端的是一部大师杰作,其深邃、宽广的意蕴和机智、隽永的语言,令读者有如登临险峰，品尝酽茶，艰难是艰难，苦涩是苦涩，却从中能感受到非同一般的浓烈兴味。在咱们社科院新职工那工棚似的简易单身宿舍里，我全身心投入《魔山》的翻译，初步体会到了《魔山》这部杰作之所以为杰作的缘由，也尝到了啃硬骨头的苦辣酸甜。

由春入夏，一笔笔地书写，一步步地攀登，好不容易译完了引言和第一、第二章，谁知这时却不得不放下刚刚变得自如的笔：我的人生再次出现了重大转折。四川外语学院以惜才著名的陈孟汀老院长早盯上我，决定把我破格调回去当学院副院长，我终于不得不离开学习和工作了五年的中国社会科学院。还不止此，我获得了有着世界声誉的洪堡研究奖学金，终于可以去德国深造。《魔山》的翻译只好终止了，怎么办？

几经思索，终于想到一位救星，想到我的一位任职于北师大的师兄，他念硕士时不仅正好专攻托马斯·曼，而且富有翻译经验，译笔上佳。我赶紧登门拜访，说明原委，他欣然接受了原本也应该对他很有吸引力的《魔山》的翻译，令我如释重负。

在风光旖旎的德国浪漫之都海德堡，我一住一年零三个月，每天面对的都是歌德、席勒等古典作家，托马斯·曼及其杰作完全置之度外。归国后再到北京已是 1985 年初夏，心想《魔山》的翻译进行了快两年，该已经完成，便又去北师大拜望我的师兄。不想结果令我大吃一惊，大失所望——师兄他一字未译，理由是师嫂对他讲："这么厚一本书，合同都没签一个，拼着老命译出来了别人不要怎么办?！"师兄自然得听师嫂的不是？于是原物奉还，叫我哭笑不得，却有苦难言，有怨难诉。

是啊，师嫂、师兄也有道理，怎么可以不签合同呢！而且师兄不止一次提出过签合同的要求，刘先生在上海的合作者和刘本人都未搭理！不搭理的原因我事后了解到，主要是上海的合作者已与刘分道扬镳，当然没必要继续管闲事；再者，那时候不管是译者还是出版社，大家对签合同与否都还不太在乎呀。在这个问题上，咱师嫂真可谓思想超前。

拿到原样退回的《魔山》，我赶紧寻思补救办法。突然间，想到了我的忘年之交傅惟慈先生，想到这位大翻译家不是在多年以前，就已成功译介过托马斯·曼的另一长篇杰作《布登勃洛克一家》！为什么不可以请他出山,再译一次托马斯·曼呢?

我兴冲冲地前往拜访家住北京四根柏胡同的傅先生,稍事寒暄便提出了我的希望。不想他却一口回绝,说自己年纪大啦,没兴趣再揽译托马斯·曼这苦差事,该自个儿随心所欲地活着,爱干什么就干什么,比如旅游旅游,捣鼓捣鼓钱币什么的了——其实他那会儿刚刚退休,也就60出头。我听了自然失望,现在想来却觉得他是对的:而今已80多岁的惟慈老哥,不还活得健健康康、潇潇洒洒吗！相反,我在北京翻译界的其他几位老哥们儿,尽管有的如董乐山先生年纪还比他轻,不是已经先后走了吗?

背着厚重如一块砖头的《魔山》原著,我无奈地回到重庆,刘总编的催稿信却接二连三地来了。更有甚者,为了表示事情特重要、特紧急,不少时候干脆就给你发电报。须知,在通信极不发达的20年前,按字数计费,需要翻着译电本一字一字查出来才读得懂的电报,其神秘、神圣的意味,其十万火急、不容懈怠的性质,一如皇上的圣旨甚至那十二道金牌！更何况两年前就答应了待我不薄的刘君,现在又面对他一封封催稿的急电,还有什么理由和勇气再推托和拖延呢?

于是铤而走险,再闯《魔山》。尽管正当着四川外语学院的副院长,尽管除了繁杂的行政事务还要教书,我仍然硬着头皮,于1985年年底重新开始翻译工作。不过能用于翻译的时间实在有限而又零碎,加之山中的路越来越曲折、崎岖,越来越幽秘、险峻,我吃力地跋涉了快一年,才差不多完成全书的四分之一;能把稿子交给硕良兄的日子遥遥无期。

时间转瞬到了1986年春天,不得已只好考虑请人合译;心急的刘总编和他的副手宋安群君自然求之不得。

真是十分感激母校南京大学的学长洪天富教授和郑寿康教授。两位慨然应允与我结伴完成《魔山》苦旅,并很快商定了分工:由他俩各译全书四分之一即小说的第五章和第七章,我在妻子王荫祺的参与和协助下再译四分之一即第六章。

40 多年的文学翻译生涯,至今回忆起来最觉辛苦以致难以忘怀的译事不过两次。一次是"文革"刚刚结束的 1976 年严冬时节,明知既无稿酬又不署名,我这个傻帽仍在川外的一幢筒子楼里偷偷翻译明娜·考茨基的《新人与旧人》。为了抵御夜深的酷寒,只得把白天烧饭的小煤炉挟在胯下,借助其余温暖和冻僵的手指跟身体。可叹的是,如此译出的半部书始终未得出版,原因是让我与其合作的叶逢植先生也就是我的恩师,他因故迟迟未完成他本身承担的前半部分。再一次就是翻译《魔山》了。两次时间相隔十年,地点都在重庆歌乐山下的四川外语学院。然而不同之处更多,最大的不同在于:前一次我完全是自觉自愿,翻译起来如饥似渴——被迫搁下译笔整整十年了啊;后一次却完全是被迫提笔,整个儿出于不译不行的无奈。

那是 1986 年的盛夏——山城的又一个难熬的季节。在重庆这座有名的大火炉中,为了抓紧暑假的宝贵时间赶译我们承担的近 20 万字,我一大早就把当书案的活动饭桌搬到靠着歌乐山麓的阳台上,到了午后又搬进屋里,直接摆在旋转的大吊扇底下;如此这般,才好歹避免了赤裸的身体沁出的汗水打湿面前的稿笺纸。那年头儿,连我这勉强够上"高干"资格的副院长家也没装空调,更别提去避暑地、度假村什么的了。至于我那两位身处另一大火炉的合译者,居住和工作的条件想必不如我,攀登险峰时的艰辛更是可想而知……

攀登《魔山》的辛苦更在于,它虽无曲折跌宕的情节,也无惊心动魄的场面,却不乏思想精神范畴的激烈碰撞,乃至你死我活的争斗,因而自始至终充满着离奇、紧张和神秘的气氛,是所谓"智性小说"(intellektueller Roman)或曰形而上的哲理小说(metaphysischer Roman)的典型。这就是说,《魔山》继承了德语文学的一个带本质意义的重要特质,即富于哲理性和思辨性的传统。在小说中,除生与死这个核心问题,举例说吧,也对时间这个构成生命的重要因素,特别做了精到、深入、全面、精彩的分析和论说。只不过,不同的思想、哲理、精神及其相互斗争,并非都以抽象、乏味的思辨或者说教表现出来,而更多地和主要地是通过一个个活生生的人物、一桩桩奇特有趣的事件以及人物间唇枪舌剑的争论,生动地加以体现,并以此赋予了小说引人入胜、摄人心魄的艺术魅力。

说到《魔山》的哲理性和思辨性,不能不指出,"魔山"中除了上面讲的那些行尸走肉的活人,还游荡着一些幽灵:过去时代的幽灵以及叔本华、尼采等的幽灵。这些幽灵附着在奥地利耶稣会士纳夫塔和意大利作家塞特姆布里尼等人身上;他们都是那些活死人中的思想者。他俩为了争当年轻主人公的精神导师,便一直不知疲倦地在进行论战。

但是,《魔山》之所以能跻身德语乃至整个西方文学的现代经典之列,主要原因不在于它很好地继承了德语文学的传统,更在于艺术风格和手法方面的成功创新。《魔山》使用得最多也最有趣的手法是象征。可以认为,小说的题名本身便是个象征。还有明显的"数字象征":一个七字贯穿整个故事反反复复地出现,便使贝伦斯大夫经营的肺病疗养院变成了整个世界的象征,因为神用于创世的时间据说也是七天……

要读懂《魔山》,翻译《魔山》,除去认清它富有哲理性和思辨性这个内在本质,还须对其独特的表现手法和艺术风格心中有数。再次踏上《魔山》的艰苦旅程,我进一步体会到要追随、再现大师所表达的丰富深刻的思想、精神,感受、再创杰作所散发的巨大强烈的艺术魅力,深入它的幽秘峡谷,登上它的险峻峰顶,真是谈何容易!

1990年,四人合译、由我统稿的《魔山》,终于在漓江出版社面世了。书出版后引起各方面相当的重视,例如第二年,在德国洪堡基金会举行的文学与社科翻译研讨会上,《魔山》的中译本成了德语文学成功译介到世界各国的重要佐证。国内著译界更是好评如潮,台湾也很快从漓江社买去了繁体字本的版权。

但与此同时,也有不少朋友和同行表示遗憾:这样一部为数不多的名家杰作我竟只译了一半而不一气呵成,致使前后风格明显地欠和谐统一,露出了不少的破绽。朋友们说得有理,然而我有苦难言:不只是《魔山》部头大,交稿时间紧迫,还有不同译家的风格差异,凡长期从事文学翻译的人都知道,岂是单靠统稿就能消除得了的! 更何况《魔山》又是怎样一部意蕴丰富、深邃,内容庞杂、繁难,风格独特、多变的巨著啊!

因此对《魔山》的出版,我的心情很快便由喜转忧,像面对自己养育的一个有天生缺陷的孩子。我后悔当初不够狠心,没有要么咬咬牙将他孕育到足月再生下来,要么忍痛让他流产掉。亡羊补牢,我很快下定决心,什么时候一定要治好这个孩子身上的毛病。

可是种种的考虑、种种的原因,让我一等等了 15 年。直到进入 21 世纪,我研究译介歌德的主业有了勉强交代得过去的建树,我在大学里基本上不再授课了,而且刚好在 2004 年我又受聘担任欧洲翻译家协会的驻会翻译家(Translator in Residence),有了在其常设机构欧洲译者工作中心整整半年不受任何干扰地干活儿的机会,于是才抛开一切,去了结我十多年来的夙愿,去继续我在《魔山》中的攀登、寻幽、搜奇、览胜! 须知,我初探《魔山》时 45 岁,年富力强,而今却已年近古稀,此时不去还待何时? 须知,2005 年恰是托马斯·曼(1875—1955)诞生 130 周年和逝世 50 周年,此时不出版《魔山》的新译,哪里还有更好的时机?

创立于 1978 年的欧洲译者工作中心,坐落在联邦德国北莱茵-威斯特法伦州的施特拉伦,而今拥有连成一片的 4 幢小楼,30 套客房,近 40 台性能卓越的个人计算机,以及一座藏有 275 个语种的 15 万册图书、2.5 万部涉及百业千行的各类词典和工具书的图书馆。一踏进中心洁白、明亮的小楼和庭院,在宁静的氛围中举目四顾,但见凡能摆书的地方都摆着书,人好似置身于书林、书海,一股对知识、对文明的神圣敬仰之情顿时涌上心头;一个文学翻译工作者,一个以传播知识、文明为使命的人,一个一辈子以书为伴、靠书吃饭的人,心中更会像游子回到家中似的感到安稳、宁帖,进而萌生好好干活儿的欲望。

就在这样的环境和氛围里,由妻子陪伴和照料饮食起居,我从早到晚坐在独自使用的电脑前,日复一日地在托马斯·曼的《魔山》中攀缘、徜徉、悠游、流连,随着手指不住地轻轻敲击键盘,待译的书页便一点点地减少下去。在这个过程中，我深感知识面的狭窄、认识的浅薄，对生理学、心理学、解剖学以及音乐、摄影、赌博和接灵术等等，懂得实在太少，如果不是手边有那么多资料，包括工具书，真会"旬月踟蹰"，举步艰难哩。只不过啊，眼下所要克服的困难和障碍，和当年腿夹煤炉，头顶风扇，握着笔一个字一个字地爬格子，以致闹得腰肌劳损、颈椎供血不足、手指痉挛时的艰辛劳苦，完全不可同日而语！

就是在施特拉伦欧洲译者工作中心，我不仅登上了《魔山》最高峻峭拔的险峰，还深入了它那最隐秘阴森的幽谷，知道了小说主要人物几乎个个都有生活中的原型，例如让人怎么也想不到，奥地利耶稣会士纳夫塔这个思想偏激、言语刁钻、行事残忍的怪物，竟然是以著名的匈牙利马克思主义哲学家和文艺理论家卢卡奇（Georg Lukács, 1885—1971）作为原型塑造的。还有《魔山》大量运用了成书前后盛行于欧洲的精神分析手法，事实依据却多出自作家自己的经历。还有以"语言魔术师"著称的托马斯·曼善于运用幽默、揶揄、嘲讽以及其他种种的幽微之处，我都是在施特拉伦才有了进一步的领会。可以认为，我是在作者本人的身旁，在浓郁的德意志精神文化氛围里边，最终深入了《魔山》独特而奇异的世界，完成了德语文学这部现代经典的翻译。

不经意误入"山庄"国际肺结核疗养院这座魔山的小说主人公，用 7 年的时间完成了他一生的"修养"，在终于走出来时不仅自己变了，世界也变了。我翻译《魔山》前后经历 20 载，20 年来通过翻译《魔山》《浮士德》一类作品进入了一个又一个陌生、奇特而精彩的世界，每译完一部作品，眼界和见识都得到极大的开阔和丰富；而在进出《魔山》之间，我和周围的世界同样发生了急剧的变化。有了"魔山"之旅的历练和积累，我便能以不同的眼光观察和认识变化了的自己和世界——这，大概就是文学翻译工作的最大魅力；另一方面，增加了生活、工作的阅历和积累，又会促进我认识、把握其他作品里的新的世界，这便形成一种良性互动、良性循环——只要我不搁下译笔。正是这样的魅力和这样的良性循环，促使真正的翻译家甘于忍受辛劳、寂寞，一生孜孜不倦地从事自己的创造、劳作。

我半个世纪前就立下做文学翻译家的志愿，并给自己定了条非经典名著不译的原则，但是在我出版的众多译著中，也仅有号称"奇书"和"天书"的《浮士德》，同时在文学价值和翻译难度方面，足以和《魔山》媲美。具体讲，《魔山》原著问世于 1924 年，书中描写的死神统治的"山庄"，实际上也是 19 世纪与 20 世纪之交精神空虚、道德沦丧、危机四伏的资本主义欧洲的缩影；奠定托马斯·曼文坛地位的《布登勃洛克一家》副标题叫"一个家族的没落"，后续之作《魔山》方方面面都前进了一大步，不妨也加上个副标题"一个阶级的没落"。尽管如此，《魔山》的历史意义和文学价值，或许尚离《浮士德》有一些距离，但是其翻译的难度，根据我前后翻译两部杰作的亲身经验，则可能犹有过之。

拙译《魔山》成书的艰难曲折，不仅反映译者个人 20 年的生命历程，还折射着社会的变迁、时代的前进。一个翻译家能有机会翻译《魔山》这样一部巨著并且顺利出版，哪怕为此折腾 20 年甚至耗去更多的时间精力，我看仍然是十分幸运。为了这份幸运，我深深感谢自己各个时期和各个领域的众多师友，感谢我的家人特别是我的妻子，感谢我的国家中国和德国，感谢我的生活和我的时代——苦难与欢乐一样多一样大的时代。

附记：今年（2005 年）是托马斯·曼（1875—1955）诞生 130 周年和逝世 50 周年，谨以此文对这位德国大文豪表示纪念。

译坛杂忆：《浮士德》译场打工记

在西方国家，职业翻译家有一个令人心酸的别名，叫作"文化界的苦力"。你看，他经年累月地忍受寂寞和艰辛，默默无闻地搬啊运啊，所得不仅微薄，更令他寒心的是自己的劳动还常常不受人尊敬、珍惜。翻译工作者与一般苦力的差别，似乎仅在搬运的是知识、文化，所以勉强能跻身文化人的行列罢啦！

言归正传，这儿要说的却是另一种意义的"苦力"，也即自己作为文学译者在刚过去不久的 1999 年的实际遭遇。

年初，德国歌德学院慕尼黑总部来函，问我可愿参加将就《浮士德》的翻译问题在魏玛举办的国际学术活动。我想无非又是个研讨会罢了，就复信表示愿意。能于歌德年躬逢"欧洲文化之都"的诸多盛事，何乐而不为！

两个多月后收到了正式邀请——

讨论会全称："国际《浮士德》译者工场——歌德的《浮士德》：翻译的跨文化比较"；

时间：8 月 15 至 19 日；

地点：歌德学院魏玛分院；

费用：歌德学院全包，还礼赠与会者每人 500 马克作为"多半只是象征性的酬劳"；

参加人员：以东方语言和德语以外的西方语言为母语的 10 位"杰出《浮士德》翻译家"。

随邀请信寄来了准备讨论的几组题目和对题目的详细解说,以及研讨的具体要求和程序,也就是说已提前下达生产计划和产品订单。到这时,我才预感到这"译者工场"恐怕非同一般,心里有些没了底儿,同时却怀着好奇和期待。

不禁想起我国古代曾经有过的佛经译场,想起德国当今一些名为译场的翻译机构和翻译培训学校,想起自己曾在国内外参加过的大大小小数十次学术讨论会。魏玛这个译者工场看来不属前两种,多半还是一次研讨会吧,我猜想。既是研讨会,就没啥好担心的了。无论中外,不管大小,这种学术讨论会多半已成为老一套:开幕时先请领导讲话,再听学术权威做主题报告,然后才由与会者依次念事先写好的发言稿,念得多半急急匆匆,讨论又总嫌时间不够,但会间会后却少不了"参观考察",整个过程皆大欢喜,轻松愉快,本人也主要视其为与新朋老友聚首的绝好机会……

谁知完全出乎意料,在魏玛的工场,我实实在在当了几天"苦力"!

8 月 15 日中午乘火车抵达喜气盈盈的"欧洲文化都城",还未进下榻的宾馆的房间,就在接待处集中,一同步行前往将近一公里外的歌德学院魏玛分院。两点半钟,工场准时开了工。大伙儿像开圆桌会议似的围桌而坐,没有任何一位领导或者头面人物莅临讲话,没有任何开幕仪式,甚至连个开会的会标也没有,只由从歌德学院总部过来负责组织工作的玛图舍女士讲了几句开场白,随即轮到与会者一个个自我介绍,重点要求的是说明自己如何与歌德攀上了关系。

一如从事先寄发的材料中所了解,受邀到工场打工的总共 13 人,除去 3 位德国本国的歌德专家,其他 10 人确实全是《浮士德》的译者,分别来自欧洲、亚洲和拉丁美洲的 10 个国家,使用的本族语多达 9 种,只有西班牙和墨西哥的两位同操一种语言。除去他俩,欧洲还有英国、法国、意大利和俄罗斯各 1 位,亚洲的 4 人则分别来自中国、日本、韩国、印度。人数是少得不能再少了,代表性却不输于某些数十人甚至成百上千人的大型会议。

与会者自报家门之后，便由负责学术策划的德国学者，一位三十来岁、专攻比较文学的女博士波涅康普进一步解释"游戏规则"；这规则尽管事先已人手一份，她仍讲得一板一眼，毫无遗漏。讲了整整一个钟头，讲完大家才休息半小时喝水、喝咖啡——此即德国人所谓的 Kaffeepause（咖啡间隙）。

端着矿泉水，抓紧时间参观这座前两次访问时全然不曾留意的小楼（现在的歌德学院魏玛分院），才从在另一间屋子里办公的鲍尔院长口里得知，它原来就是大名鼎鼎的冯·施泰因夫人的旧居——歌德从自己不足一箭之遥的府邸来此会他这位女友、情人和一度的精神向导，仅须穿过一条背静小巷，实在方便、容易。

还有，曾以主演由亨利·曼的小说改编的《蓝天使》等电影而名满欧美的玛丽莲·迪特里希（Marlene Dietrich，1901—1992），也曾长时间栖身于此——一只玻璃柜陈列着她的肖像和剧照，以及包括一双高跟鞋在内的各种遗物。小小的魏玛啊真无处不是文化遗址，我不禁感叹，并对自己置身其中的古老建筑顿生敬意。安排在这样一个诗人肯定经常光临的所在讨论他代表作的翻译问题，你能不兢兢业业吗！

喝罢咖啡是另外两位德国学者做报告，一个报告题为"'职业媒人'——歌德与翻译"，另一个题为"一个文本与众多的读者：略谈《浮士德》的研究现状"。对于来自德国以外的与会者来讲，这些显然都极富针对性。

下午 6 点多才收工，穿过伊尔姆河畔树木葱茏的园林返回宾馆，夏日的黄昏已是红霞漫天。仅须往左拐上几分钟，就是歌德的园林小屋，可却没有工夫去。

7 点半进晚餐，同时节目单上却安排有一个任务，就是与会者相互进一步认识。"唉，我们这些可怜的'苦力'呀！"没有午睡已经累得半死的我，忍不住在心里发出叹息。

第二天上午 9 点又准时开工了。"苦力"们按姓氏的字母顺序依次报告自己翻译《浮士德》的经验心得，内容相对地分散和自由。每人报告加讨论计划一小时,时间可以说相当充裕。除去午餐和上下午各一次的"咖啡间隙",活儿一直干到了傍晚6点半。更要命的是晚餐后8点半大伙儿还得去歌德学院围桌而坐,按照节目单规定逐个用自己的母语朗诵《浮士德》的片段,先念第一部开场老博士诅咒知识的著名独白,再念女主人公独坐在纺车旁唱的相思曲。"苦力"们尽管已经劳累一整天,却个个抖起精神,使出浑身解数,努力要念出自己译文的格律、韵味。须知,这不只是展现译者个人的水平,也关乎自己国家的脸面啊,因为人家可以据此评价一国的语言乃至译艺和诗艺。拿我来讲,平时很少练习朗诵,这晚上却拼命要念得抑扬顿挫,要念出诗的味道和感情,因为我事实上代表着中国,尽管中国没有任何的机构、组织和学术团体给予我委派。

第三天上午,"咖啡间隙"之前,终于轮到姓名以 Y 开头的我最后一个做报告,同样只好豁出去,用上了能用的全部力气。

喝罢咖啡,按节目单规定"处理文本",具体而细致地逐段逐行讨论预先选好的"天堂里的序幕",从如何理解到如何翻译。

午饭后终于安排了一点参观时间,让大伙儿去瞻仰其实近在咫尺的歌德故居和歌德博物馆。心想这个下午该自由活动了吧。

错啦!5点至6点半,抓紧时间继续"处理文本"和朗诵译诗,特别以老博士开场的独白和地灵显形的片断为例,探讨如何复制诗剧变化多端的格律和音韵问题。晚上8点半至10点,照样接着干。

如此这般,第四天和第五天上午,在两位像靡非斯托一样无情的女监工带领、驱赶下,"苦力"们把《浮士德》原文中的重点、难点统统过了一遍,特别讨论了那些对亚洲人,对欧洲和基督教文化圈以外的译者,可能是费解的背景、典故、隐喻、影射乃至文字游戏等等的理解和表达,以及原著复杂多变的诗体如何尽量等值再现的问题。

读到这儿,读者诸君多半已经烦了并且会想,我肯定对魏玛的译者工场及其"监工"充满了怨毒之气吧?

要说怨气也有,以前参加学术活动从来没有这么紧张,这么辛苦,这么不自由,这么要命!不过事情还有另外一面,我也从来没有得到过这么丰硕的收获,从来没有经受过这么严格的考验!

先说考验。因为总是得逐个地按要求"过关",谁也休想滥竽充数、马虎了事,除非自愿丢脸——丢个人的脸,丢国家的脸!

说到收获,特别是对来自欧洲以外的译家们,不啻在歌德身边认认真真补了一次课,上了一次《浮士德》讲习班。

还有,尽管总共不过十余位参加者,却紧紧扣着《浮士德》的解读和翻译这同一主题进行研讨,便实现了来自不同国家的学者和翻译家之间的对话、世界不同文化之间的对话。

既是对话,难免较量。在对话与较量的过程中,我不但收获巨大,还感触良多;感触之一便是生平第一次体验到了作为中国学者和翻译家的自豪。

是的,我确实感到自豪!但并非为自己的翻译比同行高明——在不同归宿语的翻译之间应该讲很难分出孰高孰低,而是为中华民族悠久而卓越的文化传统,为我们汉语强大而丰富的表现力,为我们高度发达的诗艺及其多彩多姿、美不胜收的风格和样式。以诗体翻译诗剧《浮士德》,还它变化有致的格调音律以相应的格调音律,这在笔者看来是理所当然的事;我国从郭沫若以来的所有《浮士德》译家,没有一个不这样做。打工在《浮士德》译者工场,我才知道世界上还有不少堪称文明的语言满足不了这个要求,以致我的好几位"工友"坦言自己的译本不得不完全使用散文体裁。

为了证明自己没有吹牛,证明以中国丰富的诗歌宝藏应付一部《浮士德》的翻译确实游刃有余,我在发言时便穿插背诵了一些中学生都会的唐诗宋词,不但让各国学者听得津津有味,而且引来"工友"们明白无误的艳羡。通常在国际学术交流中表现高傲的日本学者有几分无奈,道:"可惜啊,我们没有你们那么悦耳动听的语言、那么抑扬顿挫的格律!"原本谦逊的韩国学者则表示惋惜,说从韩语中废弃汉字实在是太愚蠢了。就连来自有着悠久历史文化的意大利和西班牙两国的翻译家,也对汉语诗艺的神奇发出了由衷的赞叹。

　　真是一种精神享受啊，在国际交往中第一次感到扬眉吐气！还有什么收获更加实在、更加宝贵！从小得到中华文化的哺育，一辈子受惠于汉语和唐诗、宋词，却身在福中不知福，花甲之年才终于在远离故土的异国他乡，在中华文化与多种异质文化的相遇、碰撞和较量中恍然醒悟，切身体会到还有什么收获比这更大、更值得珍惜！

　　精神的享受，见识的增长，这些收获确实应该摆在首位，但物质生活也不能忽略不计。

　　在这个问题上，歌德学院的安排真没得说。一句话，在从事精神生产的工场虽然从早到晚干苦力活儿，我们在工余享受的却是德国人所谓近乎皇帝的待遇，住着环境幽雅的五星级宾馆，顿顿饮食丰盛，还光顾了魏玛城中的不少名餐馆。

　　为什么如此厚待这帮"苦力"？ 就因为他们是"德国文化在各自国家的大使"！

"中国大使"做完报告，国际歌德学会老会长凯勒教授上台祝贺

　　这话原出自时任国际歌德学会会长郭尔兹（Prof. Dr. Golz）教授之口，讲话的地点是图林根州州政府所在地爱尔福特市那座金碧辉煌的巴洛克大厅——歌德1808年就在这里会见了拿破仑皇帝，听讲的是紧接着

开幕的另一个歌德译者研讨会的 20 多个国家的翻译家。笔者有幸应邀接着来开这个会,并作为"《浮士德》译者工场"的代表,向大会汇报工场的得失和个人的"打工"体会。从事后拿到的报纸上,读到国际歌德学会会长郭尔兹教授热情洋溢的开幕词,留意到了报纸大标题中对文学翻译家的"大使"这一充满敬意的称谓。

通过在魏玛的《浮士德》译场打工,我再次领教了德国人办事和治学的严谨、务实、一丝不苟。从"苦力"到"大使"的感受,我深深体会到了德意志民族对自己的文化传统有多么珍惜,对自己民族文化的传播以及作为其传播者的外国翻译家是何等重视。

20 年后还忘不掉这段出洋"打工"的奇异经历,它给我的印象太深太深啦!重复一句前文中的话:"真是一种精神享受啊,在国际交往中感到扬眉吐气!还有什么收获更加实在、更加宝贵!"

（原载于《出版广角》2000 年第 6 期）

新中国新时代，
成就我"一世书不尽的传奇"

年届耄耋，一时兴起，我给自己取了一个号或曰笔名，叫"巴蜀译翁"。

译翁者，做了一辈子文学翻译的老头子也；至于冠在前面的"巴蜀"二字，则标示出他的根脉、属性。

具体讲：第一，我出生于山城重庆十八梯下的厚慈街，自幼习惯爬坡上坎，忍受火炉炙烤熔炼，练就了强健的身板筋骨，养成了坚韧的性格、倔强的脾气；第二，我茁壮于巴蜀文化丰厚肥美的土壤，崇拜天府文宗苏东坡，仰慕乡长郭沫若、巴金，有这样的基因、底色、禀赋，可谓得天独厚。经历过半个多世纪的淬炼、奋斗、拼搏，扛住了风风雨雨，坎坷磨难，在满80岁的2018年，获得了"翻译文化终身成就奖"。

获奖者共7人，本翁年届八旬仍最年少，而且是唯一一个从地方上去的，北京的有三四位，他们和给我发奖的译协领导唐闻生女士一样，都曾经是毛泽东主席的翻译，这让我感到十分光荣。

怎么就一步登天了呢？

说来话长！

中华人民共和国诞生的1949年，我小学毕业。当工人的父亲领着我跑遍了山城重庆包括教会学校在内的一所所中学，都没能为我争取到升学的机会。失学了，12岁的小崽儿白天只能在大街上卷纸烟儿卖；晚上步行几里路去人民公园的文化馆上夜校，混在一帮胡子拉碴的大叔大伯中学文化，学政治常识，学讲从猿到人道理的进化论。

获奖者巴蜀译翁杨武能与译协领导唐闻生(右)

眼看就要跟父亲一样当学徒做工人啦,突然传来消息:不知是谁暗中帮助,第二年秋天我考进了重庆唯一的一所不收学费还管饭的学校——人民教育家陶行知创办的育才学校!

在地处谢家湾的育才,老师教我们要早日成才,服务社会。于是我立志当一名电气工程师,梦想去建设三峡水电站。谁料初中毕业一纸体检报告,判定我先天色弱,不能学理工,只能考文科,于是梦想破灭。

1953年,我转到重庆一中念高中,苦闷彷徨了一年多,后幸得语文老师王晓岑和俄语老师许文戎的启迪勉励,才走出迷惘,重新确立了先成为翻译家再当作家的圆梦路线。

1956年秋天,我被一辆接新生的无篷卡车拉到北温泉背后的山坡上,进了西南俄语专科学校。凭着在重庆育才、一中打下的坚实俄语基础,一年便学完了两年的课程。眼看还有一年就要提前毕业,谁知天有不测风云:中苏友谊破裂了,学俄语的人面临着僧多粥少的窘境。于是被迫东出夔门,转学到千里之外的南京大学读日耳曼学也就是德国语言文学,从此跟德国和德国文化结下了不解之缘。这一做梦也没想到的波折,事后证明又是因祸得福,就跟因视力缺陷不能学理工才学外语一样。

单科性的西南俄专，无论硬件还是软件，都远远无法与老牌综合大学南大同日而语。

而今忆起在南大5年的学习生活，虽然远在异乡靠吃助学金过活的穷秀才受了不少苦，仍感觉如鱼得水似的畅快，因为有了实现理想的可能和条件。这儿仅举一个例子：搞文学翻译，原文书籍的获得和从中挑选出有价值的作品，实乃第一件大事；没有可供翻译的原文，真叫"巧妇难为无米之炊"。作为南大学生，我可谓身在福中，得天独厚：师生加在一起不过百人的德语专业，就拥有自己的原文图书馆不说，还对师生一律开架借阅。图书馆的藏书装满了西南大楼底层的两间大教室，真个是一座敞着大门的知识宝库，我呢好似不经意走进了童话里的宝山。更神奇的是，这宝山竟然也有一位小矮人充当看守！别看此人个子矮小，却神通广大，不仅对自己掌管的宝藏了如指掌，而且尽职尽责，开放和借阅的时间总是坚守在自己的位置上，还能对师生的提问一一给予解答。从二年级下学期起，我跟这小老头儿几乎每周都要打交道，都要接受他的服务和帮助。起初我对此只是既感叹又庆幸：自己进入的这所大学真是个藏龙卧虎之地。日后才得知，这位其貌不扬、言行谨慎的老先生，竟然就是我国日耳曼学宗师之一的大学者、大作家陈铨。

不过，我在南大的文学翻译领路人并非陈铨，而是叶逢植老师。叶老师在20世纪五六十年代，尚未跻身于外文系学子崇拜的大翻译家何如教授、张威廉教授等之列。只是我们班上的同学仍十分钦慕他，对他在《世界文学》发表的译作如席勒的叙事诗《伊璧库斯的仙鹤》《人质》等都津津乐道，引以为荣。

正是受叶老师影响，我才上二年级就尝试做点儿翻译，也就是当年为人所不齿的"种自留地"。1959年春天，一篇在《人民日报》上发表的非洲民间童话《为什么谁都有一丁点儿聪明？》，对我而言不啻翻译生涯中掘到的第一桶金。巴掌大的译文给了初试身手的我莫大鼓舞，以致一发不可收拾，继续在小小的"自留地"里挖呀、挖呀，挖个不止。真叫幸运啊，才华横溢又循循善诱的叶老师在一、二年级教我们德语和德语文学。在他的手下,我不仅打下坚实的语言基础,还得到从事文学翻译的鼓励和指点,因此在那个物质和精神都极度匮乏的困难年代,我们之间建立起了相濡以沫的深厚情谊。前些年我在上海《文汇读书周报》发表了一组"译坛杂忆",详细谈了早期"种自留地"拿稿费的情况,以及后来如何在亦师亦友的叶逢植老师指引下,不断在《世界文学》刊发德语文学经典的翻译习作。

想当年,在中国发表文学翻译作品的刊物仅有茅盾主编的《世界文学》一家,未出茅庐的大学生我竟一年三中标,应该讲实在是不易。不仅如此,编辑部负责与我联系的李文俊先生来信称,我的译文受到实际主持编务的老翻译家陈冰夷赏识,说他希望我继续努力,多译些好作品投寄去。就这样,还在大学时代,我便连跑带跳地冲上了译坛。

记得是 1962 年春天,用文学翻译的第一批多达一百八九十元的丰厚稿酬,我不仅接济了贫困的家庭,还在鼓楼附近的服装店替自己买了一件灰色夹克衫,破天荒地改善了一下形象。但是现在看来,名利的收获对我实不足道,重要得多的是文学翻译事业有了一个良好的开端。

1962 年秋天,我在南大的金银街 5 号的学生肺结核疗养所勉强恢复了健康,毕业分配回到由西南俄专发展成的四川外语学院,头两年还在《世界文学》发表了《普劳图斯在修女院中》和《一片绿叶》等德语古典名著的翻译。谁料好景不长,再往后选题怎么都过不了关。1965 年,《世界文学》这份由鲁迅创刊的中国唯一的一家外国文学刊物干脆停刊,我的文学翻译梦也化为泡影,身心堕入了黑暗而漫长的冬夜。

所幸严冬终于过去。约莫在 1978 年初春时节,我从北京报纸刊登的一篇柳鸣九老师的文章,嗅出了春回大地的气息,于是按捺不住给人民文学出版社写了一封自荐信,并希望能领取一点儿翻译任务。不久接获回函。回函称"你给孙玮同志的信,收到了",希望我坚持自己的翻译计划,还讲社里正"计划编印一部德国古典短篇小说集……您手头如有适当材料,希望能为我们选译几篇",云云。我知道孙玮即翻译家孙绳武——该社外国文学编辑室主任,而回函人却不晓得是谁。

那年头儿,能得到国家级出版社的认可和约稿,可不是小事。受宠若惊的小子我不敢怠慢,立马给不知名的编辑同志寄去十来个选题,并且不知天高地厚地提出:能否把整部书的编选和翻译工作统统交给我?

约莫一个月后,我忐忑不安地拆开回函,欣喜的是对方并未对我的冒昧和"贪婪"表现丝毫讶异,而是讲:"……谢谢你的帮助。经过研究,我们原则上同意这个选目。不过,这个选题在我们这里,要到明年才开始编辑,目前只是约稿和集稿阶段。最后究竟落实到哪些作品,还得看明年的集稿情况如何。希望你把你准备翻译的和已经译出的篇目告诉我们,并立即动笔翻译下去。"

不久,我到北京参加社科院硕士研究生的复试,顺便拜访了心目中的圣地人民文学出版社。在朝内大街 166 号二楼一间简朴的小办公室,出来接待我的是位五十来岁的瘦小男同志,一身洗得泛白的学生服,脸上架着副黑框近视眼镜,整个人平凡简朴得一如他所在的办公室。他自我介绍就是那个跟我通信的编辑,名字叫绿原。

第二年 4 月下旬,小说选的集稿和翻译接近尾声。按照我的提议,小说集定名为《德语国家短篇小说选》。看着面前的一大摞稿子,绿原提出得有一篇序言,并要我说说这序应该如何写。我有条不紊地讲出自己的想法,心里却琢磨,这序肯定该由他或其他权威、前辈执笔,问我的想法只为做做参考罢了。谁知绿原听完立即说道:"好,这序就由你写,你已经考虑得挺周到、成熟了嘛!"语气一改平素的委婉、平和,坚定果决得似乎根本不存商量的余地。

乍暖还寒的 20 世纪 70 年代末,依然盛行的是论资排辈,人们遵从权威近乎迷信。我虽年逾不惑,却是德语文学圈里的小毛头,做梦也不敢想能替国家级出版社一部厚达 700 多页的大作写序,须知那可是僭越呀!然而转念一想,既然也属前辈的绿原决定要我写,我又何必推诿,遂以初生牛犊不怕虎的架势,接下了这个本该由某位师长来完成的任务。序很快交稿,书也在一年多后的 1981 年 2 月印出来了。叫我做梦也没想到的是,不仅序署了我的名,而且书的编选者也成了杨武能!

在出书相对容易的今天,对于已是"著作等身"的我来说,此事应该讲稀松平常,不足挂齿;可在"一本书主义"尚未过时的当年,却真个非同小可!要知道,具名编选该社同一系列的英国、美国、法国短篇小说者,都是王佐良、罗大冈、朱虹等大权威。

紧接着,我又斗胆向绿原要求重译郭沫若译过的世界名著《少年维特之烦恼》,同样得到他和孙绳武同志的认可,并顺利地在 1981 年年底出了书。

1982 年是歌德逝世 150 周年,《维特》新译本可谓生逢其时,出版后遂大受欢迎,广为流传,至今仍不断再版、重印,成了郭老译本之后最受瞩目和欢迎的本子。自此我便在译坛"崭露头角",译著成了各出版社争抢的对象,得以在南京译林、桂林漓江、上海译文等社,推出《施笃姆诗意小说选》《特雷庇姑娘》《纳尔齐斯与歌尔德蒙》等产生了一定影响的译著。这就是说,随着改革开放的到来,我圆梦的好时光也开始啦!

在做翻译的同时,我还趁 1982 年的歌德 150 周年忌辰,在《读书》《人民日报》等权威报刊上发表了一系列作品,在学术界也有了些名声。

在社科院学习和工作的 5 年,实在是我文学翻译和学术生涯极为重要的阶段。几近乎废寝忘食地全身心投入,短短 5 年就出了超过前 20 年的成果。这除了得力于改革开放,也拜我的导师冯至教授之赐,要不是他顶住压力收下我这个外地户口的大龄弟子,我就会名落孙山,灰溜溜地回到川外,丢人现眼不说,圆梦之旅也必然更加漫长、坎坷。在成功路上,幸得一位位贵人相助,我始终不忘感恩,而恩师冯至,乃是我最大的贵人,我终身感激不尽!

鉴于我在翻译界和学术界赢得的影响和地位,四川外语学院以爱惜人才著称的陈孟汀老院长不顾我人还隶属社科院,就把我晋升为副教授,选拔为副院长,硬生生于 1983 年夏天把我从北京拽回了川外。与此同时,我又破格获得有着世界声誉的德国博士后洪堡研究奖学金,于当年 10 月去德国研修。这样一来,我不得不中断在今天看来是我翻译生涯中至为重要的一项译事活动。

具体讲,在 20 世纪 70 年代末 80 年代初,中国迎来了自己的"文艺复兴"。其时,一批规模空前的外国文学出版工程得以实施,其中漓江出版社的"获诺贝尔文学奖作家丛书"可谓一鸣惊人,使偏居一隅的小小漓江社后来居上,跃升为出版文学翻译作品的品牌名社。主持这套丛书的是记者出身的刘硕良,他之所以能当此大任,主要是因为懂得依靠译者,充分调动译者的积极性和挖掘他们的潜力。继海泽的《特雷庇姑娘》之后,他又来约我为丛书翻译另一部德语文学名著《魔山》。

《魔山》是托马斯·曼继《布登勃洛克一家》之后的又一杰作,在立志非名著杰作不译的我,刘的约稿可谓正中下怀。可尽管如此我却未当即应承,原因之一便是我师从冯至教授主要研究歌德,对托马斯·曼知之甚少,再则那是一部厚达千页的现代经典,要一句句读懂并恰如其分地译出来,实非易事。

然而,既已给刘硕良盯上,他哪会轻易罢休。我呢,一经涉足《魔山》也不免受其诱惑,想不进去都不行了。于是在1983年的春天,从社科院研究生毕业后栖身的北京东郊西八间房,我便出发攀登瑞士的阿尔卑斯山,从而闯入了坐落在瑞士达沃斯那家鬼土统治的国际肺结核疗养院"山庄",闯入了让我迷失其中20年的"魔山"。

端的是一部大师杰作,其深邃、宽广的意蕴和机智、隽永的语言,令读者有如登临险峰,品尝酽茶,艰难是艰难,苦涩是苦涩,却从中能感受到非同一般的浓烈兴味。在咱们社科院新职工那工棚似的简易单身宿舍里,我全身心投入《魔山》的翻译,初步体会到了《魔山》这部杰作之所以为杰作,也尝到了啃硬骨头的苦辣酸甜。

由春入夏,一笔笔地书写,一步步地攀登,好不容易译完了引言和第一、二章,谁知这时却不得不因调动和出国而放下刚刚变得自如的笔。等到从德国返回川外已是1984年年底,除了副院长繁杂的行政事务还要教书,尽管刘总编不断催稿,中断的译事仍只好搁在一边。几经周折和迁延,直到1985年年底,才在刘总如十二道金牌的一封封电报催逼下,终于硬着头皮再闯"魔山"。只不过此时能用于翻译的时间既有限又零碎,加之山中的道路越来越曲折、崎岖,越来越幽秘、险峻,我吃力地跋涉了快一年,才差不多完成全书的四分之一。时间转瞬到了 1986 年春天,不得已只好考虑请人合译;心急的刘总编求之不得。

那是 1986 年盛夏——山城重庆最难熬的季节。在这座有名的大火炉中,为了抓紧暑假的宝贵时间赶译我们承担的近 20 万字,我一大早就把当书案的活动饭桌搬上紧靠歌乐山麓的阳台,到了午后又搬回屋里,直接摆在旋转的大吊扇底下;如此这般,才好歹避免了赤裸的身体沁出的汗水打湿面前的稿笺纸。

1990 年,四人合译的《魔山》,终于在漓江出版社面世了。书出版后引起各方面的重视,例如第二年,在德国洪堡基金会举行的文学与社科翻译研讨会上,《魔山》的中译本成了德语文学成功译介到世界各国的重要佐证。但与此同时,不少朋友、同行却表示遗憾:这样一部为数不多的名家杰作我竟只译了一半,致使前后风格明显地欠和谐统一。我呢,有苦难言;面对自己养育的这个有先天缺陷的孩子,心情很快便由喜转忧,后悔当初没有咬咬牙坚持将他孕育到足月再生下来。亡羊补牢,我很快下定决心,什么时候一定要治好这个孩子身上的毛病。

谁知一等等了 15 年,直到进入 21 世纪,我研究译介歌德的主业有了勉强交代得过去的建树,在川大也基本不再授课,而且刚好 2004 年又受聘担任欧洲翻译家协会的驻会翻译家(Translator in Residence),有了在其常设机构欧洲译者工作中心整整半年不受任何干扰地干活儿的机会,于是才抛开一切,去了结我背了十多年的债务,去继续我在"魔山"中的攀登!须知,我初探《魔山》时 45 岁,年富力强,而今却年近古稀,此时不去更待何时?

在欧洲译者工作中心宁静的生活环境和学术氛围里,由妻子陪伴和照料饮食起居,我从早到晚坐在独自使用的电脑前,日复一日地在托马斯·曼的《魔山》中攀登、盘旋、徜徉、寻幽、搜奇、览胜,随着手指不住地敲击键盘,待译的书页便一点点减少。在这个过程中,我深感知识面的狭窄、认识的浅薄,对生理学、心理学、解剖学以及音乐、摄影、赌博和接灵术等等,懂得实在太少,如果不是手边有那么多资料,包括工具书,真会"囱月踟蹰",举步维艰哩。

我译《魔山》前后经历 20 载,20 年来通过翻译《魔山》《浮士德》一类作品进入了一个又一个陌生、奇特而精彩的世界。在进出《魔山》之间,我的眼界得到了极大的开阔。有了"魔山"之旅的历练和积累,我便能以新的眼光观察、认识自己和世界——这,大概就是文学翻译工作的最大魅力吧。

回眸文学翻译生涯,除了上面讲的困顿、迷失在《魔山》,还有几次"苦译"经历,也叫我铭刻在心,永远怀念。

一次是"文革"即将结束的 1976 年夏天,我带学生到武钢实习,不期然见到了一别多年的叶逢植老师。话题很快便转到文学翻译上,我慨叹刚刚上路就被迫止步,语气、表情想必是悲哀又抑郁。

"唉!"叶老师叹口气,歇了歇。突然,他转而以欢快的语调继续说道:"嘿,我现在正有一本书要翻译,你参加怎么样?"

我心存怀疑,但叶老师不慌不忙地告诉我原委:当时也需要一点对研究马列义论有用的书,如他前不久出版的拉萨尔的剧本《弗兰茨·冯·济金根》。现在,有关单位又指名要他译敏娜·考茨基的小说《旧人与新人》,如果我愿意,他可以让一半给我。

"不过既没有稿费,也不署译者的名字,就像《弗兰茨·冯·济金根》那样。"叶老师带着询问的口气补充。

"怎样都行啊,只要有东西译,只要译出来有用!"饥不择食的我赶紧回答。

我回到重庆就偷偷摸摸干起来。山城的冬天,歌乐山麓的穷教师寒舍才不是爬格子的好地方,妻子女儿又进城度假去了,晚上实在冻得受不了,我就把即将熄灭的烧饭火炉搬进房来夹在两条腿中间,说什么也得坚持译下去啊。一坚持就坚持到下半夜。现在想来不禁失笑,傻不傻呀,既无名又无利,还不能让人知道,何苦呢!

我承担的半部译稿 1977 年早春已寄给叶老师。谁知等了一年又一年,他的前半部不知何故始终完不成。结果,我们的《旧人与新人》胎死腹中，但却在我心中留下了难以磨灭的记忆。

半个多世纪的文学翻译生涯，我始终难以忘怀的还有《格林童话全集》的苦译。而今，它已成了我最受欢迎的译品，20多年来译林等多家出版社推出了数十种不同装帧设计的版本，摆在一起跟成排成群的孩子似的，叫生养他们的父亲我看在眼里油然生出幸福感。可是谁又知道当年为他们的诞生，译者受了多大的苦啊！

不错，这是民间儿童文学作品，内容不深奥，文字也浅显，但却厚厚两册，译成汉语多达50余万字。想当年，计算机汉字处理技术刚起步，我想用却怎么也用不起来，只好一笔一笔地写！每天这么译啊写啊，要写上八九个小时。终于熬到全集的后半部分，却突然一天脖颈发僵，手腕颤抖，躺着站着只觉得天旋地转，头晕目眩——后来长了见识，才知道是闹颈椎病啦！再也译不下去，只得拉也是学德语的妻子和女儿来"救场"，自己只能勉强完成最后的校订。所以，译林的那个版本，译者多了一个杨悦。

出生前和出生后不一般的经历、景况，都决定《格林童话全集》是我最疼爱的孩子。所以，每当有见利忘义之徒损害我的这个孩子，我都会挺身而出，拼命护卫，用我译者的笔破例地写了《格林童话辩诬——析〈成人格林童话〉》《捍卫世界文化遗产，为格林童话正名》等论辩文章，以鞭挞那些无耻的家伙，揭露他们所谓《成人格林童话》或《令人战栗的格林童话》的卑劣骗术。

说到《格林童话全集》的诞生，不能不提到译林出版社的老社长和创始人李景端。50多年的文学翻译生涯，我跟老李的关系最为密切，最为深远。

记忆犹新的是《译林》创刊5周年，他邀请我到南京出席座谈会，使我有幸近距离接触国内一批文学翻译的名家和前辈。特别是德高望重、享誉中外的戈宝权先生，这位过去只是在社科院外文所破烂的走廊里敬而远之地仰望的戈宝老，不期然竟跟我住在中山陵5号的同一个标准间里。还记得临睡前我俩总爱盘腿坐在各自的床上闲话，一次老先生一边搓脚心一边对我讲，搓脚心这事儿简易可行，乃是他的养身秘诀。

随后的 20 多年,译林社和《译林》举办的类似活动异常之多。作为受到译林青睐的德语界好动分子,我受邀参加的次数真是不少。最难忘 1990 年珠海白藤湖那次海峡两岸文学翻译研讨会,我不但与闻了王佐良、方平、李文俊、董衡巽、孙致礼等的精彩发言,还跟来自台、港、澳的余光中、金圣华等一大批译界名流进行了很好的交流。

参加国内外的类似活动,不仅使我能与名家、前辈和同行切磋交流,还推动我进行译学理论的思考和写作。我的一篇篇"文学翻译断想",诸如《阐释、接受与再创造的循环》《尴尬与自如 傲慢与自卑——文学翻译家心理人格漫说》《再论文学翻译主体》,都是应邀参加讨论会给逼出来的。如此一来二去,我在译学理论方面也有了些许建树,虽说跟真正的理论家相比微不足道,却在文学翻译界几近凤毛麟角。为此,我真要特别感谢许钧和谢天振等学友。

1993 年,杨译《格林童话全集》问世。真庆幸我这中华人民共和国成立后第一个格林童话全译本降生在译林出版社,降生在李景端带领下的这个殷实富足、诚信可靠的家庭里。他一生下来就壮实、英俊,在施梓云这样忠实的"奶娘"呵护下更一年年出落得越发漂亮,越发可爱。

说起《格林童话全集》,我真得好好感谢译林出版社的老朋友李景端和施梓云。这本书延续了我跟老李和译林始于 20 年前的友谊,俨然成了我们之间斩不断的血肉联系。还不仅如此啊,为了格林童话这个我翻译生涯中后期最有出息的孩子,只有我自己知道有不止一个原因,近 10 年来我内心深处始终怀着对老李和译林深深的感激。我感激他们是因为《格林童话全集》帮助我返老还童,使我这棵翻译老树在风风雨雨半世纪之后又发出了新枝:20 年来《格林童话全集》不断重印、再版,其影响和受欢迎的程度,在我数十种名著翻译里唯有早期的《维特》堪与比拟。这个情况,当然早已为业内注意到,于是我慢慢也被视为译介少儿作品的好手,因此收到了各式各样的约请。举两个最近的例子吧。

2007 年,经儿童文学理论家王泉根教授推荐,我应邀担任湖南少年儿童出版社"全球儿童文学典藏书系"的"翻译专家委员会委员",不但接受组织德语作品翻译的委托,自己也承担和完成了《七个小矮人后传》和《胡桃夹子》等几本小书的翻译。

2010年,以出版少儿读物享有盛誉的二十一世纪出版社找到远在德国的我,约我翻译德国当代著名儿童文学作家普罗斯勒的《大帽子小精灵霍柏》和《霍柏和他的朋友毛球儿》。为考验该社诚意,我提出相当高的签约条件,不想他们慨然应允。这就使我再也脱不了手,两本小书交稿后,该社又请我重译已故当代德国儿童文学大师米切尔·恩德的代表作《永远讲不完的故事》和《毛毛》。这样,我开始"返老还童",决心在有生之年集中精力、心思于少儿文学的译介,相信假以时日,也会有一些建树。

回顾、总结60多年的文学翻译生涯,计出版名著翻译近千万字,其中大部分收入了2003年广西师范大学出版社推出的《杨武能译文集》,由此我有幸成为中国历史上头一个健在时即出版10卷以上大型译文集的翻译家。能了却出译文集的多年夙愿,我很感激我在社科院的同窗好友、法国文学专家郭宏安,是他给了我广西师大出版社的联络方式,更感谢该社的呼延华副社长和郭启明社长,感谢他们在出版形势并不很好的情况下,爽快地接受我这个其他社望而却步的大选题,并及时推出了大气而漂亮的译文集。

《杨武能译文集》尽管多达11卷,却并未囊括我全部的翻译成果,还有《魔山》《纳尔齐斯与歌尔德蒙》《歌德谈话录》《魔鬼的如意潘趣酒》以及后来的一些重要译品未能纳入其中,更不意味着我翻译事业的终结。

60多年的从译经历,可以回顾记述的虽说还很多很多,却也没有什么不可以略去不提,唯独歌德的译介是个例外,它非得讲,而且好好地讲,因为歌德对我太重要了。

基督徒有一句祝福语曰"神与你同在",我却庆幸"歌德与我同在",以为自己数十年的好运气,很大程度上都源于自己的这位"神"。我这么想,并不仅仅因为在德语里,神(Gott)与歌德(Goethe)发音近似,而且因为自1978年考入中国社会科学院研究生院做冯至教授的研究生起,我便与这位德国大诗人、大文豪、大思想家结下了不解之缘:1981年以一篇评说《维特》的毕业论文获得了硕士学位,同年更因出版《少年维特的烦恼》新译而小有名气,第二年又因应邀参加德国海德堡的纪念歌德学术讨论会而第一次走出国门,第三年更以"歌德与中国"为研究课题获得享誉世界的洪堡博士后研究奖学金,获得在德国长时间研修的机会,并终身受到洪堡基金会的关注和扶持——我因研究译介歌德而受到的眷顾,真可谓一言难尽。自然,反过来我也尽心竭力地侍奉自己的这位神,即使在当川外副院长和苦译《魔山》的那些年,歌德仍始终是我最大的牵挂。只是苦于缺少时间和精力,我那七八年能为他做的事实在有限,因此也愧对我在社科院学习、研究歌德的导师冯至。

所幸 1990 年我终于卸去川外副院长的行政职务,调到了四川大学。一进川大,我便特意摆脱一个享受"高干"待遇的前副院长循例受到的一切羁绊,赢得了最大限度的自由和异常充裕的时间。如此一来,便能在七八年间出版《歌德与中国》和《走近歌德》两本专著,完成包括《浮士德》《威廉·迈斯特的学习时代》《迷娘曲——歌德诗选》《亲和力》等在内的 4 卷本《歌德精品集》的翻译。这几部专著和译作,连同我和刘硕良主编的 14 卷《歌德文集》,都在 1999 年歌德 250 年诞辰之前面世,不仅成了我个人文学翻译生涯中超越系统译介德国 Novelle 的又一建树,还是我国百年来研究、译介歌德最具规模、最为系统也最令世人瞩目的成果。

1999 年我接到德国歌德学院和魏玛国际歌德学会的邀请,作为唯一的中国翻译家,出席了魏玛的"《浮士德》翻译工场",以及爱尔福特的歌德翻译家研讨会这两项纪念歌德诞辰的重要学术活动。也主要因为这些成果和建树,我于 2000 年获得约翰尼斯·劳总统颁授的联邦德国国家功勋奖章,2001 年获得终身成就奖性质的洪堡奖金,2013 年荣获国际歌德研究最高奖歌德金质奖章。与此同时,我有关歌德的著译,在国内也获得了包括国家级奖项在内的许多奖励和荣誉。

但是身为中国人,我更珍视以下两项既无奖章也没奖金的荣誉:一是中国译协在我 80 岁时授予我"翻译文化终身成就奖",二是我的母校南京大学把我定为"杰出校友"或"知名校友"。特别是后面一项,当我在网上读到《中国大百科全书》的南京大学词条所列"杰出校友"或"知名校友"的名单,看见在人文艺术界的几十个人绝大多数都已作古,自己乃硕果仅存的三五个之一,而已经不在了的先辈多为马思聪、徐悲鸿、张大千、宗白华、赛珍珠这样一些光辉的不朽的名字,我更觉得区区如我实在愧不敢当此殊荣。母校南京大学的恩情和厚爱,真叫译翁无以为报,没齿不忘!

5年前,我离开德国经成都回到重庆,重庆市作协王明凯书记和陈川主席亲自主持会议,隆重欢迎和介绍我。与会的文教部门领导和专家一致夸我是"重庆的骄傲",令我感动异常。

第二年,重庆图书馆给我安了一个家:经过近三年认真筹备,重图馆中馆"杨武能著译文献馆"于2015年10月闪亮登场;学界文坛众多名流莅临致贺,场面盛大。这样一个以翻译家名字命名的大展馆,不说中国,全世界恐怕也再难找到。文献馆面积达200多平方米,收藏展出我译著、论著和创作的众多版本,以及珍贵手稿、书信、新老照片以及我在国内外荣获的勋章、奖牌、奖章、奖状等等。展品摆满20来个玻璃展柜,可谓洋洋大观、琳琅满目。特别是冯至、钱锺书、季羡林、马识途、绿原、王蒙等学界文坛巨擘给我的数十封亲笔信,更是引人注目。

而今"杨武能著译文献馆"已成为重图极富生命力和备受关注的"馆中馆",长年接待海内外的参观者和研究人员。从2017年开始,重图利用藏有中华人民共和国成立后第一位《格林童话全集》翻译家数十种翻译版本这一独特和珍贵的资源,每年都举办堪称山城文化盛事和民众节日的"格林童话之夜",今年已经是第三季。这一活动不仅成了翻译家联系广大读者的纽带,还搭建起一座中外文化交流的桥梁,今年便迎来了德国格林兄弟博物馆馆长等嘉宾。重庆图书馆馆长任竞表示,"格林童话之夜"将一季接一季办下去,越办越好,越办越精彩。

重图"杨武能著译文献馆"的建立,让我深感故乡对海外游子的厚爱,意义和价值不亚于我获得的德国国家功勋奖章、洪堡学术奖金和歌德金质奖章,尽管它们带给我了金钱和荣耀,还有未经申请就享有了发给外国杰出人士的永久居留权即绿卡。

2014 年我受聘于西南交通大学,担任该校享受院士待遇的特聘教授和国家社科基金重大项目"歌德及其作品汉译研究"首席专家。次年回国履职,不幸遭遇老伴去世,其后便决心放弃德国永久居留权,落叶归根,常住重庆,并在祖籍武隆的世界自然遗产地仙女山购置了居所,命名为"译翁山房"。两年后的 2017 年,仙女山管委会开始筹建"巴蜀译翁亭",以彰显光耀乡梓的海外游子的建树。

2019 年 10 月 16 日巴蜀译翁亭隆重揭幕,出席揭幕仪式的除去重庆、四川文艺界人士和当地有关领导,还有来武隆仙女山采风的海外华裔文艺家 20 多位。

"巴蜀译翁亭"建在风景如画的天衢公园,树木苍翠,碧水映印,更有湖南书法家涂光明书写的匾额和楹联锦上添花,更显古朴、典雅、大气。上联由译翁的四部德语经典名著翻译即代表作的书名构成;下联则表明译翁用一生的劳作奋斗,践行了译翁秉持的翻译家必须同时是学者和作家的主张和理念。

所谓"一世书不尽的传奇",乍一听有点夸张。其实不然! 重庆市武隆区江口镇乌江边大山顶上的谭家村,有个贫苦农民叫杨代金,杨代金之子杨文田(杨质彬)为饥寒所迫,1928 年逃到重庆当学徒做了工人,杨文田 1938 年出生的儿子杨武能,正是现在的巴蜀译翁。也就是说,一个工人的儿子、农民的孙子,在新中国靠吃国家发给的人民助学金,由初中而高中而大学,一步步成长为名牌大学的博士后、教授、博导、特聘教授和享誉海内外的学者、翻译家,获得了德国总统颁授的国家功勋奖章和国际歌德研究最高奖歌德金质奖章,获得了中国翻译文终身成就奖,这难道不算奇迹? 这难道不够传奇?

眼下庆祝中华人民共和国成立 70 周年,巴蜀译翁的成就也罢,殊荣也罢,"书不尽的传奇"也罢,无疑不应当只归因于个人,而通通更应该归功于我们的党、国家和人民,归功于改革开放,归功于新中国新时代! 没有党、国家和人民,没有 40 余年的改革开放,没有新中国新时代,70 年前的区区一介失学少年,哪能变成享誉海内外的文学翻译家和学者巴蜀译翁?

近些年,所谓"只有民国才出大师"的说法甚嚣尘上,一个工人的儿子农民的孙子和70年前的失学少年杨武能,在新中国成长为享誉海内外的翻译家、歌德学者、专家教授这一事实,有力地证明它完全是抹黑国家和党的谎言和谬论。要知道,跟我一样荣获"翻译文化终身成就奖"的翻译家们,个个都是大师,都是中华人民共和国成立后成长起来的大师!我本人的成长经历和成才之路,无可辩驳地证明:

是共产党、新中国培养造就了我;没有新中国,就没有德语文学翻译家杨某人!没有新中国,就没有巴蜀译翁!

2019 年 8 月　于重庆武隆仙女山译翁山房

第二辑　译余漫笔

代译序：漫话《维特》

约翰·沃尔夫冈·歌德(Johann Wolfgang Goethe, 1749—1832)，德国18世纪下半叶和19世纪初最杰出的诗人、作家、学者和思想家，以自己毕生的辛勤劳作，给德国和人类留下一笔光辉巨大、丰富多彩的精神财富。

1774年，歌德出版了他早年最重要的一部作品——《少年维特的烦恼》。这在德国文学史上，是一件具有划时代意义的大事，年仅25岁的歌德因而成为德国乃至欧洲最富盛誉的作家，一向被人轻视的德国文学也被提高到了与欧洲其他先进国家并驾齐驱的地位。在1832年《浮士德》第二部问世前，歌德这位"最伟大的德国人"便一直作为《维特》的作者而闻名于世。

影响如此巨大的《维特》是部怎样的书？这部书有何价值与意义？

《维特》是一部规模不大的长篇小说，特点是采用了第一人称的书信体。全书共分三个部分：第一、第二部分纯粹由主人公维特致友人威廉和女友绿蒂的书简构成；第三部分则是该书"编者"威廉写的后记，中间也穿插着维特临死前写的四封信和几则残简。此外，书前尚有一段"编者"的小引，说明编成此书的"由来"和"用意"。

小说的情节可谓简单，贯穿全书的主线为主人公不幸的恋爱与社会遭遇。根据笔者个人的理解与体会，也不妨称这部书为"青年维特碰壁逃亡记"。

　　第一次出逃：为摆脱旧日生活中的烦恼，维特来到一个陌生的小城。其时正是春光明媚的 5 月，他立即投身在美丽大自然的怀抱中，终日读着庄严宁静的荷马古诗，与天真的儿童和纯朴的村民接近，于是感到有一种奇妙的欢愉充溢着整个的灵魂。稍后，他又在舞会上认识了一位聪明俏丽的绿蒂姑娘。他明知绿蒂已经订婚，却仍对她一见钟情，并很快搬到她家附近去居住，觉得自己好像进了"天国"，而绿蒂就是这个"天国"中的"天使"。可叹好景不长，绿蒂的未婚夫阿尔伯特从外地一回来，维特便从他这幻想的"天国"中摔到了地上，处于十分尴尬的境地。于是烦恼又代替了宁静，失望又代替了欢欣，就连美丽的大自然也变成了折磨他的"鬼魅"了。维特只好逃出这个已经失去欢乐的"乐园"。

　　第二次出逃：维特到了一个公使馆里当秘书，一开始总算从实际工作中得到了一些慰藉，谁知上司是个偏狭迂阔的官僚，对他的工作和交往多有挑剔，使维特在他手下当差如在"苦役船"上一般难受。维特好不容易忍耐到第二年春天，却又碰见了一件更难堪的事：维特应邀在某伯爵家做客，一班傲慢顽固的贵族对于这个市民阶级的青年在场大为不满，伯爵只好催请他离去。此事立即成了全城尽人皆知的"丑闻"。羞愤之下，维特"真恨不得抓起刀来，刺进自己的心窝里去"。

　　第三次出逃：一年之后，在落木萧萧的初秋，因在社会上四处碰壁而心灰意懒的维特又逃回到了绿蒂身边。可这时绿蒂已经结婚，他的"乐园"也不复存在：大自然秋风萧瑟，最小最可爱的一个村童已经死去，纯朴善良的村民一个个身遭不幸，就连两株维特与全村老小十分珍爱的胡桃树，也被贪财的村长伙同其新主人砍掉了……维特终于从一个精神病患者的话里悟出，所谓幸福只存在于疯子的头脑里。

　　第四次出逃：维特对现实生活已经绝望，唯有逃到爱情中去寻找寄托，便更狂热地恋慕着有夫之妇绿蒂。可这无异于饮鸩止渴，既招来他人物议，又引起阿尔伯特疑忌，绿蒂不得不赶走他。

　　第五次出逃：残冬到了，维特深感自己成了世界上多余的人，便怀着痛苦与愤懑的心情最后一次出逃，逃向了"混沌与黑暗"，逃向了死亡，因为——"别无他途"！

以上便是《维特》的主要故事，但并非出自作者的虚构，而是歌德根据1772 年自杀身死的青年耶鲁撒冷的不幸遭遇，并糅合进自己两年来的痛苦经历、思想和感情写成的。女主人公绿蒂就是他一位朋友的未婚妻夏绿蒂·布甫的化身，年轻的诗人确曾热恋过她；别的重要人物同样在现实生活中有不止一个原型。所以歌德自己说，《维特》这部作品是他"用自己的心血哺育出来的。其中有大量出自我心胸中的东西，有大量的情感和思想足够写一部比此书长十倍的长篇小说"（引自朱光潜译《译德谈话录》）。

然而，不能因此说《维特》只是一部个人的恋爱与社会遭遇的悲剧，因为正如 19 世纪的丹麦大批评家勃兰兑斯等早就指出的，它还表现了一个时代的烦恼、憧憬以及苦闷。

《维特》出现在欧洲从封建主义向资本主义过渡的历史转折时期。经过了文艺复兴和启蒙运动，市民阶级的阶级意识已经觉醒，年轻的一代更是感情激荡，强烈要求改变自己在政治上的无权地位，打破社会上严格的等级界限，建立"自然的""平等的"人与人之间的关系。他们以"个性解放""感情自由"等口号来反对封建束缚。但与此同时，封建贵族阶级仍牢牢掌握着政权，在其军队和国家机器面前，年轻的资产阶级感到自己十分软弱无力，因而普遍滋生了悲观失望、愤懑伤感的情绪。在一段时间里，伤感多愁竟成了一种时髦。1772 年在故乡法兰克福养病期间，歌德就参加过一个由见花落泪、对月伤情的时髦男女组成的团体。而在文学中，感伤主义的小说以及市民悲剧也应运而生。《维特》便是在这种时代气氛和文学潮流中出现的。它那位耽于幻想、多愁善感、愤世嫉俗的主人公，便是当时一代青年的代表。他代表他们，述说了自己的理想与憧憬，并以其一次次碰壁失望后的悲伤哭泣，"对横跨在市民的现实和自己对这个现实所抱的同样是市民的幻想之间的鸿沟"（恩格斯语），发出凄惨的哀号。从这个意义上讲，《维特》反映了 18 世纪这个历史转折时期资产阶级所感到的狼狈和痛苦。

而在欧洲大陆各国中,情况最糟糕的又数仍处于封建小诸侯统治下的德国。在这里,"一切都烂透了,动摇了,眼看就要坍塌了,简直没有一线好转的希望"(见恩格斯《德国现状》)。此外,德国的资产阶级出于历史和经济原因却最软弱,根本没有力量与勇气像在英、法等国那样去做改变现状的实际尝试。他们中最先进的人物也只能在文学与哲学中寻求自由,幻想未来,平庸之辈就更是向封建势力妥协投降了。所以,我们在《维特》这部作品中看见的德国社会,城市里充满了迂腐的贵族和庸俗的小市民,乡村中到处是不幸者。维特只能一次次逃走,直至最后自杀,因为——"别无他途"!

对于这个使卓有才智、心地高尚的青年无以存身的社会,歌德通过主人公维特之口进行了多方面的抨击和诅咒;维特恰恰自杀于圣诞节前一天,临死还读了莱辛的抗暴悲剧《艾米尼亚·迦洛蒂》,就更清楚地表示了他对社会的愤懑和抗议。但也仅仅如此而已,软弱的性格注定了他不可能有更勇敢的行动,虽然这已比恩格斯说的"处在(德国)这粪堆中却很舒服"的平庸资产者要高尚一些。

能不能说,维特的悲剧是性格的悲剧呢?诚然,他的性格是病态的;但这病态的性格一如上述乃是时代和阶级的产物,维特就是18世纪欧洲流行的那种"时代病"的一名重症患者。

能不能说,维特的悲剧仅仅产生于他不幸的爱情和生活际遇呢?也不完全,我们知道,爱情是一个社会问题,历来都反映着时代与社会的风貌。而在《维特》这部小说中,仅仅因婚姻恋爱问题而死、而疯、而犯罪的不幸者还有好几个,并且几乎都是由礼法、财产、等级悬殊等社会限制造成的。

综上所述,《维特》应该说是欧洲18世纪这个过渡历史时期的悲剧,软弱无力的德国资产阶级的悲剧,落后腐朽的德国社会的悲剧。而这,便是《维特》这部作品的价值和意义。

　　《维特》一问世,当即风靡了德国和整个西欧。广大青年不仅读它,而且纷纷模仿主人公的穿戴打扮、风度举止,更有少数人学他而自杀了的。大诗人如克洛卜斯托克也为《维特》所倾倒,拿破仑读它甚至达七遍之多。与此同时,《维特》却遭到形形色色卫道士的诟骂,被斥为"淫书"或"不道德的该遭天谴的书"等等,因此译本一出现在米兰,就被教会搜去全部销毁。在丹麦和德国的一些地方,《维特》也被宣布为禁书。尽管如此,仍阻止不了《维特》的流传。它很快被译成了各种语言文字,在英、法两国译本分别多达数十种,仿效之作也大量出现。

　　　　德国人模仿我,法国人读我入迷,

　　　　英国啊,你殷勤接待我这个

　　　　　　憔悴的客人;

　　　　可于我又有何益哟,中国人

　　　　也用颤抖的手,把维特和绿蒂

　　　　　　画上了镜屏!

　　歌德这节诗,说的就是他对《维特》的广为流传所感到的矛盾心情。关于中国古瓷上出现维特与绿蒂画像的说法有好几起,较为可信的要数德国汉学家卫礼贤(Richard Wilhelm)在《歌德与中国文化》一文中所提到的。他写道:"在广州那个地方,特别为外国人预备瓷器——所谓客货的那类东西,上面的画图是照欧洲人的嗜好绘的,所以画上维特与绿蒂等人的像。"但不管这类传说是否可信,千真万确的却是在《维特》问世后一个半世纪的1922年,我国出版了郭沫若译的《少年维特之烦恼》,同样引起了巨大的反响。当时正处于反封建斗争中的一代中国青年,在《维特》中找到了知音。仅据1932年的一个不完全统计,10年间郭译《维特》已由不同书店重印了30版之多。最近一些年,各种新译也层出不穷,包括1981年率先推出的拙译在内,各个时期的译本加在一起,数量更多达30种左右。以一部外国文学作品在中国产生影响之大和重译、重版次数之多论,《维特》恐怕是无与伦比的。

《维特》为什么能产生如此巨大的影响？

起决定作用的，首先应该是《维特》所具有的反封建的时代精神，也即上文已经指出过的，它表现了一个时代的烦恼、憧憬以及苦闷。关于这一点，歌德在其自传《诗与真》中说得十分明白："这本小册子的影响很大，甚至可以说轰动一时，主要就因为它恰在适当的时候出版的缘故。正如只需一点火药线就可引起一个地雷爆炸似的，当时青年的身上已埋藏有厌世的炸药，所以这本小册子在读者群众中引起的爆炸分外猛烈……"

等到欧洲进入 19 世纪 40 年代的革命高潮时期，《维特》便不再时兴了。于是海涅在 1842 年写的《倾向》一诗中劝诗人"别再像维特那样呻吟，因为他的心只为绿蒂燃烧"。匈牙利革命诗人裴多菲更把《维特》贬得无以复加，干脆称维特是一个"没有骨气的傻瓜"。因为当时的青年不再是哭哭啼啼的厌世者，他们已成了举起剑与火焰来进行斗争的战士。

同样，《维特》在我国广为流传，也主要因为我国五四运动时期，与一个半世纪前的德国"狂飙突进"时期有不少类似之处。反对封建压迫、追求个性解放乃是不可阻遏的时代潮流。

其次，必须强调，艺术上的成功也是使《维特》产生巨大影响的重要原因。

歌德恰当地使用了第一人称的书信体，取得了突出的艺术效果。近百封长短书简组成了一个有机整体，前后加上"编者"的引言和按语，读起来使人感到真切可信。信里时而写景，时而抒情，时而叙事，时而议论，读着读着，我们仿佛就变成了收信人，听见了主人公的言谈笑语，啼泣悲叹。

郭沫若在《维特》译本序引中赞它是一篇散文诗。《维特》的确像抒情诗一样以情动人。小说情节并不复杂，但却扣人心弦，引人入胜。作者常常让主人公直抒胸臆，如维特那封在生命的最后两天断断续续写成的绝命书，真是有声有泪，哀婉凄绝。此外他还巧妙地用自然景物烘托情感，用荷马和莪相的诗句或诗中的意境渲染气氛。

"春风啊，你为何将我唤醒？……可是啊，我的衰时近了，风暴即将袭来，吹打得我枝叶飘零！明天，有位旅人将要到来，他是见过我的美好青春;他的眼儿将在旷野里四处寻觅,却不见我的踪影……"我相的这几句哀歌,由即将离开人世的维特念出来,不正成了他自己的凄凉心境与悲惨命运的真切写照了吗? 在《维特》中,类似这样能给人以诗的回味的段落,不胜枚举。

再次,小说的人物塑造也很出色。特别是青衣黄裤的翩翩少年维特,已成了世界文学中的著名典型,即那么一种"伟大而又渺小,可爱而又可鄙的怪人"(莱辛语)。

总的来说,强烈的时代精神加上卓越的艺术手法,赋予《维特》以爆炸似的震撼人心的力量,使它在世界各国千千万万的青年读者心中,引起了强烈的共鸣与回响。

1980 年寒冬时节　重庆川外教工宿舍初稿
2020 年初夏　重庆武隆仙女山译翁山房改定

诗人歌德：前无古人，后乏来者

约翰·沃尔夫冈·歌德(Johann Wolfgang Goethe,1749—1832)一身兼为文学家和思想家，即使在自然科学领域内，也取得了同时代人无法忽视的成就。对于文学创作，他更表现出了多方面的天赋和才能，因此常被与文艺复兴时期博学多才的"巨人"相提并论和媲美，堪称是世界文学史上的一位大文豪，世界文化史的一位大思想家。然而，大文豪和大思想家歌德首先是一位诗人，特别是杰出的抒情诗人，虽然他的《浮士德》和《少年维特的烦恼》等作品，不论过去或现在都更加为人熟知，都在文学史上占据着更加显要的地位。

在长达70余年的创作生涯中，歌德不仅写下了各种题材、体裁的长短诗歌2500多篇(首/部)，其中有大量可以进入世界诗歌宝库的明珠、瑰宝，而且他的整个创作都为诗所渗透。例如《浮士德》本身便是一部诗剧，《少年维特的烦恼》更被公认为是以散文和书信形式写成的抒情诗。歌德曾将自己一生的事业比成一座金字塔。在这巍峨宏大的金字塔的塔尖上，放着一个花环。这花环，按照法国大作家罗曼·罗兰的说法，就是用歌德自己的抒情诗编成的。对于诗人歌德来说，这个评价可谓中肯而又崇高。

从纵、横两个方向上放开眼界来加以考察，歌德作为诗人可谓出类拔萃，异常伟大。德国的或者说德语的诗歌创作，是因为他才发展到空前的高峰，才真正受到了世界的重视。与他同时代的欧洲各国诗人，没有几个取得了可以与他比肩的成就，难怪英国大诗人拜伦要尊他为"欧洲诗坛的君王"，并以能与他交换作品为荣。难怪海涅要视他为统治世界文坛的三巨头之一的抒情诗巨擘，与作为小说巨擘的塞万提斯和戏剧巨擘的莎士比亚并立。也就是说，歌德的诗歌创作不仅在德国，而且在整个欧洲乃至全世界都产生了巨大影响。

从 8 岁时作第一首献给外祖父母的贺岁诗算起，歌德毕生从事诗歌创作。他的诗歌不仅数量惊人，而且有以下突出的特点和优点：(1)它们思想深刻博大，为此我们可以举出他的《普罗米修斯》《神性》《重逢》《幸福的渴望》以及诗剧《浮士德》中的许多片断作为例证；(2)它们题材丰富广泛，几乎反映了社会人生的方方面面；(2)它们情感自然真挚，为此您不妨细细品味一下他的《五月歌》《漫游者的夜歌》《迷娘曲》《玛丽温泉哀歌》等抒情诗；(4)它们风格多彩多姿，不仅有早年的牧歌体、民歌体、颂歌，还有中年时代独创的短诗和从意大利借用来的哀歌和十四行诗，不仅有晚年阿拉伯风的《西东合集》以及中国情调浓郁的《中德四季晨昏杂咏》，还有数量同样不在少数的格言诗和叙事谣曲，等等。如此长的创作时间，如此大的数量，如此众多的优点，而所有这些因素又都通通都集中在了一个人身上，我真想说，像歌德这样的抒情诗人，真是前无古人，后乏来者！

进入 20 世纪以来，歌德的诗歌先后经过马君武、苏曼殊、王光祈、郭沫若、冯至、梁宗岱、张威廉、钱春绮等前辈的译介①，逐渐在我国流传开来，并且受到了广大读者的喜爱和重视。郭沫若、梁宗岱和冯至等前辈先后将他与我们的屈原、李白、杜甫相提并论，足以证明即使在欧洲以外的更广大的世界上，即使在他逝世一个多世纪之后，歌德同样仍然受到极少有人能与之相比的崇敬。

那么，是什么条件造就了伟大诗人歌德？他的出现偶然吗？

选译歌德诗歌的工作终于结束了，心中释然、怡然、畅然，于阖上眼睛

① 约在 1902 年或 1903 年，马君武第一个用文言翻译了歌德的抒情诗《米丽容歌》（今译《迷娘曲》）。此前包括笔者作品在内的一些著述和歌德诗选，都根据《南社丛刻·马君武诗稿》的排字错误以讹传讹，把"容"字误为"客"，特借此机会慎重更正。

稍事休息之时不由坠入了遐思。适才,我仿佛流连于一座花园,那么广大辽阔,那么生机勃勃,好似世界各地的名花异卉在这儿争妍斗艳,满园姹紫嫣红,芳香扑鼻;繁花丛中固然也这儿那儿长着几棵杂草,却无损整个花园的美丽和神奇,倒使它显得真实和自然。须知培植这座花园的歌德也是人,不是神。我这个更加平凡的人徜徉园中,东挑西选,采摘来了自以为是最美丽的各色各样的花草,准备把它们送给自己的友人……

就像自然界的花园需要种子、土壤、养料和阳光,歌德诗歌的大花园也少不了它们。

生活,就好比一座取不尽、用不竭的种子仓库。歌德享年 83 岁,一生经历了德国、欧洲乃至世界历史上的许许多多重大变革,诸如德国的"狂飙突进"运动和欧洲的启蒙运动,法国大革命和继之而来的欧洲封建复辟,北美的独立和巴拿马运河的开凿,等等等等。歌德自称这对作为诗人和作家的他,是一大便利。确实,享有高龄的歌德人生阅历之丰富,体验之深刻,都非那些虽说才华横溢却英年早逝的大诗人可比。翻开一部世界诗歌史,面对荷尔德林、海涅、拜伦、普希金、里尔克等等短命的天才,我们会发出多少的感叹,心生几多的惋惜!

歌德一生几乎没有停止过诗歌创作。把自己的思想情感用艺术化的、凝练的诗的语言和形式表现出来,从孩提时代开始,就已成为他生存的一大需要。在 70 多年的漫长文学生涯中,歌德的诗歌之泉几乎从未干涸、枯竭,而是自自然然地涌溢、流淌,虽然有时也会出现滞塞和中断的危机,但危机终究会被克服,迎来一个又一个新的生意盎然、流水欢歌的春天。尤其让人惊叹的是,常常甚至是在写信和创作小说、剧本的过程中,歌德的诗泉会突然喷涌出来,使正在写的散文一下提高为了诗——他赠给冯·施泰因夫人的许多诗和著名的颂歌《普罗米修斯》,都是这样产生的。1823 年 9 月 18 日,歌德对他的秘书爱克曼讲:

> 我全部的诗都是即兴诗,它们被现实所激发,在现实中获得坚实的基础。我瞧不起空中楼阁的诗。

这段话很好地道出了歌德的生活与诗歌创作的关系。事实上,歌德的诗歌几乎没有哪一首不是反映着他的一段生活经历,反过来,他的所有重要生活经历又无不在诗中得到了凝聚和升华。

歌德人生阅历之丰富,实非常人可比。他出身市民,后来却封了贵族;他既是诗人、作家,又担当着魏玛宫廷的多种要职;他一生热衷于科学研究和试验,还酷爱漫游和旅行,至于在文艺作品里神游,在幻想遐思中徜徉,更是自小养成的习惯。所有这些,都在歌德的诗歌中得到表现,使他诗的内容题材变得异常丰富。特别是他一生多恋,从 17 岁至 74 岁,先后倾心于十多位女性,而每一次恋爱,都使他给后世留下一大批动人的情诗,其中实在不乏传世的杰作和精品,如脍炙人口的《塞森海姆之歌》《罗马哀歌》《西东合集》《爱欲三部曲》等。

是的,我的老师冯至先生说得对,一部按产生的时间顺序编排的歌德诗选,也就是一部歌德的生活史或者说一部诗传。

歌德不仅长寿和阅历丰富,他的诗歌也不局限于对它们做记录和整理。他还如此热爱生活,对爱、对美、对光明、对事业的追求还如此地执着;从这些执着的追求中,又产生出许多的成功与失败、欢乐与痛苦——这些,都在歌德心里引发了理性的思考,同时化作诗的感性,催出诗的萌芽。也就是说,对歌德这样一位内心充满爱的追求者,生活的种子仓库才会慷慨地敞开大门,任其拣选、索取。难怪,歌德对爱克曼说:

> 世界是那样广阔丰富,生活是那样丰富多彩,你不会缺乏作诗的动因。但是写出来的必须全是应景即兴的诗,也就是说,现实生活必须提供诗的机缘,又提供诗的材料。一个特殊具体的情景通过诗人的处理,就变成带有普遍性和诗意的东西。我的全部诗都是应景即兴的诗……①

这段话,道出了歌德创作遵循的一个重要美学原则,是他入世的人生

---

① 转引自:爱克曼. 歌德谈话录. 朱光潜,译. 北京:人民文学出版社,1978:6.

观在美学思想中的折射，表明他是生活宝库的自觉而积极的发掘者。正因如此，歌德以他70多年的生命写成的数以千计的诗歌，加在一起便构成了一个纷繁复杂、五光十色的大千世界：宇宙的恢宏深邃，自然的仁慈博大，时代的风雷雨电，人生的幸福痛苦，还有爱情的离合悲欢，统统得到了表现。正因此，歌德的成功之作才那么情真意切，自然感人，内涵深沉、丰厚。

敏锐的天性、良好的教养和悠久的民族文化传统，是歌德诗歌大花园肥沃的土壤。

歌德出生于富裕的市民家庭，从小受到爱好文艺的父母的熏陶，加之资质聪明、生性敏感，8岁时便为向外祖父母祝贺新年而作了第一首长20多行的诗。稍长，他从父亲的丰富藏书中读到了前辈诗人们的作品，尤其喜爱中世纪的工匠诗人汉斯·萨克斯和其时正风靡德国的抒情诗人克洛卜斯托克。16岁时到莱比锡大学学法律，受洛可可风影响，写下了不少绮靡轻佻的爱情诗，但同时也接触到了温克尔曼和莱辛的美学理论和诗歌理论。1770年到地处德法边境的斯特拉斯堡继续学习，这是歌德一生发展的第一个重要转折点。在这儿，他不仅受到来自国境另一边的自由思想之风的吹拂，感到神清气爽，而且有幸结识了赫尔德。在赫尔德引导下，歌德不仅认识了荷马、品达、"莪相"，读了他们的史诗、颂歌和哀歌，而且开始搜集民歌民谣，从而在古代和民间两个方面找到了诗歌清澈纯净、永不枯竭的源头。德国的近代文化、文学和诗歌，一般地讲是建立在古日耳曼、希腊罗马和希伯来这三大传统之上的。从小熟读《圣经》的歌德，随着年龄的增长，特别是经过在莱比锡和斯特拉斯堡的生活和学习，全面地接近和继承了传统，便使诗的花朵在肥沃的土壤里健康而茂盛地开放起来。音韵优美自然而富民歌风的《塞森海姆之歌》和《丽莉之歌》，节奏有力、气势雄壮的《普罗米修斯》等颂歌，还有色调典雅、绚丽、浑厚的《罗马哀歌》等，都是歌德学习传统的重要成果。

纵观德国的民族文化，迄于近代，明显地以哲学、音乐、诗歌见长；而仔细观察,我们又会发现三者在各种文化表现形式中相互影响,相互融合,相互渗透。拿诗歌来说,便常常以哲理为底蕴或者说灵魂,以音乐——以富于音乐美的语言为外形,或者说羽翼。特别是丰富深刻的哲理内蕴,更为德语诗歌传统的一个重要特点。在歌德的诗歌创作中,这个特点也表现得格外充分。不但他咏叹宇宙、人生的诗如《致驭者克洛诺斯》《漫游者的夜歌》《神性》《水上精灵之歌》《遗嘱》《守塔人之歌》有着深邃的哲理,爱情诗如《二裂银杏叶》《重逢》《致维特》亦然。就说《重逢》吧,它把歌德与自己情人玛丽安娜之间的离合悲欢,把男女之间的爱情,放在世界形成和万物产生的大背景和大框架中,从宇宙观的高度来加以观察和阐释,认为正像光明与黑暗的一分一合,产生了世界与万物,原本便"相依相属"的男女一旦"双聚在一起,相爱相恋",也创造了幸福与欢乐,创造了美好的世界。因此诗中说,"世界的创造者是我们",是热烈而真诚相爱的人,而非各种创世的神。真不知世界上还有没有另一首诗,能把男女之爱写得如此崇高神圣,如此气势恢宏,如此哲理深刻、丰富。还有那首《幸福的渴望》,也生动形象、言简意赅地讲明了"死与变"的深刻人生哲理。例子不胜枚举。从这个意义上讲,诗人歌德也是个善于哲学思辨的地道德国人,在自己的诗歌创作中很好地继承和发扬了德国民族文化的传统。而诗人加哲人,文学家加思想家,这正是歌德在世界诗坛上出类拔萃,成为"诗国中的哲人",一句话,是歌德之为歌德的本质特征。

歌德不仅很好地继承了传统,还乐于和善于借鉴、学习,并善于创造和创新。借鉴和学习,为他抒情诗的大花园摄取了充足而多样的养料,使它充满千姿百态的花朵,长满奇葩异卉。创造和创新,则不仅使歌德诗苑中的品种更加丰富多彩,而且赋予了它们永远蓬勃、鲜活的生命力和无穷无尽的生机。

在歌德之前,德语诗歌的创作无论内容或形式,可以说都相当贫乏,在世界诗坛上几乎没有什么地位。除了向自然、清新的民歌学习,年轻的歌德能从本民族的前辈诗人如汉斯·萨克斯和克洛卜斯托克那儿继承的东西,事实上是不多的。因此,向外国诗人学习,就显得更加重要。不用讲歌德怎样从古希腊罗马学习颂歌体(Ode)和哀歌体(Elegie),从意大利学习十四行诗(Sonette),从英国学习叙事谣曲(Ballade),等等,这对于欧美的诗人来说也许算不了什么。我们只需看一看他是如何热诚而成功地向处于其他文化圈中的阿拉伯和中国学习的吧。

在歌德的全部诗歌中,《西东合集》(1814—1815)算得上是最辉煌和引人注目的一部,无论从质或者量方面,我以为它都达到了空前的高峰。这样一部杰作,正是他向14世纪的波斯诗人哈菲兹(Hafis)学习的收获。在《西东合集》中,歌德不仅让哈菲兹做他东方之旅的精神向导,与他比赛作诗,而且自己也变成了一个阿拉伯商人和歌者。整部诗集不仅富有阿拉伯情调、气氛、风格,而且充满着东方的哲理、智慧。

再如我们比较熟悉的组诗《中德四季晨昏杂咏》(1827),它也是歌德有意识地学习中国诗歌的结果。歌德曾长时间地关注中国文化和文学,特别是在1814年前后读了大量中国的作品和有关中国的书籍。在上述组诗产生之前不久,他又读了《好逑传》《玉娇梨》《花笺记》等我国明代小说以及诗歌《百美新咏》。在组诗中,歌德不仅学习、模仿中国古诗的格调与意境,而且自己也变成了一个陶情诗酒、寄身林泉的中国士大夫。这些都说明歌德的胸怀是多么博大,思想是多么开明,多么善于从其他民族吸取、引进有益于自己的东西。向世界其他民族的优秀文化传统学习,则不仅仅丰富了歌德诗歌的形式和内容,而且自然地表现出最伟大的德国诗人对别的民族及其文化的尊重,同时使他的诗中常常洋溢着可贵的人道精神和人类意识。后面这一点,似乎可以说就是歌德的诗歌能超越时代和国界,在全世界流传,为全人类珍视的根本原因。

当然,歌德之能成为歌德,不仅因为他善于继承、借鉴、学习,更重要的是他还善于和勇于在继承、借鉴的基础上,永不满足地探索,大胆地创造和创新。他对什么原有的诗体、格律都要尝试一下,但又从不满足和局限于任何一种体裁和格律。这样,他的笔下就产生出德语诗歌的上百种新的格律样式,以致"令人担心他70年的诗歌创作几乎穷尽了德语语言和诗歌格律的一切变化和可能；正像他从前辈那儿继承到的东西很少一样，他的后继者也没给德语诗歌的表现形式增加多少新意"。在艺术形式的丰富多彩这一点上，歌德同样可以讲是超群出众，无论古今都很少有人可与比拟。

　　尽管歌德诗歌的思想内容和艺术形式不断地发展变化，创造创新，尽管他的创作力有时旺盛，有时衰退，但其精神、资质始终如一，总能让人感受、体会到歌德诗歌的一些个本质特点。凭借这些特点，歌德的诗歌创作构成一个整体，构成一个阳光灿烂的世界，而他的每一首哪怕再短的诗，也像一滴水一样反映着七色的阳光和整个世界。然而，要给这些特点以明确的界定和描摹，又几乎不可能；不但不可能，而且常常还会弄巧成拙，顾此失彼，造成对歌德诗歌的损害。因为诗人歌德太博大，太复杂，太深邃。

　　我把时代的影响放在最后来讲，是因为我认为它格外重要。对歌德的诗歌人花园，时代的影响就犹如花木生长和兴旺所不可缺少的雨露和阳光。歌德生活在一个急剧动荡的时代。他虽然身处鄙陋落后的德国，狭小湫隘的魏玛，却亲历或目睹了法国大革命、拿破仑战争、日耳曼民族的神圣罗马帝国瓦解、美国独立以及建造第一台火车头和动工开凿巴拿马运河等一系列历史事件，时刻关心着自然科学的进步和发展。拿歌德自己的话来说，这对他是一个极大的便利。还不止此。歌德生活的时代，本身应该说就是一个十分有利于诗歌，特别是抒情诗发展的时代。

　　16 至 18 世纪，欧洲经受了文艺复兴、宗教改革、启蒙运动的洗礼，人们的肉体和精神已在很大程度上摆脱了神的束缚。待到歌德于 1770 年前后登上文坛，正值"狂飙突进"运动在德国兴起。这个文学运动是上述反封建的思想解放运动的继续和发展，在要求人性的发扬方面走得更远。它崇尚天才，皈依自然，高唱"个性解放""感情自由"，反对一切束缚人的制度、规章、教条和它所谓干枯的理性。对于德国诗歌特别是抒情诗的勃兴来说，"狂飙突进"的时代气氛可谓一个十分难得的条件。正是在"个性解放""感情自由"的呐喊声中,在"天才"时代的阳光照耀下,很快成为这个运动初期的旗手和主将的青年歌德才自然地放开喉咙,尽情歌唱,唱出了《五月歌》,唱出了《伽尼麦德斯》,唱出了《普罗米修斯》等激烈奔放、气势磅礴的人性和自然的赞歌。

继"狂飙突进"运动而兴起的欧洲浪漫主义运动,重主观而轻客观,贵想象而贱理智,诉诸心而不诉诸脑,强调神秘而不强调常识,既反对新古典主义的清规戒律,也反对后来兴起的现实主义的直白。这样的思想倾向,应该说是"个性解放"和"感性自由"的主张的扩展和深化,同样适宜于以情感为生命的诗歌的蓬勃生长。事实上,在浪漫主义风靡欧洲的大约100 年间,便涌现了拜伦、雪莱、雨果、贝朗瑞以及海涅、裴多菲等杰出的诗人;而在以前和以后,在新古典主义和现实主义抑或自然主义时期,称雄文坛的则更多是戏剧家和小说家。歌德虽与德国本身的浪漫派格格不入,但思想和创作都深受时代风尚的影响。不说他那天上地下、神奔鬼突、任想象自由驰骋和充满神秘气氛的《浮士德》,就讲他中、后期的主要抒情诗《罗马哀歌》《西东合集》《爱欲三部曲》吧,也无不闪烁着奇异的浪漫主义的精神光彩。歌德生性聪颖,敏感好学,具有强烈的事业心和创新精神,本身可称是一位个性鲜明突出的"天才"。但是,很难设想,在一个感情受到窒息、个性受到禁锢、天才受到压抑的时代——不管窒息、禁锢和压抑它们的是宗教,是道德礼仪规范,是"干枯的理智",还是畸形发展的物质文明和机器,歌德的诗歌之泉仍然能涌流得如此激越,如此欢畅,他诗歌的百花园能如此美不胜收、欣欣向荣,能如此长久地保持色泽香味,世代流传!

综上所述,丰富的人生阅历和体验,良好的文化教养和久远的诗歌传统,积极而富有成效的学习、借鉴和不断创造、大胆创新,崇尚个性、放纵感情和思想解放的时代,再加上本人的秉性、气质与才华,多种主客观有利因素幸运地聚合在一起,为德国、为欧洲、为人类造就出了歌德这样一位杰出的诗人。遗憾的是,这样幸运的遇合在世界文学史上实不多见,歌德也就只能像高高站在奥林帕斯山上的宙斯一样,成为一位孤独者。他不但在精神和形式两个方面集欧洲古典诗歌特别是抒情诗之大成,而且标新立异,唱出了自己的音调(像他的《漫游者的夜歌》可谓得诸天籁的千古绝唱),并融会进了东方的和音。不用与平庸之辈进行比较,就说产生于歌德前后的杰出诗人克洛卜斯托克、席勒、海涅乃至拜伦、雪莱吧,他们在丰富与深刻方面都还与歌德或多或少地存在差距。正因此,我又想重复本文开头提出的一个观点:绝代大文豪歌德首先是一位杰出的诗人。

选译和评析歌德的诗歌,真是一件既艰苦又愉快的工作。正像在一座神奇的花园中挑选、采摘和移植最艳丽可爱的花卉,园子很大,五光十色,花团锦簇,真令人眼花缭乱,要不是循着先前的赏花人和采花人——他们在国内是郭沫若、冯至、钱春绮等前辈,在国外则为 E. Trunz 和 H. A. Korff 等先生——的足迹,我很可能迷失在花丛中,顾此失彼,左右为难,进退失据。这个集子虽总共只选收了歌德的诗歌 300 多首,但各种题材、体裁都努力照顾到了,当然,尽管如此,仍不免有遗珠之憾,只好随着岁月的流逝、能力和经验的增长,而不断地进行增补和完善了。

至于我采摘和移植的方法是否得当,编排和翻译的原则是否正确,是否会损害花朵的姿容、香味和色泽,自己却不能说很有把握,虽然在下手之前也考虑再三,未敢轻率。我的总原则是以我国广大读者的欣赏与接受为重,力图比较忠实地传达出原诗的思想内涵,尽量地再创原诗的情调、意境和韵味,在格律形式上却只求一个"似"字。但这些仅仅是我自己的希望和追求,实际效果如何却心中无数。译诗之难远胜于移花。作为译者,我始终怀着一颗忐忑不安然而真诚的心,等待着专家和读者的品评和指正。

(原载于《迷娘曲》)

歌德的立体"全身塑像"

世界文学宝库珍奇无数、异彩纷呈,在这中间爱克曼(Peter Johann Eckermann,1792—1854)的《歌德谈话录》却独具一格,堪称一部价值非凡的佳构杰作。此书德文原题名为 *Gespräche mit Goethe in den letzten Jahren seines Lebens*,照直译出来大致是"与暮年歌德的对话"。包括作者爱克曼本人在内,恐怕谁也不曾料到它会从汗牛充栋的类似著述中脱颖而出;许许多多同样记述歌德谈话和生平的文字都湮灭无闻了,爱克曼这部书却长期广泛流传,成为一部深受文艺界、学术界和普通读者青睐的世界名著,因而也独占了《歌德谈话录》这个既响亮又内涵丰富的题名。时至今日,这部书不但在德国家喻户晓,即使在我们时空相距遥远的中国,任何有教养的人都不会不知道爱克曼的这部大作。中国教育部把《歌德谈话录》列入了给中学生的推荐书目,就足以证明它多么受重视。仅仅靠着这样一本书,作者爱克曼便得以留名青史。

爱克曼何许人,为什么偏偏是他完成了这部作品?

对于此书的产生和成功,歌德本人除了被动地接受"访谈",是否还主动、积极地做了什么?

《歌德谈话录》究竟是怎样一部作品,为什么具有如此巨大的价值,产生了这么深远的影响?

就诸如此类读者和专家都不会不感兴趣的问题,亦即一些个直接关系到本书的理解和欣赏的问题,笔者准备介绍一些自己掌握的情况,谈谈个人的粗浅看法。

一、《歌德谈话录》何以偏偏出自爱克曼笔下？

世界上没有什么事完全出自偶然。成就爱克曼《歌德谈话录》的既有一些客观的机缘，更有他种种主观的优越条件。从他这近乎歪打正着的成功，我们真可以获得许多启示。

爱克曼出生在普通的农民家庭，虽家境贫寒却勤奋好学，求知欲旺盛，故能靠自己的努力和好心人的资助念完大学。爱克曼喜欢文学特别是诗歌，对大诗人歌德更崇拜得五体投地，不但自己的诗歌创作以歌德为楷模，还写了一部主要以歌德作品为范例的诗论。他专程到魏玛拜谒歌德，目的就是拿自己的诗作登门求教。

1823 年 6 月 10 日，年已 75 岁的大诗人歌德在自己魏玛的家中，像无数次地接待他的仰慕者一样接待了年轻的爱克曼，并对他留下了一个为人诚恳、勤奋、踏实的好印象。这便决定了时年 31 岁的小伙子一生的命运，因为年事已高的歌德已在考虑自己的身后事，正留意物色一名适合在将来编辑、整理和出版他遗作的助手。爱克曼的人品、学识和文笔俱佳，在他看来正是再恰当不过的人选。多亏老天帮忙，让这么个年轻人恰恰此时出现在歌德面前！

于是老诗人很快便拿了一些早年的作品让小伙子试着编辑整理，结果相当令他满意。随后经过歌德诚恳的邀请，爱克曼便留在魏玛；后来他又在多次挽留之下一待就待了整整 9 年，直至歌德 1832 年 3 月逝世。

在这漫长的岁月里，爱克曼成了歌德家受欢迎的常客和工作中得力的帮手，不但经常有机会与大诗人和大思想家聚首倾谈，还在相互了解的基础上与这位自己深深敬慕的长者建立了诚挚的友谊。面对年轻的爱克曼，身份和地位极其显赫的魏玛重臣、"诗坛君王"和"奥林帕斯山上的宙斯"一改旧貌，不仅慈祥和蔼，而且推心置腹，无所讳避，一打开话匣子就滔滔不绝。爱克曼呢，作为后学、助手和景仰者，对老诗人睿智的谈吐自然更是洗耳恭听，生怕有所遗漏和疏忽。就这样，长时期地在如此难得的良好环境和氛围里,便孕育和诞生了《歌德谈话录》这部无与伦比的精彩杰作。

不过,起作用的当然不只是歌德和蔼、主动的态度,不只是良好的环境氛围。须知除了爱克曼,歌德身边还有过其他一些学识渊博、文笔劲健同时也受到老诗人善待的人,他们却要么没想到做,要么想到了却没能做成这样一件看似并不起眼却堪称不朽的事情。

原因在哪里呢? 原因在爱克曼具备一些其他的人没有的主观条件和优秀品格。

爱克曼生性温和,善解人意,富有观察力,在与人交流时既乐于聆听,也善于提出问题;对于渴望述说的老人来讲,他真是一位求之不得的理想对话者。爱克曼的这些特点和优点也即他取得成功的原因,都充分表现在言行里,凡读过《歌德谈话录》的人都能体会出来。

还有一点更加难能可贵,就是爱克曼非凡的眼光。他一开始似乎就意识到了记录歌德谈话的重要意义,因此不但时时事事格外留心,且能持之以恒,坚持记录整理歌德日常的言谈达九年之久,真可谓一位世间少有的、独具慧眼的有心人! 要知道歌德留这个年轻后生在身边原本只是让他做编辑旧作的助手,爱克曼以此获得的报酬看来也不多,所以还得靠教授学生解决生计。所以他待在魏玛不只是生活清苦、忙碌,甚至还牺牲了自己的文学创作乃至家庭生活。可是结果呢,付出当然获得了异常丰厚的回报:爱克曼以他在给歌德当助手期间堪称独特的建树和贡献,在德国的思想文化史上永远留下了自己的名字和影响。

说到爱克曼的建树和贡献,不能不指出他除编辑出版歌德的遗作全集,除写成独一无二的《歌德谈话录》,还激励、催促和帮助歌德完成了自己最重要的作品《浮士德》第二部。甚至可以讲,如果没有爱克曼,很可能也就没有完整的、旷世不朽的《浮士德》! 在促使歌德充分发挥创作才能这点上,原本卑微的小人物爱克曼,完全可以和赫尔德、席勒等德国思想文化史上的巨人并肩站在一起。

一点启示:在拥有五千年文明的中国,从古至今也涌现了无数的大诗人、大文豪和大思想家,然而似乎却没有一个像爱克曼这样"伟大的"小人物和助手。就因为没有这样的助手,经过时间长河的无情冲刷、汰洗,我们大文豪和大思想家本该留下的丰富精神遗产逐渐归于无形,已失去和湮灭掉了的真不知有多少!

二、自白与自述:歌德的"全身塑像"和又一部《诗与真》

顾名思义,爱克曼的《歌德谈话录》应该是以歌德为主体和中心的谈话记录,也即一部纪实之作。它之重要,毋庸讳言,首先在于歌德这个人的重要。歌德身为诗人、作家、思想家以及自然研究者和政务活动家,所以谈话涉及的方面非常广泛。然而歌德首先被视为一位文学家,谈的问题也多涉及文学艺术,此书通常便归入了文艺类的著作。

谈话的时间自 1823 年 6 月 10 日至 1832 年 3 月初,也就是歌德在世的最后九年多,但是内容却不局限于这段时间发生的事情,还包含大量歌德对往事的回忆,对未来的展望。歌德喜欢把自己一生的创作称作一篇巨大的"自白",其实爱克曼的这部《歌德谈话录》才是他真实而全面的自白。人们因此视它为又一部歌德"自传",也有人称其一尊立体的歌德"全身塑像"。

现在的问题是,歌德这部"自传"、这尊"塑像"是否真实可信呢? 为回答这个问题,得看一看它产生的具体过程。

歌德本人是谈话的主体,也即亲自参与了"自传"的写作和"塑像"的雕凿,这就保证了它基本真实可信。可为什么讲基本,而非完全呢? 因为有以下一些情况。

歌德与爱克曼谈话绝大多数都在他魏玛的家里,但有时也会在散步的路上或者外出的马车中。即使坐在家里吧,爱克曼也并非随谈随记,更不具备今日的录音条件,而多半只能在事后根据简单的日记进行回忆和整理;有时甚至连日记也没有,整理只得全凭记忆,而又并非总是整理得那么及时。

再有,尽管爱克曼很早就考虑到了出版,歌德本人却不同意在自己生前办这件事。到 1830 年他终于松了一点口,但审阅谈话记录稿的承诺却至死未能兑现。后来人们用新发现的歌德日记对照谈话录,便发现其中的记载难免有一些出入。

由上述两点,便得出了"自传"和"塑像"基本真实可信的判断。

《歌德谈话录》的第一、二卷出版于 1836 年,也即歌德逝世已经过了四年。出版后在文艺界反响强烈,也得到歌德的至亲好友认可。这大大鼓舞了爱克曼,于是他第二年开始着手编写第三卷。可是由于前两卷销售不畅等原因,第三卷的辑录、整理和出版竟拖了十二年,到 1848 年才得以问世。这一般都在译介时舍去了的第三卷,不但更多地依靠的是爱克曼本人的回忆,还包含了相当多歌德和爱克曼的瑞士友人索勒(F. J. Soret)辑录的歌德谈话。

在谈话录的出版前言中,爱克曼写道:

> 我认为歌德这些有关人生、艺术和科学的谈话,不仅仅包含着不少的启示,不少无比珍贵的教益,而且作为对他这个人的直接写生,尤其有助于使我们心目中从他丰富多彩的作品里得来的歌德形象,变得更加丰满完整。

> 不过我也远不认为这些谈话描绘出了歌德全部的精神。这位非凡的天才人物好比一颗有许多个侧面的钻石,每一面都反射着不同的色彩。正如在不同场合和不同的对象面前他都是另一个人,我也就可以十分谦虚地讲:书里的这个只是我的歌德。

爱克曼这些话的意思是,对歌德这位伟大而复杂的人物很难有完全准确和绝对真实的描绘;他谈话录里塑造的只是"他的歌德",也即他所见的歌德,他心目中的歌德。这是因为,爱克曼在记录歌德的言谈时必定有自己的取舍,必定有由于崇拜而加入的理想成分,甚至也可能于无意间混杂进了自己的好恶。因此德国学者干脆将爱克曼的《歌德谈话录》与歌德回忆他青年时代的自传《诗与真》相提并论,即认为在基本真实的前提下也容忍了诗化或美化的不尽真实。

结论仍旧是,《歌德谈话录》"基本真实可信";它基本上反映了老年歌德的精神面貌和思想观点,确实富有智慧、教益和启迪,值得我们认真汲取。

三、《歌德谈话录》的丰富内涵和巨大价值

也因此学者们大都强调《歌德谈话录》是一部"智者之书",因为它凝聚着大诗人和大思想家歌德的思想和精神,如有学者说的是一座"歌德思想和智慧的宝库"。的确,在书里可以听见歌德以高度凝练、概括和富有个性的语言,有声有色地谈论宇宙、自然、社会、人生、哲学、政治、军事、文学、艺术乃至为人处世、剧院经营管理等等,也就是如先前的译家朱光潜先生和洪天富先生都着重指出的,这部书相当全面、具体地反映了歌德的宇宙观、世界观、人生观以及政治思想和文艺思想。因此,爱克曼的《歌德谈话录》不但给予广大读者以智慧的营养和思想的启迪,而且为研究歌德的学者提供了可称权威的依据。

歌德首先是一位文学家,谈论文学、艺术和美学的时候自然特别多。他在谈话中不仅阐明自己关于种种文学问题的观点,还经常分析自己的作品,特别是当时正在写作的《浮士德》第二部,为其中一些难解的问题,例如怎样解读《古典的瓦普几斯之夜》、"人造人",以及怎样看待悲剧的开场和结尾借用基督教的观念和形象等等,给出了自己的答案。谈话过程延续了八九年,他几乎涉及了包括《维特》《威廉·迈斯特》《塔索》《亲和力》等等在内的几乎所有主要作品。除此他还没少回忆初入文坛时伯里施、梅尔克、赫尔德等对自己的帮助,回忆与挚友席勒在创作中的相互激励,相互切磋,以致有的作品难以说清究竟谁的贡献多一些。因此,《歌德谈话录》又被称作"打开歌德创作之门的一把钥匙"。

除了谈自己的创作,歌德还更多地以同时代人和文学同行的身份,近距离地评介了一系列德国作家和欧洲作家。例如欧洲作家,他经常谈到

的有英国的莎士比亚、拜伦、斯科特,法国的莫里哀、贝朗瑞、雨果,意大利的但丁、曼佐尼,以及西班牙的卡尔德隆,等等。对这些世界级的大作家,他不但具体地分析他们创作的特点和成功之处,而且指出其不足——创作和性格的不足。这后一点更加难能可贵,非自己也是世界级的大家所不可为。歌德学识渊博,视野开阔,目光犀利,高瞻远瞩,观察所及常常称得上慧眼独具,识见高卓。一个例子就是他基于对包括东方文学在内的世界各国文学的关注和了解,在谈中国的明代小说《好逑传》时第一个提出了"世界文学"的伟大构想,在我们这里早已经成为美谈。因此,外国文学特别是欧洲文学的研究者和爱好者,也可视《歌德谈话录》为一部不可多得的辅助参考读物。

还有,歌德自幼学习绘画,热爱造型艺术,长期从事艺术品收藏,因此具有很高的艺术鉴赏力。《歌德谈话录》涉及各类绘画以及雕塑和建筑艺术在内的篇幅不少,现在常常挂在我们口里的"建筑是凝固的音乐"的时髦说法,很可能最早是出自歌德之口(1829 年 3 月 23 日)。至于对拉斐尔、鲁本斯、德拉克洛瓦等绘画大师的作品,歌德在谈话里更有不少具体、细致和精到的分析和评说,例如 1827 年 4 月 11 日对鲁本斯的一幅风景画的分析,简直就是一篇精彩的画论!

再者,歌德不仅谈论具体的文艺作品,还经常探讨诸如自然与现实、感性与理性、内容与形式的关系之类的文艺美学问题,同样不乏真知灼见。

中国有句俗语:"听君一席话,胜读十年书。"说明与长者、智者谈话交流,虚心听取他们的教诲,对增长我们的见识,启迪我们的思维,提高我们的学养和德行,多么有益,多么重要。大思想家、大文豪、大诗人歌德可并非一般意义的长者和智者,而是处于人类思想文化史顶峰之上为数不多的巨擘之一。多亏了非凡的有心人爱克曼,他用他的《歌德谈话录》,在卷帙浩繁的歌德著作的边上,另建了一座别开生面的歌德思想、精神的宝库,为后世留下了一份承袭起来比较方便的宝贵遗产。通过他和他的这部书,我们可以与歌德做整整九年的心灵交谈和交流,所获得的益处又会有多少啊!

四、另眼看歌德：不可忽视的可读性和趣味性

《歌德谈话录》的思想意义和学术价值怎么估计都不算高，先贤们也强调得够多了，自朱光潜先生的选本在 1978 年问世以来，已经相当地深入人心。这当然不是说无须继续对此书进行思想和学术研究；宝库中待发掘的珠玉珍玩确实还相当不少，可堪玩味的慧语隽言、哲理智慧还比比皆是。笔者在此只想强调，此书其实也极富可读性，其实也好看得很。

是的，富有思想意义和学术价值的《歌德谈话录》的确非常好读、耐读，非常好看、耐看！它虽说讲了许多有关宇宙人生、文学艺术的重大问题，但却深入浅出，因为都紧密地结合实际，是诗人、哲人、智者无比丰富的亲身经历见闻和所思所感的浓缩、结晶。读这部书，我们不仅能认识歌德生活的时代、地域和环境，还会进入他的精神世界，不知不觉间眼界便获得极大的开阔。

例如谈戏剧问题，他便结合自己和席勒的戏剧创作，以及他长期管理剧院的经验。在这中间，有趣的逸闻趣事真是不少。而尤为可喜的是，在书里我们见到一个与自己信赖的助手和忘年之交促膝谈心的歌德，一个走下了神坛的有血有肉、谈笑风生、亲切和蔼的歌德，一个既有人的优秀品质又有人的毛病，既理性、睿智又怪僻乃至迷信的歌德。总而言之，在歌德的这部"自传"或者更准确地讲"自述"中，我们会发现一些他身上常常被忽略了的品质，会看见一个在日常生活中平易近人，既平凡又伟大，既风趣又可爱的歌德。虽然名为"谈话录"，实则所记并非纯粹是对话，也有老年歌德生活状况和情态的不少描写。

这里仅举几个让我们对歌德刮目相看亦即另眼看歌德的例子。

在人们的心目中，歌德这样的大诗人和大思想家一般都不擅长行政和经济事务，其实不然。不说他做过魏玛管辖甚多的大臣，就讲他长期担任魏玛剧院的总监，就显示出了丰富的管理经验和非凡的经济头脑。1825 年 3 月至 5 月关于剧院的话题很多，不少都对我们极有启发意义。

例如他讲:一个剧院要站住脚,必须排练出一套反复上演、常演常新的保留剧目;剧院绝不能为省钱而让二三流演员挑大梁;剧院要想成功,光有好的演员班子不够,还必须致力于提高观众的修养,拥有一批属于自己的高水平观众;他特别强调必须重视票房收入,认为票房好坏也反映演出的质量。

一般人都有歌德生性浪漫、在男女关系方面轻浮随便的印象,其实并非完全如此。他在讲到如何当个称职的管理者时说自己有两个大敌,一是他太爱才,二是剧院里漂亮女演员众多,也不乏出于各种原因来投怀送抱者,自己一不留神就会堕入情网,失去待人处事的公允和领导者的威信,所以他一直很注意保持与她们的距离(1825 年 3 月 22 日谈话)。这些话虽出自歌德本人之口,但也证明他在男女问题上并不随便、轻浮;他虽一生多恋,却都因为确实对对方产生了爱情。

歌德出身富裕市民家庭,后来身居高位,名声显赫,在传世的肖像画上也衣着讲究,我们便相信他一生乐享富贵荣华。其实也不是啊。一次他在拍卖会上拍到一张漂亮的绿色扶手椅,但是却说:"不过我将很少坐它,或者甚至根本就不坐,因为任何的安逸舒适,原本完全违反我的天性。你瞧我房里没有沙发;我永远坐的是我这把老木头椅子,直到几个星期前才给它加了个靠脑袋的地方。一个家具舒适而讲究的环境,会破坏掉我的思维,使我处于安逸的被动状态。"(1831 年 3 月 25 日谈话)

歌德长期效力于魏玛宫廷,也曾被晋封为贵族,许多人都批评过他的"贵族趣味",甚至骂他是"公侯的奴仆"。可是读了他 1827 年 9 月 26 日的谈话,听他讲:"我并非现在自夸,而是事实确乎如此,在我乃本性使然:就是对于纯粹的王公贵族,如果他们不同时具有人的优秀品性和价值,我从来不存多少敬意。是啊,我对自己的身份处境挺满足,感觉自己很是高贵,因此如果人家要把我变成王侯,我一点不会受宠若惊。在发给我贵族证书的时候,许多人以为我因此会飘飘然了。才不,咱们私下说吧,我真是无所谓,一点无所谓!身为法兰克福的富有市民,我们一直视自己如同贵族;手里多了一纸证明文书,并不意味着我在思想品德方面比过去有丝毫长进。"我们大概就会改变看法。

总之,爱克曼的《歌德谈话录》能帮助我们更全面地认识歌德,也发现另外一个歌德。

《歌德谈话录》确乎是一座宝库,还有太多精彩有趣之处等待读者自己去发掘、占有和把玩。在强调它的可读性时,这儿想再说说它的文学价值也就是文学性,因为两者原本关系密切。有关内容方面上边已经讲了不少,只再讲爱克曼流畅、灵动、优美的文笔,也配得上歌德老人深邃博大的思想和隽永雅致的谈吐,两者相得益彰;难怪《歌德谈话录》会博得眼光挑剔的尼采的称赞,说它是"空前优秀的德语作品"(...das beste Buch, das es gibt)。

五、"全译本"问题及其他

凡是认真做过翻译的人都有体会:要理解一部作品,与其阅读五遍,不如翻译一遍。因此翻译完一部书特别是内涵深刻丰富的名著杰作,必定会有不少的心得、体会留下来。上面写出来与读者分享的,只是我本人译完《歌德谈话录》后的一部分心得、体会。

关于《歌德谈话录》的方方面面,可以讲的自然还很多。限于篇幅,仅再顺便交代一下有关此书译本的两三个问题。

1978 年朱光潜先生的选译本刚面世,立即成了正跟随冯至老师研究歌德的我最常阅读和引用的一本书。后来也曾多次动过自己搞一个全译本的念头,但由于先做了其他更急迫的事情,还没等动手,洪天富先生等人的两个"全译本"就出来了。如果不是不断有出版社来约我搞新的选本,我是下不了决心再来"炒冷饭"的。

冷饭要炒好实在不容易。特别不容易的是配料和口味既不可能完全不同于前人,又不得不有别于前人,甚至还要超越前人。这是复译或曰重译必须把握的分寸,必须有的追求。与此同时,还要敢于和善于借鉴旧译本的长处;拒绝或害怕借鉴不利于文化传承和积累,只表明复译者缺少自信并且愚蠢。

具体讲,我学习和借鉴朱光潜先生译本的地方有不少。例如目录,我觉得像他那样为每节谈话拟一个内容提要虽然增加译者的工作量,甚至难免有"画蛇添足"甚至"不忠实原著"之讥,但却大大方便了读者和研究者,所以也就学过来了。还有注释,也参考和采用了一些朱先生和洪先生写的,特在此声明并表示感谢。我和朱先生的不同,一是如我在前文已提及的,在内容挑选方面比较重视趣味性,二是更加注意译笔的流畅和上口。我这样做,也是希望新译本更容易为包括大、中学生在内的广大读者接受。

再说说"全译本"问题。已有读者指出,《歌德谈话录》在我国原有的洪天富等的"全译本",事实上并不全。那么我现在这个在浙江文艺的选本基础上增补成的这个本子,是不是就全了呢?也不是。但并非我不想完整地译介这部著名作品,而是它很难译全。事实上,我们都没找到一个堪称"全"的德语原文本:洪天富先生依据的是德国柏林建设出版社1955年的本子,我依据的是法兰克福岛屿出版社1981年的版本;应该讲出版社和版本都是够权威和可靠的了,但是所收内容仍各有取舍。尽管如此,我却认为它们已经够"全"了,即使是对热衷于了解歌德的读者和研究者,再"全"似乎也没有多少必要。从我上面介绍的版本情况可以看出,时隔十多年才续完的第三卷不但水分不少,而且有些主要出自索勒的文字还与《歌德谈话录》名实不符。因此我们都没有译第三卷,我呢几经考虑,更删去了一些爱克曼自己的旅游见闻和工作计划。要说明的是,我的翻译除了依据岛屿出版社的贝格曼(Franz Bergemann)选编本,还参照了德国谷滕贝格项目计划(Gutenberg-Projekt)发布在网上的电子文本,并据以做了少量的补充。

(原载于《同济大学学报(社会科学版)》2012年第6期)

思想家歌德：
"最伟大的德国人"与"歌德时代"

恩格斯曾经称歌德为"最伟大的德国人"。他如此推崇歌德，原因不只是歌德写成了《浮士德》和《少年维特的烦恼》等不朽杰作，开创了德语文学的新纪元，更多地恐怕还在于这位作家有着非凡而杰出的思想，在于歌德的思想体现了德意志民族精神。也就是说，世所景仰的伟大、不朽的歌德，首先是一位思想家。

古往今来，德意志民族产生了许许多多大哲人和大思想家，因此被世人公认为最善于思索的民族之一；"最伟大的德国人"这个称号，应该讲非最伟大的思想家之一莫属！歌德正是这样一位思想家。就靠着歌德——当然也包括席勒、贝多芬、康德、黑格尔——等德意志民族精神的代表人物维系着，一次次遭受分裂、身处逆境甚至绝境的德国才得以重新统一，重新奋起，重新跻身世界先进国家的行列。君不见即使在第二次世界大战后两个德国水火不容、你死我活的年代，所有德国人的心目中仍只有一个歌德；歌德曾长期生活、创作和思考的魏玛，仍被视为整个民族的圣地；在德国什么都一分为二的情况下，唯有歌德学会仍然保持着统一，仍然只有魏玛这一个。也就难怪，当代德国权威的歌德研究家 K. R. 曼德尔科夫要说，歌德已成为德意志民族同一性的隐蔽中心。这个情况，显示了思想和精神的强大威力，我们不妨将其看作恩格斯称歌德为"最伟大的德国人"的一个重要注解。

　　至于"歌德时代"（Goethezeit）这个流行于 20 世纪的术语和提法①，系另一位德国权威歌德研究家 H. A. 可尔夫所创造。它大致包括 1770 年至 1830 年这半个多世纪，几乎涵盖了德国文学史和思想文化史上影响深远的"狂飙突进"运动、古典时期和浪漫主义运动，也即歌德创作与思维能力最活跃、最旺盛的 21 岁至 81 岁这个时期。可尔夫用近 30 年的时间完成了一部多达 5 卷的巨著《歌德时代的精神》②，为"歌德时代"一说提供了有力的历史依据，构建了坚实的理论基础，阐明了它的丰富内涵和深刻意义。

　　不过，可尔夫这个"歌德时代"的提法并非完全无所承袭的首创：早在 100 年前，同为大诗人和大思想家的海涅就说过，歌德的逝世标志着"一个艺术时代的终结"；从一定意义上讲，可尔夫发挥了海涅的思想，并进行了系统的提高和总结。还有，恩格斯在《德国状况》一文中，对歌德生活和创作的那个时代所做的精彩、准确的描绘和论述，可以讲也为这个时代定了性，"歌德时代"这个名称已经呼之欲出。我国杰出的美学家朱光潜先生在《歌德谈话录》的译后记里引述恩格斯的有关论述，就频频地、醒目地使用了"歌德时代"这个提法和术语。③

　　现在我要说的是，如此用一个人的名字称呼整整一个时代，在世界各国的历史上恐怕都不多见；要有，也多半限于极少数曾经影响一个时期历史进程的叱咤风云的人物，如君王或领袖之类。歌德身为文化人却享此殊荣——完全与他曾经担任魏玛大公国的首相一职无关，这本身便证明了他超凡出众、非同一般的杰出和伟大；而歌德作为进行精神创造的诗人和作家，当然主要是思想的杰出和伟大。

　　对于这个时代，恩格斯著名的定性是：它"在政治和社会方面是可耻

---

①　Goethezeit 一词见：Wilpert，Gero von. *Sachwörterbuch der Literatur*（《文学术语词典》）. ［S.l.］：Kröner，1979：315.

②　Korff，H. A. *Geist der Goethezeit*：4. ［S.l.］：［s.n.］，1925—1952.

③　爱克曼. 歌德谈话录. 朱光潜，译. 北京：人民文学出版社，1978：269-270.

的,但是在德国文学方面却是伟大的"①;德国"这个最屈辱的对外依赖时期,正是文学和哲学领域最辉煌的时期,是以贝多芬为代表的音乐最兴盛的时期"②。此时在德意志思想文化的天幕上,真可谓华光万道,星汉灿烂:哲学家康德、费希特、谢林、黑格尔,文学家莱辛、赫尔德、席勒、荷尔德林、E. T. A. 霍夫曼、海涅,音乐家莫扎特、海顿、贝多芬、舒伯特,自然科学家亚历山大·洪堡以及语言学家兼教育家威廉·洪堡等,都已在原本幽暗的苍穹冉冉升起,都是围绕在俨如北斗的歌德前后左右的巨星。

类似歌德时代这样的思想文化昌明鼎盛的时代,即使在整个人类历史上也并不多见。③ 能成为这样一个时代的中心、全面体现其时代精神者,显然不会仅是一位作家或诗人,而必须有更加宽广的精神活动领域和更巨大深远的社会影响,必须是一位视野开阔、头脑敏锐的思想家和文化巨擘。歌德正是这样一位思想家和文化巨擘,虽然仅仅作为诗人和作家的他也已十分伟大。

综上所述,歌德之所以被称为"最伟大的德国人",之所以被视为德意志精神的化身,成为维系民族团结、国家统一的无形纽带,他的名字之所以被用来称呼德国思想文化史上最光辉、灿烂的时代,笔者以为主要因为他是德意志民族一位空前渊博、深刻而且超前的思想家。

一、歌德思想概说:载体与特质

开始考察歌德思想的内涵,审视它的特质,我们首先感到惊讶的是它的无比丰富。

---

① 恩格斯. 德国状况//马克思,恩格斯. 马克思恩格斯全集:第 2 卷. 北京:人民出版社,2009:634.
② 《马克思恩格斯论文艺》德文版第 2 卷第 219 页,转引自:爱克曼. 歌德谈话录. 朱光潜,译. 北京:人民文学出版社,1978:270.
③ 意大利的文艺复兴时代,我国的百家争鸣时代和汉、唐的鼎盛时期,也许可以算作这样的时代。

　　为了全面、系统地研究和解说歌德的思想,有学者写了一部径直题名为《歌德思想》的专著。① 朱光潜先生《西方美学史》的德国古典美学部分,依次介绍了康德、歌德、席勒和黑格尔的美学思想;在论述歌德的一章,便称歌德那多达 143 卷的全集乃是"美学思想的一个极丰富和极珍贵的宝库","还有待于进一步的发掘"②。其实,歌德全集中丰富、珍贵和待发掘的何止是美学思想,还有涉及更加广泛和丰富的人生哲学、社会伦理学以及自然哲学,还有其他许许多多方面的精辟思想。

　　对歌德丰富、深刻的思想进行粗略的审视,笔者以为不妨将他的 143 卷作品即主要思想载体,做以下的大致分类。

　　第一类,文学作品。

　　歌德以作家和诗人名世,用以表达思想并受到重视的首先自然是他的文学创作。歌德一生辛勤写作 60 余年,诗歌、小说、戏剧、散文、游记、自传等体裁样式全都采用过,作品的数量极其惊人。这些作品,特别是他的代表作诗剧《浮士德》,小说《少年维特的烦恼》和有关威廉·迈斯特的几部作品,以及《普罗米修斯》《神性》《幸福的渴望》等抒情诗,都富含深邃的哲理思想。单单是《浮士德》所包含的思想,两个多世纪来便让一代代的学者潜心研究、发掘,出版了无数的专著和文章。还有《少年维特的烦恼》这部脍炙人口的小说,我们过去只强调了它的社会批判意义和反封建精神,忽略了另一个重要内容即它丰富的人生哲学和自然哲学。又如《威廉·迈斯特的学习时代》和《威廉·迈斯特的漫游时代》这两部长篇小说,和《浮士德》一样表现了积极有为的人生观,而第二部中那个奇特的"教育省",更是形象地展示了歌德崇尚实践的教育思想。在歌德晚年完成的《西东合集》里,像著名的《幸福的渴望》似的哲理诗可谓比比皆是,甚至连一些爱情诗例如那首尚未引起足够注意的《重逢》,其哲理蕴涵同样异常

---

① 　请参阅:高中甫. 歌德接受史——1773—1945. 北京:社会科学文献出版社,1993:204.

② 　朱光潜. 西方美学史:下卷. 北京:人民文学出版社,1983:410.

地深刻,异常地丰富。

第二类,自然科学著作。

歌德全集中这类著作与文学作品一样数量可观,其中也包含着丰富、深刻乃至超前的哲学思想,迄今却完全为我们忽视了。这说明,歌德这类著作的重要性只需要关注一个事实:是歌德在研究动物植物生成演进的过程中,率先提出了形变(Metemorphose)和类型(Typus)这两个重要术语和概念,并将形态学或形变论(Morphologie)的学科名称,引入了科学史中。歌德在植物形态学和动物形态学著作中所提出和阐发的思想,不仅使他成为19世纪达尔文之前的进化论先驱,还为斯本格勒的《西方的没落》这部20世纪初的文化哲学巨著提供了方法论基础①。

除了在植物学和动物学(包括骨骼学和解剖学)这两门学科建树卓著,歌德还研究过数学、地质学、矿物学、光学、化学、颜色学,在相关著作中都不乏独到、深刻的思想。虽然他有的学说本身——如其企图推翻牛顿理论的"颜色学"——被证明并不正确,却也同样处处闪烁着思想的光彩和智慧的火花。

歌德从年轻时起就醉心科学实验和研究,一生十分看重自己在这方面的作为,认为文学和科学两者同样需要人的创造性,对于历史的发展同样十分重要。1816年至1817年间,为弄清自己的植物形变论著作在学术界的接受情况,他在搜集整理材料时写下了这样一句话:"没有任何地方的人愿意承认,科学与文学二者可以结合起来。人们忘记了,科学原本就发展自文学……"②歌德这一独到、深刻的思想与其多方面的实践一样,都证明歌德是一位超凡脱俗的文艺美学家兼自然哲学家。

还值得一提的是,文学与科学的相互结合、相互促进,在歌德身上真正得到了实现。一方面,他的不少文学作品直接以自然科学为题材,例如

① 请参阅:高中甫. 歌德接受史——1773—1945. 北京:社会科学文献出版社,1993:205.

② Witt,B. *Goethe-Handbuch*:Band 4 / 2. [S.l.]:Verlag J. B. Metzler,1998:781.

在论著《颜色学》里穿插了不少诗歌;他还有一首哀歌题名就是《植物的形变》。再如大家比较熟悉的小说《亲和力》的书名和情节,都是以当时的化学发现为背景建构起来的;不了解这个背景便很难读懂这部小说。特别是《浮士德》的故事,更糅合进了当时有关生命起源和地壳形成的科学论争,关于自然和宇宙的哲学思想更是深刻、丰富到了极点。

歌德的自然科学研究不但有多部专著存世,而且影响、促进和渗透进了他的文学创作,整个看来可以说已经建立起了自己的自然哲学体系。这个体系有一个中心,就是他重视实践、变化和发展的进化论思想。

正是在这样的思想基础上,歌德并非关起门来潜心于个人的研究和著述,而是同时积极参与科学和社会实践,尤其关心世界范围内科学技术的进步,在晚年对诸如修建巴拿马运河、多瑙-莱茵运河以及苏伊士运河等世纪工程,都表现出了浓厚的兴趣。

第三类,谈话、书信、格言、警句等等。

除了文学作品和自然科学著作,歌德思想的这第三类载体同样数量可观和重要,其中最著名,影响也最大的是爱克曼的《歌德谈话录》和《歌德席勒文学书简》。作为作家,歌德也特别喜欢写作警句、格言、赠辞,例如独立成篇的《威尼斯警句》和《格言与反思》,以及在《亲和力》和《漫游时代》中以"日记摘抄""观感"形式出现的警句。这一类载体不但同样富含伟大深刻的思想,而且往往还表现得更为直接、集中和突出、鲜明,可以讲浓缩着思想家歌德的大量智慧。对于博大浩瀚的歌德思想而言,这第三类载体数量较小,看似不怎么起眼,但对我们研究者来说至少与歌德的前两类作品一样不可忽视。

对于歌德著作中的文学作品,自然科学著作,以及谈话、书信、格言、警句这三类文字,我只挂一漏万地举例做了说明,由此已可看出歌德的思想有多么丰富和深刻!

但是,要被称为一位伟大的思想家,光是思想丰富、深刻似乎还嫌不够;仅用上面举的例子,特别是用《普罗米修斯》《神性》《威廉·迈斯特》

《浮士德》等作品所表现和蕴涵的精神,还可以说明歌德思想的另外一些特质,即它非同一般的高尚、博大、超前……

不是吗?他上述代表作的主人公在一定意义上也即歌德的化身和代言人,几乎没有例外地都是胸怀宽广的思想者,都有着思想者的禀赋,同样也经受着思想者的痛苦和磨难。维特的烦恼、浮士德的苦闷,不就是思想者典型的烦恼和苦闷;普罗米修斯的自白、迈斯特的"观感",不就是发出声音的思想?

上述这些作品,都鲜明地表现了歌德一贯视人类为一个不可分割的整体,把人的尊严和广大民众的幸福看得高于一切的人类意识。那个敢于按照自己的模样塑造人,希望人们和他一样"去受苦,去哭泣,去创造,去欢乐"但却不尊敬神灵的普罗米修斯,体现了一种积极进取、自尊自强的人生哲学,不堪做我们人类的榜样?那个高贵、善良、乐于助人,并且能分是非、辨善恶和治病救命的单数的"人"(der Mensch),显然是思想家歌德头脑中理想的人,不值得今天现实的人类效仿吗?还有那位为追求人生真谛而上天入地、九死不悔、自强不息、立志为千百万人开拓自由幸福疆土的浮士德博士,更堪称胸怀博大的人文主义者的化身,是歌德的"高贵、善良、乐于助人"的人类的典范!

一句话,这些作品和人物所体现的歌德思想,完全当得起"高尚""博大"这样的赞语。

再看看歌德思想的超前。

和他的自然哲学思想以进化和实践为核心一样,歌德的人生哲学和社会理想也有一个核心,那就是欧洲自文艺复兴以来一脉相传的人道主义或人文主义思想。只不过到了歌德这儿,传统的以人为本的思想得到发扬光大,人的含义从个人主义的"小我"扩展为了千百万人的"大我",扩展为了整个人类。歌德正因为富有高尚、博大的人道精神和鲜明、强烈的人类意识,所以胸怀特别宽广,眼光特别超前,思想往往突破地域、民族、宗教、国家的界限和时代的束缚,所关心的常常是人类和世界共同的问题。正因此,歌德思想也具有普适性,为全人类所认同,并且能冲破时光的阻隔历久弥新,具有即使在今天仍富有意义的超前性质。

为说明歌德思想的超前性和现实意义,这儿做一个个案分析,那就是他著名的"世界文学"构想。

二、"世界文学"构想与"全球化"

由歌德塑造的"世界文学"这个词,具有内涵丰富、深刻、超前等一系列品质,是歌德思想一个典型而集中的体现。照我看,它不仅如朱光潜先生指出的那样是歌德文学和美学思想的重要组成部分,还反映了这位大诗人和大思想家积极进取、充满人文主义精神的世界观,乃是他视人类世界为一个整体的人类意识和世界意识的结晶和升华,其高瞻远瞩的超前性尤其值得重视。

还在马克思、恩格斯于《共产党宣言》中提到"一种世界的文学"①之前20多年的 1827 年,"世界文学"(Weltliteratur)一词就已出现在了歌德的口中和笔下;在我们中国最为人熟知和称道的,自然是当年 1 月 31 日他与爱克曼的谈话,因为话题是由歌德正在阅读的《好逑传》这部明代小说引起的。歌德告诉爱克曼,"中国人在思想、行为和感情方面和我们几乎一样,让我们很快就感到他们是我们同类的人";并且说:

> 我愈来愈深信,诗(Poesie,概言文学——笔者注)是人类的共同财富,它随时随地由成百上千的人所创造出来……民族文学在当今已没有很大意义,世界文学的时代即将来临,而我们每个人现在就应

---

① 《共产党宣言》写道:"资产阶级,由于开拓了世界市场,使一切国家的生产和消费都成为世界性的了…… 旧的、靠国产品来满足的需要,被新的、要靠极其遥远的国家和地带的产品来满足的需要所代替了。过去那种地方的和民族的自给自足状态和闭关自守状态,被各民族的各方面的互相往来和各方面的互相依赖所代替了。物质的生产是如此,精神的生产也是如此。各民族的精神产品成了公共的财产。民族的片面性和局限性日益成为不可能,于是由许多民族的文学和地方的文学形成了一种世界的文学。"见:马克思,恩格斯. 马克思恩格斯选集:第 1 卷. 北京:人民出版社,1972:254.

该出力，加快这一时代的到来……

上述与爱克曼的谈话远非歌德论及世界文学这个当时尚属崭新概念的唯一一次，也不是最早的一次。在此之前，在他自己办的《艺术与古代》杂志的第 6 卷第 1 期中，歌德就曾写道：

> 我从一些法国报刊援引这些报道，并非仅仅想让人们记起我和我的工作，而是有一个更高的目的，我想先提它一下。那就是，我们在哪里都能听见和读到关于人类取得进步的消息，关于世界和人的生活前景更加广阔的消息。这方面的全面情况，无须我研究和细说；我只想使我的朋友们注意到：我坚信一种具有普遍意义的世界文学正在形成，而在未来的世界文学中，将为我们德国人保留一个十分光荣的席位……

随后，在 1827 年 1 月 27 日给友人施特莱克福斯的信中，歌德又写道：

> 我深信正在形成一种世界文学，深信所有的民族都心向往之，并因此而做着可喜的努力，德国人能够和应该做出最多的贡献，在这个伟大的聚合过程中，他们将会发挥卓越的作用。

在与爱克曼那次谈话之后，歌德还对自己关于世界文学的构想有过许多阐述和发挥，限于篇幅这儿不再摘引。仅仅上述的事实已可说明，世界文学这个概念在歌德并非偶然地提了出来，而是经过长期、深入的思索，形成了具有丰富内涵的相当系统的思想。①

那么，为什么歌德，或者说恰恰是歌德，首先产生和提出了关于世界文学的伟大思想呢？

从客观方面看，诚如歌德在前述为《艺术与古代》杂志写的文章中所说，是"人类取得进步"以及"世界和人的生活前景更加广阔"，为世界文学的形成创造了必要的前提；但是主观上呢，显然也有属于歌德个人的原

---

① 不排除在歌德之前使用过"世界文学"这个词，甚或提出过有关的想法；但是对其进行反复、系统而且深刻的阐述，歌德却肯定是第一个。

因。这原因,简言之就是他有着渊博的学识、宽广的胸怀、超前的眼光,就在于他是一位"高居于奥林帕斯山上的宙斯"似的精神巨人和思想家。正因此,歌德虽然生活在分裂落后的德国,困居于小小的魏玛城,目光却能超越德国乃至欧洲的界线,密切关注着全人类的发展进步,并且实际参加因为人类的进步而开始的那个"伟大的聚合过程"——由民族的文学和地方的文学形成世界文学的过程。所以,对歌德来讲,产生关于"世界文学"的思想可谓顺理成章,水到渠成。须知,即使与处于相同时代、相同条件下的众多作家和思想家相比,歌德的种种优点也极其鲜明而且突出。

综上所述,思想家歌德特别伟大之处在于,他不是站在狭隘的德国人的立场上观察问题,而是胸怀全人类和全世界。他说过:"作为一个人和一个公民,诗人会爱自己的祖国。然而,他在其中施展诗才和进行创造的祖国,却是善、高尚和美。"他还讲:"广阔的世界,不管它何等辽阔,终究不过是一个扩大了的祖国。"[1]所以他格外关注和重视诸如美国独立、法国大革命以及建造第一台机车这类对整个世界历史进程有积极影响的大事,而对自己国家反对拿破仑的所谓解放战争一点不感兴趣。总而言之,诗人歌德乃是一个以全人类为同胞、以世界为祖国的胸怀博大的人道主义者,一个事实上的世界公民。这一点,看来就是他产生世界文学这一光辉思想的世界观方面的原因。

此外,歌德是一位深深植根于本民族文化传统中的诗人和思想家。他自幼学会了拉丁文、希腊文、法文、英文、意大利文乃至希伯来文等多种语言,10 岁时已开始阅读伊索、荷马、维吉尔和奥维德的作品以及《浮士德博士》等德国民间故事。由于信奉路德教,他也熟读《圣经》的《新约全书》和《旧约全书》,从中汲取了许多智慧。从青年时代起,他更如饥似渴地阅读近代和现代德国作家以及英国和法国作家的作品,克洛卜斯托克、莱辛、莎士比亚、歌尔斯密以及莫里哀等都曾是他学习的榜样。可以说,歌

---

① 转引自:Boerner,P. *Johann Wolfang von Goethe*. Leipzig:Rowohlt Verlag,1978:130.

德很早就了解了由古代希腊罗马文学、希伯来文学以及古日耳曼文学三者融合而成的德国文学乃至欧洲文学的全貌。对于一般人来说,这应该已经很了不起;歌德却全然不以此为满足。随着对世界历史和现状的了解日益增多,他的眼界日益宽广,文学兴趣也在发展。对于阿拉伯文学,他不仅仅停留在小时候已经读得烂熟的《一千零一夜》,还研读波斯诗人卡菲兹的诗集,从而进入了东方世界。他还读过古代印度梵文诗人迦梨陀莎的诗剧《沙恭达罗》和其他印度文学作品,对它们倍加赞赏。到了 60 岁以后的晚年,歌德又倾心于中国文学,因而完成了对于人类几个最主要和最发达的文学的了解。换言之,整个世界的文学都在他的视线之中,他有可能比较它们,找出差异,但发现的却是更多的共同之处。不仅如此,歌德还博采众长,致力于将不同民族的文学融合起来,在 1819 年完成了一部"西方诗人写的东方诗集"——《西东合集》,在 1827 年完成了《中德四季晨昏杂咏》。他那如今已成为世界文学宝库中无价之宝的《浮士德》,更从希腊罗马古典文学、《圣经》、德国民间传说以至印度的《沙恭达罗》等不朽作品中吸取了多种营养。因此可以说,当歌德 1827 年首次提出世界文学这个概念的时候,世界文学的现实已存在于他的心目中,已通过他自己的创作得到了实践和验证。这或许就是歌德能产生世界文学这一思想的文化素养方面的原因。比起世界观方面的原因来,文化素养方面的原因似乎更加重要。在一般情况下,一个人的世界观很大程度上取决于他的文化素养,或者如歌德说的"文化水平"。而歌德的博学多识和高瞻远瞩,在马克思主义诞生前的 19 世纪初,可以说无人堪与比拟。

　　人类的进步和科技、文化的发展,使世界文学概念的提出有了客观可能;而上述两个个人主观方面的优越条件,就决定了提出它的恰恰是歌德,而不可能是别的随便什么人。

　　写到此,我们自然会进一步问,歌德心目中的"世界文学",具体是个什么样子呢?对于这个问题,还是听听歌德自己的回答吧。

　　1827 年,他在《德国的小说》一文中写道:"既让不同的个人和不同的民族保持自己的特点,同时又坚信只有属于全人类的文学才是真正有价值的文学,这样,就准保能实现真正的普遍容忍。"第二年,在《艺术与古代》杂志第 6 卷第 2 期,他又写道:"这些杂志正赢得越来越多的读者,将最有力地促进一种我们希望的具有普遍意义的世界文学的诞生。只是我们得重申一点:这儿讲的世界文学,并不意味着要求各民族的思想变得一致起来,而只是希望他们相互关心,相互理解,即使不能相亲相爱,也至少得学会相互容忍。"到了 1830 年,歌德已八十高龄,关于世界的文学思想仍萦绕在他的心中。在为卡莱尔的《席勒生平》一书写的序言里,他说:"好长时期以来我们就在谈论一种具有普遍意义的世界文学,而且不无道理:须知各民族在那些可怕的战争中受到相互震动以后,又回复到了孤立独处状态,会察觉到自己新认识和吸收了一些陌生的东西,在这儿那儿感到了一些迄今尚不知道的精神需要。由此便产生出睦邻的感情,使他们突破过去的相互隔绝状态,代之以渐渐出现的精神要求,希望也被接纳进那或多或少是自由的精神交流中去。"

歌德对世界文学这个概念的解说,至少包含以下三层意思:

首先,歌德认为世界文学形成的最起码条件和最重要结果,就是实现各民族之间普遍的容忍。为此,各民族应通过包括文学交流在内的精神交流,学会相互了解、相互关心、相互尊重。歌德这种以容忍为基本内容的世界文学思想,是一种热爱人类、热爱和平的真诚情感在文学观中的反映。它发展了歌德与席勒过去提出的以美育改造人性的理想,将启蒙思想家倡导的不同宗教和教派之间的宽容,扩展为了各民族之间的宽容或者说容忍。

其次,歌德坚信,"只有属于全人类的文学才是真正有价值的文学"。也就是说,文学——真正有价值的文学应该为人类服务,被人类所理解和接受。文学的历史证明,这是一个真理。正由于各民族都贡献出了数量不等的这样的作品,世界文学在今天早已成为现实。歌德之所以能写出《浮士德》这样的不朽杰作,之所以能成为各国人民共同景仰的世界大文豪,正是因为他有着为全人类而写的明确意识。歌德心目中的世界文学的第二个含义,就是它不仅仅属于一个地区、一个民族,而属于全人类和全世界。他深信,"诗是人类共同的财富"。

再次,与此同时,歌德又讲要"让不同的个人和不同的民族保持自己的特点",讲世界文学"并不意味着要求各民族思想变得一致"——这就是歌德对世界文学解说的第三层意思。作为一位德国作家,歌德不止一次强调"在未来的世界文学中,将为我们德国人保留一个十分光荣的席位"。正因如此,在创作实践中,他一方面努力吸收其他民族文学的优点,奉行"拿来主义",另一方面不放弃自己的传统:他创作的《西东合集》也罢,《中德四季晨昏杂咏》也罢,其基调仍然是西方的、德国的、歌德的。他的浮士德,这位人类杰出的代表,仍然是一个德国男子。总而言之,歌德有关世界文学的思想以及实践,都绝无抹杀民族特点和否定历史传统的意思。

歌德在差不多180年前形成的"世界文学"构想,已有了近乎文学、文化领域中的"全球化"思维;他就此提出的一系列观点,诸如为迎接"世界文学"时代的到来而力主各民族之间"实现真正的普遍容忍","让不同的个人和不同的民族保持自己的特点",认为民族仇恨乃是"文化水平"低下的产物等等,其超前性质,可谓不说自明,而当今思考所谓"全球化"的问题,恐怕也有一定的参考价值和现实意义。

在谈及我国第一位歌德翻译家郭沫若的贡献时,戈宝权先生曾经这样评价:"不要说郭老的全部翻译,他就只译一部歌德的《浮士德》,也就很了不起。"[①]我这儿袭用戈宝权的立论方式,也认为:不要说思想家歌德给我们留下了那么丰富、宝贵的精神遗产,他就仅仅是率先提出了"世界文学"的构想,也该载入人类思想史的史册,永远受到后世的尊崇。因为它表现了思想家歌德高贵的人类意识、博大的世界胸怀,以及他精神视野的广阔和目光的超前。

歌德大胆而超前的思想不胜枚举。在自然科学领域,除了他那曾经

---

① 戈宝权. 谈郭沫若与外国文学的问题//郭沫若研究论集. 成都:四川人民出版社,1980:307.

引领时代潮流的形变理论,还有《浮士德》中的 Homoculus(人造人)这个有趣甚至惊人的例子,因为它不但很容易让人联想到我们今天的试管婴儿,而且在德国已有学者把它与基因工程和克隆人的论争联系了起来。至于在社会和家庭伦理方面,小说《亲和力》表现的婚姻、恋爱观,在 19 世纪初也可谓超前到了惊世骇俗的地步,而在今天的西方却正好时兴。

三、结论:歌德只有一个

人类之区别于所有其他的生命,就在于人有思想、思维和思辨的能力,并创造了作为思想、思维和思辨载体的语言。一个伟人之区别于芸芸众生,就在于伟人的思想更加丰富、深刻,更加高尚、博大,更加独创、超前。歌德之非同一般的伟大,不仅仅在于他是一位创作成果丰硕的作家和诗人,更在于他是一位思想丰富、高尚、博大、超前的思想家。正由于歌德同时是一位目光深邃、富有睿智、高瞻远瞩和胸怀博大的思想家,他才成了今天世所景仰的大文豪和精神巨人,才成了人类思想文化史上一颗光耀千秋的巨星。作为思想家的歌德,贡献和影响应该讲比作为作家的歌德更多、更大。

在人类社会曾经产生过的思想家当中,歌德无疑占有一个独特而显眼的位置。他思想的卓越、深刻,堪与柏拉图、康德、黑格尔等大思想家媲美;而他的胸怀博大、高瞻远瞩,却几乎无人可及。纵目中外古今,像歌德似的兼为大作家和大思想家,既有大量享誉世界的巨著、杰作,又具深邃的思想、卓越精神者,更是屈指可数,我们甚而至于可以讲,这样的歌德只有一个,正如"奥林帕斯山上的宙斯"只有一个。

由此想到百年来我国的歌德译介、研究和接受状况。包括我本人 20 多年来的努力在内主要都还只着眼于歌德的文学作品或者也包括他的美学著作,而忽略了他留给我们的更加丰富、巨大的思想遗产。这就使我们仅仅把歌德看成一位作家和诗人而忽略了他是伟大的思想家,这就使我们见木不见林,这就使我们的译介和研究仍停留在相当于德国本土歌德研究 19 世纪的水平,即仍把注意力仅仅集中在作家的生平及其作品文本的思想、技巧、语言等等的局部和表面,而没有深入他思想家的本质做总体的精神上的把握。这不能不说是一个严重的缺陷。须知,文学作品如《浮士德》等尽管是歌德思想的主要载体,但仍远远不能涵盖歌德思想的全部。在此情况下,今天比较全面、深入地研究歌德的思想,在笔者看来似乎便有了补课的意义和迫切性。

1999 年 5 月　四川大学竹林村远望楼初稿
2020 年 6 月　重庆武隆仙女山译翁山房定稿

伟大的功绩　崇高的人格

——浅论莱辛

　　提起德国文学,尤其是德国古典文学,谁都立刻会想到歌德、席勒乃至海涅。因为,是他们通过自己的作品,使曾经落后而为人鄙弃的德国文学大放异彩,牢固地确立了它在世界文学之林中的地位。

　　可是,我们又怎能忘记那位在他们之前为德国民族文学的勃兴披荆斩棘、开辟道路的前驱者呢? 哥特霍尔德·埃夫拉姆·莱辛(Gotthold Ephraim Lessing, 1729—1781),就是这位伟大的前驱者。

　　莱辛 1729 年出生在德国萨克森地区一座叫卡门茨的小城,父亲是一位家境贫寒的牧师。莱辛从小勤奋好学,被教师称作"一匹需要双份饲料的马驹"。他 19 岁开始写作,26 岁时即已出版一部对于德国文学来说具有划时代意义的悲剧:《萨拉·萨姆逊小姐》(1755)。接着,他又写成了喜剧《明娜·封·巴尔海姆》(1767),悲剧《爱米丽雅·迦洛蒂》(1772),诗剧《智者纳坦》(1779)和三卷寓言,以及《关于当代文学的通信》(1767/1969)和《拉奥孔》(1766)、《汉堡剧评》(1767/1969)和《论人类的教育》(1780)等一系列重要著作。

　　莱辛首先是一位剧作家和戏剧理论家。

　　在莱辛生活和创作的 18 世纪的欧洲,戏剧还被当作一种主要的文学样式和民众教育工具。然而,当时德国的戏剧,在歌特舍德等保守理论权威的倡导下,从内容到形式都对法国的新古典主义戏剧亦步亦趋,情形真是异常可怜、可悲。为适应封建专制主义的需要而产生的法国新古典主义戏剧,形式严守被曲解了的"三一律"的窠臼,写的几乎全是帝王贵胄们的"伟大业绩",本身即为对希腊罗马的古典戏剧的模仿。莱辛之前的德国戏剧作为这一模仿的再模仿,不免就"更其空洞无物,索然寡味,荒唐可笑"了(海涅语)。这样的宫廷戏剧,与新兴资产阶级的需要无疑大相径庭。

莱辛的《萨拉·萨姆逊小姐》写的是市民青年梅勒福和萨拉·萨姆逊两人的爱情悲剧。这个剧本虽然艺术上还不够成熟,却从内容到形式一反新古典主义的陈规,不但在相当程度上打破了"三一律"的框框,而且让迄今被视为缺乏崇高的思想感情因而不能当悲剧主人公的市民阶级登上舞台,充当剧中主角,从而开了德国所谓市民悲剧的先河。剧本的人物、情节、环境都来自市民的生活;因此当时就有人评论说,它的公演迎来了"德国现实主义戏剧的新纪元"。

同样是市民悲剧的《爱米丽雅·迦洛蒂》,思想性和艺术性有了很大提高。悲剧写的是一个封建小公国的统治者使用阴谋诡计和卑劣手段,强夺正准备去与人成婚的欧托阿多上校的女儿爱米丽雅·迦洛蒂;为了维护女儿和自己的名誉,欧托阿多手刃了亲生女儿。这出悲剧尽管与其材料来源一样仍然发生在文艺复兴时期的意大利,但它影射和鞭笞 18 世纪德国封建小邦腐败现实的意图却显而易见。剧中塑造了一系列个性鲜明、影响深远的典型人物,其中的欧托阿多可以算是有着强烈的阶级意识的市民的代表。《爱米丽雅·迦洛蒂》受到了歌德、弗·施雷格尔等同时代大作家的热烈称赞;在席勒的悲剧《阴谋与爱情》乃至歌德的小说《少年维特的烦恼》等后来的杰作中,都能见到它的影子。[①] 特别是《阴谋与爱情》,更是由莱辛开先河的德国市民悲剧最丰硕的果实。

喜剧《明娜·封·巴尔海姆》以普鲁士与奥地利等国之间的"七年战争"(1756—1763)为背景,叙述了被解职的普鲁士军官台尔海姆与未婚妻明娜·封·巴尔海姆真诚相爱的故事。它揭露和鞭笞了战争中的种种专

---

① 小说主人公维特在自杀前读的就是《爱米丽雅·迦洛蒂》。

制和残暴行径,"是对弗里德利希(亦译腓特烈,普鲁士国王)政权的一个尖锐讽刺"(梅林语)。在德国文学相对贫乏的喜剧创作之中,《明娜·封·巴尔海姆》居于十分突出的地位。

以上三个剧本以及后文还要介绍的《智者纳坦》,都既具有民族的内容和创新的形式,也富于强烈反封建的时代精神,不但是德国启蒙文学的最重要成果,而且对后世剧作家歌德、席勒以至于克莱斯特都产生了巨大的影响。

不过,莱辛在发展德国民族文学和丰富世界文学方面的伟大贡献,更多还体现于他的戏剧理论和美学理论。

1767 年至 1769 年间,莱辛结合自己在汉堡民族剧院的工作撰写了104 篇剧评。这些文章后来结集出版,即成为著名的《汉堡剧评》。在《汉堡剧评》中,莱辛一方面从理论上清算法国新古典主义戏剧及其在德国的效颦者歌特舍德的主张,另一方面阐明创立德国民族戏剧的条件、方法和原则,在此他特别强调了创作具有民族的内容和形式特点的剧本的必要性和重要性。与此同时,莱辛还明确提出了从现实出发来描绘现实生活,在反映现实时必须抓住事物的本质等一系列重要创作原则。对于诸如剧本的语言、人物的塑造等具体问题,莱辛也进行深入探讨,提出了不少在当时富有创新精神的意见。正是在莱辛的《汉堡剧评》推动下,德国的民族戏剧才得以发展、壮大,真正确立了自己的地位。难怪海涅说:"莱辛是文坛上的阿米尼乌斯[①];是他,把我们的戏剧从异族的统治下解放了出来。"

莱辛的美学著作《拉奥孔:论绘画与诗的界限》,通过特洛亚祭师拉奥孔父子被海蛇缠死这同一题材在雕塑和史诗中的不同表现方法的比较,阐明了画与诗,亦即造型艺术与包括戏剧在内的文学作品,反映现实的方

---

① 公元 9 年,阿米尼乌斯率日耳曼部族在条顿林中战胜了强大的罗马军团,取得了民族独立。

式的根本区别,指出前者表现的只是一个"固定的瞬间",后者则应摹写连续不断的行动。《拉奥孔:论绘画与诗的界限》帮助清除了一些长期统治人们头脑的糊涂观念,诸如温克尔曼所谓希腊古典文艺的理想是"高贵的单纯和静穆的伟大",以及贺拉斯所谓"诗是能言的画,画是无言的诗",等等,为德国乃至欧洲新美学理论的发展扫清了障碍。歌德在《诗与真》里回忆《拉奥孔》对自己的影响时说:"这部著作把我们从可怜的静观领域带进了思想的原野。久被曲解的'诗如画'一语突然得到了澄清,造型艺术和语言艺术的区别变得明晰了……这一美好的思想,这种种结论,犹如闪电似的照亮了我们,迄今支配着我们的那些理论都像穿旧了的衣服一样给抛弃了。"

确实是在莱辛奠定的合乎时代要求的新的理论基础上,德国文学才得以发展到一个高峰,迎来了以席勒、歌德为代表的光辉灿烂的古典时期。别林斯基说得好,是莱辛"完成了德国文学的转变"……

我们今天敬重莱辛,还不仅仅因为他是德国和欧洲文学史上一位杰出的文学家和理论家,也不仅仅因为他的《拉奥孔》和《汉堡剧评》至今仍在世界范围内产生着影响。我们同时推崇他的伟大人格,视他为德国18世纪启蒙运动最卓越的代表,最坚定、最勇敢的反封建斗士。莱辛一生的重要作品,不论是创作还是论著,无不闪烁着启蒙思想的光芒,洋溢着反封建的批判精神。就连他创作的那些短小精悍的寓言,像《水蛇》《绵羊》《垂死的狼》等等,都对专横残暴的封建统治者做了深刻的揭露与辛辣的讽刺。

文如其人。杰出的启蒙思想家和文学家莱辛,他做人的最大特点和最高的品格,就是一生热爱真理,追求真理,一生为反封建制度而坚持不懈地战斗。他曾经说过,他将通过自己的努力去寻找和获得真理。而且,在追求真理的过程中,他真正可以说是做到了贫贱不能移,威武不能屈。

在封建势力十分强大、资产阶级异常软弱的德国,莱辛一直处于孤立无援的地位,经济上经常极为拮据。1764年,正当他本人穷困不堪,父母又因"七年战争"影响急需他资助之际,他却毅然拒绝了柯尼斯堡大学一个待遇优厚的教授职位,原因是他不肯履行任职条件,去违心地作一篇颂扬普鲁士国王弗里德利希二世的讲演。晚年,他与汉堡正统路德派总牧师哥泽进行论战,为此写了一篇名为《箴言》的文章。他在文章中说:"写吧,牧师先生,并且鼓动其他人一起写,随便你们写多少都行。我呢,也要提起笔来写。我哪怕放过你的即使一点小小的错误而不加反对,那就意味着,我已连摇动笔杆的力气都没有了。"——这充满战斗豪情和大无畏精神的话,后来被马克思引用在了 1843 年 1 月 13 日《莱茵报》刊载的一篇文章中。

与哥泽的论战进行得十分激烈,以致不朗瑞克公爵——莱辛是他的图书管理员——出面干涉,明令禁止莱辛再写驳斥总牧师的文章,可是莱辛仍不罢休,只是改变方式,借用《十日谈》第一日第三个故事中那个著名的三指环比喻,写成了诗剧《智者纳坦》。剧中,通过信奉不同宗教的三个主人公原为一家人这个情节,宣传各宗教及各教派之间应该相互宽容的启蒙运动主张,把对正统牧师哥泽的论争进行到底。

除去斗争的坚定性和不妥协精神,莱辛在追求真理的长途中还表现出其他许多难能可贵的品质。他从不迷信权威,无论是古罗马大诗人贺拉斯,或是他所景仰的前辈温克尔曼,还是红极一时的权威理论家歌特舍德,只要观点有错误,他都能够发现指出,勇于进行批驳。他善于独立思考,不随时俗。例如,苏格兰诗人麦克裴逊"发现"的所谓古爱尔兰诗人莪相(Ossian)的诗歌风靡一时,连赫尔德、歌德——《少年维特的烦恼》收进了"莪相之歌"——以至于拿破仑都受到迷惑,并且深信不疑,莱辛却独独对它的真实性提出了疑问,而"莪相之歌"后来也为事实证明确系伪作。再如,在席卷全欧的"维特热"面前,进步营垒中唯有莱辛保持了冷静的头脑,指出了《少年维特的烦恼》的缺点和可能产生的消极影响。但是,在富有独立思考精神,不随时俗,不迷信权威的同时,莱辛又虚怀若谷,欣然接受赫尔在《评林》中对其《拉奥孔》提出的正确批评。还有,他在编辑温克尔曼的书信集时,发现有一封贬低他、说他"学识浅陋"的信,却仍把它选收了进去。再如他早年受过伏尔泰的轻侮,后来却能实事求是地评论伏尔泰,给予这位法国启蒙运动的先驱充分的肯定……

莱辛伟大而崇高的人格,感动和鼓舞了无数的后继者。海涅称他是一位"完人",说莱辛是"全部文学史里"最受他热爱的作家。车尔尼雪夫斯基在一篇关于莱辛的专论中写道:"莱辛的人格是如此高贵、崇高,同时又这样和蔼、卓越,他的行动是这样无私、热情,他的影响是如此巨大,致使人们越钻研他的本质,就越坚决、越无保留地敬重他,热爱他。"

> "从前你活着,我们尊敬你
>
>   如同一位天神,
>
> 如今你去了,你的精神仍支配着
>
>   我们的灵魂!"

莱辛逝世后,席勒写了这么两句诗,来赞颂和纪念这位伟人。

当然,莱辛并不真是一位"天神",他身上同样存在着凡人的局限和弱点。这表现在他进行战斗往往是单枪匹马,因此显得势单力薄;他一生经济拮据,终不免在很大程度上要受制于统治阶级,战斗力自然遭到削弱,等等。但是,这些局限和弱点,都系时代和阶级的原因造成,且与莱辛的伟大功绩和崇高人格相比,实在可以说微不足道,不影响我们对他的评价。

莱辛逝世于 1781 年 2 月 15 日。在他逝世 200 多年后的今天,他的论著《拉奥孔》《汉堡剧评》和主要剧作以及绝大部分寓言,都已译成中文,在我国像在世界其他地方一样产生着影响;他的崇高人格和伟大精神,同样给我们以激励和鼓舞。

（原载于《外国文学》1987 年第 1 期）

号角与匕首

——小议莱辛寓言

　　莱辛(1729—1781)是举世公认的伟大寓言作家之一。他的寓言分散文体和诗体,总计 100 篇多一点,虽说数量不多,也并非他创作的主要成绩,却仍被看作为德国古典文学中的名著杰作,在世界的寓言宝库里占据着重要地位。

　　莱辛是 18 世纪德国启蒙运动的重要代表。寓言也和他的戏剧、理论著作一样,被莱辛用来作为传播启蒙思想的工具和武器。由于他的寓言短小犀利,富于警醒和号召的力量,常常被人誉为启蒙的号角和战斗中致敌于死命的匕首。

　　在莱辛的寓言中,斗争的矛头首先指向当时的反动统治阶级,指向封建专制制度及其精神支柱教会。狮、虎、狼等等,常常被他用来描绘和讽喻统治者的专横、暴虐。请看其中的一篇《水蛇》:

　　　　宙斯给青蛙们另立了一位国王,派贪馋的水蛇接替和善的木桩。

　　　　"您既然想做我们的国王,为什么还要吃掉我们?"青蛙们提出抗议。

　　　　"为什么?"水蛇回答说,"就因为是你们自己请求派我来的。"

　　　　"我可没有请求派你呀!"青蛙中有一个叫起来。

　　　　水蛇恶狠狠地瞪着它,像用眼睛就要吞掉他似的,说:"没有请求? 那更好! 我非得吃掉你不可,因为你没有请求派我来嘛。"

这篇百来字的寓言,真是活灵活现地,入木三分地,刻画出了专制暴君既贪婪又凶残,还蛮不讲理的可恶嘴脸。

莱辛一生光明磊落,疾恶如仇,十分痛恨统治阶级特别是教会里的伪善行为。因此他用来鞭笞形形色色的伪善现象的作品也格外多,如《羊》《垂死的狼》《狼和牧羊人》《秘密》《隐士》等等,都是其中富有代表性的篇什。

尽管莱辛爱憎分明,斗争的主要对象始终是反动统治者,但他对下层民众和他自己所代表的资产阶级的弱点也并非视而不见,不闻不问,而是严肃地加以揭露,无情地进行讽刺。诸如愚昧、懦弱、爱好虚荣和缺少行动能力等等德国小市民的习气,在驴、羊、兔、鹅和鹿身上,都生动形象地得到了表现,遭到了辛辣的讽刺。

莱辛是一位杰出的文艺理论家和批评家,他在寓言创作中自然也不放弃对当时德国文坛的鄙陋现象的针砭。《猴子和狐狸》批评热衷于模仿外国、缺少创作个性和民族特点的文艺家,《夜莺和云雀》批评文艺脱离民众的现象,《麻雀与田鼠》批评作家的故步自封和批评界的短视,等等,都言简意赅,一针见血。

莱辛寓言的题材相当广泛,内涵丰富而深刻,以上仅仅谈了它的几个主要方面。此外,他在诸如《赫尔库勒斯》和《老狼的故事》等篇里,还宣扬了带有启蒙运动时代特色的宽容精神等等,就不再一一述及了。①

莱辛还对寓言的理论研究有所建树,发表过一系列著名的论文,而他出版的寓言集的首篇《缪斯显形》,更开宗明义地阐明了他对于寓言创作的观点,可称作一篇"关于寓言的寓言"。莱辛的创作实践表明,他确实坚持了自己的理论主张,因此作品——尤其是散文体部分——都显示出了平实、精练又尖锐、深刻的特点。他对法国的拉封丹似乎不以为然,对古

---

① 有兴趣进一步了解莱辛寓言的读者,可参阅四川文艺出版社 1997 年版"世界经典寓言系列"中的拙译《莱辛寓言》。

希腊的伊索却极为钦仰,创作受伊索的影响极大。《葡萄》《男孩和蛇》《乌鸦和狐狸》《狼和羊》等等,明显都是根据伊索寓言改写的,但是却赋予了它们新意,让熟悉伊索寓言的人读来感到格外有趣。请看伊索寓言中那篇妇孺皆知的《狼和羊》在莱辛的笔下怎么变得别有一番滋味:

> 羊口渴了,来到小河边。出于同样的原因,对岸又来了一头狼。
>
> 有河水隔着,羊觉得安全,便存心要挖苦一下狼,它冲着河那边的强盗大声喊道:
>
> "狼先生,我该没有弄浑你的水吧?仔细瞧瞧我,看我是不是六周前在背后骂过你?我没骂至少我爸爸也骂过不是。"
>
> 狼明白羊的讥讽。它望着宽宽的河面,咬牙切齿。
>
> "算你运气,"它回答说,"咱们狼已经习惯了对你们羊耐心和蔼。"说完,狼大摇大摆地走了。

就这样以旧瓶装上味道醇美、深长的新酒,莱辛对伊索寓言的借用和改造可谓十分成功,十分机智。

正因为具有上述那样一些艺术特色,莱辛寓言于内涵深刻的同时又具有明白易懂的可读性,耐人咀嚼的趣味性。它们虽然产生于 240 多年前封建落后的德国,所包含的人生哲理和智慧却并未过时,像每一部真正的古典名著一样将永葆其艺术魅力和光彩。它们一篇篇是如此短小可喜,我们一册在手,不论茶余饭后,旅行途中,还是在就寝之前,都可以花几分钟读上一两篇,从中既可获得有益的思想启迪,也可得到隽永的审美享受。

(原载于《三叶集》)

非驴非马，生不逢辰

——关于霍夫曼的小说创作与接受

霍夫曼是18世纪初出现在德国的一位伟大天才。他身兼作家、音乐家和画家，然而一生却坎坷潦倒。他的最大成就在于小说创作，中篇集《谢拉皮翁兄弟》和长篇《雄猫穆尔的生活观》等等，都产生了深远影响。在德国文学史上，歌德之后，海涅之前，霍夫曼应该说是最重要的作家。

可是，在不同的国度、不同的时代，霍夫曼及其作品却受到不同的评价和对待，其间差异之巨大，变化之显著，足以使他成为研究文学接受现象的一个绝好例子。而且，霍夫曼这位作家及其小说本身，也确有值得注意的与众不同之处。这与众不同，窃以为便是决定他命运的重要前提和主观原因。

霍夫曼1776年1月24日出生在柯尼斯堡(现名为加里宁格勒，俄罗斯城市)，父亲是一名律师。他全名为 Ernst Theodor Amadeus Hoffmann，后世多简称他 E. T. A. 霍夫曼，以区别于其他同一姓氏的作家和艺术家。由于父母离异，他三四岁时便寄养在外祖母家。自幼爱好音乐和文学，尤其嗜读骑士小说和神怪小说。16岁进入故乡的大学——也即大哲学家康德曾经学习和任教的柯尼斯堡大学——学习法律，毕业后在当地法院当了一名职员。1798年任柏林高等法院的陪审官，隔年因同情受凌辱的市民，作漫画讽刺普鲁士军官，被贬职到了波森(今属波兰，即波兹南)。1806年，法军入侵，几经周折调到了华沙的霍夫曼失去公职，不得已回到柏林,以艺术为生。1808 年到巴姆贝克城任剧院乐队指挥,兼做导演、作曲和舞台设计。就在这时,他开始写小说,第一批中短篇小说问世后即受到欢迎。1816 年,拿破仑失败,霍夫曼重返柏林,任高等法院顾问。1820 年,参与"调查叛国集团及其他危害国家活动委员会"的工作,却违背当局旨意,为爱国进步人士辩护和伸张正义,因而受到牵连。不久罹患脊椎结核,双腿瘫痪,但仍坚持写作,直至 1822 年 6 月 25 日逝世。

霍夫曼的坎坷经历和政治态度,注定他必然对社会现实和人生做冷峻的观察,必然更多地看到社会和人生的阴暗面以及种种扭曲、异化现象,进而以自己创作的小说把它们反映出来,并给以揭露和鞭笞。

霍夫曼的文学创作集中在他 1822 年逝世前的十二三年里,共写有三部长篇和数十个中短篇。这些作品大致分为两类:一类是作为德国浪漫派特有文学样式的所谓童话小说,亦称"艺术童话",以区别于民间童话;另一类为所谓"历史小说"。前一类即"童话小说"的代表作为长篇《雄猫穆尔的生活观》,中短篇《侏儒查赫斯》《金罐》《魔鬼的万灵药水》《胡桃夹子与鼠王》等,它们与传统童话的区别,在于反映生活的面要宽广得多、深刻得多,与社会现实关系更直接、更紧密,已不再是那种以山羊、狐狸或公主、妖婆为主人公的情节单纯、善恶分明的儿童读物,而属于成人文学的范畴。后一类即"历史小说",以《斯居戴里小姐》《挑选未婚妻》《克雷斯佩尔顾问》以及《箍桶匠马丁师傅和他的伙计们》为代表,它们也不像一般历史小说——例如瑞士德语作家迈耶尔的作品——那样写历史上的重大事件和重要人物,而只写现实世界中的普通人,如平庸的手艺人和潦倒的艺术家之类,并且情节中有更多的虚构成分。上面说过,这只是个大致的分类,因为某些作品兼具两者的特征,例如《雄猫穆尔的生活观》这部长篇,便无法绝对归入哪一类之中。

可是不论哪一类,霍夫曼的小说全有一些共同的、鲜明突出的特点。这些特点,归纳起来,即为一个"奇"字加上一个"异"字:小说情节充满奇思异想,写的都是奇人异事,气氛情调也都奇异诡谲。比起强调中短篇小说内容要"新奇"、要"闻所未闻"的歌德等前辈作家来,霍夫曼又大大前进一步,以他的大胆幻想使这个"奇"和"异"常常达到了神秘怪诞的程度。他的小说多写生活中所谓"夜的方面",常常显得鬼气森森,弥漫着阴暗、抑郁、悲观的气氛;小说中的人物大多受着不可抵御的自然神秘力量的支配,无法掌握自身的命运:要么思想平庸,要么性情乖张、心理变态、行为荒唐;小说的故事情节更是离奇、怪诞甚至恐怖,但在恐怖之中又不时出现滑稽可笑的场面。

要了解霍夫曼小说的"奇"和"异",当然最好是自己读读他的代表作。不过在这样做之前,我们也不妨先听听丹麦大批评家勃兰兑斯对霍夫曼其人其作的分析介绍,因为这同样可以帮助我们认识这位怪才,认识他的坎坷经历、怪诞习性例如嗜酒和好幻想,以及它们对其创作的直接而巨大的影响。

关于嗜酒与他写作的关系,勃兰兑斯给我们讲了很多,称他是"酒馆里的常客。他在这里把大部分精力和创作才能用来观察自己的心境,为了观察入微,每天要写日记"。还讲"他原来不过把酒当作兴奋剂,实际上酒对他远不止此。他的许多灵感,许多幻象,那些开始只是出自想象,后来越来越认真的错觉,大都是得之于酒……在酒精的影响下,他会突然看见黑暗中闪现着磷火,或者看见一个小妖精从地板缝里钻出来,或者看见他自己周围是些鬼怪和狞恶的形体,以各种古怪装扮出没无常"。

在霍夫曼的《斯居戴里小姐》《金罐》《魔鬼的万灵药水》等代表作中,都存在主人公人格分裂,不但过着两重甚至多重生活,还常常以不同的形象出现甚至碰在一起的情况。对此勃兰兑斯也解释说:"霍夫曼创造这些二重性和三重性的生活方式(例如那个档案保管人,白天是户籍官,夜晚是一条火蛇),他心里显然想着他自己的官场生活和自由的夜生活之间奇怪的对照:白天作为奉公守法的刑事法官,他严格地摈弃一切有关情绪和审美的考虑,而夜间则成为广阔无垠的想象之国的国王,过着无拘无束的生活……"①

霍夫曼的生活与创作在很大程度上融合在了一起,于是便在小说中创造了那么多离奇、怪异、可怖却栩栩如生的人物和情节。他自己写着写着也会不禁感到惶恐不安、心惊胆战。从别人为他作的传记中我们得知,他在夜间工作时常常不得不把熟睡的妻子叫起来给他壮胆。

不过,在创作中,霍夫曼并非为了"奇""异"而写"奇""异",为了怪诞、恐怖而写怪诞、恐怖。仔细读一读,我们定会发现,无论是他的"历史小说"还是"童话小说",全都有着现实和幻想的双重背景,人物的性格和形象也同样具有这样的两重性,区别只是在不同类型的作品中,现实与幻想的比例不同罢了。而且,很明显,奇异的幻想只是外衣,神秘怪诞的故事、人物乃至动物、精怪同样反映着社会现实,不一般的只是反映的方式曲折而隐讳。所以,海涅在分析他与别的正宗地道的浪漫派作家的区别时指出:"霍夫曼虽然绘制了不少漫画式的鬼脸,脚跟却始终站在现实世界的坚实基础上。"②

具体地讲,霍夫曼的小说不但是他个人独特的经历、心理和人格的反映,也是 18 世纪末 19 世纪初落后腐败的德国的写照,是法国大革命失败后封建复辟的黑暗时期的写照。而且,更重要的是,作者不仅反映黑暗的现实,还对它进行无情的揭露和有力的抨击,正如他在现实生活中的立场和做法一样。为此,他常使用讽刺和夸张的手法,抨击的对象既包括反动的封建统治者,也包括庸俗的小市民。

例如《侏儒查赫斯》的主人公是个好逸恶劳、性情刁钻的小丑八怪,却凭着仙女赐给自己的三根魔发而平步青云,当上了宫里的大臣、宰相,过着不劳而获、颐指气使的生活,而一旦失去魔发便软弱无力,以致淹死在了洗澡的浴缸中。这样的"童话",对德国小宫廷中的那些大人物,揭露、

① 勃兰兑斯. 十九世纪文学主流:第二分册. 刘半九,译. 北京:人民文学出版社,1981:162-165.

② Heine,H. Die romantische Schule:zweites Buch // *Heines Werk in fünf Bänden*:*B. 4* . [S.l.]:Aufbau-Verlag,1978:279.

讥讽得可谓入木三分。其他还有《雄猫穆尔的生活观》和《金罐》等,也一方面抨击封建宫廷的腐败,另一方面鞭挞市侩的庸俗。总而言之,霍夫曼小说的思想倾向是明显的,尽管采取了浪漫主义的手法,却已具备一些批判现实主义的特性。

在欧洲文学的发展史上,霍夫曼的创作体现着从浪漫主义向批判现实主义的转化或者说过渡,情况相当复杂。一方面,他与德国浪漫派有着多方面的联系,如都写"童话小说",都热衷于表现人生"夜"的方面,但却并不是纯粹、正宗的浪漫派作家。另一方面,他也不能简单归入批判现实主义小说家之列,虽说在创作中确实对黑暗的社会现实做了猛烈的批判和抨击,对后世的不少欧美批判现实主义小说家如巴尔扎克等都影响甚大。不仅如此,霍夫曼的小说还表现出西方现代主义文学的一些特征。

对于最后这点即霍夫曼的创作已具现代主义特征的论断,《斯居戴里小姐》和《雄猫穆尔的生活观》这两篇杰作堪称极好的例子。

前者的主人公金匠卡迪亚克因不能占有自己创造的艺术品而心理变态,一次又一次身不由己地劫杀自己的雇主,堕落为了可怕的罪犯。这样的故事,深刻而生动地揭示了人性的扭曲和异化,人与人之间的关系的扭曲和异化,人与他的创造物的关系的扭曲和异化,显然已触及现代主义文学的一个重要母题。

后者即《雄猫穆尔的生活观》却要读者相信,由于印刷工人的"粗心大意",一部由雄猫穆尔写的生活札记,与一页页撕来夹在中间当衬纸的乐队指挥克莱斯勒的传记,竟混杂着排印成了一本书,于是就提前出现了现代主义小说喜欢采用的两条线索平行交替的叙述形式,以及情节跳跃、错乱的荒诞手法。因此,在一定意义上,霍夫曼又可以说是西方现代主义文学的一位远祖。

总而言之,就思想、艺术特征而言,霍夫曼小说不能绝对归入上述任何的主义、流派或者类型中,乃是一种过渡时期的产物,有些不伦不类,非驴非马。

然而,正因为不伦不类,就正好自成一类。正是这不伦不类,引出了后文将讲到的德国、欧美其他国家和中国接受霍夫曼的奇异事实。

在德国,在作家封建保守的祖国,霍夫曼由于思想比较开明、进步,艺术相当新颖、超前,可以说是生不逢辰。他不但在世时一生穷困,备受非难,才智抱负未得到充分施展,而且死后和生前一样地遭到忽视,正如海涅指出,德国的文学和美学报刊几乎从来不评介他,自视高雅和权威的理论家们更对他不屑一顾,尽管普通民众男女老少都喜欢读他的作品。直到逝世半个多世纪后的 19 世纪末,他的价值才被文学界认识,成就才得到公认。后来,在一大批杰出的德语小说家如托马斯·曼、赫尔曼·黑塞、君特·格拉斯、克莉斯塔·沃尔夫等的创作中,特别是卡夫卡那些近乎荒诞的小说中,便时常出没着霍夫曼的影子。前些年才逝世的著名女小说家安娜·西格斯,在 1973 年完成了小说《奇异的相逢》,说的就是霍夫曼与后世的果戈理、卡夫卡不期而遇,引为知音,在一起大谈所谓梦幻现实主义的问题。值得注意的是,西格斯所用的梦幻现实主义这个术语,颇能概括和反映出霍夫曼小说(以及卡夫卡小说)的特点,与当今风靡世界的拉美魔幻现实主义仅一字之差而已。除此之外,德国当代一些著名评论家还用"朴素的现实主义"与"在后期浪漫派怀中诞生的德国特殊的现实主义"等说法,来标明霍夫曼别开生面、独树一帜的创作特色,对他的研究日趋深入。

还应该提到的是,马克思、恩格斯也颇为推崇霍夫曼的创作,尤其是喜爱他的童话小说《金罐》和《侏儒查赫斯》。与此相反,他临死前写的长篇童话小说《跳蚤师傅》(未完成),却遭到反动当局的查禁,原因是其抨击了普鲁士的警察制度。

和在德国的情况相比较,霍夫曼在欧美其他国家却更早、更多地受到重视,是歌德、海涅之间影响最大、译介最多的德语作家;"霍夫曼小说"一度成为一种特定的时髦文学样式的代名词,引起了一阵一阵的轰动,在受过革命洗礼、开明先进的国家如法国尤其如此。这些国家的一大批小说大师,法国的如巴尔扎克、雨果、缪塞、波德莱尔,英国的如狄更斯、王尔德,俄国的如果戈理、陀思妥耶夫斯基,美国的如爱伦·坡,等等,都从霍夫曼的创作得到过启迪,吸收过营养。拿巴尔扎克来说,他的《驴皮记》和《长寿药水》这两部作品中,就不时有"幻想家霍夫曼"的幽灵出没。而爱伦·坡的所有那些怪诞可怖的幻想小说,更像是直接继承和发展了"霍夫曼小说"。从以上受霍夫曼影响的作家颇不相同的艺术倾向,又可看出他自身不伦不类、非驴非马的特点,兼容并包而又独树一帜的特点。

在欧美,霍夫曼小说的影响已超出纯文学的范畴,不断地成为戏剧、影视乃至音乐作品移植加工的题材,仅以"霍夫曼的小说"为名的影片就有六七种之多,而法国歌剧作家奥芬巴赫1881年首演于巴黎的《霍夫曼的故事》,更成为一部名著。几年以前,笔者有幸听著名小提琴家克拉默尔在柏林爱乐乐团配合下,演奏协奏曲《霍夫曼小说中的人物》。曲作者是谁笔者已忘记,只记得风格十分现代,那自始至终破碎凌乱的旋律和绝非和谐优美的音响,当时确乎让人想起海涅说的,"他的作品无异于一声长达20卷的惊呼怪叫"①;在这叫声中,分明有着对黑暗现实的恐惧和痛苦呻吟,有着对悲惨世界的不满和愤怒抗议。

在我们中国,霍夫曼遭遇又如何呢?

简单地回答,他的遭遇不幸而坎坷,长期来不是被误解,就是遭忽视。究其原因,还是那不伦不类、生不逢辰八个字。

且不说他在新中国诞生前完全没人译介,在"文革"结束前的30年仍然如此,而且还受到了可以说是政治上的"株连"——被曾经在苏俄被打成颓废文学团体的"谢拉皮翁兄弟"牵连,原因是这个团体借用了他的中短篇小说集《谢拉皮翁兄弟》的名字。"文革"后,霍夫曼不再受排斥,情况有所好转:1981年,他的《斯居戴里小姐》由老翻译家张威廉移译过来,发表在《译文丛刊》中,但没引起多少注意。迟至1985年、1986年,才有拙编《霍夫曼志异小说选》和韩世钟译的《雄猫穆尔的生活观》问世,同样反响

----

① Heine,H. Die romantische Schule:zweites Buch // *Heines Werk in fünf Bänden*:B.4. [S.l.]:Aufbau-Verlag,1978:279.

不大。其实呢,我们研究比较文学和文学接受现象的人,本该多多关心霍夫曼才是。

还值得一提的是,当初在为他的中短篇小说中译本拟定书名时,笔者确实是考虑到它们与蒲松龄《聊斋志异》里的那些鬼狐故事颇有些近似,因而才选择了《霍夫曼志异小说选》为标题。不想后来在读诺贝尔文学奖得主赫尔曼·黑塞的书评时,我竟惊喜地发现,黑塞早在 1912 年便已拿蒲松龄与霍夫曼相比,指出他们之间特别相像之处在于鬼怪们都是大白天在人世间活动。黑塞还讲,霍夫曼和蒲松龄一样,也是不得已时才借精灵鬼怪写人情世态,以抒发自己的情感积郁,表达自己的褒贬爱憎。从这个意义上讲,E. T. A. 霍夫曼比起当时在封建腐败的德国逃避现实甚至美化现实的作家们来,笔者认为真是高明得多,着实令人敬佩。

(原载于《外国文学研究》1992 年第 1 期)

克莱斯特

——德语文学史上一颗巨大明亮的彗星

德国文化思想史上著名的歌德时代,社会黑暗,政治腐败,唯独文艺的天幕上星汉灿烂,出现了一大批杰出的文学家、哲学家和音乐家,其中的歌德、席勒、康德、黑格尔和贝多芬等,都是长久光耀环宇的恒星和巨星。可与此同时,夜空中还不时划过一颗颗虽同样明亮却稍纵即逝的彗星,也即一些个英年早逝的天才人物,例如与歌德同时代的文学家棱茨,稍晚一些的荷尔德林,以及这里着重介绍的克莱斯特(Heinrich von Kleist,1777—1811)。兼为戏剧家和小说家的克莱斯特,确乎就是德语文学史上这样一颗巨大、明亮而引人注目的彗星。

克莱斯特出生在奥德河畔法兰克福的一个贵族和军人世家;时至 18世纪末,这个家族已出了约 20 位将军,作家的父亲同样是一名普鲁士军官。克莱斯特生性敏感,天资聪颖,孩提时代便有着强烈的求知欲。11 岁时父亲去世了,他便去柏林继续接受教育。在作为他监护人和教师的一位法国移民的熏陶影响下,他对文学产生了兴趣,为其后从事文学创作奠定了基础。

为继承父辈的军旅传统,克莱斯特 15 岁就被送进军校,编入驻扎在波茨坦的普鲁士近卫军团。一年后,随军团参加了普鲁士勾结其他欧洲反动复辟势力干涉法国革命的战争。受贵族家庭的影响,作家本人的政治立场偏于保守,对拿破仑专政也没有好感。

1795 年交战双方签订了《巴塞尔和约》,克莱斯特得以返回波茨坦,但内心中已对军旅生活感觉到厌烦,因而更加热衷音乐艺术,渴望学习知识。两年后虽正式当上军官,却更加厌恶军人的职业,一心盼望能成为一名传授知识的教员。终于在 1800 年脱掉了军服,但对自己的未来仍举棋不定,尽管头脑里已朦朦胧胧闪现出当作家的想法。先后尝试过攻读哲学、物理、数学和政治学,曾受康德批判哲学的影响。他原本希望通过学习不再变成一个"愚昧无知的公子哥儿",但是很快失望了。随后三年旅游了德国、法国和瑞士的不少地方,结识了一大批作家、艺术家,并在他们的影响和鼓励下开始文学创作,然而作为最初尝试的悲剧《罗伯特·吉斯卡特》离他的理想相距甚远,结果导致作家最初的精神危机,他不但将作品付之一炬,一时间甚至有了轻生的念头。加之这时家里停止了对他的经济接济,致使年轻的克莱斯特贫病交加,一筹莫展,不得不返回故乡谋求赖以糊口的公职。可是普鲁士官场的气氛和陋习令他感到极度的压抑和愤懑,他终于坚决辞职重操写作的旧业,完成了在回乡前已开始创作的悲剧《施洛芬斯坦一家》和喜剧《破罐记》以及中篇小说《米歇尔·戈哈斯》等作品。

正是出于对社会政治现实的极度失望和愤懑不满,加之生活困窘,世态炎凉,出身没落贵族而生性敏感、羸弱的作家完全失去了生的勇气和乐趣,年轻的天才遂于 1811 年 11 月 22 日午后 4 时许,在柏林近郊的湾湖(Wansee)之滨一处幽暗的树林中,举起枪来结束了自己的生命,死时年仅34 岁。

即使从并未留下作品的 1801 年算起,克莱斯特断断续续的创作时间加起来充其量不过 10 年,但是却留下来了 8 部戏剧,8 个 Novelle 即中短篇小说,以及若干的逸事和散文作品。要说数量,他的这些作品也许并不惊人,但在德国文学史上的地位和影响却未可等闲视之,而且随着时间的推移,还越来越受到了推崇和重视。

是的,在作家生前,克莱斯特的作品和他本人一样都遭到了冷落,剧本很少获得演出机会,即使演出了也大多较为失败。他作为文学家几乎没有多少声誉可言,因此自然十分苦恼以至于轻生自杀。谁知他死后却声名鹊起,特别是到了 20 世纪,竟已被公认为德国最杰出的戏剧家之一。不说希特勒第三帝国出于政治需要对他大加歪曲利用,大捧特捧,反复上演他的《赫尔曼战役》①等几个被赋予了民族主义色彩的剧本,就连在 60 年代以来的法国舞台上,他的一些剧作也久演不衰,成了最受观众欢迎的德国剧作家之一。更有甚者,有些文学史家竟至认为,克莱斯特在德语文学史上的地位仅次于歌德、席勒。在中外古今的文学艺术史上,生前死后际遇判若两人者确乎屡见不鲜;对这一耐人寻味的文艺现象,如彗星一样掠过夜空的天才作家克莱斯特,算得上是一个显例。

除了戏剧创作取得的非凡成就,克莱斯特在德语 Novelle 即中短篇小说的发展史上也建树非凡。歌德可称是这一德语作家擅长的题材样式的开创者,而通过克莱斯特以及与他差不多同时的 E. T. A. 霍夫曼的创作,这一样式才得以成熟,才发展到了它的第一个高峰。因为在此之前,德语的中短篇小说强调的仅为故事情节新奇和出人意表,所产生的作品仅仅是一些所谓的 Ereignisnovelle(事件小说、传奇故事);到了克莱斯特以及霍夫曼才开始重视主人公形象、性格乃至心理的塑造,于是发展和提高为了 Charakternovelle(有了典型人物和性格的小说)。

基于戏剧和小说两个方面的成就和建树,英年早逝的克莱斯特被视为德语文学的经典作家可谓当之无愧。

这个选本收入克莱斯特中短篇小说中最富代表性和影响的 6 篇。它们不仅具备情节生动曲折、富有传奇性、戏剧性和结局出人意表这样一些德语 Novelle 的共同特点,而且人物的个性和形象鲜明、突出,例如《侯爵夫人封·O》《义子》这两篇小说的主人公,其性格和形象都叫人难忘。加之作者亦即故事叙述者的语言非常凝练、紧凑、有力,小说读来便格外引人入胜。

① 《赫尔曼战役》写的是公元 9 年日耳曼部族在阿尔米尼乌斯(赫尔曼)率领下,在条顿森林中大败瓦鲁斯统帅的罗马军团,赢得民族独立的故事。

克莱斯特尤其擅长使用逻辑谨严、委婉、细密的长句和套句,其小说开头的一句话往往就在读者心中造成一个悬念,叫人欲罢不能,非一口气将其读完不可。随后情节的发展更是起伏跌宕,到了结尾却又会有一个出人意表乃至震撼人心的转折。《智利大地震》和《侯爵夫人封·O》等等,都很好地体现了克莱斯特小说的这些风格特色,因而问世以来一直脍炙人口。

从内容上讲,这些小说尽管取材自不同的时代、地域和社会阶层,但有一个共同的特点,就是全密切结合现实,都反映着作者生活那个时代的迫切问题,富有现实的批判精神,其批判的矛头则直指封建统治的支柱即大贵族大地主和教会势力,而尤其对后者的揭露、抨击更是无情,更是入木三分。在这方面,《智利大地震》《米歇尔·戈哈斯》和《义子》都堪称杰作,并因此成为德语 Novelle 也就是中短篇小说的经典名篇。特别是其中的《智力大地震》,更是一篇不可多得的、脍炙人口的杰作。

入选的两篇戏剧《破罐记》和《洪堡亲王》一为喜剧,一为悲喜剧。

关于《破罐记》产生的经过,克莱斯特写道:"我创作此剧的动机,来自几年前在瑞士旅行时看到的一幅铜版画:画上首先引起注意的是一位严肃地坐在裁判席上的法官,他面前则站着一个老妇人。老妇人手里捧着一只打破了的罐子,看上去已对自己蒙受的损失进行过控诉;遭控告的是个年轻农民,法官正声色俱厉地申斥他,仿佛已经认定他有罪,他却一副有口难辩的样子。画上还有一个出庭作证的姑娘……她站在母亲和未婚夫的中间,双手搓弄着围裙,样子比任何一个做过假证的人还更加沮丧尴尬……原画题名为《法官,或名打破了的罐子》。"就利用从这幅看似平常的画作获得的灵感,天才的剧作家克莱斯特凭借自己超凡的想象力以及丰富的生活阅历和感受,演绎出了与莱辛的《明娜·封·巴尔海姆》和豪普特曼的《海狸皮大衣》并称德国三大喜剧的《破罐记》。这部喜剧的情节和对话都令人忍俊不禁,结尾也如克莱斯特的中短篇小说一般出人意表,令人叫绝。

悲喜剧《洪堡亲王》的素材,取自普鲁士前身勃兰登堡历史上据说发生过的一个事件。相传在 1675 年的费尔贝林战役中，因患相思病而想入非非的洪堡亲王对选帝侯的作战部署充耳不闻，战役开始后自行其是，视情势需要提前向敌人发起了进攻，不想却歪打正着，无意之中为本军赢得了对瑞典人的辉煌胜利。尽管如此，他却因严重违反军纪而被送上了军事法庭，面临被处死的下场，于是便在维护军纪与赢得胜利孰轻孰重这个问题上产生了尖锐激烈的观点和意见分歧，戏剧冲突也由此展开。最后是主人公自愿接受死刑判决的"勇气"感动了选帝侯，使悲剧有了一个皆大欢喜的喜剧结尾。这样，剧本一开始虽说以事实对德国人一贯推崇的绝对服从提出了质疑，但最后仍委婉地肯定了的这一"普鲁士传统"和"普鲁士精神"。

如果说，《破罐记》无情地鞭笞邪恶，伸张正义，与《米歇尔·戈哈斯》《智利大地震》和《义子》等小说一样，都反映了法国大革命后的时代精神和克莱斯特本人思想进步的一面，那么，《洪堡亲王》的结尾如同《米歇尔·戈哈斯》的结局，也暴露了克莱斯特出身保守的贵族军官世家所难免的局限。

1801 至 1811 年，克莱斯特从事创作的 10 年正是德国浪漫主义运动兴盛的时期。克莱斯特虽说身处远离浪漫派中心耶那和海德堡的柏林，本人的创作也主要倾向于现实主义，但是仍难免受到浪漫主义思潮的影响，他的作品不管是小说还是戏剧，表现手法便都具有不少浪漫的色彩。

（《克莱斯特作品精选》译序）

我是剑,我是火焰

——海涅的生平、思想及创作

在德语文学史上,海涅堪称继莱辛、歌德、席勒之后最伟大的诗人,同时又是杰出的散文家、文艺评论家和思想家。他不仅擅长诗歌、游记和散文创作,还撰写了不少思想深邃、风格独特并富含文学美质的文艺评论和其他论著,给后世留下了一笔丰富、巨大、光辉而宝贵的精神财富。

—

海因里希 · 海涅(Heinrich Heine, 1797—1856)出生在德国杜塞尔多夫市一个犹太商人的家庭。父亲萨姆孙 · 海涅经营呢绒生意失败,家道中落;母亲贝蒂 · 海涅是一位医生的女儿,生性贤淑,富有教养,喜好文艺。在她的影响下,诗人早早地产生了对文学的兴趣,15岁还在念中学时就写了第一首诗。可是他却不得不遵从父命走上经商的道路,18岁时去法兰克福的一家银行当见习生,第二年又转到他叔父所罗门 · 海涅在汉堡开的银行里继续实习。在富有的叔父家中,海涅不仅尝到了寄人篱下的滋味(《屈辱府邸》一诗便反映他当时的经历),更饱受恋爱和失恋的痛苦折磨,因为他竟不顾门第悬殊,痴心地爱上了堂妹阿玛莉——一位他在诗里形容的"笑脸迎人,心存诡诈"的娇小姐。

1819年秋,因为前一年在叔父资助下兴办的哈利 · 海涅纺织品公司经营失败,在汉堡做呢绒生意的父亲也破了产,年轻的海涅完全失去了经商的兴趣和勇气,遂接受叔父的建议进入波恩大学学习法律,准备将来做一名律师。然而从小爱好文艺的他无心研究法学,却常去听 A. W. 史莱格尔的文学课。

史莱格尔是德国浪漫派的杰出理论家、语言学家和莎士比亚翻译家,海涅视他为自己"伟大的导师",早期的文学创作受到了他的鼓励和指导。除此之外,从浪漫派诗人阿尔尼姆和勃伦塔诺整理出版的德国民歌集《男童的奇异号角》中,从乌兰特和威廉·米勒等浪漫派诗人的作品中,年轻的诗人也获得了不少启迪,汲取了很多营养。同时,他崇拜歌德,并遵照"导师"史莱格尔的建议老老实实地读了歌德的作品。还有英国的浪漫主义诗人拜伦也被他引为知己;他不仅把拜伦的诗歌翻译成德文,还模仿拜伦的衣着风度,在创作上也受到了拜伦的影响,以致在 19 世纪 20 年代一度被称作"德国的拜伦"。这就难怪海涅的早期诗歌创作显示出不少浪漫派的特征,如常常描写梦境,喜欢以民间传说为题材,格调大多接近民歌,等等。不过也仅此而已。因为他本身并不属于这个当时在德国已经逐渐过时的文学流派。后来,1846 年,在为长诗《阿塔·特罗尔——一个仲夏夜的梦》所作的序里,海涅总结自己与浪漫派的关系道:"……我曾在浪漫派之中度过我的最愉快的青年时代,最后却把我的老师痛打了一顿……"确实如此,他在 1833 年写成的《论浪漫派》中,已对这个包括自己"导师"史莱格尔在内的派别做了严厉的批评。

1820 年秋天,海涅转学到了哥廷根大学。跟在波恩时一样,他无心学业,却常参加一些学生社团的活动。后因与一个同学决斗而受到停学处分,不得已于第二年再转到柏林大学。在柏林期间,海涅不但有机会听黑格尔讲课,了解了当时哲学所关注的所有问题,对辩证法有了初步的掌握,还经常出入当地的一些文学沙龙,结识了法恩哈根·封·恩泽夫妇以及沙密索、福凯等不少当时著名的文学家,大大地开阔了眼界,为日后成为一个思想深邃、敏捷的评论家打下了重要的基础。同时,他还参加犹太人社团的文化和政治活动,表现出了对社会正义事业以及犹太人命运的同情和关注。

1824 年,诗人重返哥廷根大学,坚持学习到第二年大学毕业,并于 7 月 20 日获得法学博士的学位。在此之前不到一个月,他已接受洗礼皈依基督教,成了一名路德派的新教徒。

在个人生活方面,由于初恋情人阿玛莉在 1821 年 8 月嫁给了一个有钱的地主,诗人遭受了巨大的心灵创痛。而在一年多以后的 1823 年 5 月,他在汉堡又邂逅阿玛莉的妹妹特莱萨,再次坠入爱河,经受了恋爱和失恋的痛苦。这样一些不幸的经历,都明显地反映在了他早年的抒情诗中。

但是随着阅历的增长、见识的提高,海涅的文学创作也开始走向成熟,不但题材和体裁变得丰富多彩了,思想也更加深刻。特别是 1824 年,他从大学城哥廷根出发往东北行,徒步漫游了哈尔茨山及其周围地区,一路上尽情浏览自然风光,细心观察世态民情,在此基础上写成了《哈尔茨山游记》,为自己的创作开辟了一条新路。随后的四五年,他又写了大量的游记和散文作品。

在 19 世纪 20 年代,海涅事实上已把更多的精力放到了游记的写作上,因为在他看来,那搜集了他早年那些优美而感伤的爱情诗的《诗歌集》,只是一条"无害的商船",而从《哈尔茨山游记》开始创作的游记作品,却是一艘艘装备着许多门大炮的"战舰"(见 1827 年 10 月 30 日致摩西·摩色尔的信)。无论是旅居北海之滨的诺德尼岛,还是在畅游南方文明古国意大利途中,他都专注而细心地建造这样的"战舰"。

随着收有《哈尔茨山游记》的《游记》(1826)第一卷和《诗歌集》(1827)等重要作品的相继问世,年轻的海涅已成为闻名全德乃至整个欧洲的诗人和游记散文家。

二

海涅生活在一个欧洲社会急剧动荡,新兴的进步力量与腐朽的反动势力殊死搏斗的时代。童年,在故乡杜塞尔多夫,他经历了拿破仑军队占领时期实行的一系列进步改革;作为犹太人,他深深体会到了"平等""自由"之可贵——他 18 岁时在法兰克福所目睹的犹太同胞的悲惨处境,与此形成了鲜明的对比。对于素性敏感的诗人来说,生而为犹太人犹如一种宿命的不幸,简直就像一种先天埋藏在血液里的可怕"病毒",一种无法治愈的"痼疾"(见《汉堡的新以色列医院》),因此给他一生的思想和创作打下了深深的烙印。他有的作品,如《巴哈拉赫的法学教师》,则直接地描写了自己受压迫的犹太同胞的苦难。正因如此,对于他所崇仰的解放者拿破仑的失败和欧洲大陆上随之出现的反动复辟,诗人的感受尤为痛彻;而在相比之下又特别黑暗、落后的德国,情况更令诗人触目惊心。写作于 1826 年的散文集《思想·勒格朗集》,则集中反映了海涅这一时期的思想感情,明白地表达了他对法国大革命的继承人和化身拿破仑的钦仰和感怀之情。这样的明显带有革命倾向的感情,在他的《两个掷弹兵》和《鼓手长》等不少诗歌中,也有流露和宣示。

海涅特殊的出身和经历,注定了他终将成为一名战士和革命者。

1830 年法国"七月革命"爆发,正在赫郭兰岛休养的海涅无比欢欣鼓舞,浑身充满了革命的激情,忍不住唱出了那首以"我是剑,我是火焰"开头和结尾的、充满战斗豪情的昂扬《颂歌》,渴望着去"投入新的战斗"。然而,诗人生活的德国在封建专制的重轭下仍如死水一潭,令人感到窒息。出于这个原因,加上他先后在汉堡、柏林和慕尼黑等地谋取律师和教授职位的努力均告失败——主要因为他是犹太人而遭到反动教会人士的排斥——诗人遂于第二年的 5 月干脆移居到了巴黎。

在巴黎这个革命中心和国际文化大都会,海涅结识了巴尔扎克、维克多·雨果和乔治·桑等法国大作家,以及肖邦、李斯特、柏辽兹等其他国家的音乐家和艺术家,经常有机会参加各种文艺聚会,观看演出和参观美术展览,过着紧张而充实的生活,眼界进一步地开阔了,思想进一步地活跃起来。在随后的十多年里,他虽继续进行诗歌创作,但更多的时间和精力却用于为德国国内的报刊撰写通讯和时事评论,及时又如实地报道法国,尤其是巴黎各方面的情况,想让法兰西革命的灿烂阳光去驱散笼罩着封建分裂的德意志帝国的浓重黑暗,让资产阶级进步意识形态的熏风去冲淡弥漫在那儿的陈腐之气,于是产生了《法兰西现状》《论法国画家》《论法国戏剧》以及《路台齐亚》等一大批报道和文论。与此同时,他也向法国读者介绍德国的宗教、历史、文化、哲学以及社会政治现状,写成了《论浪漫派》《德国宗教和哲学的历史》等重要论著,帮助法国人民对德国精神生活的方方面面有比较深刻的认识。这样,海涅便开始了他写作生涯更紧密地联系现实和富有革命精神的第三个阶段。

在这个阶段,除去时评和文论,海涅还发表了小说《施纳波勒沃普斯基回忆录》《佛罗伦萨之夜》《巴哈拉赫的法学教师》。只可惜这些作品全都是一些片断,而诗歌创作也几乎陷于停顿。这大概是因为时事过于动荡,诗人已无法静下心来从事纯文学的创作,拿德国著名的马克思主义文学批评家弗朗茨·梅林的话来说就是:"海涅在 30 年代极其严肃地对待他的'使徒的职责'和'护民官'的任务,因而他的诗歌创作就退居相当次要的地位了。"①这意味着,海涅把自己革命战士的职责看得比他诗人的成就和荣誉还重。然而也多亏如此,他才得以充分展示在游记作品里已初露锋芒的社会观察家和批评家的才华,让后世能一睹其博大深邃的思想家和英勇善战、坚强不屈的战士的风采。

1844 年,海涅在巴黎遇见马克思,与这位比自己年轻的革命家及其周围的同志结下了深厚的友谊,受到了他们的共产主义理想的影响。这一年 11 月,诗人在流亡 13 年后第一次短时间回祖国探望母亲,心情异常激动,以致一到边界心脏就"跳动得更加强烈,泪水也开始往下滴"。待到发现德国封建、落后的状况依旧,诗人更加悲愤难抑,于是怀着沉痛的心情写成了长诗《德国,一个冬天的童话》。在诗里,他不仅痛斥和鞭笞形形色色的反动势力,而且发出了"要在大地上建立起天上的王国"的号召。这部作品与其他作品合在一起出版的《新诗集》,也和前面提到的那些时评与文论一样,都具有紧密联系社会现实、有力针砭时弊和富有革命精神的

---

① 梅林. 论文学. 北京:人民文学出版社,1982:178.

特点。也就难怪恩格斯会兴奋地宣告"德国当代最杰出的诗人亨利希[海因里希]·海涅也参加了我们的队伍"①，公开承认了他乃是一名革命战士。

在写成《德国，一个冬天的童话》以后，海涅的诗歌之泉在干涸了近十年后又迅速而激越地流淌、喷涌起来，从而开始了他文学生涯的第四个阶段。在这个阶段，他写了大量如投枪匕首般锋利尖锐的"时事诗"，如被誉为"德国工人阶级的马赛曲"的《西里西亚的纺织工人》等，对各式各样的反动势力进行无情的揭露和讽刺。也就是说，与早年的抒情诗相比，诗人这时的作品已发生了质的变化，不再是抒发个人喜怒哀乐的低吟浅唱，而成了战场上震撼心魄的鼓角和呐喊。可惜的是，在 1848 年法国爆发二月革命，整个欧洲都掀起了革命高潮之际，海涅的诗歌创作又中断了一两年。原因是诗人在年前罹患脊髓痨，到 1848 年已经卧床不起，正苦苦地与死亡进行着抗争。

进入 19 世纪 50 年代以后病情稍有缓和，海涅在创作"时事诗"的同时，也写了不少音调沉郁、愤世嫉俗的抒情诗，哀叹自身不幸的命运和遭遇。他身为犹太人而倾向进步和革命，因而长期受到德国政府的迫害。自 1835 年起，他的作品就列入了德国官方的查禁名单，且高居榜首，新作更难在国内出版，稿费来源几近枯竭。与此同时，叔父所罗门·海涅对他的接济也早已断绝，在流亡中的诗人经济因此十分拮据，不得已便领取了法国政府发给的救济金。这事在 1848 年被国内的论敌知道了，海涅因此遭到恶毒攻击，再加上生活艰苦辛劳等原因，致使他患的脊髓痨进一步恶化。1851 年，在妻子玛蒂尔德陪同下，海涅好不容易支撑着病体，最后一次外出参观了卢浮宫博物馆，从此以后便长年地痛苦挣扎在他所谓的"床褥墓穴"中。尽管如此，诗人仍然像一位临死仍坚持战斗的战士一样坚持写作，直至 1856 年 2 月 17 日与世长辞。他在逝世前一年为自己的散文集

---

① 恩格斯.共产主义在德国的迅速进展//马克思,恩格斯.马克思恩格斯全集:第 2 卷.北京:人民文出版社,2008:591.

《路台齐亚》法文版撰写的那篇序言,表明这位战士诗人致死不悔,始终忠于自己的共产主义的信念和革命理想。

海涅享年58岁,比起那些与他差不多同时代而英年早逝的天才诗人、作家如棱茨、荷尔德林、比希纳以及拜伦和裴多菲来,可谓长寿。但是他并不幸福,因为他不仅出身微贱,而且一生颠沛流离,最后竟至客死他乡,虽然他爱法国尤其是巴黎甚于自己的祖国德意志。根据诗人的遗愿,他死后被安葬在巴黎著名的蒙马特公墓。不过,诗人又可以说非常幸福,因为在后世德国乃至全世界读者的心中,他无疑已用既丰富多彩又才华横溢的作品,为自己树起了一座高大、宏伟和不朽的纪念碑。

三

海涅一生不倦地写作,作品数量巨大,样式丰富。随时代的变迁和个人思想的发展,他的创作大致可以划分为以下几个阶段。

第一阶段。早年,他"囿于温柔的羁绊",抒写的主要是自己个人对于堂妹阿玛莉和特莱萨的恋慕之情和失恋的痛苦。除此之外,他也在北海之滨的诺德尼岛创作了一些气魄宏大的咏海诗,并在另外一些诗中表达了对法国大革命的同情,对德国社会现实的愤懑和不满。海涅这个时期的作品,特别是其中的爱情诗,大多充满郁闷和哀愁,但却哀而不怨,甚至时时叫人觉得风趣而俏皮,整个风格既清新、柔美,又单纯、质朴,自然、热烈,极富民歌的韵致。这一时期最富代表性的作品为《罗蕾莱》《北方有一棵松树》《你好像一朵鲜花》《表白》等。

第二阶段。19世纪20年代,在尝试写作《柏林通信》和《论波兰》等散文作品以后,他于1824年在漫游途中信手拈来似的写成了《哈尔茨山游记》,自以为找到了一种能更加充分、更加自由也更加有力地表达他的思想情感的体裁,于是便把精力主要放在了建造他所谓的"战舰"上面,完成了《诺德尼岛》《从慕尼黑到热那亚的旅行》《卢卡浴场》等一系列风格新颖、手法灵活、内涵丰富深刻、诗情画意浓郁的游记作品。这些作品,充分展示了海涅散文大家的手腕和才华。

第三阶段。1830年法国"七月革命"爆发,海涅迅速"投身时代的伟大战斗行列",诗歌创作遂进入成熟的中期。在40年代欧洲普遍高涨的革命形势激励鼓舞下,在马克思的影响帮助下,他的诗歌创作达到了前所未有的光辉顶点。这时,他诗中的玫瑰与夜莺已经被剑和火焰代替,诗人充分显示了自己"打雷的本领"。在这个阶段,海涅创作了不少成功的政治时事诗,如《颂歌》《教义》《西里西亚的纺织工人》等,其中不乏雄浑豪放之作,喇叭和大炮之声时时可闻。与此同时,他写的报道、时评、文论和论著也充满了革命精神,其中如《论浪漫派》和《德国宗教和哲学的历史》,更像一把把锋利的解剖刀。海涅挥洒自如地使用它们,从宗教、历史、哲学和文化等各个方面入手,对封建专制统治下黑暗、落后、腐朽的德国进行了细致深入的剖析。这些作品,充分显示了海涅作为思想家敏锐的头脑和犀利的目光,作为革命者坚韧不拔、忠贞不屈的斗争精神。

第四阶段。1848年以后,受到大革命失败和自身健康状况急剧恶化的影响,海涅的创作特别是诗歌创作由斗志昂扬、激情奔放的中期,转入了低沉悲壮的晚期。读着他那些怀念故土、慨叹人生、愤世嫉俗的篇章,我们仿佛看见诗人辗转反侧在"床褥墓穴"中,咬紧牙关,忍受着难以名状的肉体和精神的痛苦,与敌人和命运,与酿成这命运的社会进行着顽强的、最后的抗争。他这个时期的作品虽难免流露失望彷徨的情绪,格调也倾向凄恻哀婉,但却仍然保持着高昂的战斗激情,风格仍然是那样自然、单纯、诚挚,字里行间还不时透出机智和幽默。像《现在往哪里去》《决死的哨兵》《遗嘱》等作品,都很好地表现了诗人宁折不弯、宁死不屈的战士品格。

尽管可以分出以上几个阶段,且不同阶段的思想、情调都有变化,体裁样式也有侧重,但综观海涅一生的创作,我们很容易发现以下鲜明、突出的风格特点:

贯穿于他整个创作的机智和幽默情趣,不管是在诗歌中也罢,还是在游记和散文中也罢,应该说都是一个使海涅区别于其他所有抒情诗人和散文家的天赋特征。正是它，显露出了海涅作为目光犀利、感觉敏锐的思想家的本色，使他作品的内涵更加深沉丰富，更加才华横溢，更加耐人寻味。在不同时期的不同作品中，这种幽默情趣或表现为对不幸际遇的自我解嘲，或表现为对友好亲朋的善意调侃，或表现为对反动势力的尖刻讽刺。这种幽默情趣不只是杰出诗人的天才的闪光，从本质上讲，乃是海涅这位天生的斗士积极乐观的禀性和不屈不挠的精神的反映。

还有独特的语言和行文风格。同样不管是诗歌，还是游记散文，还是文论，都一样地丽词云飞，情文并茂，诗意沛然，都一样地含义深刻的警句送出，新奇峭拔的比喻更比比皆是，令人读着读着忍不住拍案叫绝。难怪在读了他的《论浪漫派》《精印本〈堂吉诃德〉引言》《论法国画家》等原本可能写得干巴巴的论述性作品以后，人们常会发出惊喜的赞叹：文艺评论竟也可以写成如此的美文，读起来简直就是一种享受！诗歌和散文作品就更不用说了。至于他散文作品所具有的诗意，并不仅仅因为它们常常有诗句穿插其间，也因为或者说更因为其本身的立意和语言就蕴涵着诗意和诗歌之美。以研究海涅而享誉海内外的张玉书教授是我敬佩的一位学长，他在说明海涅的风格时用了"潇洒""飘逸"这样一些字眼，我认为很是中肯。

在我国，海涅一直主要被视为一位杰出的诗人，他作为散文家和文论家的风姿几乎完全让他堪称世界一流的诗歌的光芒给遮掩了，不能不令人感到深深的遗憾。

（原载于《三叶集》）

施笃姆的诗意小说及其在中国的影响

德国 19 世纪的小说家特奥多尔·施笃姆（Theodor Storm, 1817—1888），按照文学史的传统观点在前不如克莱斯特、凯勒"杰出"，在后不如冯塔纳、托马斯·曼"伟大"，可是施笃姆实际受欢迎的程度，却超过了他们所有的人。这种情况在我们中国特别明显，施笃姆无疑是自五四运动以来最受喜爱、最富影响的外国作家之一，而克莱斯特等的作品在长时间内却鲜为人知。

尽管施笃姆很受欢迎，我们对他也只是翻译得多，谈不上有什么深入的研究。施笃姆究竟是怎样一位作家？他的创作有哪些特点？他的作品何以在我国特别为人喜爱？本文意在对这些问题进行初步探索。

一、德国的诗意现实主义与施笃姆的诗意小说

1840 年至 1890 年，是德语文学史上所谓的诗意现实主义（Poetischer Realismus）时期。这个时期的许多德语作家，包括施笃姆在内，在前既不同于着意描写人生的"夜的方面"的浪漫派，也不同于以"倾向文学"自行标榜的青年德意志派，在后同样有别于对社会生活进行琐碎而机械的摹写的自然主义者。他们面向人生和现实，但由于受着德国社会发展迟缓和资产阶级政治上软弱乏力的局限，其中的多数人都只能客观反映自己所接触到的那一小部分现实，有意无意地回避重大的社会政治题材，力图从平凡的事物中寻找、发掘出所谓诗意，而缺少长远的眼光和远大抱负。

按照当时一些理论家的主张,即使在极其贫乏的日常生活中也存在一个个富于诗意的因素或瞬息(einzelne Momente von poetischem Interesse),作家就应将注意力限制和集中于这些因素和瞬息上,从而再现平庸的社会现象中某个诗意的方面(eine poetische Seite)。

诗意现实主义的作家们在不同的程度上实现了这些主张,创作出了大量优秀的作品。这些作品虽然多数回避了时代和社会的重大斗争,接触生活的面相对地狭窄,但在局部却并不都缺乏反映现实的深度,而且在写作艺术方面刻意求工,因此富有巨大的表现力和强烈的感染力。这一时期的作家们大多擅长于写抒情诗和中短篇小说(Novelle),而以后者的成就更为突出,更受世人重视。

在德语中短篇小说的发展史上,此时形成了一个空前的高峰。作为当时兴起于整个欧洲的现实主义潮流中的一个支脉,德国诗意现实主义自有其不可忽视的特长和成就,产生了凯勒、施笃姆、迈耶尔等一些有世界影响的作家。

特奥多尔·施笃姆出身律师家庭,故乡胡苏姆是如小说《燕语》所描写的那么一座濒临北海的"灰色小城"。他早年在柏林等地学习法律,毕业后回故乡开了一家律师事务所,同时热心致力于搜集整理家乡的童话、传说、格言和民歌。1853 年,不甘忍受丹麦占领者压迫的他到普鲁士过了十多年颠沛流离的生活。1864 年丹麦人被赶走,①施笃姆回故乡当了地方行政长官,三年后改任初级法院法官。由于不满俾斯麦的"强盗政策"和"无耻的容克统治",施笃姆于 1880 年提前退休,潜心从事写作,直至逝世。

施笃姆作为诗意现实主义的一位杰出代表,这一流派的优点、特长以

---

① 1848 年,丹麦国王弗里德利希七世宣布吞并施笃姆故乡胡苏姆所在的施勒斯威格-霍尔斯坦地区,引发了丹麦和德国之间的第一次战争;战事于 1850 年以丹麦获胜结束。1863 年丹麦通过宪法正式将施勒斯威格-霍尔斯坦并入自己的版图,引发与德国的第二次战争,结果战败。

及弱点,都鲜明而集中地体现在他的创作里。他以写抒情诗开始其创作,1853 年出版了《诗集》。他的诗歌大多描写宁静和谐的家庭生活,歌颂故乡美好的大自然,格调清新、优美而富于民歌风。他在创作中深受歌德、海涅、艾辛多夫和莫里克的影响,自认为是继承了德语诗歌优良传统的"最后一位抒情诗人"。在他逝世 10 年后,冯塔纳也曾说过:"作为抒情诗人,他至少也属于歌德之后产生的三四个佼佼者之列。"①

可是,尽管如此,施笃姆一生的主要建树,仍在中短篇小说方面。从 1847 年至 1888 年的 40 余年间,他创作的小说共 50 篇,论数量不算很多,但其中不乏名篇佳作。今天,施笃姆之依旧享有世界声誉,主要也归功于他的《茵梦湖》《燕语》《木偶戏子波勒》《双影人》《白马骑者》等脍炙人口的中短篇小说。

写到此,我们自然会提出问题:施笃姆的小说具体地讲有哪些特点?它们之成为佳作,长期以来受到各国读者喜爱,所凭借的究竟是些什么呢?

根据前文所述作家的境遇变迁和思想发展,我们一般将他的小说创作划分为早、中、晚三个时期。但是,在这三个时期之间,一些贯穿始终的共同特点却非常明显。

先说作品的思想内容。和多数诗意现实主义的作家一样,施笃姆在创作中也有意无意地回避时代与社会的重大斗争,而致力于从平凡人的平凡生活中去寻找所谓诗意。他的小说写的大多是恋爱、婚姻和家庭生活,主人公也不外乎市民、大学生、手工匠人、农民以及城乡中小资产者这样一些普通人。

我们过去评价施笃姆,几乎都无例外地认为他的作品"多半局限在个人生活和家庭的范围内,没有接触到当时重大的社会和政治问题",因而将其判定为作家的缺点,并以此为依据,草率匆忙地得出施笃姆不够深刻、不够经典的结论。中外文学史的无数事例证明,这样做是不正确的;

---

① 参见:Vincon,H. *Storm* . [S.l.]: Rowohlt Verlag,1980:174.

须知作品是否深刻、经典,并不取决于作家写什么,而取于他怎样写。

在对施笃姆的主要作品及其流传情况做了比较认真的研究之后,笔者认为,他多写恋爱、婚姻、家庭生活这一类题材,也许倒恰恰是他获得众多读者喜爱的原因。这类题材固然平凡,为读者所司空见惯,因此不易写好;但是只要写好了,就能打动各个时代和不同民族的千千万万读者的心,因为恋爱、婚姻和家庭问题,毋庸讳言具有超时代、越国界的普遍意义,易于为广大读者所理解和接受。而整个看来,施笃姆的创作无疑是成功的,在反映社会人生方面达到了相当的深度。笔者这样讲有以下两点理由:

第一,施笃姆以恋爱、婚姻和家庭题材,写出了社会变迁,反映了时代风貌。这在那些社会生活背景较为广阔的代表作如《茵梦湖》《在大学里》《木偶戏子波勒》《基尔希父子》《双影人》《白马骑者》中,是十分清楚的。它们要么反映了在封建宗法制社会向资本主义社会过渡时期人与人关系的转变,要么写出了新旧思想的斗争。也正因为如此,这类作品过去比较受我们重视。

第二,即使在一些看似仅仅写个人生活、家庭关系的作品中,施笃姆也对伦理、道德、人性以及人生意义和家庭教育等问题进行了深入的探讨,赋予了作品以较为丰富的内涵。这类作品如《迟开的蔷薇》《燕语》《三色紫罗兰》《一位默不作声的音乐家》《忏悔》等,同样也有深刻的意义。

除去上述两类小说,施笃姆的的确确也写过一些仅仅只能算生活场景速写的小短篇。但整个而论,他的创作实在是很好地反映了19世纪后半叶德国社会特别是某些偏远地区的社会风貌;他的一篇篇杰作,不啻德国宗法制社会在资本主义冲击下解体时的一幅幅生动而精彩的风情画。过去,我们常常嫌它们的情调低沉、灰暗;但这是作者所处的时代和环境所必然造成的,正好反映了1848年革命失败后的社会现实和一般知识分子的心理状态。我们没有理由以今天的标准去苛求生活在19世纪的德国作家。

不过,在肯定其思想意义的时候,须特别强调:施笃姆的中短篇小说之所以广为流传,受到不同时代和不同民族的万千读者的喜爱,之所以今天还受到我们的重视,主要原因却不在思想内涵,而在于它们突出的艺术成就,在于它们鲜明独特和优美动人的艺术风格。

以风格而论,我们大致可以以 1870 年为界线,将施笃姆小说创作分成前后两个时期。前期作品以《茵梦湖》为代表,重在意境的创造、气氛的渲染和缠绵悱恻的情感的抒写,而往往缺少连贯鲜明的情节、严整紧密的结构和激烈紧张的矛盾冲突。例如《茵梦湖》,只是借助主人公一些并无直接关联的回忆片断,把他不幸的恋爱经历大致告诉了我们,大异于传统小说的线性结构,倒与快节奏的现代电影的蒙太奇手法有几分近似,然而情感的抒发却既含蓄,又浓烈。早期其他作品如《一片绿叶》和《迟开的蔷薇》等,同样也说不上有多少情节,而只是一篇篇意境深远、情感深沉的抒情散文,一首首耐人寻味、感人肺腑的抒情诗。

后期作品则以《双影人》《白马骑者》为代表,重在人物个性的刻画,结构谨严而富于戏剧性,故事情节曲折有致,细节描写委婉动人。

但不论是前期或后期,施笃姆的成功之作几乎都具有一个共同的特点,那就是它们始终像笼上一层作者故乡北海之滨常有的轻雾似的,弥漫着一种凄清柔美的诗意。不同的只是,前者更多地像抒情诗,后者更多地像叙事诗罢了。例如,晚期的《双影人》(1886)以富有深情的笔触,叙述了一个失业者不幸的一生,让小说里的那位林务官听了也禁不住发出感叹道:"真正是一首诗啊。"而施笃姆临死前完成的最后一篇小说《白马骑者》,于整个德语近代文学也称得上是杰作、名篇。它虽不像《茵梦湖》和《燕语》似的写得缠绵悱恻,而是更注重情节的铺排、气氛的烘托以及人物性格的塑造和内心的揭示,从整体上看更富有故事性乃至戏剧性,但同时却不乏诗意,因此仍可以被视为一部成功的叙事长诗。

施笃姆小说极富诗意这个特点可谓有目共睹,有口皆碑。俄国大小说家屠格涅夫在读完《她来自大洋彼岸》(1865)之后写信给作者说:"您的小说真是细腻优美到了极点,围绕着燕妮这个人物,弥漫着一种十分特殊的诗一般的馥郁之气,写见到维纳斯石像那个夜晚的片断,可算一件小小的杰作。"与施笃姆同期而稍后的德国大小说家海泽,给了他的整个创作这样的评论:"为了简单明白地指出特奥多尔·施笃姆小说的特点,我不知道还有比称它们是一位抒情诗人写的小说更好的说法。"①

施笃姆怎么能够将小说写得如此富有诗意?

除了他本身是一位抒情诗人,有着诗人的禀赋,因而笔端常常流露出充沛、热烈的诗情外,笔者以为还有以下原因。

首先,施笃姆常常写的都是亲身经历,即他自己所能接触到的那一部分现实。例如,《茵梦湖》中的伊丽莎白和《她来自大洋彼岸》中的燕妮,都是他年轻时所热恋过的一个叫贝尔塔的姑娘的化身;而《一位默不作声的音乐家》,拿施笃姆自己的话来讲,更"产生于我自己心灵的最神圣的深处,这默默无声的乐师便是我疼爱的儿子……"。

其次,故事发生的地点大多在北海之滨,那在不少小说(如《燕语》《双影人》)中都洋溢着的恋乡之情,正是热爱故土并曾长期流落他乡的施笃姆本人心境的写照。感情是诗歌的生命;施笃姆的成功之作无不写得情深意切,诗意也便油然而生。

再次,同样重要的是施笃姆努力实践了在平凡的现实中寻找、发掘诗意的主张,并坚信作家只要有足够的功力,用中短篇小说这种形式同样能创造出"最高的诗意"(das Hoechste der Poesie)。因此,他一生致力于中短篇的创作,而谢绝朋友的劝诱写任何长篇。他在自己的作品中写的常常是善良的人,平凡而普通的人;写的常常是他们的美好情感,诸如爱情、友谊以及对故乡家园的思念和热爱等。可也正由于平凡、普通,我们读来便感到熟悉、亲切;正由于善良、美好,我们不知不觉便会产生共鸣,受到感染。加之施笃姆确实功力深厚,我们每读完他的一篇杰作,心中自然便会涌起那种读完一首好诗后的微醺乃至陶醉的感觉和审美体验。

---

① 参见:Vincon,H. *Storm*. [S.1.]: Rowohlt Verlag,1980:174.

最后,不可忽视的是,施笃姆在艺术上造诣高深,而且精益求精。他语言朴素优美,写景状物生动自然,尤善于以景物烘托气氛,创造意境,常常都做到了情景交融,以景寄情。他对夜晚、大海、森林的描写最为出色。他惯于用花木禽鸟作为思想感情的象征,如《茵梦湖》用白色的睡莲象征可望而不可即的幸福,《双影人》用不惧寒霜的忍冬花象征忠贞不渝的爱情,而《燕语》中那一声声燕子的啁啾,更把主人公苦苦思恋故乡亲人的情怀渲染得淋漓尽致。

还有施笃姆经常采用回忆倒叙的写法,让主人公面对读者,直抒胸臆。他并且惯于也善于在故事中嵌进富有北德地方色彩的民歌、民谣以及情感炽烈的诗句,如《茵梦湖》中的"依着妈妈的心愿 / 我另选了位夫婿 / 从前心爱的一切 / 如今得统统忘记 / 我真不愿意",以及《燕语》结尾处的"当我归来的时候 / 当我归来的时候 / 一切皆已成空……"①等。这些都不独对小说的主题思想起了画龙点睛的作用,还增添了诗的气氛。

上述种种,便使得施笃姆的成功之作充满了诗情画意,诗意盎然。总之,施笃姆不愧为德语文学中独有的所谓诗意现实主义的杰出代表;他的作品的的确确可以被称为诗意小说。在德语中短篇小说乃至世界中短篇小说之林中,施笃姆的作品不但耐看、好看,而且自有其鲜明的个性和特色;正因为耐看、好看又富有特色,它们便得以长期流传,而且今天仍然受到人们的重视。

二、施笃姆在中国

在我国,施笃姆长期以来受到广大读者的喜爱,其热烈的程度甚至使某些德国朋友大为惊讶。施笃姆在中国的接受问题,自然就引起中德两国不少学者的注意;而弄清楚这个问题,又最好是从他的代表作《茵梦湖》谈起。

---

① 施笃姆小说的译文均引自译林出版社 1997 年版杨武能译《茵梦湖》。

1.《茵梦湖》译本知多少！

《茵梦湖》的译本数目，过去一般都估计在六七种之间。其实，包括中国台湾和香港地区在内，我所知道的译本总数已达 22 种①，而且很可能还有遗漏。在我国老小皆知、影响深远的长篇小说《少年维特的烦恼》，译本的数量也不过如此。说来凑巧，它的第一个译本与《维特》一样，同样出自郭沫若之手。不同的是它系合译，但问世的时间却比《维特》早一年，即在1921 年 7 月 1 日由上海泰东图书局初版，可以认为是大翻译家郭沫若一生译事活动的第一个重要成果。译本前还附有郁达夫的序。这个本子随后由不同出版社一版再版，单"泰东"一家，至 1931 年 11 月就印了 14 版之多，足见多么受欢迎。关于翻译此书的情况，郭沫若在《创造十年·学生时代》做了生动的回忆。

继郭译之后，紧接着又出了唐性天（1922）、朱锲（1927）、张友松（1930）、孙锡鸿（1932）、王翔（1933）、施瑛（1936）、梁迂春（1940）以及巴金（1943）等的重译本，也都产生了一定的影响。巴金的译本收在文化生活出版社印行的《迟开的蔷薇》一书中，1943 年 9 月初版。他在为此书作的后记中写道：

> 十年前学习德文时，曾背诵过斯托姆（Theodor Storm，1817—1888）的《迟开的蔷薇》，后来又读了他们的《蜂湖》。《蜂湖》的中译本（即郭沫若先生译的《茵梦湖》）倒是二十年前在老家里读过的。
>
> 我不会写斯托姆的文章，不过我喜欢他的文笔。大前年在上海时我买过一部他的全集。我非常宝贵它，我有空就拿它出来翻读。虽然我至今还没有把德文念好，可是为了学着读德文书，我也曾翻译过几篇斯托姆的小说。
>
> 今年在朋友处借到一本斯托姆的《夏日的故事》，晚间写文章写倦了时，便拿出来随意朗读，有时也运笔翻译几段，过了几个月居然

---

① 详见 Wolfgang Bauer 等编著的索引 *German impact on modern Chinese intellectual history*，Franz Steiner Verlag 出版。

把里面的《蜂湖》译完了，此外还译了几篇较短的作品。

现在选出《蜂湖》等三篇来编成一个小小的集子。我不想把它介绍给广大的读者。不过对一些劳瘁的心灵，这清丽的文笔、简朴的结构、纯真的感情也许可以给少许的安慰吧。

在这段引文中，巴金不仅谈了译《茵梦湖》的前后情况，而且回顾了自己与施笃姆之间有过的种种关系（关于这个问题后文将详细论及）。巴金的译本是出得比较晚的，可是影响却相当大，不但 1949 年前多次重版，1966 年香港南华书店还重排过；1978 年又被收进了上海文艺出版社编印的三卷本《外国短篇小说》中，在当时还闹着精神饥荒的中国赢得了大量读者。前年，作为迄今为止的最后和最年轻的译者，我应约重译《茵梦湖》。在工作的过程中，我仍在巴老这 40 多年前的旧译文里得到不少启示。

在我们中国，是否还有哪一篇外国短篇小说像《茵梦湖》这样被一译再译，而且同时拥有像郭沫若、巴金、梁遇春等这样一些大名鼎鼎的译者呢？以笔者的孤陋寡闻，的确还不知道。

2.《茵梦湖》与《意门湖》之争

译本多了，译家之间必然会在原文的理解、译文的表达以及保持原著的风格等问题上，产生分歧，而且一般地讲，重译者总是自认为胜过先前的译者，于是乎便引起争论。唐弢著《书活·译书经眼录》中的一篇题为《茵梦湖》的短文，可使我们窥见当年热闹情景之一斑，兹摘引于后：

郭沫若精德文，又曾与钱君胥合译过德国施笃姆原著《茵梦湖》一册……《茵梦湖》有誉于世，我早年读此，备受感动，印象之深，不下于《少年维特之烦恼》。这本书有多种译本：商务印书馆有唐性天译本，书名作《意门湖》；开明书店有朱锲译本，书名作《漪溟湖》。朱锲在序文指出唐译语句滞重，不堪卒读，"实逊于郭译。但郭译也有错误，并指出可以商榷之处凡十条"。最后，北新书局又有英汉对照本，为罗牧所译，序文中对郭钱合译之译文施以攻击，谓不可信。早期译者常持此种态度,实则所据原文不同,罗译既系英汉对照,根据英文本转译,实难据为信史。

说到分歧和争论产生的原因,唐弢先生指出的一点当然是对的。不过,除此之外,更重要的恐怕还是译者所持翻译标准的不同,而且毋庸讳言,有时恐怕也存在门户之见乃至文人相轻、同行相嫉习气的影响。例如朱镔的译文根据的也是德文本;但他在序文中列举的郭译"可以商榷之处凡十五条",笔者在一一做了研究以后发现至少有两条,原本是郭译的更深刻、更正确,表达更自然,更顺达。

当年环绕着《茵梦湖》的论争,从好的方面看,反映了文坛思想的活跃,不存在或较少存在对名人只能捧场不能批判的情况。再者,就郭沫若译《茵梦湖》与唐性天译《意门湖》两者的译文和书名孰优孰劣这个问题,在创造社的郭沫若、郁达夫与文学研究会的沈雁冰、郑振铎这些文坛大将之间,展开了激烈的争论,以今天的眼光衡量,就更具有文学史的意义了。郭沫若于1922年6月22日写了《批评〈意门湖〉译本及其他》,同年9月1日,沈雁冰便在《时事新报》附刊《文学旬刊》上以《半斤八两》相驳斥,接着郭沫若又在《创造季刊》第一卷第三期回之以《反响之反响》(收入郭沫若《文艺论集》),如此你来我往,很持续了一段时间。

今天,我们断断没有就这个论争评判是非曲直的必要。只不过郭译优于唐译,看来倒是事实;朱镔在其《漪溟湖》译序也说唐译"语句滞重……实逊似郭译;郭译文句颇流利,意味也深长,可说是译品中不可多得的文章"。至于书名,《茵梦湖》更胜《意门湖》远矣。茵梦湖三字很能激起读者的联想,很富有诗意,完全符合原著的意趣和格调,也就难怪能经住时间的考验。在半个多世纪后的今天,《茵梦湖》已经成为定译,并将随着作品本身而流传下去,虽然在现实生活里并不真的有一个茵梦湖,但自五四运动以来,它却在我国万千痴情男女的梦中时时漾起涟漪。

3. 从《茵梦湖》到《林中》

《茵梦湖》这篇小说分为10段,每段有一个小标题,第三段的标题叫

《林中》。1925 创造社作家周全平出版了一部中篇小说,也题名《林中》(收入《梦中的微笑》)。此《林中》与彼《林中》有没有什么联系呢? 肯定地回答:有。而且,这联系不仅仅限于两个标题的雷同,而存在于两篇小说的内容、形式以至于情调之间。

周全平的小说也分成一个小段一个小段,只不过比《茵梦湖》多两段而已,其各段的标题与内容梗概如下。

林中:湖、山、森林的描写,一幅晚秋景象。

薄暮:一位贫病交加的老人坐在林中墓畔回忆往事,"那时他的失神的目光,渐渐射到那荒凉的坟墓上。忽然干枯的眼眶里放出一缕垂灭的迥光……一场美丽的多趣的命运的游戏,便在惨淡的、悲凉的秋夜的森林中展出来了"。

童时:仙舟、露萍青梅竹马,"天天聚着,已经亲热得像一对小夫妻了"。

姑母家:露萍 12 岁时与仙舟分手,18 岁时重逢仙舟已是"妖憨玲珑"少女,但即被后母许配给了有钱的表兄李某。

湖畔:仙舟、露萍互诉衷肠。

秋雨:露萍发出控诉:"那新来的,李先生家底世兄,已把我底幻梦刺破……煊赫的豪富贵公子在礼教的假面下夺去了我底所有。啊! 残酷的礼教夺去我底所有。"

他乡:元宵节,漂泊异乡的仙舟接到表兄来信,知露萍已嫁李家。

佳节:俱乐部里,唱曲女子受贵公子欺侮,仙舟抱不平。

月夜:仙舟遇唱曲女子,听她唱:人无呀千日好 / 花无百日红 / 做一日和尚撞一日钟 / 钟钟撞虚空……

姑母家:重逢被休弃了的露萍。

微笑:诀别,以心相许。远方传来山农的歌声……

薄暮:老人独坐林中,回忆往事。

任何一个对《茵梦湖》这篇小说有几分了解的人都不难发现,周全平的《林中》与它真是太相像了。这不仅表现在主题思想、故事情节、表现手法、篇章结构等大的方面,就连那一个个小标题和许多的细节也是一样;不同只是《林中》的故事产生于五四时期的中国,因此加上了一些中国和时代的特色。但是,反对包办婚姻和封建礼教的主题思想直接由主人公口中道出来,整个情调气氛更加愁惨凄凉,以及用元宵节代替圣诞节,用俱乐部代替市政厅地窖酒店,用唱曲女子代替吉卜赛女郎,用山农的歌声代替牧童的歌声,用"人无呀千日好 / 花无百日红 / 做一日和尚撞一日钟 / 钟钟撞虚空……"代替"今朝啊,今朝 / 我是如此美丽 / 明朝,唉,明朝 / 一切都将逝去……"诸如此类的改变与差异,都未能掩盖而倒是更加清楚地揭示了一个事实:周全平的《林中》确系《茵梦湖》的仿作。

从《茵梦湖》到《林中》,这个突出的事例,进一步证明了施笃姆的《茵梦湖》在我国巨大而深远的影响:它不仅译本众多,为广大读者所喜爱,也不仅受到我国一些新文学奠基人的青睐,在现代文学史上留下了多而有趣的记录,而且还具体、直接地影响到了作家的创作。

4. 施笃姆在中国何以特别受欢迎?

除去《茵梦湖》,施笃姆的其他杰作如《白马骑者》《淹死的人》《木偶戏子波勒》《在大学里》《双影人》以及《燕语》等,在我国同样早已有多种译本,同样受到不同时期的万千读者的喜爱。而且,与施笃姆有过关系,思想与创作受过他启迪的中国作家,恐怕也绝不止一个周全平。就说巴金吧,他 1923 以前就读了郭沫若译的《茵梦湖》;10 年后学德文时又读了原文,还背诵过《迟开的蔷薇》;1940 年在上海买了一部施笃姆的全集,"非常宝贵它","有空就拿它出来翻读";1943 年更将《迟开的蔷薇》等自己特别喜欢的几篇翻译出来,编成集子出版。整整打了 20 多年交道,又如此地"宝贵"、喜爱,能不受到潜移默化的影响吗?尽管我对巴金的了解十分肤浅,却也稳稳感到他的创作与施笃姆的创作之间,不无某些相似之处,有关专家要是深入研究,必然会有所发现。总之,整体而论,施笃姆无疑是在我国最受欢迎的外国作家之一,现在的问题只是,这位生活和创作于 19 世纪的德国小说家,何以能赢得我们现代的中国读者乃至作家的心呢?

　　为回答这个问题，首先让我们来看一看几位前辈作家对施笃姆的评价：

　　郁达夫十分欣赏施笃姆的小说，并译过一篇《马尔戴和她的钟》，他称施笃姆为"一流不朽作家"（见《闲书》《查尔的百年诞辰》）。

　　唐性天赞施笃姆的文笔"简练老当，并没有刻意求工的气味，却是描写情景，栩栩如生，真到了自然绝妙的境界"（《意门湖》译序）。

　　李殊认为《双影人》"述工人约翰之一生，精密生动，其描写生活恋爱系社会环境之苦闷，可谓优美艺术之标本"（《恋爱与社会》小序）。

　　巴金称施笃姆的小说文笔"清丽"，结构"简朴"，感情"纯真"，说它们可以安慰"劳瘁的心灵"（《迟开的蔷薇》后记）。

　　朱锲说《茵梦湖》"长于'外'的描写，于自然方面，风景方面，可以补前者（指中文小说）之不逮；而感情的深挚、思想的高超，尤可与《红楼梦》并驾齐驱，有过之无不及"（《漪溟湖》译本序）。

　　以上这些前辈对施笃姆的评价，除去朱锲将《茵梦湖》与《红楼梦》相提并论失之牵强，言过其实，其他的都相当中肯，尤其是巴金所指出的文笔清丽、结构简朴、感情纯真三点，更可谓十分恰切。他们的共同之处于强调施笃姆的高度艺术成就，这刚好印证了笔者在本文第一部分的论点，即"施笃姆之所以为施笃姆，施笃姆的中短篇小说之所以广为流传，受到不同时代和不同民族的万千读者喜爱"，主要原因乃是他那"鲜明、独特和优美动人的艺术风格"。事实上，我国不少读者也确因那种特有的艺术美和诗意而特别醉心于施笃姆。

　　除此之外，还有一个重要原因，那就是就题材内容和主题思想而言，施笃姆的创作主要反映了封建宗法制社会的解体以及向资本主义社会的过渡，而我国在五四运动以后也处于差不多同样的阶段。施笃姆在小说中所提出的不管是家庭伦理道德问题，还是社会经济政治问题，也正好是我国的现实问题，特别容易为我们的读者所关心和理解。例如他那以反对包办婚姻为主题的《茵梦湖》，就正好道出了一代在封建礼教压迫下渴望恋爱自由的青年男女的心声，因此能广为流传，并为他的作品在我国赢得了巨大的声誉。过去我们在谈到施笃姆的局限时常说,他的小说大多写得缠绵悱恻,小资产阶级的情调很重,这无疑是事实。这里可以进一步指出,正是这种情调吸引了相当多的读者,特别是 1949 年前的读者。因为我国 1949 年前的读书界,显然是以小资产阶级知识分子为多数。也可以认为,我们的整个精神气质和思想情趣,即西方人所谓的 Mentalist,以及我们的文化水准——这些当然又是由我国的历史传统和社会发展所决定了的——都使我们容易接受施笃姆以及与施笃姆一类的作家,喜爱《茵梦湖》《燕语》《木偶戏子波勒》一类的作品。

1980 年 8 月　北京北师大社科院研究生宿舍院初稿

2000 年 6 月　重庆武隆仙女山译翁山房定稿

威廉·豪夫和德国艺术童话

　　18世纪末，和整个欧洲文学一样，德国文学的发展也进入了浪漫主义时期。在文学史上以创作童话著称的威廉·豪夫（Wilhelm Hauff，1802—1827），便是德国后期浪漫派的重要作家之一。他虽然只生活了短短25个年头，创作多集中于其英年早逝前的一两年内，以童话和小说为主的成果却相当丰富。其作品被世人称作"豪夫童话"，如格林童话一样不但在德国家喻户晓，而且被译成各种语言，受到了全世界的少年儿童——甚至包括成人在内的广大文学爱好者——的喜爱。豪夫童话理所当然地进入了世界儿童文学经典的行列。在我国，也早已出版和流行过豪夫童话的各种译本。

　　说到格林童话，大家都知道它是德语文学的一大瑰宝，在世界童话之林中与丹麦的安徒生童话一起形同双璧，占据着最显要的、至高无上的地位。

　　豪夫童话比格林童话晚产生10多个年头，同为重视民间文学搜集整理的德国浪漫派的重要成果，在整个风格情调上深受追求奇异、重视想象的浪漫主义文风的影响。

　　不过，在豪夫童话和格林童话之间，仍存在着一个重要而显著的区别：格林童话乃是格林兄弟搜集、整理的民间童话，豪夫童话却系作家所创作——在这点上更近乎安徒生童话，因此在德语文学史上也就有了"艺术童话"（Kunstmärchen）这个名称，以区别于民间童话。

　　由艺术童话这个称谓，我们大致就可知道这类作品的特点。那就是它们一般都更富于艺术性,更讲究谋篇布局,情节也更曲折复杂,人物刻画、环境描写也更深入、细腻,时代精神和社会意义也更浓重、强烈,读者对象也已经不限于儿童。从一定意义上讲,艺术童话实质上就是具有童话特征的小说,即童话小说。

反之,作为民间童话杰出代表的格林童话,则更自然、质朴、单纯和稚拙,就体裁论体裁,也许就更富于童话的特质,就接受效果而言,也更符合儿童的心理和审美趣味。

不过,艺术童话也好,民间童话也好,都一样地具有想象瑰丽奇特、情节生动有趣、是非善恶分明这样一些共同的优点;除了这些共同点,两者可以讲各有所长。

具体比较格林童话和豪夫童话,前者的内容更加丰富——豪夫童话总计不超过 20 篇,虽然每篇都要长一些;格林童话则多达 200 多篇,在世界包括我国也都流传更广,更加受到重视。一些名篇如《白雪公主》《灰姑娘》《小红帽》等受到了一代代小读者的喜爱。豪夫童话,特别是其中的《年轻的英国人》《施廷福岩洞》《冷酷的心》等名篇,则是典型的童话小说,内容更富于资本主义发展初期的时代特色和社会批判精神,艺术方面也更成熟、精细,虽说流传还不如格林童话广泛。

在德语文学中,艺术童话或者说童话小说,算得上是一种传统久远和独具特色的样式。从歌德开始而迄于当代,许许多多的大作家都进行过艺术童话的创作,特别是在 19 世纪上半叶的浪漫派时期,这种样式更是登峰造极,产生了无数的名篇佳作,如霍夫曼的《侏儒查赫斯》和《金罐》、福凯的《水精昂蒂娜》(旧译《涡堤孩》)、沙米索的《彼得·施勒密奇遇记》(亦译《出卖影子的人》)等,都流传至今,闻名遐迩。后来的施笃姆、黑塞、格拉斯等大小说家,同样也在艺术童话的创作方面有所建树。但以这一特殊体裁创作的数量和质量论,像掠过夜空的彗星一样英年早逝的威廉·豪夫,则无疑是其中一位最引人注目的佼佼者。

豪夫 1802 年出生在德国的斯图加特市,早年在迪宾根大学攻读神学和哲学,毕业后当过家庭教师和报纸编辑。他虽然写过一部开德国历史小说先河的长篇小说《列支敦士登》,也成功地创作了一些中篇小说和诗歌,但是,威廉·豪夫这个名字之所以留在文学史上,之所以迄今仍为世人熟知,主要还是因为他奉献给了读者一系列成功、感人的艺术童话。

豪夫童话可以说是德国艺术童话的杰出代表。它尽管篇数有限,题材内容和艺术风格却称得上丰富多彩。故事不仅发生在他德意志祖国的城市、乡村和莽莽黑森林(《冷酷的心》和《年轻的英国人》),还发生在遥远的异国他乡,如广袤的阿拉伯大沙漠(《营救法特美》《赛义德历险记》),如荒凉的苏格兰小岛屿(《施廷福岩洞》),等等。

在风格上,豪夫童话更是兼收并蓄、广采博取,既富有民间童话善恶分明的教育意义和清新、自然、幽默的语言特色(《鹭鸶哈里发》《小矮子穆克》《阿布纳尔,什么也没看见的犹太人》),也不乏浪漫派童话小说的想象奇异、诡谲、怪诞,气氛神秘、恐怖(《断手》《幽灵船》《施廷福岩洞》)。但与此同时,它又有不少区别于或者说优于民间童话和一般浪漫派艺术童话的地方。

与民间童话相比,豪夫童话艺术上更成熟、完美,甚至可以讲精雕细刻。它十分讲究情节安排和谋篇布局;对故事套故事的"框形结构"这一源于《十日谈》的传统手法,更是用得纯熟自然,且多有发展创新。

特别值得玩味和借鉴的是,在豪夫童话中,这种讲故事的"框子",不仅起着交代背景和营造气氛的作用,本身也常常就是一个引人入胜的故事,而且不少时候与包含其中的小故事交织、融合在一起,使情节更加起伏跌宕,紧张曲折,往往叫人一直要读到整个故事的最后结尾,才悬念顿消,恍然大悟。

此外,作者还不时借"框子"中讲故事者之口,或发表自己有关童话创作的美学主张,或对作品反映的世态人情进行评论。可惜,在以往的选本里,这意义很大、用处很多的"框子"多半都被删去了,因此也没法让人一睹豪夫童话的全貌。

再者,豪夫童话中的人物已不再如民间童话似的简单化、模式化,而多半有了一个性格形成和发展的过程,因此更加栩栩如生,有血有肉,其行为动机、经历、遭遇和结局也更加令人信服。如《冷酷的心》的主人公年轻烧炭夫彼得,便是一个塑造得很成功的典型。根据这篇童话所拍的同名德国影片于 20 世纪五六十年代在我国放映以后,更把主人公彼得的形象深深地刻在了当时的一代观众的记忆中。

较之一般浪漫派作品,豪夫童话则更富有现实性和社会批判精神。不管故事发生在什么地方,它反映的多半是资本主义发展初期的社会生活,表达了市民阶层对财富和幸福的渴望和追求,当然也批判了他们金钱至上和贪得无厌的丑行乃至罪恶。从总的倾向上看,豪夫童话的基调都比较明朗、欢快,都更富有积极乐观和向上进取的精神。

豪夫童话还有一个值得注意的特点,那就是它的一多半篇什都反映出阿拉伯的影响。这影响在德国乃至整个欧洲可谓由来已久,广泛深远,具体到豪夫童话则来自早已家喻户晓的《一千零一夜》。这影响不仅涉及故事发生的地点和情节,还涉及讲述故事、展开情节和刻画人物的艺术风格。正因此,豪夫童话的不少篇什,如《鹭鸶哈里发》《断手》《小矮子穆克》《矮子长鼻儿》等,既富于异国情调和惊险刺激,同时又让人读起来感觉亲切、自然、生动、有趣。

在强调优点、特点时不能不指出,《豪夫童话全集》也包含一篇思想内容和艺术风格欠佳的作品,就是《阿布纳尔,什么也没看见的犹太人》。它与其说是篇童话,不如说是则笑话,而嘲笑的对象正是主人公犹太人阿布纳尔。这篇原本并不重要但"全集"中似乎又不便随意删掉的作品,反映出欧洲特别是德国长期存在的对于犹太民族的成见和偏见;但是,与此同时,只要我们在读的时候稍加分析,也还可以看出犹太人当时完全处于受压迫的无权地位这一历史事实。

豪夫童话和格林童话都诞生在德国,艺术童话这种样式在德国特别发达,绝非什么偶然现象,而是与德意志民族的民族特性及其所处的社会、历史、地理条件有着密切的联系。我们都讲日耳曼民族特别善于思索。这个特点和优点，在探索自然宇宙的奥秘、认识社会人生的意义等宏观和深刻的方面得以发挥，便产生了如歌德、康德、黑格尔、马克思以及爱因斯坦似的伟大思想家、哲学家和科学家；在抽象玄虚而又气魄宏大的音乐创作中得以发挥，便产生了如巴赫、贝多芬和门德尔松似的交响乐圣手；而在民间，当无数的自然和社会现象令人困惑、需要解释，沉闷的日常生活令人窒息、需要排解，善于思索的这一德国民族特点就变成爱好幻象，于是产生出了无数的童话故事和善讲故事的能手。豪夫童话虽说包含着更多作家创作的成分，但追根溯源，其题材内容仍多半来自民间，具体地讲，和格林童话一样是来自德国黑森林地区的民间传说，一样是善于思索和幻想的德国民众的创造。

那么，日耳曼民族为什么特别善于思索呢？

对这个问题，当然非一篇短文可以全面回答。略而言之，笔者认为它是这个民族所处的人文、地理环境和所经历的曲折多难的社会发展过程造成的结果。在人类文明史上，日耳曼民族是个后来者；在近代欧洲，它经历了特别漫长的封建统治和战乱之苦，想改变现状和消除种种社会不公的努力屡遭挫折和失败。于是，在缺少阳光的天空下，在索然寡味的生活中，人们便逃向内心，要么冥思苦索，要么驰骋幻想。这就为大量民间童话和传说的产生提供了适宜的气候和土壤；就使这些奇丽的幻想之花，在黑森林孤寂的茅舍里，在严寒的冬季的壁炉旁，一朵朵、一束束地竞相开放。

今天我们之所以推介豪夫童话，除了重视它本身积极的思想意义和高度的艺术成就，除了它确实雅俗共赏、老少皆宜，还有以下两个着眼点：

一是读过并喜爱格林童话的众多小朋友和文学爱好者，如果再读一读同样产生于差不多同一时代的德国，几乎可以被看作它的孪生兄弟的豪夫童话，把两者进行一番对比，一定会有不少新的发现，获得不少意外的惊喜。

二是我们的文学研究家和文学爱好者，读一读似乎不起眼的豪夫童话,同样会有这样那样的收获,举个例子,他们说不定会加深对德国浪漫派乃至后来的一些重要作家和重要作品的认识了解。因为,在德国古今许多大小说家的作品中,如霍夫曼的代表作《雄猫穆尔的生活观》,格拉斯的代表作《鲽鱼》和《铁皮鼓》,都显然可以或多或少地发现艺术童话的痕迹和影响。

总之,豪夫童话也像格林童话一样,会使我们在轻松愉快的阅读中,既增加见识,又获得乐趣。

（原载于《三叶集》）

格林童话谈片

——译林版《格林童话全集》译后记

一、格林与安徒生孰优孰劣

在色彩斑斓、瑰丽奇幻的世界童话之园,与格林童话差不多同样引人注目、同样广为流传的,只有安徒生童话。我说"差不多",是因为它们之间确有许多不同的地方。不同的根源主要在于:后者是作家个人的创作,前者是民间童话的搜集整理。当然,归根到底,格林童话也可以讲是创作,不过它的作者不仅仅为格林哥儿俩,而是千百万人民群众,而是几百年来讲述它、聆听它、聆听后又再讲述的一代又一代人。我们今天之所以称它为"格林童话",而不是用"儿童与家庭童话集"这个原来的题名,实在是因为它的两位搜集整理者功不可没。

作为伟大作家精心创作的作品,安徒生童话的优点很明显。在艺术方面,它谋篇布局更合理,叙事言情乃至心理描写更加细腻也更加精练。格林童话则有不少粗糙、重复、不合理之处,而且几乎不存在心理描写,只有单纯的情节发展。

在内容方面,安徒生童话主题思想更明确,更富于时代性和社会性,往往提出了一些尖锐的问题,让读者自己去解答,自己去深思。格林童话则不然,它提出的多是善与恶、勤与懒、贫与富和类似的带普遍意义的问题,更富于趣味性和愉悦性,几乎总给读者一个满意解答,一个千篇一律的圆满结局,如此等等。

安徒生童话的上述优点,特别是内容方面的优点,在我们有着"文以载道"的悠久传统的古老国度,在十分强调文学的教育作用的现代中国,特别受到评论家和研究者的推崇以及包括家长们在内的儿童教育者的重视,是完全可以理解的。不过,要是以千百万小读者自己幼稚的眼睛来看,而不请我们的评论家来做精到的阐述分析,上面内容方面的优点仍旧是优点吗?我怀疑。试想,我们的女儿在读完《卖火柴的小女孩》时是多么不愿看见一具"小小的尸体",而希望有个白马王子来带走那可怜的小姊妹啊!还有作为家长的我们,内心中似乎也并不乐意自己的孩子过早地领略人世的苦难,而希望他们的童梦更纯、更美、更长,更加温暖、更加光明,充满幸福和希望。

还有就是格林童话艺术形式方面的弱点,诸如叙事重复、缺少心理描写等,是更适合儿童阅读、接受呢还是相反,是更符合"童话"的样式特征呢抑或不是,我看仍值得我们思考和研究。

这样讲,丝毫没有贬低安徒生童话的意思。作为创作童话——德语文学里也叫"艺术童话"——它自有区别于纯粹的"童话"的任务和价值。例如,众所周知,安徒生的童话也是他个人的遭遇、经历和社会观、人生观的反映。[①] 作家在很大程度上只是利用童话这种在民众中易于流传的样式,来表达他自己的思想观点,所以他的作品的内容才那样丰富和深刻,才为后世的读者特别是成人读者那样津津乐道,高度推崇。

然而,毋庸讳言,格林童话以其单纯、稚拙、富有愉悦性和幻想奇丽等特点,更为符合"童话"的本质,也更易为小读者接受。事实上,在世界各国,脍炙人口、家传户诵的格林童话的名篇佳作,还是要更多一些;它们的那许多人物和动物主人公,也更为孩子们喜爱。与《小红帽》《白雪公主》《灰姑娘》《青蛙王子》《狼和七只小山羊》《大拇指》等等比较起来,安徒生

---

① 请参阅:浦漫汀. 从安徒生的性格特点看他的童话创作. 外国文学研究,1983(3):61-63.

童话的一些名篇如寓意深沉的《皇帝的新衣》《夜莺》,似乎已超出了儿童的生活经验和理解力,更适合成人阅读。

二、残酷和血淋淋

格林童话是不是没有缺点呢? 当然不是。因为格林兄弟在艰苦的搜集和记录工作中所信守的准则,乃是对原来流传民间的童话传说在内容和总体风格方面的忠实,因此便保留了某些不适合儿童阅读的内容,如以牙还牙的残酷复仇、杀人食人的血腥恐怖等等。在《灰姑娘》的结尾两个来讨好的姐姐各被啄去一只眼,在《六只天鹅》结尾恶婆婆被绑在火刑柱上烧成了灰,还有在《丁香花》中对坏厨子的惩处,都是残酷复仇的例子。在《杜松子树》里继母不仅残杀、肢解了前妻生的男孩,还把他炖来给丈夫吃了,以及《强盗的未婚妻》中杀人食人的情节,则为恐怖血腥的典型。格林童话共计两百多篇,上述典型和极端的情况虽说并不多,但拿今天的眼光来看却是让人触目惊心的严重缺点。与之相对照,安徒生童话则处处闪耀着宽容和人道的精神光辉。

三、艺术特色

与内容相比较,格林童话在艺术形式方面则具更多的欧洲民间童话的共性。它们的主要特点可以用"单纯""明晰""稚拙"这些符合儿童心理特征的字眼来概括:

情节几乎全是单线的,只是在向前发展时往往会出现一个两个波折或反复。没有倒叙和伏笔之类较复杂的东西。

故事开头往往是一个人面临着难题、困境和强烈的不可抑制的欲望等等,诸如必须把美丽的公主送给凶龙做妻子,必须去为重病的国王寻找长命水,急欲去世界上冒险、发财、娶一个好妻子什么的。接着便是一而再再而三的努力奋斗,不畏艰险,不怕挫折,终于获得成功或者胜利,一律地以善有善报恶有恶报的圆满结局告终。

故事中的人物包括动物善恶分明,内心的好坏黑白一目了然,而且始终如一、各走极端。他们大致可分为三类:第一类,主人公多为大好人;第二类,主人公的对立面,总是大坏蛋诸如恶毒的继母、巫婆、凶龙、狼等;第三类,主人公的助手或是嫉妒者或是失败的竞争者这样一些起陪衬对比作用的人物。

故事多限于情节的叙述,极少人物心理和自然环境的描写,更无时代历史背景的交代。当困难无法克服时,往往出现外来的神奇力量的帮助,诸如善良的小精灵、小动物、仙女和忠心而呆傻的巨人,当需要抒发感情时,往往插入简单的民歌、儿歌,而且反复使用……

以上所有的艺术特点,都来自民间文学口传易记的需要,也适合儿童幼小心灵的接受能力。

顺便提一下,总共两百多篇格林童话中,有一小部分严格地讲并非童话,而只能算寓言、笑话或幽默故事——它们可以从《伊索寓言》和德国16世纪的民间滑稽故事书里找到源头,自然也就没法纳入上述的欧洲民间童话"模式"。

四、源 头

在欧洲,格林童话不是一个孤立的存在,它的不少故事在欧洲其他国家同样广为流传。例如早在1697年,法国便出版了著名作家夏尔·贝洛的《鹅妈妈的故事或寓有道德教训的往日的故事》,篇幅虽显单薄,却已包括《小红帽》《灰姑娘》《林中睡美人》《蓝胡子》《穿靴子的猫》等篇,它们与格林兄弟后来搜集整理的内容仅大同小异而已。[①] 严格地讲,不论看题材来源还是看艺术特点,格林童话都是典型的欧洲民间童话。然而,格林童话之源不仅仅在欧洲,它还从遥远的非洲、亚洲摄取了营养,还从诸如阿

① 请参阅:倪维中."鹅妈妈"三百年.读书,1992(5).

拉伯的《一千零一夜》乃至印度、中国的民间传说和故事里,拿去了一些动人的内容或情节,经过吸收消化,最后变成了自己的东西。例如《玻璃瓶中的妖怪》和《思默里山》,显然与《巴格达窃贼》和《阿里巴巴与四十大盗》有亲缘关系。

当然,反过来,像格林童话似的民间文学,又可以成为后世作家创作的题材来源。读《渔夫和他的妻子》和《六只天鹅》,不由得会想到普希金的叙事长诗《渔夫和金鱼的故事》,想到安徒生的《野天鹅》,等等。而且,在德国,近一两百年来不少杰出的作家如霍夫曼、豪夫、施笃姆、黑塞都创作了许多"艺术童话",这恐怕也与格林童话的问世并获得巨大成功不无关系吧。

顺便提一下杨宪益先生有趣而惊人的发现:早在格林童话问世千余年前的 9 世纪甚或 8 世纪,我国的《酉阳杂俎·支诺皋》里已记载着一个"扫灰娘"即灰姑娘的故事。据杨先生考证,此故事系经南海从欧洲传入;扫灰娘的名字"叶限"和她脚上穿的金履,都和与《灰姑娘》极相似的情节一样,确凿地表明了它的来历。①

从比较文学的角度,从文学传播、交流和影响的角度,格林童话同样大有文章可做。

格林童话产生在 19 世纪初的德国,这也并非偶然,而是因为从 20 世纪 70 年代的"狂飙突进"运动到浪漫派,德国的文学家们都提倡发掘文学的民族传统,十分重视民歌、传说、童话等民间文学的搜集、整理工作。像"狂飙突进"时期的赫尔德和歌德,浪漫派的阿尔尼姆和布伦塔诺,全都身体力行,并有重大建树。赫尔德搜集的《民歌中各族人民的声音》和阿尔尼姆与布伦塔诺搜集的《男孩的奇异号角》这两部民歌集,都载入了史册;而歌德则从民间文学中为自己的创作,特别是为抒情诗和《浮士德》的创作,摄取了极为宝贵的素材,以及思想、艺术的营养。

---

① 参见:杨宪益. 译余偶拾. 北京:生活·读书·新知三联书店,1983:77. 该书中"英雄降龙故事"和"国王新衣故事"也很值得注意。

格林兄弟——雅各布·格林(Jakob Grimm,1785—1863)和威廉·格林(Wilhelm Grimm,1786—1859)本身就是浪漫派运动的参加者,与这个运动中期也即鼎盛时期的海德堡派相当接近,尤其与他们的领袖人物阿尔尼姆和布伦塔诺更关系密切。格林兄弟身为语言学家而热衷于搜集、整理民间童话和传说,显系受了浪漫派的影响,阿尔尼姆和布伦塔诺更给他们不少具体的指导和帮助。特别是阿尔尼姆,他不但鼓励他俩及时出版《儿童与家庭童话集》的第一卷,帮助他们认识这些作品的巨大价值,而且代为联系好了出版社。这就难怪,书在1812年圣诞节前一问世,格林兄弟就怀着感激的心情立刻寄给阿尔尼姆一本,并在书前印上了给阿尔尼姆的妻子即布伦塔诺的妹妹贝蒂娜的献词,因为她也参与过兄弟俩的搜集工作。

我这样不厌其烦地扯格林童话与浪漫派的关系,并非没有原因。经过了很久的酝酿,最近我国德语文学界终于采取像样的集体行动,开始为德国浪漫派正名,做替他们摘"消极"和"反动"帽子的工作。我个人认为,要对他们评价得实事求是,以理服人,重要的一端便在摆出他们各方面的实绩——包括创作、理论建树以及民间文学搜集整理和外国文学翻译介绍的实绩。而这当中,格林童话不正是一个非常重要的论据,一块沉重而光彩耀眼的砝码,可以放到衡量德国浪漫派功过是非的天秤上去吗?

五、德国特性

格林童话产生于德国,具体讲"几乎就在黑森、莱茵河、金齐希河一带"靠北部的地区,自然便带有浓重的地域色彩、民族色彩和时代色彩。随便列举几点,以说明这个问题。

故事经常发生在黑黝黝的森林中和茫茫的原野上,有时也出现河流和湖泊,但却绝少提到大海——偶尔提到也只与漂泊到远方的异国有关。山呢,也多为幻想出的不高却难爬的"玻璃山"。这些都告诉我们:当时的德国也和现在一样,是个多森林和草原的国家。

　　自 17 世纪的"三十年战争"以后，德国分裂成了数以百计的小国小邦，其中势力较大的也多达 36 个。它们之间相互争斗，还不时地与周围的邻国争斗，使德国几百年间战火不断，一直充当欧洲的战场。因此，在格林童话中，东一个国家西一个国家，国王、王子、公主更是难以尽数，且有相当多关于退伍老兵的故事，例如《蓝灯》和《魔鬼的邋遢兄弟》等。

　　除去士兵，经常出现的还有手艺人、农民和看林人，这些职业自然与当时的社会经济发展水准联系紧密。说到德国的手艺人，他们有一个古老而特别的传统，就是出师以后都必须长时间外出漫游，在漫游途中讨生活，长见识，磨炼技艺。这样做很有好处，但也使他们经历许多危险，碰见许多怪事。因此漫游途中的手艺人，特别是文弱而招人同情的小裁缝，就常常成为民间童话的主人公——不只是民间童话，在凯勒、海涅等许多作家的创作里同样如此。还有森林中的巫婆、强盗以及各式各样的小精灵、小侏儒等等，不管是现实的还是幻想的，也通通有鲜明的德国色彩。

　　再者，上文在讲到格林童话的内容缺陷时列举的残酷复仇和血腥恐怖两点，恐怕也同样与日耳曼的民族传统不无关系。我们知道，作为德国文学源头的民间史诗《尼伯龙根之歌》和《古德隆之歌》，便讲了一些残酷而血腥的复仇故事。

　　至于那些涉及基督教信仰的内容——例如在最后的 10 篇"儿童宗教传说"中——则是欧洲童话乃至整个西方文学的共通性问题。还有对公主、王子的崇拜，对后母和兄弟姊妹中的年长者一律加以贬斥等等，同样如此，就不细说了。

六、价值·地位·影响

　　没必要再谈格林童话本身在文学史上不可取代的地位、在世界各国的广泛影响，却不能不说一说它的两位搜集整理者，说一说他们为此而付出的巨大劳动，而表现的卓识远见和坚强毅力。格林兄弟原本都是语言学家，他们编纂的《德语语法》和大型《德语词典》，堪称现代日耳曼语言的奠基之作和丰碑。可是,从 1806 年开始,在人心惶惶的多事之秋,在寂寞孤单和尚无出版前景的情况下,他们凭着为子孙后代恢复和保存民间文学遗产的信念,做了六年的努力,终于完成第一卷的搜集整理工作。随后,他们又花了两年多时间,第二卷才得以问世,整个计划才大功告成。在这过程里,他们不知做了多少艰难跋涉。哪儿有善讲故事的老奶奶或老大爷,他们就一定纡尊降贵,去说服、去恳求、去聆听人家讲述,同时一字一句地、完整忠实地记录下来。忠实,这是他们信守的搜集和记录的原则,是就内容和总体格调而言;此外,他们又坚持对语言做必要的清理、加工,以实现完整和统一。对于民间文学的搜集整理者,单看这样的工作精神和态度,不也令人钦佩吗?

关于格林童话,赫尔曼·黑塞讲:"那在记录它们时所表现的高贵的忠诚,我们尽可以心安理得地写进德国人的光荣册中去。就童话的内容本身,很容易归纳出某些德意志民族的特点,但却不应该这样做。恰恰是童话和民间传说这样的文学向我们表明,以其常常是惊人的相互一致有力地向我们表明:文学是一种超越疆界的东西,人类这个概念对它正合适。"①引述赫尔曼·黑塞这段话,不仅是为补充和修正前文关于格林童话的民族及地域特色的说法,而且更想强调:它确实属于包括我们中国人的全人类,属于我们大家。

> 北方、西方和南方分崩离析,
>
> 宝座破碎,王国战栗……

歌德著名的《西东合集》这开头两行诗,极其概括而生动地描述出了欧洲在 19 世纪初急剧动荡和危机四伏的情景。可就是在这极不安定的时代,就是在四分五裂、兵荒马乱的德国,格林童话诞生了!

这在世界文学史上负有盛名的"格林童话",特指经过格林兄弟二人搜集、整理,然后再结集出版的德国民间童话和传说。它们既非格林兄弟

---

① 参见:Gerster, H. *Brüder Grimm*. [S.l.]: Rowohlt Verlag, 1984: 139.

或者其他什么人所创作，也不是别的任何未经格林兄弟整理、出版的民间童话。格林兄弟的童话采集记录工作开始于 1806 年，正值拿破仑发布大陆封锁令，着手全面征服欧洲的时候；它的第一卷出版于 1812 年，恰逢拿破仑进军莫斯科并且遭到惨败，第二年又紧接着在德国的土地上进行规模空前的莱比锡大会战；它的第二卷出版于 1815 年，这时野心勃勃的拿破仑彻底失败了，欧洲出现了反动复辟。然而当年谁会想到，在将近两百年后的今天，当那些夺去千百万人身家性命的、血肉横飞的战争已被人淡忘，当那些曾经叱咤风云的皇帝、元帅、宰相都仅仅还在历史书中留下了苍白的影子，一部由格林兄弟搜集、整理并结集出版的，似乎一点儿也不起眼的《儿童与家庭童话集》（*Kinder—und Hausmärchen*），亦即后世以搜集整理者的名字径直称为《格林童话》的那部儿童读物，却长期流传了下来，从德国流传到整个欧洲，从欧洲流传到全世界，而且显然还会千百年地继续流传下去，流传下去……

这难道不是人类社会的一个奇特现象，不是世界文化史上的一个奇观，一个奇迹吗！念及此，禁不住浮想联翩，感叹不已：文学的伟力，精神的不朽，心智劳动的巨大价值和深远影响，全从格林童话得到了证明啊！

就文学谈文学，格林童话也确实"不起眼"，因为它只是童话，只是所谓的"小儿科"或"哄哄孩子们的玩意儿"罢了，而且还并非创作，只是民间文学的搜集和整理。要知道，在一些人的意识中，只有创作才能与创造性的劳动画上等号，才是艰巨而伟大的；其他如外国文学的翻译和民间文学的搜集整理，似乎都不可与创作同日而语。

谁知格林童话就创造一个奇迹，令人惊叹，令人深思！据统计，历来以德语印行的书籍，除去马丁·路德在 1521 年翻译的《圣经》以外，有关格林童话的图书累计印数就是最多的了。是啊，格林童话正是孩子们的《圣经》，哪儿有孩子有家庭，哪儿就一定有格林童话。而且何止在德语国家，何止在欧洲！在我们中国，它不是也早已家喻户晓，并且把我们一代又一代人儿时的梦境装饰得更加美丽、更加奇幻吗？没有人统计，但我敢断言,格林童话是实际读者最多的一类德语文学作品乃至外国文学作品,超过了歌德的《维特》,超过了莎士比亚的《哈姆雷特》,超过了巴尔扎克、普希金等等大文豪的作品。

格林童话不是又证明,民间文学和民间文学的搜集整理者同样可以伟大和不朽?常被视为"小儿科"的童话创作和搜集整理,实在是不可小觑!

七、格林童话在中国

早在 1915 年,上海商务印书馆就印行过时谐译的《儿童与家庭童话集》,至今我国包括台湾已出版格林童话的各种本子四五十种,只不过其中全译本不多,且相当数量系从其他文字转译。笔者有幸于 20 世纪 90 年代初应约把它们重新全部译出,而且比魏以新前辈译于 1934 年、1959 年校订重版的《格林童话全集》(人民文学出版社)还多收了 5 篇,即总共 216 篇。做这件工作心情格外愉快,体力却很不轻松。记得当时还未用上电脑,一笔一画地写得来到最后手都发了抖,一埋下脑袋就喊脖子痛,如果坚持把五十多万字中剩下的十来万字译完,身体多半会彻底垮掉。幸好有都是学德文的妻子王荫祺和女儿杨悦积极协助和参与,才终于将全书完成。那一刻,跟郭沫若前辈当年译完《浮士德》时一样,我也自认为做了一件很有意义的工作,心中的激动、兴奋难以抑制,竟致吟成了一首代替译序的诗——

永远的温馨

奇妙啊,这哥儿俩的小宝盒!

你听,孩子,听它给你唱

一支支婉转动人的歌——

歌唱勤劳善良,歌唱忠诚正直,

歌唱助人为乐的勇士,

为唤醒长睡不醒的女孩，
他一往向前，不怕挫折……

奇妙啊，这哥儿俩的小宝盒！
你瞧，孩子，瞧它的收藏
精美绝伦，五光十色——
闪光耀眼的水晶鞋，
自动上菜的小木桌，
巧克力蛋糕做成的林中小屋，
还有一把金钥匙哩，
它会帮你开智慧之锁！

你，我，他——你们和我们，
今天的孩子们和过去的孩子们，
一代又一代枕着这只小宝盒，
进入梦乡，进入幻想的天国，
变成美丽的公主，勇敢的王子，
变成聪明又机智的小裁缝，
变成害怕也不会的傻大个，
去环游世界，去历经坎坷，
去斗巨人，斗大灰狼，斗老妖婆！

即使在严寒的冬夜，
不慎落入食人者的凶窟，
多么地紧张，多么地恐怖！
可恶梦总会在曙光中消逝，
醒来，我们更爱身边的一切。
即使多少年过去了，

> 我们已成为老头儿老太婆，
>
> 每当想起善良的小矮人儿，
>
> 想起灰姑娘和白雪公主，
>
> 我们心中仍会感到温馨，
>
> 感到慰藉，充满欢乐——
>
> 多么幸运啊，这奇妙的小宝盒，
>
> 它曾经进入我的家庭！
>
> 它永远永远属于我！

是的，它让我感到"永远的温馨"，带给了我丰厚的回报，我和我妻女一块儿译成功的这部《格林童话全集》！从 1993 年初版以来，单单译林出版社就已七八次改换它的封面，让它版本升级，把它选入各种的丛书或系列，成了我二十多部译著中印数仅次于《维特》的一部，而且受欢迎的势头不减，相信有一天终会将《维特》超过。作为一个前半生以文学翻译为自己主要志趣和事业的人，作为一个在当今并不真正受人尊重的运送精神文化产品的"苦力"，面对这部凝聚着自己心血的《格林童话全集》，也可以感到满足了，因为我通过它与千千万万的中国家庭发生了联系，给一代一代的中国孩子带去了温馨，带去了欢乐，带去了美好奇丽的童梦，并且我还相信自己的这部译作，会保持比较长久的生命力。

八、"原版格林童话"是骗局

格林童话诞生至今已快两百年了，这株枝叶扶疏的绿色大树周围始终聚集着、成长着一群群孩子——全世界不同种族、不同肤色、不同阶层的一代代孩子；在它的荫庇下，孩子们做着自己温馨、清纯、甜蜜、美丽的童梦。

因此毫不奇怪，2005 年 6 月，联合国教科文组织把原题名为《儿童与家庭童话集》的德语格林童话宣布为世界文化遗产，称赞它是"欧洲和东方童话传统的划时代汇编作品"，把由格林兄弟搜集、整理、加工、汇编的这部童话集列入了联合国教科文组织的"世界记忆"项目。

然而,木秀于林,风必摧之。偏偏就在联合国教科文组织做出上述宣布的前后,继2000年那次恶炒歪书、黄书《成人格林童话》的邪风,海内外的各大中文网站又凶猛地刮起阵阵所谓"原版格林童话"的恶风,什么"集凶杀欺骗之大成的原版格林童话"呀,什么"还原血淋淋的原版格林童话"呀,什么"原版格林童话鲜血淋淋充满凶杀欺骗和性暗示"呀,等等等等,一篇一篇,举不胜举,单单在某搜索引擎上能搜索到的有关"格林童话原版"或"原版格林童话"的帖子就达7万多条,真可谓来势汹汹。

笔者作为格林童话中文本的译者,忍不住点开几个帖子来看了看,一看立刻发现它们内容大同小异,而且几乎都是一个名叫"杂木清音"者的帖子的重复或转帖。此人很可能就是这场侵袭格林童话之恶风邪风的始作俑者了。

再认真读几个帖子,便可断定"杂木"一伙所炒卖的内容仍旧来自六年前笔者已经揭批过的《成人格林童话》,也就是以日本人桐生操的《令人战栗的格林童话》为蓝本拼凑成的那个"中译本"。因此也叮进一步推断,这一次在暗中使足劲儿刮风、鼓风的,仍是同一伙为了赚取暴利而丧尽天良的不法书商。不同的只是,他们这一次更加狡猾、更加歹毒!他们抹去了"成人"和"令人战栗"这些容易露出马脚的字眼,换成了"原版"这个含义暧昧、让行外人不甚了了的称谓,不但诱使更多的好奇者、好事者去转贴他们的臭"文章",还想让更多的无知者上当受骗,掏出钱来购买他们的所谓"原版格林童话"。

本人是中华人民共和国成立后"格林童话"第一个全译本的译者,手里掌握的各种德语原文版本、研究资料以及格林兄弟的传记相当丰富,在此可以负责任地告诉大家:所谓格林童话,指的仅仅是经由格林兄弟采集、汇编和加工、整理,最后才结集成书的德国民间童话集,也就是分别在1812年和1815年出版了第一卷和第二卷的德语《儿童与家庭童话集》,除此之外根本不存在什么"原版格林童话"。联合国教科文组织庄严宣布列入《世界文化遗产名录》加以保护的,明白无误地也正是德语的《儿童与家庭童话集》这个格林童话唯一的、真正的原版。

　　具体来说,在它问世之前,尽管德国、整个欧洲乃至东方都会有无数的民间童话可能与格林童话的内容大同小异,但它们充其量只能是供格林兄弟进行挑选、采集和加工的素材,而称不上什么"原版";素材中可能有这样那样的杂质、毒素,但却与格林童话无关。至于在问世之后,世界各国出现的数不胜数的形形色色与格林童话有关的文艺作品,包括美国迪士尼的电影《白雪公主》等等,包括各种语言的翻译本、编译本、缩写本、绘画本等等,都不过是德语《儿童与家庭童话集》的演绎本,也没有任何一种称得上是"原版";至于被不法书商们拿来冒充原版的《令人战栗的格林童话》《原版格林童话》之类,更是等而下之,只能称为恶毒、下流的篡改本! 称它们和他们恶毒、下流,是其无耻地盗取格林童话的美名,玩弄鱼目混珠的伎俩,用所谓"原版"刻意地欺骗心地善良的家长和天真无邪的儿童。

　　在此顺便提醒一下热爱格林童话的中国读者,提醒一下中国千千万万的家长和小朋友:你们购书时一定要先弄清楚,你们手里拿着的格林童话是从什么语言、依据什么版本翻译的;要尽量挑选从上述《儿童与家庭童话集》的德语原文版译出的本子,这样才有可能读到真正的、地道的格林童话。

（原载于《三叶集》）

《纳尔奇思与歌尔得蒙》译余漫笔

在改革开放和思想解放的 20 世纪 70 年代末 80 年代初,我国的文学艺术迎来了一个空前繁荣的新时期。外国文学研究和译介领域的一些禁忌逐渐破除,重要的表现就是摆脱苏联文艺教条的束缚,给予西方现代派文艺应有的重视和地位,卡夫卡和黑塞等一批长期受排斥和忽视的杰出德语作家开始得到译介,受到欢迎。可是要出现这样的转变,光有时代和社会前提还不够,还需要一些特定的媒介和契机,还有赖于一些具体的人和事。拿卡夫卡来说,近 30 年他在中国大行其道,德国著名文学批评家汉斯·马耶尔(Hans Mayer)就居功至伟,功不可没。这问题说来话长,就留待别的场合去说;这儿只讲《纳尔奇思与歌尔得蒙》的作者赫尔曼·黑塞。

尽管笔者毕业于南京大学德国语言文学专业本科,且很早开始了做文学翻译,但在 1978 年到北京念研究生之前的 20 多年,却几乎不知道赫尔曼·黑塞的名字,更不了解他的创作及其在德语文学史上的地位。这个情况到 1981 年突然变了,因为社科院外文所请来了一位客人,此人给我们大讲特讲获得了诺贝尔文学奖的德籍瑞士作家赫尔曼·黑塞;他就是华裔德籍的加拿大麦吉尔大学教授 Adrian Hsia,我们通常都喊他的中国名字夏瑞春。

夏瑞春到处宣讲黑塞其人其作,以及他与中国文化的关系,原因不仅是他著有一本《黑塞与中国》(*Hermann Hesse und China*,德国 Suhrkamp 出版社出版),而且是他跟黑塞的两个公子都有不错的关系。夏瑞春是著名进步电影人夏云瑚(1903—1968)之子,1938 年生,跟笔者同年而且还是重庆老乡,但在学术研究上他却不折不扣算得上我的前辈。他不幸于年前"英年早逝",我借此机会讲一讲他,表示对他的怀念,因为在我们改革开放之初,他一度对促进中德文学交流起过桥梁的作用。他值得特别一说的贡献:一是组织中国的歌德学者第一次走出国门,参加了 1982 年由他和海德堡大学汉学系主任德博(Günther Debon)教授发起和主持的"歌德与中国　中国与歌德"国际学术研讨会;二是让我们亡羊补牢,总算认识了与中国和中国文化有着特殊情缘的赫尔曼·黑塞。

黑塞(1877—1962)生于德国南部施瓦本小城卡尔夫(Calw)。父亲是一位基督教新教牧师,外祖父曾长期在印度做传教士,母亲出生在印度,也是一位虔诚的基督教徒,作家因而成长在一个宗教氛围浓重的环境里。加之家族秉承了多国血统,让他从小就受到不同的思想文化熏陶,不仅欧洲文化影响了他,东方特别是印度和中国的古老文化也在他身上留下了印记。晚年,作家黑塞在《魔术师的童年》一文中回忆他家的情况时说:"这幢房子里交相辉映着多个世界的光芒。人们在这里祈祷和读《圣经》,研究和学习印度哲学,还演奏许多优美的音乐。这里有知道佛陀和老子的人,有来自不同国度的客人……我喜欢这样的家庭。"

黑塞禀赋优异而富叛逆精神。7 岁开始写诗,1891 年 14 岁考入毛尔布隆修道院学习,次年却因不堪忍受经院教育摧残逃离了学校,随后便四处游荡,为谋生先后做过工厂学徒和书店店员,直至 1899 年。在此期间他不但增长了阅历,还如饥似渴地阅读德国和其他国家的哲学和文学典籍,为日后从事写作奠定了基础。

19 世纪末 20 世纪初,在精神危机笼罩西方世界的大背景下,掀起了一次"东学西播"的高潮。通过传教士出身的大汉学家卫礼贤(Richard Wilhelm,1873—1930)的《道德经》《易经》等译著和著述,黑塞认识了中国哲学和文化,老子、孔子和庄子成了他崇敬的东方哲人,这就使其作品特别是代表作《玻璃球游戏》《纳尔奇思与歌尔得蒙》《悉达多》等都显示出中国思想文化的深刻影响。

1899 年黑塞自费出版了第一部诗集《浪漫主义之歌》。1904 年发表长篇小说《彼得·卡门青特》后一举成名,从此便潜心写作。后来动荡的欧洲时事打破了作家内心的平静,他遂于 1912 年移居瑞士,并在 1923 年加入了瑞士国籍。不过黑塞并未沉溺于瑞士世外桃源般的安逸生活,而是积极参加反对德国军国主义和日后反法西斯的斗争,因此成为保卫世界和平的著名斗士,并赢得了罗曼·罗兰的友谊。

黑塞的文学创作大致可分为早、中、晚三个时期。

早期(1899—1915)他创作了一些浪漫主义诗歌和田园风味的抒情小说和流浪汉小说。除去《浪漫主义之歌》和《彼得·卡门青特》,这一时期的重要作品还有长篇小说《在轮下》(1906)、《盖特露德》(1910)、《罗斯哈尔特》(1914)和《克努尔普》(1915),短篇小说集《今生今世》(1907),诗歌散文集《印度纪行》(1911—1913)和诗集《孤独者的音乐》(1915)。此时的创作反映的是作家早年的思想和生活,充满着对童年和故乡的眷恋,对大自然和人类的热爱,风格清新、甜美;其中以揭露修道院经院教育对人性摧残的自传性小说《在轮下》最为著名。

第一次世界大战的残酷现实加深了作家思想上的痛苦,加之醉心尼采哲学,作家便对自己安身立命的西方精神文明产生了幻灭,转而到东方进行"道"的探索和寻求。这一时期即中期(1919—1930)的主要作品为:长篇小说《德米安》(1919)、《悉达多》(1922)、《荒原狼》(1927)和《纳尔奇思与歌尔得蒙》(1930),以及短篇小说集《克林索尔的最后一个夏天》(1920)和游记《纽伦堡之歌》(1927)等。这些作品深得欧美、日本特别是青年读者的喜爱,其中轰动一时的《荒原狼》更被托马斯·曼誉为"德国的《尤利西斯》"。此时黑塞的创作一改早年清新、柔美的风格,充满了心灵的迷茫、彷徨和痛苦。作为收官之作的《纳尔奇思与歌尔得蒙》,则结束了作家苦闷的内心追寻,开启了向在精神上探寻理想世界的后期创作的过渡。

黑塞晚期的创作和探索始于 1932 年问世的《东方之旅》,而集大成者则为 10 年后的《玻璃球游戏》。此后虽然还不断有诗歌、散文、短篇小说和论文集、书信集和书评发表,但只能算作余音和尾声。他前面这两部大作品,虽诞生于德国法西斯猖獗的黑暗年代,且反映了作家对于西方文明的怀疑和绝望,但也表明他仍孜孜不倦地追寻着理想世界,虽说这只是精神的追求,只是在哲学和宗教,特别是东方哲学和宗教里的追求。

黑塞一生获国内外的奖励和荣誉无数,例如在德国极为看重的文学奖冯塔讷奖和歌德奖。1946 年,"由于他富于灵感和气势遒劲的作品具有深刻的洞察力,为崇高的人道主义理想和高尚风格提供了一个范例",黑塞获得了诺贝尔文学奖。

黑塞逝世至今已经整整 50 年,可是影响仍遍及全世界而且未见衰减。他的作品被译成了 53 种语言,译本超过 700 余种,仅在印度《悉达多》就有 12 种方言的译本。第二次世界大战以后,黑塞一度甚至取代海明威成了美国大众崇拜的偶像。特别是《荒原狼》,在问世差不多半个世纪后竟在美国掀起阵阵"狼热",催生了一支"荒原狼"摇滚乐队,离经叛道的年轻人更在小说主人公哈勒尔身上看到了自己的影子。类似情形也曾出现在东方的日本,因而很早便成立了赫尔曼·黑塞协会。

黑塞作品在我国的评介和翻译始于 20 世纪二三十年代。著名学者赵景深曾于《小说月报》撰文介绍"赫塞"的《纳尔西斯与哥尔孟》(今译《纳尔奇思与歌尔得蒙》),上海商务印书馆出版了他的中篇小说集《青春是美好的》(1936)。1946 年作家获得诺贝尔文奖,许多国家都出现了"黑塞热",处于战乱中的中国显然无暇顾及,仅仅在文学期刊上发表了他为数不多的几篇译文,而且大多还是从世界语转译的。中国对黑塞其人其作开始产生热度,如本文开头讲的始于改革开放新时期,今天则可以说方兴未艾。相信随着作家逝世 50 周年的到来,他数量巨大的作品原著进入公共流通领域,一股真正的"黑塞热"有望掀起。

在此之前,除去华裔德籍的日耳曼学家夏瑞春,对黑塞在我国的接受做出了贡献的还有张佩芬。她专事黑塞的研究和译介,所著《黑塞研究》(上海外语教育出版社,2006 年)尤显功力。笔者以上介绍评价文字,纯属拾其牙慧而已,欲深入认识黑塞特别是了解黑塞中国情结的朋友,最好去读张佩芬的专著。我呢为了藏拙,就只谈谈自己修订再版的《纳尔奇思与歌尔得蒙》。

"修订感言"讲了,《纳尔奇思与歌尔得蒙》(旧译《纳尔齐斯与歌尔德蒙》等)在 1984 年问世后获得了意想不到的成功,成了笔者仅次于《维特》的最受欢迎的译品。

可是受欢迎的原因,在哪里呢?

首先,它是黑塞的一部杰作,不仅思想内涵深邃、丰富,而且艺术魅力巨大、强烈。译文较好地传达原著的精神思想,再现原著的艺术魅力,固然也是十分重要,也不可或缺,但是取得成功和受到青睐的根本原因,还在原著本身。所以有必要介绍一下这部小说的情况。

故事假想发生在中世纪的德国,然而所提出的问题和表达的思想,却具有普遍意义和现代意义,确切地说就是具有超越时空的价值和感染力,所以才能为 20 世纪的中国读者所接受和喜爱。具体讲,诚如我在北京《读书》1986 年 7 期发表的一篇文章所说,黑塞借助小说的人物和情节,深入进行了"艺术与人生的哲学思考"。[①]

说的是德国玛利亚布隆地区有一座古老的修道院,它曾经培养出一代又一代的学者和教士。时下修道院里有两位年轻的试修士,年长的一个名叫纳尔奇思,年幼的一个名叫歌尔得蒙。后者小小年纪就有着十分虔诚的信仰,为了赎补他那据说是轻浮放荡的母亲的罪孽,已经立下了终生做修道士的志愿。他与同样信仰虔诚却博学慎思的纳尔奇思,成为精神上的知己。

然而他俩却是气质、禀赋完全不同或者说正好相反的人。不久歌尔得蒙因春心萌动而陷入了苦闷彷徨,自己却不明白是什么缘故,年长而善

---

① 请参阅拙作《三叶集——德语文学·文学翻译·比较文学》所收《艺术与人生的哲学思考》,巴蜀书社 2005 年版。

于识人的纳尔奇思便对他讲:"你们的出身是母系的。你们生活在充实之中,富于爱和感受的能力。我们这些崇尚灵智的人,看来尽管常常在指导和支配你们其他人,但生活却不充实,而是很贫乏的。你们的故乡是大地,我们的故乡是思维。你们的危险是沉溺在感官世界中,我们的危险是窒息在没有空气的太空里。你是艺术家,我是思想家。你酣眠在母亲的怀抱中,我清醒在沙漠里。照耀着我的是太阳,照耀着你的是月亮和星斗;你的梦中人是少女,我的梦中人是少年男子……"(第四章)纳尔奇思明确告诉他,他这个"母性的人"不适合当修士,而注定要成为艺术家。

小说写的就是一位思想家和一位艺术家的故事。两位朋友尽管禀性不同、道路相反,却恰好相反相成。在思想家纳尔奇思的引导下,歌尔得蒙终于逃离修道院,开始只身漫游城乡,过上了流浪汉的生活。可正是这样的生活,使他终于成长为一位出色的雕塑家。

为什么流浪能有这样的作用呢?请听本身也倾心于漫游和流浪的作家在小说第十三章的解说:

> 流浪汉们不听命于任何人,只受天气与季节的约束,眼前无目标,头上无房顶,身边无长物,得过且过,随遇而安,生活得天真而勇敢,寒酸而充实。他们是被逐出乐园的亚当的儿子,纯洁无辜的动物的兄弟。时时刻刻,他们从老天手中受领着主的赐予:阳光、雨露、霜雪、冷暖、舒适和困厄。对于他们来说,无所谓时间,无所谓历史,无所谓追求;他们也不像那些定居在房子里的人,对所谓发展和进步怀有异教徒似的狂热崇拜。一名流浪汉可能是文雅的或者粗野的,精明的或者痴憨的,勇敢的或者怯懦的;但不管怎样,他在心里总是个孩子,总生活在出生后的第一天,生活在世界历史开始之前,他的生活总是受很少几个简单的欲望和需要支配。他可能是聪明的,也可能是愚蠢的;他既可能深知一切生命之脆弱和短暂,深知一切在茫茫宇宙中存身的生物之渺小和可怜,也可能懵懵懂懂,完全只知道满足自己贪婪的肚腹的需要。——他始终是财产拥有者和安居乐业者的对头和死敌;这种人恨他,鄙视他,害怕他,因为他们不愿被他提醒,

觉悟到：存在是短暂的，所有的生命都在不断枯萎，在我们四周的宇宙里，充斥着冷酷无情的死亡。

流浪汉生活的幼稚单纯，它的母性倾向，它跟法则与精神格格不入，它的冒险轻生以及时刻处于死亡边缘等等，都早已对歌尔得蒙的心灵产生过深刻的影响。但尽管如此，他心中仍然存在灵性和意志，他仍然是位艺术家；而这个矛盾，就把他的生活变得更加丰富而艰难了。每一个人的生活都是通过分裂和矛盾才变得丰富多彩的。没有陶醉和纵乐，理性和明智何以存在？没有死神在背后窥视，感官的欢娱又有什么价值？没有两性之间永远还不清的孽债，又哪儿能产生爱？

这一大段近乎散文诗的对流浪和流浪汉的描写、咏叹和讴歌，意在说明正是长年的流浪，使歌尔得蒙对自然和社会有了深刻的感悟，内心因而富有爱和激情，意识中储存了无数栩栩如生、色彩鲜明的形象，一旦需要都会呼之即出，创作起来便得心应手，于是流浪汉变成了艺术家。

基于以上阐述可以下个结论：《纳尔奇思与歌尔得蒙》是一部德语文学所谓的"成长小说"（Entwicklungsroman）或者"艺术家小说"（Künstlerroman），写的主要是一位雕塑家的成长历程。书中不仅向我们展示了他那曲折坎坷、充满传奇色彩和浪漫气息的一生，而且让我们伴随着他漫游了中世纪的德国，见识了包罗万象的大千世界和变化无常的人类社会，跟他一起感受到人世间的冷暖温饱、喜怒哀乐、生生死死，以及爱情宴席上的酸甜苦辣。这位雕塑家的成长或曰炼成，主要是通过流浪，通过流浪中的观察、体验、磨难、摔打、历险来实现的，因此也可说是一部在欧洲有着久远传统的"流浪汉小说"（Wandererroman）或历险小说（Abenteurerroman）。流浪原本是作家喜爱的生活方式和重要的创作题材。除了《纳尔奇思与歌尔得蒙》，他同样影响巨大的《悉达多》也是一部"流浪汉小说"；只不过主人公并非艺术家，而是一位离家出走而终得"悟道成佛"的印度婆罗门。

由于主人公长年流浪，不断历险，小说情节便腾挪跌宕，扣人心弦；由于写了一次次的爱情和死亡,小说格调便缠绵悱恻,浪漫神秘。黑塞本人生活在第一次世界大战充满精神危机的欧洲,加之深受东西方消极悲观的哲学思想影响,书中便时常发出世道艰险、人生易逝、事业与享乐不可得兼的慨叹,整部小说也因而情调悲凉、凄婉。这一点辅以作者那诗一般含蓄、优美而富有激情的笔致,就产生出一种特殊的魅力。这一特殊魅力,乃是小说除生动的情节和深刻的思想之外打动世界各国万千读者,好看又耐看,能在以哲学思辨见长因而难读难懂的德语文学中出类拔萃的一个重要原因。

是的,我强调的是既好看又耐看!好看有赖于上面已经讲的情节、格调和文笔,也就是作品必须富有艺术魅力,可耐看呢,却更多地仰仗丰富、深邃的精神思想内涵。《纳尔奇思与歌尔得蒙》更大的价值和更强的吸引力,无疑还在后者。

黑塞以两位气质、禀赋、性格恰恰相反的主人公彼此成就的故事构架,一开始就给小说定下了一个辩证思维和二元论的哲学基调。然后通过歌尔得蒙踏上流浪和艺术家之路的艰苦历程,通过他和他朋友的言谈、思考乃至潜意识活动(梦境、幻觉),探讨了艺术和人生的诸多重大哲学问题,并以艺术和象征的语言,对古往今来无数哲人、学者、艺术家皓首穷经力求索解的诸多问题做出了自己独特的解答。这些问题就是:何为艺术的本源?艺术与人生的关系如何?生与死的关系如何?死亡与爱情的关系如何?什么样的人才能成为艺术家?如何成为艺术家?还有艺术杰作怎样产生?等等。

先说何为艺术的起源。

在经历了多年的流浪生活以后,一天在一处清幽的水面上,歌尔得蒙看见了自己的倒影,发现自己已经面目全非,于是悟道:

> 他的生命和每一个人一样都在不断地流逝、变化以至终于消灭,可一个艺术家所创造的形象呢,却将持久不变地永远存在下去。也许,他想,也许所有艺术的根源,或者甚至所有精神劳动的根源,都是对于死亡的恐惧吧。我们害怕死亡,我们对生命之易逝、无常怀着忧

惧,我们悲哀地看着花儿一次一次地凋谢,黄叶一次一次地飘零,内心深处便实实在在地感到我们自己也会消逝,我们自己也行将枯萎。然而,如果艺术家创造了形象,或者思想家探索出法则、创立起思想,那么,他们的建树作为,就都能从这巨大的死之舞中救出一些什么,留下一些比他们自己的生命延续得更久的东西……(第十章)

原来,艺术和所有精神劳动的本源和价值,就在化易逝和无常的生命为永恒。同样的思考在小说中反复出现,构成了小说的一个重要主题。

对于文艺的本源问题,小说还做了弗洛伊德式的解释,即认为是性欲在起作用,认为所谓"力比多"是艺术创造的原动力。小说主人公歌尔得蒙不正是由于性爱的觉醒和对"母亲"的记忆的恢复,而解放了被压抑的本性,找回了失去的自我,走上了成为艺术家的道路吗?他不是在一次一次恋爱中,在对伟大的母亲——我们首先可以将她理解为纯粹的女性的象征——的向往、渴慕、崇拜与追求中,真正成了艺术家,完成了最后的杰作吗?难怪与黑塞同时代的大作家托马斯·曼会认为,施瓦本的抒情诗人和田园作家同维也纳的恋爱心理学家的关系[1],正如在《纳尔奇思与歌尔得蒙》这部以其纯净、新颖而独具风格的小说所显示的那样,是奇异而极富吸引力的。

不错,在《纳尔奇思与歌尔得蒙》里是有不少弗洛伊德,然而又不只是弗洛伊德。即如那所谓母性的人和父性的人,我们不但可以进一步用瑞士精神分析学家荣格的类型学说(Typenlehre)来加以解释,而且甚至可以在中国古典哲学中为其找到依据。黑塞研究家夏瑞春认为,歌尔得蒙和纳尔奇思分别体现了阴和阳的原则,是彼此对立而又相反相成的两极,并且你中有我,我中有你,因此两者结合在一起就形成太极,就实现了黑塞理想中的伟大的和谐……

至于小说中的母亲形象,本身就处在不断的变化发展中,本身就充满

---

① 黑塞出生在德国施瓦本地区的卡尔夫镇;弗洛伊德出生在捷克,在维也纳创立了他的精神分析学。

了矛盾,既是幸福之源,又是死亡之源,既永远地在生,又永远地在杀,有
着一张既慈祥又残忍的阴阳脸,情况就更加复杂得多,因此也可以有更多
的解释。仅仅黑塞自己,就在小说中给了她诸如伟大的母亲、夏娃母亲
(Eva-Mutter)、原母(Urmutter)以及人类之母等称谓。在 1956 年致某友
人的信中,黑塞自己将她解释为"包罗万象的外在世界——大自然和无与
伦比的永恒艺术的象征"①。如此等等,解释各式各样,但有一点看法一
致,即认为她只是一个象征。笔者以为她既象征生活——爱情是生活的
重要组成部分——也象征大自然;歌尔得蒙只是在离开了修道院那纯精
神的国度,投身到生活和自然的怀抱中,才成为杰出艺术家,才得以自我
完成和自我实现。

　　还有关于"神秘"。歌尔得蒙或者说黑塞认为,杰出的艺术品与梦境
之间有一个共同之点即神秘。"工场中、教堂内、宫廷里,全都充斥着无聊
的艺术品……它们全都令人大失所望,因为它们唤起了人们对最崇高事
物的追求而不能予以满足,因为它们缺少了一点主要的特征:神秘。"这神
秘二字,显然不能做字面的机械的理解;至于它是否就是艺术的主要特
征,却值得进一步探讨。

　　关于艺术的特征和本质问题,歌尔得蒙——黑塞还说:"艺术是父性
世界和母性世界的结合体,是精神和血肉的结合体;它可以从最感性的事
物出发引向最抽象的玄理,也可以始于纯粹的思维世界止于血肉之躯。
一切真正崇高的艺术品,一切并非只能哗众取宠、充满着永恒的秘密的艺
术杰作……一切地地道道的、毫不含糊的名家精品,全都无不有着(像夏
娃母亲那样)危险的、笑意迎人的阴阳脸,全都雌雄同体,全都是冲动的性
感与纯粹的精神并存。"这一段话,道出了艺术作品的精神与血肉也即神
与形的关系。

　　小说所包含的丰富的人生哲理难以尽述。总而言之,《纳尔奇思与歌
尔得蒙》的性质,除去上面说过的"成长小说""艺术家小说""流浪汉小说"

---

① 　参见该小说中译本序言第 23 页。

"冒险小说",应该讲也是一部不折不扣的"哲理小说"。它因此而变得内涵深邃、丰富,须细细咀嚼,慢慢寻味。说到这里,笔者想强调一下,《纳尔奇思与歌尔得蒙》显示黑塞受我国古典哲学特别是老庄的影响确实很深,难怪他自己说老子的思想在长时间里对于他乃是最重要的启示,《道德经》是当今世界最需要的那本政治著作。

在《纳尔奇思与歌尔得蒙》完稿后的次年即 1931 年,黑塞就迁居瑞士山村蒙塔格诺拉长期过隐居生活。在这位托马斯·曼所谓的"田园诗人"身上,我们似乎也可发现我国古代那些寄情于山水林泉的隐逸诗家的影子。尤其是小说中的歌尔得蒙——黑塞,更把功名利禄、事业学术乃至市民阶级安定平庸的生活视如粪土,对其鄙弃到了极点。他终生浪迹江湖,自然无为,随遇而安,生死荣辱早已置之度外,唯一向往和追求的只是那"伟大的母亲"的形象。笔者甚至认为,书中也包含着庄子的等齐生死的思想。因为,歌尔得蒙不仅发现了"死和欢娱是一回事",生活之母"既是幸福之源,也是死亡之源";而且在他想象的死亡的图画中,"死亡的乐曲应与刺耳的铮铮白骨之声迥异,不仅不严峻刺耳,而且简直甜美迷人,恰如母亲对游子的召唤……当死亡靠近的当儿,生命的油灯显得更明亮,更温暖"(第十一章)。待到小说结尾,歌尔得蒙确如游子回到母亲怀抱中似的,安然而幸福地死去了。至于他那从修道院虔诚的学子发展为流浪汉、异教徒、艺术家的一生,也可算作一份"绝智弃圣"的宣言书。

然而纵有上面的诸多解释,似乎仍不能说已经穷尽整部小说深刻的思想内涵,穷尽夏娃母亲这一复杂多变形象的象征意义,穷尽"母性的人"和"父性的人"这一命题的丰富意蕴,我们的读者和研究者仍有驰骋思想,进行新的解读和诠释的广阔天地。

2012 年初夏　于川大南墙外府河竹苑归来居

《悉达多》译余随想

一、以河为师,悟道成佛

应约重译眼前这本《悉达多》,不禁想起 35 年前翻译的《纳尔奇思与歌尔得蒙》。不仅因为作者都是瑞士籍的德语作家赫尔曼·黑塞,还因为这两部作品之间确实有着太多的相似之处。虽说《悉达多》是个"印度故事",却跟《纳尔奇思与歌尔得蒙》一样,讲的也是一个禀赋非凡的年轻人的成长、发展、成熟,通过毕生的探索、发现直至垂暮之年终于实现理想的漫长过程。还有,两位主人公达到目标的途径都是背井离乡,只身到尘世间流浪,体味人世的苦乐艰辛,品尝生活的酸甜苦辣,以求认识生命的本质和人生的意义。鉴于这样的内容,这两本书似乎都可以归为德语文学传统的所谓"成长小说"(Entwicklungsroman),或者欧洲文学并不少见的流浪汉小说。

《悉达多》(1922)比《纳尔奇思与歌尔得蒙》(1930)问世早 8 年。两者之间的相似之处尽管还可以说许许多多,但更有意义的恐怕还是讲讲两者的差异和变化。黑塞给《悉达多》加了一个副标题 *Indische Dichtung*,此前的翻译、评介者——除了德语文学专业的张佩芬——大都译解为"印度故事"或者"印度小说",我则译作"印度诗篇"。不仅因为 Dichtung 这个德语词的第一个和最主要的一个义项就是诗,还因为这部薄薄的作品诗的品质明显多于小说,特别是往往为长篇的"成长小说"的品质。比较起来,《纳尔奇思与歌尔得蒙》虽说也十分富有诗意,情节却要曲折婉转得多,描写却要细腻动人得多,人物形象也更加丰满,因而是一部很好看的富有诗意和浪漫气息的故事,所以黑塞要称它为 Erzählung(小说、故事)。相反,《悉达多》呢,不论是语言还是表现手法,抒情成分都更重,尽管情节也有一定的故事性乃至传奇性,叙述描写却简约如同抒情诗或叙事诗,如同绘画的素描或速写,少有渲染铺陈,也缺乏细节描写,唯求情到意达为止。对此可用一个例子说明,即其第二部的《河岸》一章,主人公在克服自杀念头后仅仅以一小段自言自语,便概括了自己的一生:"少年时,我只知道敬神和祭祀。青年时,我只知道苦行、思考和潜修,只知道寻找梵天,崇拜阿特曼的永恒精神。年纪轻轻,我追随赎罪的沙门,生活在森林里,忍受酷暑与严寒,学习忍饥挨饿,学习麻痹自己的身体。随后,那位佛陀的教诲又令我豁然开朗,我感到世界统一性的认识已融会贯通于我心中,犹如我自身的血液循环在躯体里。可是后来,我又不得不离开佛陀以及他伟大的智慧。我走了,去向珈玛拉学习情爱之娱,向迦马斯瓦弥学习做买卖,聚敛钱财,挥霍钱财,娇惯自己的肠胃,纵容自己的感官。我就这样混了好多年,丧失了精神,荒废了思考,忘掉了统一性。可不像慢慢绕了几个大弯子吗,我从男子汉又变回了小男孩儿,从思想者又变回了俗子凡夫?也许这条路曾经挺美好,我胸中的鸟儿并未死去。可这又是怎样一条路哇!我经历了那么多愚蠢,那么多罪恶,那么多错误,那么多恶心、失望和痛苦,只是为了重新成为一个孩子,为了能重新开始。然而这显然是正确的,我的心对此表示赞成,我的眼睛为此欢笑。我不得不经历绝望,不能不沉沦到动了所有念头中最最愚蠢的念头,也就是想要自杀,以便能得到宽恕,能再听到'唵',能重新好好睡觉,好好醒来。为了找回我心中的阿特曼,我不得不成为一个傻子。为了能重新生活,我不得不犯下罪孽。我的路还会把我引向何处哟?这条路愚蠢痴傻,弯来绕去,也许是尽在兜圈子呗。"

难怪黑塞称《悉达多》为 Dichtung 即诗,而从《悉达多》到《纳尔奇思与歌尔得蒙》,我们便可看出黑塞这位获得诺贝尔文学奖的小说大师的逐渐发展和成熟。

当然,《悉达多》与《纳尔奇思与歌尔得蒙》更重要的差异,还是在思想内涵方面,即前者的文化背景和意趣意旨为东方古印度的印度教—佛教世界,后者则为西方中世纪的基督教社会。对于印度教、佛教和佛学,笔者近乎无知,不敢在此胡说八道。有多篇《悉达多》的评论,都比较深入地分析阐释了作品中的佛理内涵,读者不妨找来慢慢参阅[①]。我这里只想提醒一点:学姐张佩芬系我国研究黑塞的权威专家,她撰有长文评介《悉达多》,论述黑塞受中国文化和哲学,特别是老庄道学思想的影响,分析阐释得具体、深入、细致,不啻为阅读理解《悉达多》这部"诗篇"的极佳引导。她对主人公实现追求的途径下了一个"悟道成佛"的结论,在我看来正是一语中的,耐人寻味。她阐释说,悉达多"既从河水悟到万物之辗转循环,却又永恒不灭,即为自身之写照,开始领悟'道'即自身(和《娑摩吠陀》中'你的灵魂便是整个世界'所述意境完全同样)的真理,破解了自己思索半生的迹语,也就迈入了'成道''成佛'的正确途径"[②]。我只想在"悟道成佛"之前加上"以河为师"四个字,以使悉达多悟道成佛之路更加具体、明晰,并且提醒一下印度民族原本也特别崇拜江河,小说中的无名长河自然会使人想到他们视为神圣的恒河,河上那位终生撑船渡人的船夫自然会使人想到普度众生的佛陀,而小说结尾主人公定居河边,志愿接替船夫的职责,乃是他成佛途径的具象表达。

既为诗篇,《悉达多》疏于情节的曲折、跌宕和描写的细腻委婉,却富有诗意和哲理,在这点上仍可媲美后来的小说《纳尔奇思与歌尔得蒙》。闪烁诗情和哲思光彩的警句、美文比比皆是,真是读来口舌生香,心旷神怡。关于宇宙人生,时间空间,来世今生,永恒无常,死生苦乐,家庭社会,男女之爱,亲子之情,等等等等,无不在这部篇幅十分有限的小说或诗里

---

① 如:张文江. 黑塞《悉达多》讲记. 上海文化,2010(2);此外网上还有不少评论。
② 请参阅:张佩芬. 从《席特哈尔塔》看黑塞的东方思想//张佩芬. 黑塞研究. 上海:上海外语教育出版社,2007.

得到优美而智慧的表述,值得读者去一一发现,细细咀嚼,因此而获得阅读的愉悦,心灵的陶冶、净化。

二、重译和译名问题

译林出版社计划在作家逝世 50 周年之际推出一套黑塞的文集,邀请我翻译《悉达多》。接受这个任务时我十分犹豫,因为前面已经有两个严肃认真的译本。如我在另一篇《译余漫笔》中所说:"重译难免捡人便宜之嫌,影响自己的译家形象不说,还可能得罪同行朋友。"再说"重译这活儿本身也吃力不讨好,要面对一般人不理解的双重的挑战:不仅得经受与原文的对照评估,还得经受与旧译的对照评估,新译不但必须有自己的鲜明特色,而且得尽量超过旧译,真是谈何容易……"

犹豫尽管犹豫,我还是不得不接受译林的盛情邀请,自己原本是它林子里的一只鸟、一棵树嘛,何况一再来电来函的编辑孙茜情词恳切!

为了应对挑战,不用说得跟通常一样好好研读黑塞的原著,除此之外还找来旧译做了一番比对,看看它们各有什么优点和不足,以确定自己接着往上攀登的目标和路线。实话实说,两部旧译都已达到相当的高度,要想超越、出新,实在不容易。

旧译之一题名为《席特哈尔塔》①,出自德语前辈和黑塞研究权威专家张佩芬先生之手,笔者早年曾得到过她不少的帮助,拙译《纳尔奇思与歌尔得蒙》的译序就是请她写的。她的译文如同书名、人名都显示出她精通德语,译笔十分忠实于黑塞的原文,可也因此难免这儿那儿显露出拘泥原文的痕迹,一定程度上忽视了黑塞美文曼妙委婉的诗意。

旧译之二《悉达多》②情况相反。它系从英文本转译,译笔挥洒自如,诗意沛然——译者杨玉功很重视这一点,并且显示译者对佛学有较好了

---

① 黑塞. 赫尔曼·黑塞小说散文选. 张佩芬,译. 上海:上海译文出版社,1985.
② 黑塞. 悉达多. 杨玉功,译. 上海:上海人民出版社,2009.

解,然而却不怎么经得起跟德语原文的比对。

两部旧译各有所长,但都可视为翻译文学的佳作,译者的辛勤劳动值得尊敬。

研读黑塞原著和两部旧译之后,我确定了自己的重译策略:在忠实于原文的前提下,要尽量使译文畅达、优雅、灵动,再现黑塞深邃而富有诗意的美文风采和风格。我很庆幸自己原本就倾心于这样的风格,自己的文笔也颇适合翻译这样的美文,翻译起来能产生共鸣,获得享受。以同样的文笔,我曾翻译《纳尔奇思与歌尔得蒙》以及德国诗意现实主义代表人物施笃姆的小说,并都取得成功,赢得了读者的喜爱。坚守自己畅达、优雅、灵动的美文风格,是我重译《悉达多》的基本策略。

从两本旧译,我获益不少。遇到德语语言理解的问题,我便向张译请教;遇到跟佛教历史和教义有关的问题,便参考杨译。例如主人公的名字和书名,我便弃按德语音译的《席特哈尔塔》,而学杨译从传统译法《悉达多》,还有佛陀的名字乔达摩也是。① 不过其他人名我又采取音译,如悉达多的好友叫果文达而没有跟着叫乔文达,因为他并非历史人物,不存在传统译名。为慎重起见,我观看了《悉达多》拍成的电影,反复确认人们都叫他果文达而非乔文达。其他专有名词也是有传统译法就遵循传统,否则即作音译而在选字时尽量带一些印度味儿或佛味儿而已。

我对佛学一窍不通,虽为翻译而学了一下,但难免还会露出马脚。敬请专家特别是原译者和读者不吝赐教。

2011 年年末岁尾　于成都府河竹苑

---

① 学者张文江在《〈悉达多〉讲记》里说:"黑塞的构思很巧妙,他把释迦牟尼(Sākya-muni)的名字悉达多·乔达摩(Siddhārtha Gautama)一拆为二,一个是悉达多,一个是乔达摩……释迦牟尼还是在家人的时候,他叫悉达多·乔达摩,悉达多是名,乔达摩是姓。……黑塞把释迦牟尼的故事一分为二,悉达多是未成就的人,乔达摩是一个已成就的人。悉达多走一条修行之路,回归乔达摩,实际上就是把两个人重新拼成一个人。"

《智利地震——德语短篇小说经典》代序

——Novelle,"好看的"德语文学

  按照文学史的传统观点,德国、奥地利以及瑞士的德语文学被看成一个整体。这不仅因为语言的一致,还因为这些国家的历史和文化有着血肉一般的密切关系,作家们的创作也自然而然地相互学习,相互影响,相互融合,形成了一个整体。我们把这三个国家的 20 位德语作家邀请到同一个集子里来,只是在他们的名字前面仍冠以各自不同的国籍。

  从时间看,歌德的《诱惑》写于 1794 年,是集子里最早的一篇;最晚的则算斯蒂芬·茨威格的《第三只鸽子的故事》,它问世的时间已是法西斯猖獗得不可一世的 1936 年。其间近一个半世纪,是地处欧洲的德、奥、瑞三国社会急遽变化的多事之秋,集子里的 24 篇作品,多数都直接或间接地反映了这一时期历史发展的某个片断。歌德的两篇小说表达了年轻资产阶级的生活理想和道德观念,赞颂了对事业的进取、对生活的享受、对爱情的追求,通篇充满了阳光和朝气。茨威格和卡夫卡的三篇作品则反映了资产阶级传统理想的破灭,弥漫着世界末日即将到来似的沉郁、惶惑或苦闷的情绪。所有 24 篇作品汇集起来,便构成一幅长长的、生动的历史画卷。读完全书,我们对这三个国家尤其是德国在此期间的历史发展过程,会有一个形象的、感性的认识。

  与英、法等国相比,德国资本主义的发展自有它的特点。这种特点反映在文学中,便造成了德语文学与其他欧洲国家文学的显著差异。

  17 世纪上半叶,在德意志土地上进行了 30 年之久的宗教战争

(1618—1684),使德国分裂成数百个小诸侯国,大大推迟了社会历史的进程。德国资本主义经济发展的缓慢和不平衡,造成了它的资产阶级苟且偷安、无所作为的软弱性格。在这种历史条件下,很难产生像参天大树一般气魄宏伟的长篇小说,很难产生像巴尔扎克、狄更斯、托尔斯泰和陀思妥耶夫斯基那样擅长写长篇小说的巨匠。但是,作为历史的补偿,德语文学却以诗歌和 Novelle 即中短篇小说著称于世;著名的德语作家大都写过一些优秀的中短篇小说。关于 Novelle 这种体裁样式的历史源流、艺术特点以及汉译等等,请参阅本丛书所收《护身符——德语文学中篇小说经典》的代序。

德语国家的中短篇小说,其中特别是以一时一事为题材的短篇,具备以小见大的优点,它们像生命力旺盛的山花野草一般,在德语国家的土地上到处生长起来,发育得多彩多姿:霍夫曼和其他浪漫派作家的小说,散发着神秘的"兰花"的幽香;凯勒和高特赫尔夫等瑞士小说家的作品,充溢着阿尔卑斯山明媚的阳光和清新的空气;生长在北海之滨的施笃姆,他的小说始终像笼上了一层轻雾似的,弥漫着凄清柔美的诗意……

日耳曼民族是个善于深思的民族,古往今来产生了不少伟大的哲人和学者。这个民族特点影响到文学,好处是出现了像《浮士德》式的富于哲理的巨著;坏处则是造成长篇小说大都议论冗杂,流于枯燥沉闷。19 世纪末,托马斯·曼等登上文坛,打破了德语长篇小说贫乏和成就不大的局面;然而,即使他那伟大的代表作《布登勃洛克一家》,也仍被人比作"一部重载而行的车辆",读起来同样并不轻松。但是,德国的中短篇小说,尤其是短篇,一般却没有这个毛病。从形式上说,这种体裁本身就决定了必须剪裁经济,要求内容高度凝练集中,容不得大发议论,或进行哲学思辨。与板着面孔的长篇小说家不同,德语中短篇小说的作者们大多是讲故事的能手。歌德、格里尔帕策、凯勒、施笃姆、迈耶尔、海泽、茨威格……他们的作品都结构严谨,富于传奇色彩和戏剧性,既思想深邃又充满幽默感和画意诗情,能使人读得津津有味,从中获得丰富的艺术享受。这就是说,德语文学并非如某些人认为的那样都缺乏可读性,而也有"好看的"德语文学,那就是它的 Novelle,即中短篇小说。

还有必要谈谈德语中短篇小说在世界文学之林的地位。在本集涉及的一百多年里,德语国家出了霍夫曼、凯勒、卡夫卡等三位有巨大世界影响的短篇小说家。以《谢拉皮翁兄弟》这个中短篇集闻名的霍夫曼,深受巴尔扎克、波德莱尔、狄更斯、爱伦·坡、果戈理以及欧美其他许多大作家的称赞;凯勒创作了《塞尔德维拉的人们》等几个优秀短篇小说集,更被誉为"中短篇小说家里的莎士比亚";至于卡夫卡,他著名的《变形记》等中短篇则被公认为西方现代派小说的经典著作,很少欧美现代小说作者不曾受到过他的影响和启发。此外,克莱斯特、施笃姆、海泽、托马斯·曼和斯蒂芬·茨威格等著名作家的中短篇小说创作也卓有成就,各具特色,其中特别是施笃姆、海泽和斯蒂芬·茨威格,也深受我国广大读者的喜爱。

前面说过,德语国家的短篇小说基本上是随着本国资本主义的发展而发展的。这个发展过程大致经历了以下几个阶段。

一、古典主义时期

18 世纪下半叶,德国从"三十年战争"的大破坏中逐渐恢复过来,进行了反封建的启蒙运动和"狂飙突进"运动。1789 年爆发了法国大革命,不久,资本主义的政治制度和经济关系随着拿破仑的大军进入莱茵河地区,加快了德国社会的发展进程。这时候,歌德、席勒、黑贝尔等一批作家,把原来流传在市民客厅和广大群众中的童话、故事、笑话、传说、逸事加以整理提高,写出了第一批中短篇小说。从本集所选的歌德和黑贝尔的几篇作品可以看出,当时德国小说正反映了新兴资产阶级的精神面貌,内容富于民主性和人民性;情调明朗、欢快、幽默;风格质朴、和谐、单纯,主人公往往连姓名都没有,全靠年龄、性别、职业等来彼此区分。这就是说,德语短篇小说在现阶段作为一种独立的体裁,与笑话、传说等民间口头文学的界限还不很分明,其中有的还在一定程度上显示出 14 世纪意大利短篇小说的影响。例如,歌德的第一组小说《德国逃亡者讲的故事》,便多少借用了薄伽丘的写法,本集从中选的一则即《诱惑》,如果不是结尾处流露出德国 17 世纪"道德小说"的痕迹,几乎是可以掺入薄伽丘的《十日谈》中而乱真的。

二、浪漫主义时期

接着,法国雅各宾党专政的铁腕打破了德国资产阶级对革命所抱的美妙幻想,使知识界的大部分人产生了悲观失望情绪。1814 年维也纳会议以后,欧洲封建势力的复辟在德国表现尤为严重。在这种背景下兴起的浪漫派文学,其特点是逃避现实,缅怀往古,沉迷梦幻。他们在诗里歌颂夜和死,在小说中描写神秘、怪异、病态和令人悚惧的事物。霍夫曼和克莱斯特虽然算不上是浪漫主义集团的嫡派正宗,创作中的现实主义因素较多,但是基本倾向仍然和整个浪漫派相一致。尤其是霍夫曼,他同样醉心于描写自然和人生的"夜的方面",作品情调阴暗诡谲,被同时代人称为"幽灵霍夫曼"。尽管这样,他和别的浪漫主义作家的小说,仍然应当看作是对现实生活的反映。他那篇《赌运》,看来似乎描写赌博欲望的魔力,实际却揭示出阶级社会中金钱的罪恶,它不仅破坏人的幸福和爱情,更败坏人的道德和良知。克莱斯特的《智利地震》和《义子》,则十分有力地控诉了以教会为支柱的封建社会,其中暗无天日的情景和主人公的悲惨结局,充分反映出作者对德国社会现实的愤懑和绝望。这个阶级的德国短篇小说,艺术上已渐趋圆熟,数量也大为增多。一些浪漫主义作家(特别是霍夫曼)的作品,至今仍影响着欧美许多小说家。

三、现实主义时期

19 世纪 30 年代以后,在欧洲一系列革命,特别是法国"七月革命"的影响下,德国社会逐渐恢复活力。从此直到 1848 年革命爆发,是孱弱的德国资产阶级在历史上最有作为的一段时期。人们面对现实,瞻望未来,产生了改造社会的希望。浪漫主义运动已告衰落,继之而起的是充满乐观精神的革命诗歌和现实主义小说。这时期的一些作品,纵然仍有浓厚的浪漫色彩,但内容积极,情调明朗,与消极的浪漫派之间存在着本质的差异。请看海涅笔下的帕格尼尼:这位音乐家在小说中如何运用他的琴音,替处于奥地利统治下失去言语自由的同胞发出悲愤的控诉,解放的呼号,并且为人类描绘出一幅何等灿烂辉煌、宏伟壮丽的前景啊! 在伯尔内、维尔特、凯勒和哈克伦德尔等的作品中,我们更能呼吸到一股革命年代的清新气息,听得见作者们健康、爽朗和幽默的笑声。短篇小说这时在德国可以说已经发展到一个高峰,这一方面表现在一些出色的作家形成了自己的独特风格,并作为中短篇小说家享誉国内外;另一方面表现在作品已不再仅仅追求故事情节的离奇动人,而是开始重视典型环境中典型人物的塑造和刻画,并取得了颇大的成功。《事在人为》里那个做了半辈子荣华梦、最后才懂得只有靠诚实劳动方能换来幸福的卡比斯;《穷乐师》里那个在尔虞我诈的社会里备受欺凌、至死仍不改忠厚善良本性的雅各布;《燕语》里那对受命运残酷拨弄、两地相思 50 载而终未得团圆的情人……我们读完他们的故事,不是很难再把这些血肉存在丰满的形象从记忆里抹去吗?

四、批判现实主义和其他流派并存时期

1848 年革命失败,德国资产阶级从此一蹶不振。可是在普鲁士凭借武力和阴谋诡计实现德国统一以后,资本主义却得到迅速而畸形的发展,到 19 世纪 90 年代已成长为一个封建军事帝国主义的怪物。时代风云的激变相应引起了文学的激变。从德国和这时已被排斥出去的奥地利以及瑞士三国原有的现实主义和浪漫主义两大潮流中,便发展和蜕变出各种新的流派来。批判现实主义是其中的主流,此外还有自然主义、唯美主义以及象征主义、表现主义、印象主义等现代派。尽管名目繁多,而且确实各有一套创作理论和手法,但在反映帝国主义阶级的资本主义社会现实

这一点上,这些互不相同的流派又是共同的。差别只在于有的自觉地反映,有的不自觉地反映;有的反映得真实一些,有的却对现实加以歪曲;有的反映时还进行了深刻的批判,有的却批判得不深刻,或仅仅暴露而已。《格利琴》塑造了 20 世纪初一群典型的德国臣民的形象,其中女主人公是个十分庸俗的姑娘,却被海因里希·曼取了跟《浮士德》里那位纯朴可爱的少女相同的名字。斯蒂芬·茨威格的《第三只鸽子的故事》,对帝国主义的世界大战进行了谴责,喻之为人类的第二次大灾难。卡夫卡的《法律门前》告诉我们,在腐朽的资本主义社会里,法律形同虚设。从卡夫卡和里尔克等作家的几篇小说,我们可以窥见西方现代派文学的一斑,并且看出他们和一个世纪以前的浪漫派之间的亲缘关系。

我们从上述四个阶段的大小流派中选出几个或一个代表,编成这本"德语国家短篇小说经典",供读者阅读欣赏。至于德语 Novelle 中那些篇幅比较长的作品,则按我们的习惯收进了本译丛的《护身符——德语中篇小说经典》中。但是即使把这两个集子加在一起,也只有 30 多篇作品,虽也风格各异,精彩纷呈,却仅为数量巨大的德语中短篇小说之一小部分而已;不过尽管如此,仍可使我们窥见德语中短篇小说全豹的一斑,发现它们确实如笔者所言是多姿多彩,异常"好看"的。

2011 年年末岁尾　于成都府河竹苑

代译序:《魔山》初探

　　20世纪上半叶,德语文学发展史上出现了一座堪与歌德、席勒的"狂飙突进"和古典时期媲美的新的高峰,一批世界级的大师——亨利·曼和托马斯·曼兄弟、豪普特曼、施尼茨勒、里尔克、卡夫卡、黑塞、德布林、穆西尔、布莱希特等等——崛起于文坛,开创了德语文学一个成就辉煌的新的古典时期。而托马斯·曼,更被誉为这一时期德语文学的"火车头"。

　　一些文学史家认为,传统的德语文学以歌德、海涅为代表的诗歌,以莱辛、席勒为代表的戏剧和以霍夫曼、凯勒为代表的中短篇小说(Novelle)见胜,长篇小说——除去一部并不算长的《少年维特的烦恼》——在世界文学之林中则没有什么地位。他们认为托马斯·曼是第一位作为长篇小说家的大家,真正赢得了崇高而持久的国际声誉,实现了德语文学发展史上的一个突破。

　　事实确乎如此。自托马斯·曼的《布登勃洛克一家》(1901)问世以来,德语国家的长篇小说创作可谓人才辈出,硕果累累,不仅把诗歌、戏剧等样式的创作远远抛在了后边,还令世界刮目相看。可以列举的作家和作品实在太多,其中的大多数我们尚未很好译介或者根本没来得及译介。仅以继托马斯·曼之后获诺贝尔文学奖的黑塞、伯尔、卡耐蒂、格拉斯、耶莉内克等都擅长创作长篇小说这一事实,便足以说明:托马斯·曼开了一代风气而至今影响犹存。

一

托马斯·曼 1875 年出生在德国吕贝克城一位富商的家中。父亲曾做过这座享有相当多自治权的北方海港城市的市议员。托马斯·曼中学未毕业父亲便去世了,家业随之衰败,全家迁到了南方的慕尼黑。托马斯·曼 19 岁即在当地一家保险公司做见习生。同年发表小说《沦落》,获得好评,因此决心走文学道路,开始在慕尼黑大学旁听历史、文学和经济学课程,并参与编辑《二十世纪》和《辛卜里其斯木斯》这两本文学杂志。1895 年至 1898 年随兄长亨利·曼旅居意大利,1897 年着手创作《布登勃洛克一家》。这部小说于 1901 年问世后立刻引起轰动,不仅奠定了时年 26 岁的他在德国乃至整个欧洲文坛上的地位,而且为德语文学吹响了胜利进军 20 世纪的号角。

在随后的半个世纪里,托马斯·曼经历了资本主义世界严重的社会经济危机,目睹了德国发动的空前残酷野蛮的两次世界大战并身受其害,被法西斯政权褫夺了国籍,长期流亡国外。第二次世界大战结束后,他虽已成为美国公民,却感到这个盛行麦卡锡主义的国家扼杀了自己的创作灵感,又不愿回到分裂的祖国的任何一边去,只好在 1952 年移居瑞士,直至 1955 年客死于苏黎世。

托马斯·曼可谓一生坎坷,经历丰富,思想发展的过程更充满了曲折、矛盾和痛苦。所有这些,都反映在了他的作品特别是长篇小说里。

托马斯·曼创作的长篇小说在 10 部左右,虽然数量不多,但几乎都是鸿篇巨制,如单单取材于《圣经》故事的《约塞夫和他的兄弟们》(1933—1942)就是四部曲,和其他的大长篇加在一起,便构成 20 世纪德语文学尤其是长篇小说一个可观的组成部分。这些作品尽管题材不同,风格、手法也有发展变化,但是都从精神、文化和哲学的高度,深刻而直率地提出了时代的根本问题,生动而多彩地描绘人生、社会和世态,恰如巴尔扎克所做的那样。也就难怪德国著名的评论家汉斯·马耶尔要将托马斯·曼的小说与《人间喜剧》相比拟。

在托马斯·曼的所有长篇小说中,公认最为成功的是《布登勃洛克一家》(1901)、《魔山》(1924)和《浮士德博士》(1947)这三部作品。1929 年,托马斯·曼"主要由于他日益被公认为当代文学经典之一的伟大小说《布登勃洛克一家》"[①],当之无愧地获得了诺贝尔文学奖。《魔山》则是作者继这一"伟大小说"之后举世公认的又一部划时代杰作,对作者获奖起了主要作用,因为是《魔山》使作者真正举世闻名。[②] 例如,《魔山》于 1927 年被翻译成英文 *The Magic Mountain* 后,很快便畅销美国;近年来德国和世界范围内评选 20 世纪最佳德语长篇小说,《魔山》也入选了,且名列前茅。

二

堪称德语文学现代经典的《魔山》故事情节并不复杂。说的是出身于富有资产者家庭的青年汉斯·卡斯托普,在大学毕业后离开故乡汉堡,前往瑞士阿尔卑斯山中一所名叫"山庄"的肺病疗养院,探望在那里养病的表兄约阿希姆·齐姆逊。他原本打算三周后返回汉堡,接受一家造船厂的工程师职位,想不到在山上却一住住了七年。原来他闯进了一座"魔山"!

在"魔山"中住着来自欧洲乃至世界各国的病人。他们代表着不同的民族、种族、文化传统、宗教信仰和政治态度,但却有一个共同点,即都属于不必为生计担忧的有产有闲阶级。在与世隔绝的环境中,这些"山庄"的居民们自有一套独特的生活方式和人生哲学,都饱食终日,无所用心;都沉溺声色,饕餮成性;都精神空虚,却在尽情地享受着疾病,同时又暗暗

---

① 《布登勃洛克一家》早在 1962 年就由人民文学出版社推出了著名翻译家傅惟慈先生的译本。

② 德国著名托马斯·曼研究家汉森(Volker Hansen)认为,是《魔山》奠定了作者的世界声誉,为他赢得了诺贝尔文学奖,虽说在授奖辞中提及的只是其成名作《布登勃洛克一家》"。

地等待着死神的来临。整个"山庄"及其所在的达沃斯地区,就跟中了"魔魇"一样,始终笼罩着病态和死亡的气氛。

在"魔山"中除了上面那些行尸走肉的活人,还游荡着一些幽灵,过去时代的幽灵以及叔本华、尼采等等的幽灵。这些幽灵附着在奥地利耶稣会士纳夫塔和意大利作家塞特姆布里尼等人身上,他们是那些活死人中的思想者。塞特姆布里尼固守着前一两个世纪盛行的资产阶级人道、进步和理性的传统,梦想有朝一日会出现一个资产阶级的世界共和国,还身体力行地参加了共济会的活动,实际上却是一个过时的人物,其形象、思想和行径,在作家笔下都像个摇风琴的行乞者一般寒碜、迂腐、可笑。纳夫塔则自视为"超人",信奉精神至上主义和非理性主义,妄想世界有朝一日会恢复到教会享有绝对权力的原始状态,并为此而鼓吹暴力、奴役和恐怖。这个外貌丑陋矮小、言词尖酸刻薄、行事虚伪怪诞的教士,不独继承了欧洲封建反动思想的衣钵,而且是德国军国主义乃至国家社会主义也就是法西斯独裁专制——他所谓"无产阶级专政"的狂热信徒。

至于"魔山"的统领,则是"山庄"疗养院的院长"宫廷顾问"贝伦斯大夫。他和他的助理克洛可夫斯基博士一个绰号叫"拉达曼提斯",一个绰号叫"弥诺斯",意思都是地狱中的鬼王。然而"魔山"的真正主宰,却并非鬼王贝伦斯大夫,而是死神,因为这位大夫不仅自命为"侍奉死亡的老手",而且身体和精神也染上了重病,即将成为死神的俘虏。

就这样,在死神的统领指挥下,经由贝伦斯这些鬼王精心安排和组织,风景如画的阿尔卑斯山变成了妖魔聚会的布罗肯山,"山庄"的疗养院客们像瓦普吉斯之夜的男女妖精似的纵情狂欢,夜以继日地跳着死之舞。①

主人公汉斯·卡斯托普是个性格和体质都很柔弱的资产阶级少爷,是塞特姆布里尼为之操心的"问题儿童"。他涉世不深,刚入"魔山"还有

---

① 布罗肯山是德国中部名山哈尔茨山中的一座险峰,相传每年圣女瓦普几斯纪念日即 5 月 1 日的前夜,妖魔鬼怪都要在此聚会,纵情狂欢。

点儿不习惯,但马上被"鬼王"逮住,不多久就习惯了不习惯,就参加了死的舞蹈。这是因为,"山庄"的独特生活方式自有其魅力。这魅力的表现之一就是使人忘记时间,忘记过去和将来,同时也忘记人生的职责和使命,活着仅仅意味着眼前的及时行乐。因而"魔山"成了一个介乎生死之间的无时间境界,难怪年轻的卡斯托普在山上不知不觉一住便是七年,难怪他也很快学会了像其他疗养客一样怀着冷漠、闲适的心情,俯瞰和傲视平原上碌碌终日的芸芸众生。

不过,在"魔山"中的七年,汉斯·卡斯托普也并未虚度。他年轻、好奇,性格内向,有一个区别于一般疗养客的特点和优点,就是对周围的人和事乐于观察、倾听,勤于思索。他在跨出校门后遽然来到一个新的环境,日日目睹着疾病和死亡,倾听着塞特姆布里尼与纳夫塔的激烈争论,自己还对爱情的苦乐和生离死别有了切身的体验,思想活动更是异常活跃。而"山庄"无所事事的特殊生活方式,又提供了他去沉思默想的充裕时间,便对疾病与健康、欢乐与痛苦、生存与死亡、时间与空间以及音乐与时间的关系等问题进行了反复的思考。这样,当七年后"魔山"的梦魇终于为第一次世界大战的"晴天霹雳"所震醒,他似乎已经变成另一个人,一个对世界和人生有了自己看法的人。

然而,这位唯一在"山庄"康复了的小说主人公,这位有头脑的资产阶级的苗裔,却并未找到自己的归宿,却仍然没能逃脱死神的控制。因为这时整个的欧洲和资本主义世界都着了魔,都跳起了疯狂可怖的死之舞,汉斯·卡斯托普自然也在劫难逃。小说结尾,年轻的主人公便在落到眼前的一颗填满烈性炸药的炮弹爆炸之后,在战场的"混乱喧嚣中,在沥沥冷雨中,在朦胧晦暗中,从我们的视线里消失了"。

三

从上面的故事梗概可以看出,《魔山》既无离奇曲折的情节,也无惊心动魄的场面,但却不失为一部力作,不乏引人入胜的深邃思想和摄人心魄的艺术魅力。这是因为,《魔山》并不重在描绘自由资产阶级没落的外在表现和过程——虽然这方面也有不少精彩之笔,而重在揭示其内在的历史和精神根源。而这,看来正是托马斯·曼这部小说的一大特点和优点;它与狄更斯、巴尔扎克等批判现实主义大师的作品之间,一个显著而重要的差别就在于此。

《魔山》是部篇幅几乎达 70 万字的巨著,已被公认为 20 世纪西方文学富有经典意义的杰作之一。托马斯·曼能取得这一成就是因为他既很好地继承了传统,又成功地进行了创新。

在继承方面,《魔山》首先令人想起了德语文学中历史悠久的所谓"教育小说"或"修养小说"(Bildungsroman)。这类小说最著名的样板当推歌德的《威廉·迈斯特的漫游时代》和凯勒的《绿衣亨利》。它们写的差不多都是年轻主人公到社会上受教育、淘经验,以及在此过程中思想、性格发展和成熟的过程,借以表达作家自身的教育主张、人生哲学和社会理想。这样的小说,大都富于认识价值、教育意义和哲理性。托马斯·曼的《魔山》无异于一部现代的"教育小说";对于年轻的卡斯托普来说,那与世隔绝的"山庄"国际疗养院及其所在的达沃斯地区,不啻是一个对他进行强化训练的"教育特区"①。

这个反面意义上的"教育特区",不仅从空间上集中了整个欧洲乃至世界的精神和思想,让卡斯托普接触到形形色色的代表人物,而且使时间浓缩起来,让他早早面对死亡,不得不对生与死、健康与疾病、肉体与精神、空间与精神、空间与时间等一系列问题进行认真的思索。再者,这里还有一些"教育者",那就是塞特姆布里尼和纳夫塔。他俩都自觉而公开地以年轻主人公的导师自居,并为影响他、争夺他的灵魂而无休止地进行着辩论,进行着你死我活的斗争,虽然他们本身都已病入膏肓。除

---

① 此语出自歌德的著名教育小说《威廉·迈斯特的漫游时代》,原文 pädagogische Provinz 也可译作"教育省",指的是一个乌托邦似的极重视教养和文明、礼仪的地方。这里只是从反面的意义上借用这个称呼。

了他俩,"鬼王"贝伦斯大夫以及他形形色色的病人,其中特别是以长者自居的佩佩尔科恩,何尝又不曾在不同的程度上,各以自己的方式,充当年轻主人公的教员——反面或正面的教员。这样,生活在"魔山"这个"教育特区"中的汉斯·卡斯托普,思想和性格就加速地发展和成熟起来。

不错,这儿的确存在一些悖论,例如竟然称"魔山"为"教育特区",既说"魔山"是个"无时间境界",又说它浓缩了时间,等等。然而,不正是这许多悖论和矛盾的存在,才使《魔山》更耐人寻味和富于哲理的深蕴吗?

至此已接触到《魔山》继承德语文学传统的第二个和更深刻的方面,即它的哲理性和思辨性;有人因此干脆称《魔山》为一部哲理小说或者理智小说。这很容易使人产生枯燥、沉闷的联想。其实,《魔山》提出的哲学问题既丰富多彩又紧贴现实,所用来进行思辨的手段也富于变化而且生动。除去生与死这个核心问题之外,小说对于例如时间这个构成生命的重要因素,就做了既精到、深入又全面、精彩的分析和论说。例如,仅仅为揭示时间因人因地而异的相对性,小说就自然而纯熟地使用了三种手段:一是主人公卡斯托普自己头脑里对这个问题的思考、探索(集中在第六章的《变迁》一节);二是作者的直接插话、评说以及思辨(例如第七章的《海滨漫步》一节);三是用故事情节本身进展的快慢进行的直观显现。

且看第三种手段的明显例证:主人公住进"山庄"疗养院的第一天,觉得一切都异常新鲜,经历和感受十分丰富,时间也就相对地增了值,对这一天的描写便占了100多页的篇幅;相反,到了后来,日子过得千篇一律和枯燥乏味了,几个月甚至几年便一笔带过。

除去这些,还有一种在《魔山》中用得特别多也特别引人注目的思辨手段,那就是让书中的人物相互辩驳和争论。塞特姆布里尼和纳夫塔这两个人物,似乎主要就是为此而活着。他们势不两立却相反相成,在无情的论争中几乎探讨了人类社会的所有重大问题,尽管这两人如前文说过的都并不足取,都是言行不一的空谈家,而且他们的言论本身也经常自相矛盾,令他们的教育对象卡斯托普无所适从。

总之,《魔山》这部大书尽管思辨色彩浓郁,却因为艺术手段多样而老练,结果便使读者尤其是爱好哲学的读者觉得并不难以接受,相反倒会感到饶有兴味。

《魔山》也成功地继承了德国乃至整个欧洲的批判现实主义传统,世情的描写、人物的刻画、环境的点染,都做到了既细腻精致,又生动深刻,且富于典型意义。小说中的人物非常多,但都各具个性特色,不容张冠李戴。例如佩佩尔科恩、舒舍夫人、表哥约阿希姆·齐姆逊、斯托尔夫人,还有宫廷顾问贝伦斯大夫及其助手克罗克夫斯基博士,无一不具有典型意义,不令人难以忘怀。就讲仅仅出现在卡斯托普回忆中的祖父和舅公吧,也都刻画得活灵活现,既带着时代和阶级的共性,又有不容忽视的个性。类似这样一些富于对比意义的次要人物的存在,加强了小说内涵的历史纵深度,为一个阶级的没落做了必要的背景交代。

至于在"侍奉死亡的老手"贝伦斯大夫经营下的"山庄",那真是个资本主义社会以营利为目的的医疗机构的典型,也即完全背离了其治病救人的人道主义本性的异化的典型。托马斯·曼对这家疗养院及其主持者的揭露,可谓入木三分,惊心触目。

《魔山》的社会批判意义多而且广,不容也不必一一列举。而特别希望引起读者注意的倒是,以"语言魔术师"著称的托马斯·曼杰出地运用了幽默、揶揄、嘲讽等语言手段,使自己与他描写的人物、习尚、事件之间保持了必要的距离——"讽刺的距离"或曰"批判的距离"。这种距离一开始便出现在叙述的语气里,接着又渗透进描绘人物肖像的笔调中,到最后更融合到了故事的情节里。能说明这最后一点的最典型例子,要数第七章的"冷漠"与"狂躁"这两节描写的种种悖乎常理的行为,其中尤其是纳夫塔与塞特姆布里尼的决斗。由于作者运用语言十分精细,"距离"的远近分寸便十分明显,从而也就自然而然地表明了作家的态度和爱憎。不,这儿谈不上爱,因为在书中没有一个真正可爱的正面人物。就连对主人公卡斯托普和他那位生性豪爽的意中人克拉芙迪娅·舒舍吧,作者所有的充其量只是同情和理解,对他们也自始至终予以一样不乏批评意味的幽默、调侃和讥讽。

《魔山》同样证明,托马斯·曼确实当得起 20 世纪西方文学一位批判现实主义大师的称号。

然而,对于《魔山》这部巨著来说,更值得称道的不是它对传统的继承,而是它的有所创新,有所突破,而是它还越出现实主义的常轨,采用了勃兴于 21 世纪初的现代主义的某些手法。

《魔山》使用得最多也最有趣的现代主义手法是象征。可以认为,小说的题名本身便是一个象征,它所描写的"山庄"疗养院以及生活在里面的形形色色的人物,也都富有象征意义。仅以与软弱的平民卡斯托普形成鲜明对比的表兄约阿希姆·齐姆逊为例吧。这位"好样的士兵"身上集中了"德国军人的所有美德",称得上是整座"魔山"中唯一的一个有事业心和责任感的人,然而他却怎么也实现不了去军旗下效忠皇上的夙愿。他那被描写得非常细腻的英年早逝,不正象征着德国军国主义引以为豪的普鲁士精神业已过时和不再有生命力了吗?

还有一个非常有趣的人物即荷兰绅士皮特·佩佩尔科恩,那位在殖民地爪哇发了大财的种植园主。他像个王者似的颐指气使却语无伦次,生活放纵却失去了活下去的信心和乐趣,结果服毒自杀,是不是也可看作殖民时代的自由资本主义气数已尽的象征?

毫无疑义和十分耐人寻味的是,《魔山》中还充满着所谓的"数字象征"(Zahlsymbol)。一个"七"字贯穿着整个故事,反反复复地出现:全书一共七章,主人公迷失在"魔山"中长达七年,"山庄"的餐厅里不多不少摆着七张桌子,主人公的朋友圈子最终凑足了七个人,疗养院规定量体温的时间恰好七分钟,等等等等。为什么正好是七呢? 因为所谓神"创造世界"也用了七天,"七"就意味着全部、整个,处处凑足了七的"山庄"就是作者心目中世界的象征,还是另有原因? 这个问题看来只有作者自己才能解答了。

《魔山》成书的十多年,正值弗洛伊德的精神分析学说在欧洲广泛传播。托马斯·曼是弗洛伊德的景仰者,小说自然地反映出了这一学说的影响。倒不是指贝伦斯院长的助手克洛可夫斯基博士也在对病人施行所谓心理分析;也不是指这位神志萎靡、身穿黑大褂的"殡仪馆抬尸者"似的大夫,在"山庄"长年地开着一个大谈情欲与疾病及死亡的微妙关系的讲座,害得男女疗养客们体温升高了老是降不下来——这些,都只能看作对迎合时尚的冒牌博士和骗子大夫的讥讽而已。作者自己使用精神分析方法,主要表现在他深入了人物的潜意识中,去挖掘和揭示其思想行为的内在因果关系。一个明显而突出的例子是:年轻的主人公一开始非常讨厌克拉芙迪娅·舒舍夫人,因为这个俄国女子不拘小节,缺少上流社会的教养,每次进出餐厅都把玻璃门摔得哐啷啷响。可是,随着他对这响声的渐渐习惯,卡斯托普竟不知不觉地、狂热地爱上了这个并不见得漂亮的女病友。为什么? 主要因为她也长着一双细眯眯的鞑靼人眼睛,令他忆起了自己少年时代倾慕过然而却早已忘记的男同学希培。也就是说,隐藏在潜意识中未得到满足的恋慕之情,又固执地表现出来了,以致俄国妇人和男同学的形象在卡斯托普心中老是叠印在一起,在他对异性的爱恋中又加进少年时代的亲切回忆,使他更加着迷和神往了。

另一个反映出弗洛伊德影响的显著例子是小说第六章有一节叫"雪",写了主人公在与风雪和死亡搏斗过程中的一个个梦境,也是存在于卡斯托普潜意识中的理想和恐惧的折射和显露。这些一开始绚烂美丽、如诗如画最后却阴森可怖的梦境,实际上表明了主人公(也包括作者)在生与死之间,在人道与非人道之间,在意大利作家塞特姆布里尼与奥地利耶稣会士纳夫塔之间,如何艰难地做出选择,虽然他对前者最终能否战胜后者还缺少信心。这缺少信心的表现,既合乎欧洲历史的真实,也合乎作家本人思想的实际。

附带说一句,题名为"雪"的这个片断文笔十分优美、精致,对严冬时节阿尔卑斯山中的冰雪世界描写可谓出神入化,而主人公的梦境则可称整个故事内容的浓缩和精髓,对全书的思想意义起着升华和画龙点睛的作用,值得反复咀嚼、品味。

象征和精神分析,只是托马斯·曼使用现代主义手法的两个显著方面。从总体上看,《魔山》堪称德语文学乃至西方文学率先将现实主义和现代主义结合起来的典范之一。

四

《魔山》这部书也是作者对自己在战前的经历和思想的总结。1912年,为了探望患病的妻子,托马斯·曼确曾在瑞士达沃斯地区的一家肺病疗养院住过一些时候。这段特殊的经历和所见所闻,提供了他于1913年开始创作《魔山》的契机和素材。起初他只打算以幽默的笔调写一部中短篇小说(Novelle),并以生战胜死为主题,使之成为自己的《威尼斯之死》和《特利斯坦》这两篇表现艺术家渴望和美化死亡的旧作的对立面。1914年爆发的第一次世界大战打断了他的写作,到了1919年他才重新提起笔来。大战中的痛苦经历和战后的深刻反思,不但使原本计划的中短篇发展成了一部上下两卷的大长篇,还使思想内容得到了许多扩展和深化。

说到成书的经过,须补充的是小说的主要人物几乎都有生活中的原型,特别是主人公卡斯托普身上,更清楚地投下了作者自己的影子;卡斯托普与托马斯·曼本人出身、经历的相似之处就不必说了,更值得注意的是他们对一些重大问题的观点和思考。特别是通过塞特姆布里尼和纳夫塔这两个思想者,通过他俩的言行和相互争论、辩驳,托马斯·曼事实上对自己早年的思想,其中尤其是叔本华和尼采的思想影响,做了深刻而又全面的清算,因此《魔山》一书对作家思想和创作的发展具有划时代的意义。难怪当代著名作家马丁·瓦尔泽会说:"故事越往下讲,小说的主人公便越来越不再是卡斯托普,而变成了托马斯·曼本身。"[①]而作家的爱妻卡佳·曼,便为他塑造小说女主人公克拉芙迪娅·舒舍夫人这个形象,提供了许多素材和灵感。

---

① 参见 Kindlers Neues Literaturlexikon,Kindler Verlag,München 所载有关《魔山》的词条。

小说中出身犹太教拉比家庭的奥地利耶稣会士纳夫塔是个思想偏激、言语刁钻、行事残忍的怪人，想不到其原型竟是与作者有过交往的著名匈牙利马克思主义哲学家和文艺理论家卢卡奇（Georg Lukács，1885—1971）。紧接在《魔山》之后出版的《托马斯·曼传》即披露了这个秘密，而卢卡奇本人在40多年后的1971年接受采访时，也坦然证实："毫无疑问，《魔山》中的纳夫塔是以我为原型的。"

还有那位"具有王者气概"的"大人物"，那位行事落拓不羁但却语无伦次的"荷兰绅士"佩佩尔科恩，其形象与性格都与同时代德国剧作家格哈尔特·豪普特曼有太多的相似，以至于小说问世后原本对作者非常友好并多有提携的豪普特曼怒不可遏，托马斯·曼不得不一再致函向自己敬重的前辈道歉，才平息了震动文坛的轩然大波，使两位大作家重归旧好。

上述所有这些关系着作家个人思想和经历的内容，决定了《魔山》这部富有现代主义特色的杰作的现实主义基调。《魔山》问世于1924年，故事则发生在第一次世界大战的前夕。书中所描写的死神统治的"山庄"国际疗养院，实际上是19世纪末与20世纪初精神空虚、道德沦丧、危机四伏的资本主义欧洲的缩影。整个"山庄"都未能逃脱死亡的厄运，这意味着"山庄"所象征的世界已经衰败、没落，欧洲战前代表自由资本主义的资产阶级整个在精神上已经衰败、没落。奠定托马斯·曼文坛地位的《布登勃洛克一家》有一个副标题，叫"一个家族的没落"。作为其后续之作的《魔山》事实上又前进了一大步，所以我们不妨也给它加上一个副标题，称之为"一个阶级的没落"。

五

我译《魔山》前后历经了20个年头，其中的曲折、艰辛无法在此列举、详述，想强调的只有一点：《魔山》这本书真是太难译了！难，不仅在于篇幅多达千页，超过70万字，还在于所涉及的学科太多、知识面太广，有关的描写又极为详尽、细腻,还在于"语言魔术师"多姿多彩的行文风格尚待发现、体味、追随、临摹、再创。我甚至觉得,《魔山》是我翻译的最难的一部德语文学著作,对翻译者学养要求之高,可比有"天书"之称的《浮士德》。

20多年前,我应邀翻译《魔山》却因琐务缠身而自觉无力胜任,一推再推未果,终于不得不考虑合译,结果幸得洪天富、郑寿康、王荫祺等三位慨然相助,在漓江出版社推出一个四人合译本,弥补了这部杰作在我国一直没有翻译的缺憾。对于三位合译者所经受的艰辛、所付出的心血,我始终心怀感激;可与此同时又耿耿于怀,长期心存遗憾:合译本难免出现的译者风格差异,在我们的本子里相当显著。

真后悔当初没有狠下决心放弃其他一切,咬紧牙关独自承担这一艰巨任务;真后悔没有用自己的笔,完完整整地把这部价值非凡的德语现代文学经典介绍过来。经过了十多年的酝酿、准备、蓄积力量,最终于2004年在施特拉伦的欧洲译者之家完成了《魔山》的全部新译和修订工作,并得以在原作者托马斯·曼逝世50周年之际付梓,总算了却自己20多年来的一大心愿!

为此我除了感谢我此书以前的合译者、责任编辑和出版者,还要感谢一直鼓励、督促我独立翻译《魔山》的朋友和读者,还要感谢与我始终保持着良好合作关系的南京译林出版社,特别是感谢该社的章祖德和施梓云等诸多友好。

现在终于推出一个译笔风格相对统一的新本子,但由主客观因素造成的失误和缺陷肯定仍然不少,诚恳希望同行专家和读者朋友不吝赐教,以利日后再做进一步修订。

2005 年 3 月　于德国默尔斯

奇异的蓝色花

——从 Novelle 看德国浪漫派

有必要重新认识和评价一向受冷落和贬抑的德国浪漫派，这在我国似乎终于形成共识。中国德语文学研究会 2001 年年会的议题将主要讨论浪漫派，可算一个证明。笔者是德国浪漫派的同情者，也在这里选择德国浪漫派的 Novelle 创作这个题目，尝试着做一点局部然而实在的对浪漫派再认识的工作。

一、Novelle 是浪漫派创作实绩的主要体现

过去评价浪漫派，形成一种视它为"消极""颓废"乃至"反动"的主导意见，原因不止一端。忽视浪漫派的创作实绩，只对他们的政治倾向和哲学美学体系进行分析并以此做出判断——姑勿论分析判断是否历史唯物主义，是否实事求是，一分为二——是导致这种错误结论的原因之一。

为什么不以浪漫派的创作实绩作为审视的对象，评价的依据？是它们太少、太没有价值，以致不足道呢，还是它们缺少特点和共性，以致不能视为"派"的创作，而只能归于个别作家的名下呢？

不是，都不是。

18 世纪末到 19 世纪 30 年代，也就是在德国浪漫派兴起、发展和衰落这段时期里，直接间接隶属于它的作家们勤于动笔，作品数量相当多。他们各种文学体裁都曾运用，然而成绩相差悬殊。

他们初期的代表人物蒂克、诺瓦里斯、F.施莱格尔以及勃伦塔诺等写过长篇小说,而且追本溯源,他们的派名 Romantik 与长篇小说 Roman 之间,还并不止有词源学上的联系。可是,德国浪漫派没有出现雨果、狄更斯似的大家,长篇小说创作基本上失败了。除去 E. T. A 霍夫曼的一两部作品确实以其自身的价值流传后世,其他多已被历史湮没,唯一的一部常被人提起的诺瓦里斯的《亨利·封·欧弗特尔西根》,也得感谢书中出现在主人公梦境里的那朵富于象征意义的"蓝色花"——它后来成了德国浪漫派及其精神追求的象征。浪漫派长篇小说不成功的主要原因:一是大多没有写完,形式上残缺不全;二是几乎全以歌德的《维廉·迈斯特的学习时代》为楷模,几乎全是所谓"发展小说"或曰"教育小说",内容失于单调、枯燥,缺乏必要的创新。

在戏剧舞台上,浪漫派的主要作家如施莱格尔兄弟、蒂克、勃伦塔诺、阿尔尼姆以及福凯、艾辛多夫等,也曾一试身手,只可惜同样成就不大,影响甚微。就连他们中专以戏剧创作为能事的查哈里阿斯·维尔纳,其人其作也很快寂寂无闻,只为少数文学研究者所知晓了。之所以如此可悲,原因同样在两个方面:第一,从内容上看,他们创作的多是宗教剧,宣扬的多是仁爱、启示、拯救、殉道以及命运前定等神秘而古老的东西,少有现实性和新意;第二,在形式和艺术上,他们热衷于承袭席勒和卡尔德隆等前人,维尔纳的后期作品甚至酷似久已过时的巴洛克戏剧,毫无创造可言,自然缺少生命力。只是因为克莱斯特创作了富有生活气息的喜剧《破瓮记》和《霍姆堡王子》等一系列历史剧,或许还因为 A. W. 史莱格尔等成功地翻译了莎士比亚,德国浪漫派在戏剧方面才不致毫无建树。

诗歌的情况明显地好得多。它和通常译作中短篇小说的 Novelle,构成浪漫派创作实绩的两大支柱,前述的长篇小说和戏剧与之几乎不可同日而语。不谈浪漫主义诗歌的先驱荷尔德林,不谈浪漫派的后继者海涅——他们都是世界一流的大诗人,就讲浪漫派作家本身,他们几乎人人写诗,而且颇出了几位以诗名世的重要人物,如乌兰德、艾辛多夫、诺瓦里斯、默里克、克尔纳以及莱瑙等,其他人如勃伦塔诺、沙密索、缪勒、阿伦特、吕克特也多少留下了传世之作,把一个时期的德国诗坛变得欣欣向荣,异彩纷呈。浪漫派的诗人们和诗歌作品,尽管在题材内容和艺术形式方面差异显著,有时甚至大相径庭,例如诺瓦里斯的颂歌、圣歌与阿伦特和克尔纳的战歌,简直很难摆在一起,但是却同样有着接近生活、倾心自然、面对包括死与夜的现实人生等一些优点。加之他们的诗风总的说来热情奔放,清新自然,一如他们的名称所昭示的那样,诗歌成就便不可低估。它虽然没产生拜伦、雪莱,却引出了海涅,对德国和世界文学的贡献不能算小。就其实质,浪漫主义和浪漫派本来便富有诗意,本来就该是培育诗歌和诗人的沃土和温床。

然而,在特殊政治气候和社会环境下的德国,在仍处于强大封建统治下的四分五裂的德国,浪漫主义的土壤里生长得更加繁茂、更加为世人瞩目的却是另外一种果实,即德语里称为 Novelle 的中短篇小说。德国浪漫派创作这种体裁的成绩远胜诗歌一筹,不仅名家辈出,传世佳作举不胜举,而且有突出的历史地位和广泛深远的影响。因此笔者以 Novelle 作为他们创作实绩的主要体现,进行比较深入的观察和论述。

二、浪漫派 Novelle 的历史地位和深远影响

关于 Novelle 的历史源流、艺术特点等问题,我已在前边的文章中述及,没必要重复。这儿再补充两点:第一,Novelle 是个在汉语里没有完全贴切的对应词的文学术语,是一种以故事情节取胜的叙事作品,相当于我们说的中篇或短篇小说,但与 Roman 的区别不表现于篇幅的长短,实有本质的差异;第二,Novelle 是德语文学里一种源远流长、成果丰硕和风格独特的品种和样式,在托马斯·曼和卡夫卡等确立德语现代长篇小说的历史地位以前,它与诗歌比翼齐飞,使德语文学更快地传播到了世界各国,受到人们青睐。

1795 年,歌德发表了《德国流亡者讲的故事》,成为第一个用德语写成有影响的 Novelle 的作家。在随后的 100 多年里,德语 Novelle 的发展高

潮迭起,产生了克莱斯特、霍夫曼、豪夫、凯勒、施笃姆、迈耶尔、海泽、施尼茨勒、卡夫卡、施蒂芬·茨威格以及曼氏兄弟等一大批享誉世界的 Novelle 作家。

不过,被公认为德语 Novelle 真正奠基者的并非歌德,而是克莱斯特;掀起它发展历史上众多高潮中第一个高潮的,也并非别的什么流派,而是浪漫派。歌德《德国流亡者讲的故事》,在形式和结构上仍带有模仿《十日谈》的痕迹,也即以一些人聚会作为交代背景的大框子,让聚会者一个接一个地讲故事。这就是所谓的“聚会 Novelle”。比歌德的上述作品仅晚一年问世的第一批浪漫派 Novelle,例如蒂克的代表作《金发艾克贝特》(1796),便打破聚会的框框,成为单篇 Novelle(Einzelnovelle)。

不仅如此,浪漫派的 Novelle 内容也更接近童话和传奇,富于神秘色彩,德国的民族特性和浪漫派的个性都更鲜明。特别是克莱斯特,他的作品不仅形式更加严谨,语言更加精练,让讲故事的人完全隐身到了幕后,而且从内容方面还把过去只重奇闻逸事讲述的所谓“事件 Novelle”(Ereignisnovelle),提高为“个性 Novelle”(Charakternovelle),从而写出了《智利地震》(1807)等一系列传世杰作。在这些作品里,克莱斯特像使用放大镜或显微镜似的利用一些非常环境和非常事件,对主人公的个性和心理深入观察,对他们的灵魂细加剖析,成功地塑造了侯爵夫人封·O等一个个德国文学史上备受推崇的人物典型。

是克莱斯特奠定了德语 Novelle 最主要的基石,然而掀起德语 Novelle 发展的第一个高潮,还靠了他之前之后的一大批浪漫派作家。他们几乎人人染指这一新兴的体裁,而且大多写出了优秀之作,如霍夫曼包含着大量杰作的《谢拉皮翁兄弟》《卡洛风格的幻想故事》《夜谭》等中短篇小说集,蒂克的《金发艾克贝特》和《年轻的木匠师傅》,勃伦塔塔的《卡斯帕与小安娜》,阿尔尼姆的《埃及的伊萨贝拉》和《拉托内要塞疯狂的残废军人》,福凯的《温婷娜》,沙密索的《彼得·施勒米奇遇记》,艾辛多夫的《废物生涯》和《大理石雕像》,以及豪夫的许多作品,真是举不胜举。特别是霍夫曼和豪夫,他们首先以 Novelle 作家的身份享誉世界,对德语

Novelle 发展的第一次高潮贡献非常之大,也更能体现浪漫派 Novelle 的特点。

不仅是创作,浪漫派还对 Novelle 的理论有所建树。例如,早在 1801年,他们中的理论家 F. 施莱格尔就替这种体裁下过定义,即 Novelle 是一则奇闻逸事(Ankdote),是一则尚不为人知但本身已包含着某种一定能引起人兴趣的因素的故事。1829 年,蒂克又进一步发挥说,Novelle 要把一个或大或小的事件表现得十分引人注目,这个事件不管多么容易发生,都是令人惊奇的(wunderbar),也许还绝无仅有(einzig)。这些论述,抓住了德语 Novelle 理论不可缺少的重要环节。

总之,无论看创作实绩还是看理论建树,浪漫派在德语中短篇小说发展史上的地位都是很崇高的,都可称作奠基者和第一个高峰。

至于谈到对国外和后世的影响,我们至少可以把他们的 Novelle 创作与施莱格尔兄弟的理论和格林兄弟搜集的民间童话等量齐观,相提并论。因为霍夫曼、克莱斯特、豪夫、艾辛多夫、福凯、沙密索等人的杰作的确流传至今,为世界包括我们远在东方的中国读者所珍爱,就像歌德、席勒等经典作家为数也不很多的代表作一样。其中尤其是堪称中短篇小说大师的霍夫曼,更是歌德之后海涅之前最富影响的德语作家。从他的《谢拉皮翁兄弟》(4 卷)、《卡洛风格的幻想故事》(4 卷)和《夜谭》(2 卷)等中篇集中,欧美各国一代一代的大小说家都获得过启迪,近代的巴尔扎克、果戈理、陀思妥耶夫斯基、王尔德、爱伦·坡,现代的托马斯·曼、波德莱尔、卡夫卡,当代的安娜·西格斯、君特·格拉斯等等,均在此列。①

还有两个事实,也许可以视为浪漫派 Novelle 对后世影响深远的表现。一是在德语文学史上,紧接着浪漫派登上舞台的诗意现实主义的作家们最擅长的仍是 Novelle 这种体裁,同样也产生了凯勒、施笃姆、迈耶尔以及保尔·海泽等有世界影响的大师。二是到了 20 世纪,写 Novelle 虽渐渐不再时髦,但仍出了像斯蒂芬·茨威格这样的重要作家,像托马斯·

---

① 详见拙文《非驴非马,生不逢辰》。

曼的《威尼斯之死》这样的重要作品。除此我们还可举出豪普特曼的《索阿纳的异教徒》，托马斯·曼的《马利奥和魔术师》，以及茨威格的《一个女人一生中的二十四小时》，等等，不管这些作家本人标榜的是什么主义，他们的 Novelle 都仍可或多或少看出受浪漫派小说影响的痕迹，找得到浪漫派的风格印记。

三、浪漫派 Novelle 的思想倾向

从产生、兴盛到衰落，德国浪漫派在欧洲文学舞台上存在、活跃了近半个世纪，随时代的变化和中心的转移，又分作早期、中期、晚期以及地区小团体。加之它并无严密的组织和必须共同遵守的统一纲领，成员的思想是极其复杂的，彼此还经常有矛盾，同一个人的思想也可能发生变化，以致前后面目全非。例如他们中的不少人对于法国和法国大革命的态度，在革命爆发的前后正好相反。此外，还有一些重要作家与浪漫派并无任何组织联系，却仍然不能不算在他们之列，例如克莱斯特和霍夫曼。所有这些情况，都决定了我们在判定浪漫派的思想倾向时不可以偏概全，主观武断，而要实事求是地多做具体分析，坚持历史唯物主义和一分为二的辩证方法。以"消极""病态""反动"之类的贬义词来对复杂和充满矛盾的浪漫派一刀切，不仅不够科学和失之草率，还有违历史真实。即使对曾经使用过这类词语来批评浪漫派的经典作家，我们恐怕也是断章取义，犯了盲目追随权威的错误。①

囿于题旨，不能细述德国浪漫派不同时期和不同成员的政治、哲学和社会思想，只好谈谈他们总的思想倾向。

在德国，浪漫派或浪漫主义运动为"狂飙突进"运动的延续和发展；在席卷全欧的浪漫主义大潮中，它则是一条不小的支流、一个重要的组成部

---

① 对于纠正这方面的偏颇，冯至老师在《浮士德〈海伦娜〉悲剧分析》中为我们做出了表率。参见：冯至. 冯至学术精华录. 北京：北京师范学院出版社，1988：329.

分。它产生和活动的时代,从欧洲的整个大环境来看仍然光明战胜黑暗,进步战胜反动,虽然也出现了复辟和倒退。这样的大前提,决定了德国的浪漫派也如其他各国的浪漫主义同道一样,在思想和现实表现中有好的一面,积极的一面。他们继承人道主义传统,发扬批判精神——像克莱斯特、霍夫曼、豪夫、蒂克、艾辛多夫、沙密索等的优秀作品,无不在反映时代社会风貌的同时,要么鞭挞封建反动势力,颂扬为正义而斗争的精神,要么揭露贵族和宫廷的腐败,剖析市侩在精神和心理上的空虚,要么揭示不可调和的阶级矛盾,以及金钱对于心灵的破坏和腐蚀……

上述作家的《智利地震》《米歇尔·戈哈斯》《金罐》《侏儒查赫斯》以及《彼得·施勒米奇遇记》等 Novelle,都是其中的上乘之作。即使在现实生活中,他们也多半愤世嫉俗,至少是以逃往自然、沉潜内心、走入民间、缅怀往古等等方式,表示与社会现实的不妥协和格格不入。——不说他们搜集整理或他们自行创作的大量美丽童话,就讲那些一直为我们所忽视和批判的歌颂死和歌颂夜的作品,不也是他们不满现实的曲折表现吗?

再说,他们中有的人在现实政治斗争中并不消极;在法院工作时因为维护正义而一再遭贬的霍夫曼,位于跟反动当局做坚决斗争的"七君子"之列的格林兄弟,还有勇敢投身解放战争的克尔纳等人,便是他们杰出的代表。

历史地看,我认为德国浪漫派与欧洲的浪漫主义运动大体上步伐一致,总的倾向还是积极的。只不过德国长期分裂、落后,封建势力特别顽固、强大,资产阶级异常软弱无力,才使他们看不到光明的前途,因而缅怀往古,甚至错误地美化基督教统治下的中世纪;才使他们缺乏勇猛顽强的斗争精神和拜伦式的豪迈磅礴之气,常常沉溺于对夜、对死、对种种病态和神秘事物的思考乃至追求和美化中。这些,我们固然不能不说是浪漫派的消极表现,但它们并非主流和一切,而只是局部的和相对的。而且,这样的消极表现,在德语文学中并非浪漫派所独有,试想"狂飙突进"时期的一些作家如青年歌德,现代主义运动中一些代表人物如里尔克、卡夫卡,在他们的代表作中,何尝又不是经常都难看见光明和未来呢? 就连

《浮士德》，不也只是一出加上了"得救升天"的乐观结尾的大悲剧吗？存在决定意识，德意志的土壤里生长的就是这种幽蓝的"病态之花"；区别更多的恐怕只在浪漫派作家对现实的描绘和反映，不像在前在后的大师们那样深刻，那样大气。

我这么讲，显然无意于矫枉过正，把浪漫派说得十全十美，或者认为他们可与其前后的大师媲美，而只想表明，独以"消极"二字来给浪漫派定性、"判刑"，未免有失公道和显得苛刻。

还应该说明的一点是，在不同作家和不同的作品中，思想倾向也不一样。具体说到浪漫的 Novelle，克莱斯特、霍夫、艾辛多夫、豪夫等人那些流传至今的名篇杰什，似乎可列入不那么"消极"的一类。就连他们中最有争议的"幽灵霍夫曼"，他的《侏儒查赫斯》和《金罐》等两篇代表作，不是仍然受到马克思的赞赏？这似乎也说明了一些问题。

四、浪漫派 Novelle 的艺术特色

浪漫派 Novelle 的艺术特色乃至整个浪漫主义的创作态度和方法，都是在它的哲学和美学基础上衍生和发展起来的。

在哲学上，德国浪漫派深受与他们差不多同时的费希特的影响。1794 年，费希特出版他的《知识学》(*Wissenschaftslehre*)，于书中建立了自己的主观唯心主义体系。他无限夸大自我的精神作用，把人自己的精神视为世界万物的创造者和源泉，让外部世界屈从于"我"的内心，让客观屈从于主观。到了世纪之交，费希特的哲学中出现了明显的宗教和神秘色彩。只不过他已不再到符合理性道德的宇宙秩序及行为中去寻找主宰，发现神性，而是视绝对的存在，视感情、爱情和精神享乐等等为神性之所在。

继费希特之后影响浪漫派最明显的哲学家是谢林。自 1793 年起，谢林与施莱格尔兄弟、蒂克、诺瓦里斯等一起住在耶那，过从甚密，本身便是浪漫派的创立者之一。他接受和发展了费希特的主观唯心主义哲学，在

早期的代表作《关于一种自然哲学的若干想法》(*Ideen zu Philosophie der Natur*, 1797)里提出:自然与精神构成一个统一体;自然是可见的精神,反之精神是不可见的自然;自然本质上讲是精神不断前进的揭示和显现,宇宙万物因而无不充满灵性。从这样的自然哲学出发,谢林越过宗教哲学进而形成了自己的美学观,在《论造型艺术与自然的关系》(*Ueber das Verhaeltnis der bildenden Kuenste zur Natur*, 1807)等著作里,提出了"艺术与宗教是紧密联系和结合起来的""艺术是世界万物的最高赋形"以及诸如此类的思想,为他的美学体系涂上了宗教色彩和神秘色彩。只不过谢林的宗教已是一种充满自然神论精神的新信仰,一种以其自然哲学为基础却又蒙着神秘外衣的新宇宙观。

受费希特、谢林等哲学家的影响,德国浪漫派在观察宇宙、人生并将其进行艺术再现时,自然而然地就表现出一些总的、共同的倾向,即重主观,轻客观;贵感情,贱理性以至于非理性;重想象,轻经验,以至于驰骋幻想,神游八极,天马行空;藐视常理常识,尊重崇拜自然以及超自然的神秘力量;不以奇异怪诞为奇怪,甚至刻意追求"奇""异";不以病态、死亡、黑夜为丑恶,而是视其为神圣自然的一部分,大胆加以描写甚至歌颂、美化,等等。

这样的艺术和美学倾向,注定了在德国浪漫派的创作中,Novelle 和抒情诗这两种体裁比较发达和成功。因为,从德语 Novelle 诞生之日起,它的作家和理论家们就强调其"闻所未闻""绝无仅有""奇异可惊"等特点;抒情诗更以个人的充沛感情和丰富想象为基础,这就要求作者具有浪漫的气质和想象能力。反之,戏剧在欧洲,特别在法国古典主义时期,主要起着教化民众的作用,是一种"载道"的工具,形式上又受舞台空间和"三一律"之类戒条的约束,与浪漫派的脾气真是大相径庭。长篇小说,特别是德国时兴的所谓"教育小说"或"发展小说",其宗旨在于总结人的成长过程和社会人生经验,理性色彩和教化作用同样显著,自然也不合浪漫派口味,同样非其所长。就连浪漫派代表人物之热衷于搜集民歌、民间传说和童话,并取得举世瞩目和影响深远的成绩,也与他们的哲学和美学思想关系密切。他们视这些民间文学作品为自然产物，十分珍视其中纯朴清新的自然音调，天真乐观、富于生趣的绮丽想象。

Novelle，德语文学特有的富于传奇色彩的中短篇小说，本文一开始便强调了它是浪漫派创作实绩的主要体现，继而论证了它的重要历史地位和深远影响。篇幅相对短小的 Novelle 之所以有些分量，除其本身固有的特质与浪漫派的审美取向谐调吻合以外，还一个原因，就是它在浪漫派的作家笔下，经常吸收融合了其他体裁，尤其是他们所擅长和喜爱的童话、逸事、传说和抒情诗的优点，将它们有机地糅合成为艺术的整体，使其放射出特异的迷人光彩。

浪漫派 Novelle 一般分为"历史小说"和"童话小说"两大类。只不过前者并不像真正的历史小说如司各特和迈耶尔的那些作品通常都写历史上的重大事件和杰出人物，而仅仅反映现实生活中曾经发生或可能发生的事件，也即现实的成分多一些，一如克莱斯特的《米歇尔·戈哈斯》和《智利地震》。后者也非那种主要供儿童阅读的真正意义的童话，而是背景广阔得多，思想深邃得多，仅是在驰骋幻想这一点上接近童话而有别于所谓"历史小说"，基本上属于成人文学的范畴，如霍夫曼的《金罐》和《侏儒查赫斯》。尽管如此，无论"历史小说"还是"童话小说"，都一样符合浪漫派创作的前述总倾向和总特征，一样把现实和幻想杂糅在一起，没有例外。不同的作家乃至同一作家的不同作品之间的区别，仅在于现实和幻想的搭配比例和方式不同而已。就说克莱斯特典型的"历史小说"《米歇尔·戈哈斯》，也写了一个"神秘的妇人"和一只装着字条的奇怪匣子，同样有不少幻想的成分；而霍夫曼的"童话小说"《侏儒查赫斯》对现实的描写、揭露、抨击更是有目共睹，比比皆是。只是比较起来，"童话小说"更能代表浪漫派创作的特点，格外值得重视。

五、"童话小说"——盛开在浪漫园圃的蓝色奇葩

德国浪漫派特别擅长的童话小说（Maerchennovelle），是中短篇小说

与童话这两种体裁的结合,因而既非纯粹的小说,也非通常的童话。这本身,已体现浪漫派创作的一个重要特点,即模糊和取消各种不同体裁之间的界限,例如除去"童话小说"之外,还写了不少"童话剧"等。①

除了上文提到的思想内容更深刻、更现实,"童话小说"较之民间童话往往篇幅更长,情节更曲折复杂,结构更严谨,一句话,处处可见作者的艺术手腕和匠心,也即更富于艺术性,因此还叫"艺术童话"(Kunstmärchen)。霍夫曼则别出心裁地称它为"现实童话"(Wirklichkeitsmaerchen),其理由是认为它离现实更近,包含的现实成分更多。

浪漫派作家从蒂克到艾辛多夫,几乎都写过"童话小说",并且留下了不少传世之作。其中最受读者喜爱和对后世影响最大的,要算霍夫曼的《金罐》和《侏儒查赫斯》、福凯的《温婷娜》、沙密索的《彼得·施勒米奇遇记》,以及豪夫的《冷酷的心》,等等。这些作品兼备童话与小说两种体裁的优点,不独以离奇的情节、丰富的想象紧紧抓住成年和未成年读者的心,而且还用犀利的笔锋,对世道人心做深入的剖析。封建贵族的腐败、市民阶级的平庸、金钱对人心的腐蚀等等,全部生动真实地反映在浪漫派的童话小说里面,读后叫人难以忘怀。

"童话小说"也是浪漫派重视向民间文学学习,致力于搜集民间童话的产物。由歌德肇始经过他们而达到第一个顶峰的 Novelle 创作,其中特别是"童话小说"或"艺术童话"的创作,其后成为德语文学的传统,从紧接在浪漫派之后的施笃姆、默里克,到现当代的托马斯·曼、黑塞、卡夫卡、伯尔、弗里施,许许多多的杰出作家都用这种特殊的体裁写出了成功的作品。

无论从哪个角度进行观察,中短篇小说尤其是"童话小说",都不愧为德国浪漫园圃里盛开的奇葩,都是对于整个德语文学乃至世界文学宝库的贡献。

---

① 浪漫派创作的另一特点是喜欢写所谓"断片"(fragment),所以他们的长篇小说多为未完成状态。

德国浪漫派的贡献当然远远不止于此。但只要认真研究一下他们的 Novelle,特别是 Maerchennovelle,正视他们使用这种体裁所取得的巨大成就和深远影响,我们便不会不对德国浪漫派刮目相看,修正过去对他们的评价。

(原载于《外国文学评论》1993 年第 2 期)

"德语文学也好看！"

——讲不完的《永远讲不完的故事》

2019 年 12 月 25 日的《中华读书报》，刊登了著名翻译评论家李景端的《为翻译家建亭的故事》。他讲：重庆武隆仙女山的世界自然遗产地，不久前兴建了一座端庄、典雅的巴蜀译翁亭，左右两侧的亭柱上有一副对联：

> 上联　浮士德格林童话魔山　永远讲不完的故事
>
> 下联　翻译家歌德学者作家　一世书不尽的传奇

巴蜀译翁从译 60 多年，著译逾千万字，最重要的成果就是上述的"浮士德格林童话魔山　永远讲不完的故事"。

《浮士德》《格林童话》《魔山》无须多说，可《永远讲不完的故事》（简称《故事》）为什么如此受青睐，会被特地从译翁包括《少年维特的烦恼》《海涅诗选》《茵梦湖》《纳尔齐斯与歌尔德蒙》等脍炙人口的数十种经典译著中挑出来，撰写到总结翻译家生平建树的楹联上呢？

因为它是德国当代儿童文学大师米切尔·恩德的传世经典，不说曾得过安徒生童书奖等重要奖项，讲文学价值、知名度和影响，也少有德语当代作品堪与比拟。

译翁庆幸在翻译生涯的"返老还童"阶段与米切尔·恩德①结缘，能译

---

① 译翁不在此介绍大幻想文学大师米切尔·恩德，请读者自行查找资料。

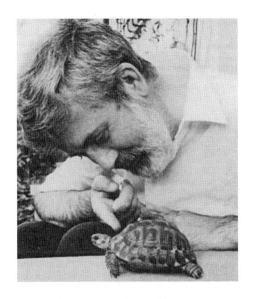

大幻想文学大师米切尔·恩德(1929—1995)

介这部不可多得的杰作。书中奇诡的想象、绚丽的色彩、宏大的场景,曲折、紧张、跌宕起伏的情节,还有丰富、深刻的内涵,一次次让我忍不住拍案叫绝:这部《故事》实在太好看,实在太有意思! 年过七旬的译翁惊喜、兴奋、愉悦、心驰神往,一如年少时阅读咱们的《西游记》!

一、《西游记》—《浮士德》—《永远讲不完的故事》

在陌生、神奇的幻想世界里,跟随《故事》的两位小主人公,我历经一个个奇幻境界,克服一重重艰难险阻,完成了一次次伟大的探索之旅。说到在此过程中获得的启示、感悟,不禁想起笔者翻译过的德国古典名著《浮士德》。尽管《故事》只是一部童书,读的时候不用像读"智者之书"《浮士德》似的皱额蹙眉,咬紧牙关,而是顺顺当当,舒舒服服,却一样可以认识社会和人生,认识世界和宇宙,认识人的内心世界,甚至对无与有、生与死、善与恶、正与反、黑与白、光明与黑暗、无限与有涯、个人与集体等辩证的相反相成的关系,也有所领悟。所以,在有"思想者文学"之誉的德语文学大花园里,米切尔·恩德的《故事》是为数不多的既思想深刻、富含哲理,又极具可读性和趣味性的作品,可谓"老少咸宜"。

米切尔·恩德的《故事》—吴承恩的《西游记》—歌德的《浮士德》,三部看似相差十万八千里的不同时代、不同文化背景和不同体裁的作品,让我如此一股脑儿扯到一起,不是没有道理:在这三部都堪称不朽杰作的巨著之间,确实存在着显著而巨大的共同处和可比性。

不是吗,三部杰作都具有浓重的浪漫主义色彩,都有天马行空、汪洋恣肆的风格,都想象奇丽大胆,情节跌宕起伏,场面壮阔宏大而赏心悦目,角色形象纷繁众多而鲜明生动,简直无奇不有,令人叹为观止。一句话,《故事》跟《西游记》和《浮士德》一样,也把幻想文学的特点和优点发挥到了极致,堪称《故事》作者米切尔·恩德本人所标榜和倡导的"大幻想文学"的典范,堪做既深邃又好看思想者文学德语文学的样板。

不是吗,这三部杰作讲的都是主人公历尽艰险的探索之旅:

高僧唐三藏骑着白龙马,带着三个徒儿远行万里,战胜无数妖魔鬼怪,千灾百难,为的是去西天取回真经。

浮士德在魔鬼靡非斯托的诱惑、怂恿和陪护下,从现实到远古,从地狱到天堂,完成象征人生五个阶段的穿越时空的旅行,为的是最后能说出一句"你真美啊,请停一停!",也就是追求那所谓人生的真谛。

《故事》呢,讲的更是一次穿梭往来于现实世界和幻想帝国之间的伟大旅程,不同之处只在于它被分成了两段,前一段的主人公叫阿特雷耀,后一段的主人公叫巴斯蒂安,可两人都并非什么高僧或者博士,而只是两个十岁光景的小小少年。可尽管都还是孩子,旅途中战胜的魑魅魍魉和磨难险阻,却叫我们成人也难以想象,不由得发出惊叹;他们追寻的终极目标却又玄妙而发人深思,耐人寻味,叫我们领悟到了德国文学何以称为思想者的文学。要知道,两个小家伙探索和追寻的东西,既非如唐僧背回长安去供奉和翻译的经卷一样看得见摸得着的实物,也不像浮士德终生渴望的"美妙的一瞬"似的是一个理念即人生意义,而是看起来虽简单却又具体,实际上是异常地意味深长以至于玄虚。阿特雷耀冒险旅行寻找的是一个秘方,一个能拯救病入膏肓的危在旦夕的幻想帝国的秘方;可这秘方,读者译者恐怕一开始都想不到仅仅是他去自己无从进入的现实世界,找来一个人类的孩子给幻想帝国的天童女皇取一个新的名字。接着,就由无意闯入幻想帝国的现实世界的孩子巴斯蒂安,继续完成阿特雷耀的冒险旅行;而他寻找的目标,却又变成了他返回现实世界的路径,也即他随着失去记忆而丧失了的自我。显然,两次冒险探索和探索的目标,各自都包含一个看似无法解脱的悖论,于是就富有了哲学思辨意义。

以上是译者对《故事》的总体印象。再具体地谈谈翻译时获得的几个特别的惊喜和感悟,与大家分享。首先最大也最意外的惊喜,是《故事》里有——

1. 一条白色的吉龙,它颠覆了西方龙的传统观念和形象

从古至今的整个西方文学,这条龙的形象可谓独一无二:它浑身披着银白色的鳞甲,颈鬣和脚鳍、尾鳍也是白色的,眼珠子像两颗大大的美丽的红宝石;它声如洪钟,翱翔时身姿优美妙曼,好似长空中飘飞舒卷的云絮,同时还发出悦耳的音乐,简直就是一条我们幻想中腾云驾雾的神龙啊。

它不仅形象美丽,而且是一条幸福之龙(Glücksdrache),即我们所谓的吉龙、祥龙,因此名叫福雏。在两位小主人公的探险旅行中,吉龙福雏自始至终担当了重要角色。它先是小主人公阿特雷耀的坐骑,使人联想到《西游记》唐僧骑的白龙马,但却比白龙马本事大得多,也可爱得多。它对自己的小主人无比忠诚,一次一次帮助他逢凶化吉,例如阿特雷耀在幽灵国的鬼魅城不慎落入狼人的魔掌无法脱身,行将被"乌有"吞噬,千钧一发之际吉龙福雏冒死深潜海底,为他寻回了天童女皇法力无边的护身符,阿特雷耀得以逢凶化吉。(《故事》第九章)

吉龙福雏不仅勇敢、忠诚,还机智、聪明,它不止一次眨着它那红宝石般的眼睛给小主人暗示、支着,防止他言行失当。它甚至还会当翻译哪!是它把喷泉的言语翻译给巴斯蒂安,巴斯蒂安才取得了生命水,成功回到了现实世界!(第二十六章)。

关于吉龙福雏,《故事》描写如下:

吉龙属于幻想帝国最珍稀的物种。它跟普通的龙不同,跟令人恶心的巨蟒也不同;后者盘踞在深深的地穴里散发出臭气,守护着现实的或者虚构的财宝。这类混沌的产儿往往秉性邪恶、歹毒,生着蝙蝠似的肉翅膀,飞起来时能在空气里煽起轰轰的响声,并且口喷火焰和烟雾。吉龙正好相反,是一种空气和温暖的造物,生性快活,尽管身躯硕大,飞起来却像夏天的云朵一样轻盈。所以它们不用翅膀飞行。它们如水中的鱼儿一样,在空气里遨游。(第四章)

跟善良、聪明的白色吉龙形成鲜明对照,西方的史诗、神话、传说和童话里出现的龙都凶残、丑陋,劣迹斑斑,最可恶、可恨的是它不时地掳掠人间的少女,供其奴役、淫虐。所以挑战和猎杀淫邪、可怕的凶龙,就成了人们证明自己的勇敢无畏和英雄气概的极好途径。在德国,古来被视为民族精神象征的英雄,就是伟大的民族史诗《尼伯龙根之歌》歌颂的那位屠龙勇士西格弗利特。《永远讲不完的故事》里同样有一条邪恶的凶龙,以及一位勇敢无畏地去屠龙救美的英雄亨雷克。(《故事》第十七章)

白色的吉龙福雏可以说是一条地地道道的中国龙,它彻底、全面、从外到里地颠覆了西方传统的龙的形象!

记得前几年还曾经讨论,我们是否应该唾弃自己崇拜了几千年的龙图腾,是否别再自诩为什么龙的传人,因为龙的形象和名声在西方人心目中太丑陋、太可恶!这里不打算评价这样的讨论有没有意义,只想说自己身为龙族的一分子,在发现《故事》里这条美丽、神奇的白色吉龙时,真个喜出望外,忍不住要写出来让国人分享自己的喜悦!

2. 鲜明而众多的中国元素、中国色彩

除了吉龙福雏,《故事》里的中国元素和中国色彩还有不少,令笔者惊喜。

就讲《故事》里反复出现、凸显的那两条蛇,那两条颜色一深一浅、相互咬着尾巴的蛇吧。这真是一个发人玄思,进而让我们联想到阴阳太极的意象。书的封面醒目地印着它,天童女皇神通广大的护身符"奥琳"上镌刻着它,最后它还现身在小说结尾处。

两条蛇一动不动的巨大身躯闪烁着金属的光泽,一条是夜色般的黑光,一条是银子似的白光。它们相互牵制着,作恶的本性便被镇住了。一旦它俩松开对方的尾巴,世界就会沉沦。这是肯定的。

然而它们相互制约,却同时又维护了生命水。要知道就在它们躺成的圆圈中央,哗哗地喷出一股巨大的泉水,水线上上下下飞舞,落下时千姿百态,变幻无穷,快得令人目不暇接。喷涌的水珠散作雾沫,在金光里幻化成道道彩虹。空气里则一片喧闹,像有千万条喉咙同时发出来欢愉的笑声、叫声、呼喊、歌唱、吆喝和喧嚣⋯⋯

这样一个光彩耀眼、生机勃勃的意象和情景,咱们多少受过《易经》和老庄哲学熏陶的读者,特别是研究哲学的专家学者,大可做出见仁见智的阐释、解读。

除去上述,《故事》还有不少情节和内容,笔者感觉都带有中国色彩,现仅举显例二三,供大家玩味、探讨。

《故事》的主人公一个来自现实世界,一个来自幻想帝国,可两个都是十岁光景的小男孩儿;

故事发生地幻想帝国的统治者(kindliche Kaiserin 天童女皇),也是一位年纪和两位小主人公相仿甚或更稚嫩一些的小女孩儿;

为了救治这个病入膏肓的小女皇,来自人类世界的胖男孩儿给她取了一个新名字叫"月亮之子"(第十二章);

在"变变屋"中使巴斯蒂安寻回失去的自我的,是一位充满母性的艾沃拉夫人(二十四章);

能使人恢复本性的是水——生命之水(第二十六章);

"一切开始总是黑暗的⋯⋯"(第十三章)

如此等等,都让人忍不住问一个为什么:为什么完成伟大探索的是柔弱的小孩而非强壮的中青年? 为什么幻想帝国的统治者是小女皇而非大皇帝? 为什么她的新名字是月亮之子而非太阳之子? 为什么只有生命水,而没有生命木、生命火、生命土、生命金? 为什么"一切开始总是黑暗的……"?

对这些问题,西方人的回答恐怕都得长篇大论,但我这个对老庄略知皮毛的中国文学翻译工作者的回答,却似乎可以是四个字:"贵柔守雌!"

不能不特别说一说天童女皇,她虽说又小又柔弱,却"如她的称号所表示,乃是无边无际的幻想帝国中所有国家的统治者,可是她实际上却不只是个统治者,或者说得更明白一些,她跟一般统治者有一点根本的差别:她从不使用暴力,或者说从不依仗权力实施统治;她从不命令谁,制裁谁;她从不干预别人的事情,也无须抵抗敌人的侵犯,因为没有谁会心血来潮,起而反抗她,侵犯她。在她面前,万物平等"。(第二章)

天童女皇尽管从来不司赏罚,对帝国内发生的事情和臣民们的所作所为从来不加任何干预,却享有帝国的绝对权威和臣民的无限爱戴。这是一种怎样的治国之道? 我想回答是不是仍为老庄的四个字:"无为而治?"

还是说天童女皇。阿特雷耀为寻访替她治病的秘方,找到了千年老龟莫拉,莫拉对他讲:

"天童女皇早在咱们之前就已经存在。只是她并不老。她永远年轻。瞧吧。她的存在不是根据时间持续的长短来衡量,而是根据名字。她需要一个新名字,不断地需要一个新的名字……她有过很多名字。只不过都给忘记掉了……但没有名字她活不了。只要有一个新名字,天童女皇她就会恢复健康。"(第三章)

那么天童女皇究竟是谁呢? 可不可以设想她就是宇宙自然的化身?

再有,为什么天童女皇只能在得到一个新名字后才会恢复健康呢? 天童女皇自己回答阿特雷耀提出的这个问题:

"因为只有正确的名字,能给予所有的生命和事物真实性。错误的名字使一切变得不真实。这就是谎言的所作所为。"

拯救天童女皇的秘方就是得给她取一个新名字,还有巴斯蒂安逐渐丧失记忆即失去自我以致变成"没有名字的男孩儿"这一情节,跟前面引述的有关"名"的思辨一样,都表明对于世间万物,有个属于自己的名字和适时更新名字是多么重要。说到这儿,不禁又联想到《道德经》开宗明义说的"道可道,非常道;名可名,非常名。无,名天地之始;有,名万物之母"。如此等等,我这个哲学门外汉还是做不出任何高深、精准的阐发来,只想讲名字对包括我们在内的宇宙万物真是太重要啦。名可名,非常名。所以天童女皇"不断地需要一个新的名字",须时时更名或正名;无,名天地之始;有,名万物之母。——"因为只有正确的名字,能给予所有的生命和事物真实性。错误的名字使一切变得不真实。"似乎可以说,米切尔·恩德在此对《道德经》的"名"这个范畴,做了自己通俗而言简意赅的讲解。而对世间万物都须不停变化,不断更新的哲学真理,《故事》更以精彩的情节和内容,做了形象的寓言式阐释。

历数了《故事》这些中国色调和中国元素,自然会产生一个疑问:在一部德国现代童话里这怎么可能呢?

对这个问题,译翁不想做比较文学要求的实证考察,因为那对笔者和读者都太烦琐。我只能简单回答,在 19 世纪末 20 世纪初,曾出现了一次新的"中学西播"[①],也即继 17 与 18 世纪的儒学热之后西方兴起过一阵道学热,《道德经》《易经》等经典由大汉学家卫礼贤翻译成德语,成了知识文化界的流行读物;瑞士心理学家荣格和获得诺贝尔文学奖的作家赫尔曼·黑塞,都是老庄思想的向往追慕者。米切尔·恩德的思想和创作呈现出鲜明的厌恶后工业文明的倾向,跟《道德经》蕴涵的东方智慧产生某些共鸣,实在不足为奇。

二、寓言和预言,启示和警示

说到米切尔·恩德厌恶资本主义后工业文明,《永远讲不完的故事》

---

① "西学东渐"这个词及其所指的历史事件,在中国可以讲尽人皆知;"中学西播"这一由巴蜀译翁(杨武能)在 20 世纪八九十年代开始使用的提法及其含义,却并不为学界注意和重视,这里以介绍《永远讲不完的故事》这部大名著为由头,为它吆喝吆喝。

跟他的另一些代表作如《毛毛》《魔鬼的如意潘趣酒》一样，都是很好的例证。这部童话杰作许多看似大胆虚构和荒诞不经的故事和场景，或者是人类现实世界的写照，或者是人类未来发展的预言，无不给予我们启示和警示。①

例如《故事》的第一章题名"幻想帝国情势危急"，讲的是广袤无垠的帝国各属国的使者纷纷赶来向天童女皇求救，因为各个地方都出现了名字叫乌有的灾魔。受其侵害，一片片碧波万顷的大湖看着看着就消失得没了任何痕迹，一座座茂密的森林也眼看着枯萎死去，勉强逃脱的巨大树精则肢体残缺、苟延残喘，就连幽灵国的魑魅魍魉也难逃厄运，被乌有吸进了无底深渊般的巨口里。也是因为帝国出了乌有这个灾魔，天童女皇才病入膏肓，危在旦夕。

我们每天面临和目睹的冰川消融、湿地干涸、森林死亡、瘟疫流行和干旱饥荒，不说明人类世界也受到灾魔侵害，得了重病，正在渐渐被"乌有"吞噬吗？

除了外在的"乌有"祸患，人类还面临着内在的乌有危机，就是失去自我的人格异化。《故事》的第二位小主人公巴斯蒂安，一个来自人类社会的懦弱胖男孩儿，在天童女皇的护身符帮助下变得英俊、强壮、勇敢了，让仆从们吹捧成了大善人、大智者，享受着幻想帝国的拯救者的荣耀，以致忘乎所以，让一个原是死敌的女魔头以阿谀逢迎的手段变成了自己的亲信，使飘飘然的他对忠心耿耿的朋友阿特雷耀和吉龙福雏产生疑忌并驱赶走他们，最后竟至在女魔头怂恿下生出取代天童女皇成为天童皇帝的野心，结果引起帝国各地的起义，使帝国的都城象牙宫堡在内战中血流成河，毁于战火……巴斯蒂安这个故事，寓言式地昭示出权力、荣誉等如何使人失去自我，丧失人的本性。（第二十二、二十三章）

《故事》还写了现代科技进步及其自身的异化。威力无穷的奥琳似乎

---

① 巴蜀译翁杨武能翻译的《永远讲不完的故事》《毛毛》《魔鬼的如意潘趣酒》和绘本《小纽扣吉姆火车头旅行记》等恩德代表作，均由二十一世纪出版社出版。

可以被解读为现代科学技术的象征。女魔头狔蝎德麾下那一群异常厉害的黑甲武士,其实不过是一些没有灵魂和肉体的金属壳子,被击倒后地上仅剩一堆破铁皮,跟现实世界的战争机器一个德行。狔蝎德为蛊惑巴斯蒂安,送给他一条隐身腰带,让他偷听到了阿特雷耀和吉龙福雏对自己不满的谈话,结果跟他俩反目成仇,赶走了他们,自己却完全被操控在了魔女手中,终至酿成毁灭象牙堡的大祸。说来凑巧,译翁翻译后一段时正赶上默多克新闻集团闹出窃听风波,再联想到尼克松的水门事件以及美国层出不穷的窃听丑闻,尽管我十分不愿意牵强附会,仍然忍不住莞尔一笑。(第二十章)

三、无处不在的讥诮、滑稽和幽默

《永远讲不完的故事》篇幅巨大,情节曲折,角色众多,内涵丰富,语言幽默机智,长于心理描写和哲理思辨,所有这些都远非传统的《格林童话》《豪夫童话》《安徒生童话》等可比。这儿单讲一个它相比之下特别突出和为笔者喜爱的优点,就是无处不在的滑稽和幽默。语言的幽默细致微妙,比比皆是,举不胜举。角色塑造的滑稽幽默也显而易见,例如小主人公 B. B. 巴斯蒂安和旧书店老板 K. K. 科勒安德尔,以及第一章那三个去向天童女皇告急的使者,第三章那只总在自言自语、大如山丘的千年老龟莫拉,第五章那一对儿离群索居的、老在拌嘴的侏儒老夫妻,等等,其状貌言行都时常令人发噱。至于故事情节的滑稽幽默,除了上面提到的一些章节,还想提请读者特别留意第二十一章"星宿修道院"和第二十三章"走出废帝之城"。

先说星宿修道院,它算得上一所顶级的学术研究机构:森严的等级、宏伟的殿堂、一板一眼的程序,真不输于我们现实世界的顶级学术圣地。在院里攻读学位的是数百名认知修士;他们有三位权威导师,分别名叫预感之母、洞察之父、智慧之子。只说其滑稽荒唐的一个表现:已经成了幻想帝国救星和伟大智者的巴斯蒂安应邀莅临该院进行学术交流,三天只回答了权威导师提出的三个似乎并不深奥的问题。谁知这个来自人间的小孩儿的每一次回答,都让"之母、之父、之子"摸不着头脑,必须休会下去消化消化,研究研究,第二天才能再济济一堂,继续探讨。对一帮世人眼里高深莫测的学问家,这不啻为黑色幽默和尖锐讽刺。

《走出废帝之城》讲的是幻想帝国的一座荒唐怪诞的城市。不但城市布局、建筑设计和房屋结构处处违背常理,市民们的行径也奇怪得像精神病患者。原来他们都是些当过帝王或一门心思想当帝王的人。这对现实生活中形形色色的权欲熏心者,无疑应该是一个警示。

怎么解读这两章滑稽透顶的尖刻讥讽呢?我想还是磕头请教老庄,在他们那里或许仍能得到四个字的回答:"绝圣弃智。"

拉拉杂杂写了不少,仍觉得远远没有把能讲和想讲的读后感和译后感写完。有些个原本很复杂深奥的问题,比如《黑夜之林蓓乐琳》和《色彩沙漠果阿卜》这两章涉及的生死之变问题,都没有谈到。还有故事为什么永远讲不完,书中本有多个有趣而富含哲理的解答,译翁不想再啰唆,而把问题留给读者自己去探究,这样阅读或许更加有益、有趣!

2011 年 10 月 1 日　完稿于德国北莱茵-威斯特法伦州

2018 年盛夏　修订于火炉重庆凉爽宜人、风光旖旎的武隆仙女山

2020 年 4 月 20 日　改定于山城重庆东和春天

第三辑　译翁译话

文学翻译与翻译文学:兼论翻译即阐释

一、文学翻译与翻译文学

文学翻译与翻译文学是两个关系密切、意义根本不同,因此不容混淆的概念。

文学翻译以原文的性质区别于其他门类的翻译,是个区分、规范工作性质的门类概念,只要原文原著是文学,不管其性状或优劣,都可称文学翻译,从事这种翻译的人都是文学译者。

翻译文学是判定、表明文学翻译质量的概念,指的是海量的文学翻译中少数成功的、高水平的成果,即所谓佳译、名译。它们必须经得起时间、历史和广大读者阅读实践的检验和考验。

要成为翻译文学,译本就必须和原著一样,具备文学一样的美质和特性,也即除了传递信息和完成交际任务,还要具备诸如审美功能、教育感化功能等多种功能,在可以实际把握的语言文字背后,还会有丰富的言外之意、弦外之音,以及意境、意象等难以言传、只可意会的玄妙的东西。

二、文学翻译究竟是什么?

对于这个问题,中国和外国已有过无数的回答。林语堂先生、唐人先生都称文学翻译是"艺术",李健吾先生说"原作是表现,翻译是再现",克罗齐更认为"翻译即创作",余光中先生则说它是"有限的创作";我们当代翻译界综合以上的说法,取得了一个比较一致的认识,即视文学翻译为一种"艺术再创造",等等。除此之外,还有关于文学翻译的种种类比,傅雷先生将它比作临摹名画,傅惟慈先生将它比作习字描红格儿,还有人把它比作戴着镣铐跳舞,比作用不同的乐器演奏同一首曲子,比作国际文化交流和传播的桥梁、媒介,诸如此类,不胜枚举。

所有这许许多多的说法和类比,无疑都道出了文学翻译的某一个或某些个特点,都对我们认识文学翻译的实质有所启迪。只不过它们都并未把问题说完全,也不够精确和科学,尚不能作为文学翻译的定义来看待。这是我们文学翻译工作者常常可以感觉到的一大遗憾。

文学翻译究竟是什么呢?巴蜀译翁即我这个出生在山城重庆十八梯下的厚慈街,茁壮于天府之国肥美文学沃土,毕生从事文学翻译的老头子回答:是阐释,仅仅是阐释!再现也好,再创造也好,或者更通俗一点的理解、表达和转换也好,通通都已包括在"阐释"二字之中。

> 翻译即阐释,只不过是一种广义的阐释,是一种全面深刻的、特定意义上的阐释。

在汉语里,译与释不仅字形相似,意义也曾经相通。可见《正字通·言部》:"凡诂释经义亦曰译。"又见《潜夫论·考绩》:"夫圣人为天口,贤者为圣译。"唐代诗人柳宗元在《天对》中说:"尽邑以塾,孰译彼梦。"所有这些古文献里的"译"字,都是诠释和阐述的意思。① 此外,汉语里还有一个演绎的"绎",与翻译的"译"音同形似,并且意义也联系紧密。

同样,在英语里,由拉丁文衍生出来的 interpret(解释,阐释)也有翻译(translate)的意思。它(在德语里变成了 interpretieren)既可以指用语言的解说、阐述,例如评介一部文学作品;也可以指艺术的演绎或表演,例

---

① 参见:徐中舒. 汉语大字典(缩印本). 成都:四川辞书出版社,1993:1675;木曾.
翻译释义//中国翻译工作者协会《翻译通讯》编辑部,编. 翻译研究论文集
(1894—1948). 北京:外语教学与研究出版社,1984:322.

如导演执导一出戏,歌手演唱一首歌,钢琴家演奏一部乐曲,等等,都可称演绎。反之,translate除去翻译这个意思之外,同样还有说明、解释以及转移、变换等意义。

文学翻译使用的媒介或载体是语言文字,在这点上无异于一般用语言进行的说明和解释、阐释;其翻译的对象是文学作品,须满足文学艺术在审美方面的诸多要求,在这点上又与艺术的演绎、表演颇为相似。我们不是常常说,译者应该像戏剧演员一样进入角色吗?不是说,在刻画塑造人物的栩栩如生方面,杰出的译者可以比作全能的表演艺术家吗?在写景状物的绘声绘色方面,他们堪称成功的造型艺术家吗?在很大程度上,我正是从英语等西方语言的 interpret 一词在艺术领域的实际运用中,得到了最初的启示,慢慢悟出了文学翻译也是一种 interpret,即一种带演绎性的阐释的道理。

其实,在文学翻译的实践中,只要稍加留意,就可以发现不仅可以做上面那样的类比,而且真正体现了译即释,或者不得不释的情况,也实在是不少。凡是所谓的意译,凡是运用所谓翻译技巧的地方,不管是转意、引申,还是增减原文,其实质都是在"释"。越是民族文化色彩浓重的词语和事物,翻译越离不开"释",包含"释"的成分就越多,如中国古典哲学或文学理论的一些术语和民间俗语;越是困难和艰涩的原文或者文体,也越少不了"释",如诗歌,特别是中国古典诗词,还有某些西方现代派作品,如《尤利西斯》似的行文特异之作。要证明此言不虚,只要找一些中国古典诗歌的原文和译文,甚至是汉语的今译来对照读一读就行了。还有就是看外语影视片的经验:那些本身已经翻译过的几乎总比原文的容易理解,其原因就在前者中许多往往正好是难点的地方已经由译者"释"过,因而也变得容易理解了。[①]

当然,这儿说的"释",多半还只是局部的、浅层次的和字面意义上的,

---

① 参见:王以铸. 翻译四题//中国翻译工作者协会《翻译通讯》编辑部,编. 翻译研究论文集(1949—1983). 北京:外语教学与研究出版社,1984:458.

即解释。真正好的翻译,应该尽量减少这种带有"稀释"副作用的解释成分,虽然想完全避免也不可能。如何才算恰如其分,不同的人可以有不同的理解。重要的是心中有数,并在此基础上掌握适当的分寸,善用却不滥用所谓翻译技巧也即解释的"技巧"。

文学翻译作为整体,自然不只是这样的解释,而应该是阐释。

三、作为阐释的文学翻译有何特点？
以什么区别于解释和一般意义的阐释？

在回答这个问题之前,允许我从德国大诗人歌德的不朽杰作《浮士德》中举一个主人公如何做"翻译"的著名例子。在诗剧第一部"书斋"的第四场,浮士德博士初次遇见了化身成一条黑犬的魔鬼靡非斯托,心情十分烦乱,于是翻开希腊文的《圣经·新约·约翰福音》来进行翻译,想以此获得内心的安宁。可是刚刚着手翻译第一句,他便绞尽脑汁,累累停笔,几乎翻译不下去了。

Geschrieben steht: "Im Anfang war das Wort!"

我写上了:"太初有言!"

Hier stock ich schon! Wer hilft mir weiter fort?

笔已停住！没法继续向前。

Ich kann das Wort so hoch unmoeglich schaetzen,

对"言"字不可估计过高,

Ich muss es anders uebersetzen,　　　　我得将别的译法寻找,
Wenn ich vom Geist recht erleuchtet bin.

如果我真得到神的启示。

Geschrieben steht: "Im Anfang war der Sinn."

我又写上:"太初有意!"

Bedenke wohl die erste Zeile,　　　　仔细考虑好这第一行,
Dass deine Feder sich nicht uebereile!　下笔绝不能过于匆忙!

Ist es der Sinn, der alles wirkt und schafft?

难道万物能创化于"意"?

Es sollte stehn: "Im Anfang war die Kraft!"

看来该译作"太初有力!"

Doch auch indem ich dieses niederschreibe,

然而就在我写下"力"字,

Schon warnt mich was, dass ich dabei nicht bleibe.

已有什么提醒我欠合适。

Mir hilft der Geist! Auf einmal seh ich Rat

神助我矣!心中豁然开朗,

Und schreibe getrost: "Im Anfang war die Tat!"

"太初有为!"我欣然写上。

　　几乎把这位满腹经纶的老博士难住了的仅仅是一个词儿,即原文中的 logos。此词汉语里音译为"逻各斯",在希腊文中却含有字词、言词、言论、思想、意识、概念以及理性、理念乃至神和宇宙法则等多重意思。马丁·路德著名的《圣经》德文译本把这句译成为"太初有言",和英语译本的"In the beginning was the Word"一样,在字面上与原文倒是贴切的,也符合基督教的教义,因为"言"可理解为"神的话"或"神的金言"。但是,把这个"言"字放在说明创造世界万物的原动力这个上下文中,浮士德按照自己的理解便觉得不妥,于是反复斟酌,几经改变,最后把它"译"作了离 logos 一词的原意相去甚远的"为"字。很显然,浮士德是按照自己信奉的有为哲学,对原文做了很独特的诠释或阐释,应该算是一个走得比较远的"译即释"的例子。在他所处的那个翻译的任务主要为诠释《圣经》的时代,这样"译"也许并不奇怪,对今天的我们却显然不足为训。可是不译成"为",而像马丁·路德一样译成"言",或者像我国流行的《圣经》译本那样译成"太初有道",就不是译者按照各自的世界观对同一个词所做的不同阐释了吗?特别是这个"道"字,它虽在意蕴深广玄奥方面于原文有过之而无不及,却带着明显的中国古典文化的色彩,对于希腊文 logos 来说,它同样也是特定的中国译者的释罢了。反过来,中国哲学的这个"道"字,在西文译本中几乎都只是音译为 Tao 或者道路的"道"(Way),然后做大量的注释,却几乎没有人译为 logos,不是说明 logos 并不等于"道"吗?①

说到在翻译作品中经常不得不加的注释,不管是题解、笺注或是脚注,还是负责任的译者在译序或后记中所做的有关作品的种种交代和介绍,不也都可看作对"译即释"这一事实的尴尬承认吗?

这儿举的浮士德"译"logos 的例子,虽说不能成为翻译活动的典范,却仍反映出了翻译作为阐释的一些主要特征。它说明翻译实在是一种艰苦、复杂的心智劳动,既非简单的"转换"或一般的解释,又有别于狭义的理论性的阐释。

四、作为阐释的文学翻译的特征

相当于翻译的阐释,其内涵是十分丰富的,不能做一般字面的机械的理解。古罗马神学家圣奥古斯丁在《基督教教义》一书中,曾引用下面这首中世纪流行的小诗,来说明《圣经》注释工作的繁难:

> 字面意义多明了,
>
> 寓言意义细分晓,
>
> 道德意义辨善恶,
>
> 神秘意义藏奥妙。②

事实上,在古今中外的文学佳构中,不只是那些伟大的传世巨著如《红楼梦》《水浒传》《西游记》抑或荷马史诗、但丁的《神曲》、阿拉伯的《一千零一夜》、莎士比亚的悲剧以及歌德的《浮士德》,而且就连一些杰出的

---

① 关于 logos 和"道"的翻译问题,可参见:姚小平. "道"的英译和《圣经》中的"道". 外语与翻译,1994(2):31-33.

② 赖安,齐尔. 当代西方文学理论导引. 李敏儒,等译. 成都:四川文艺出版社, 1986:199.

短篇小说和诗歌,都无不同时蕴含着上述多层次的意义。例如笔者译过德国诗人海涅的小说《佛罗伦萨之夜》的一个片断《帕格尼尼》①,它虽说只有七八千字,却明显地具有多重意义:第一,它描绘了作者海涅听帕格尼尼演奏时眼前出现的各种幻象场景,也即钱锺书先生所谓的"通感"和现代科学家所谓的"联觉"②现象,此系小说的"字面意义";第二,通过这些联觉现象的描绘,它展示了作为被压迫的意大利民族代言人帕格尼尼富于传奇色彩的一生,借他的音乐对囚禁在海底的"牛鬼蛇神"发出了解放的呼号,这是小说的"道德意义";第三,通过对幻象中崇高圣洁如天神的帕格尼尼及其庄严雄壮的琴音的赞颂,宣扬了人为宇宙中心的人道主义理想,讴歌了人类的光明前景,此为小说的"寓言意义";第四,对音乐的神奇力量的宣示,如结尾说"这样的妙音啊,你可永远不能用耳朵去听;它只让你在与爱人心贴着心的静静的夜里,用自己的心去梦想……"

言归正传,文学翻译的阐释必须做到:

(1)在内容上,是深邃的。释不能停留在文字的表面,而须发掘和揭示原文的深层语义即现代阐释学所谓原作者的"本意",包括深深隐藏在其中的民族"文化积淀"乃至"集体无意识"。这不只是对一字一词而言,大一点的语言单位如短语等更是如此,整个的作品尤甚。就拿字词来说,也不只西文的 logos 或汉语的"道"这样的抽象词,才有多重意蕴需要深入发掘,一般常用的实词也一样。著名翻译家董乐山先生前不久发表文章,谈到台湾学者黄文范在《编印英汉文学词典刍议》一文中对英语"I"这个人称代词的汉译做过统计,结果竟有 42 个之多,而且尚不无遗漏。③ 这对于"I"的四五十种不同汉语译法,绝非无实际意义的简单重复,而是各具宽窄不等的意蕴和雅俗有别的色彩。仅仅是各种语言都存在的这种一词多义和多词一义现象,就注定了翻译,特别是带艺术性和学术性的翻译,

① 译文见:杨武能. 德语国家短篇小说选. 北京:人民文学出版社,1980.
② 钱锺书. 旧文四篇. 上海:上海古籍出版社,1979.
③ 董乐山. 多词一义与一词多义. 文汇报,1996-03-02(8).

绝不只是简单的转换,就注定了翻译者必须像浮士德似的冥思苦想,殚精竭虑,在一词一语的众多解释中扒梳、发掘和挑选,以找出那在特定的上下文中最贴切的一个。这发掘和挑选,就是阐释。

(2)在形式上,是直观的和演绎性的。例如 logos 是一个词,浮士德也只能努力把它再现或复制为一个词,既不允许像一般解释似的不拘多少地随意说上几句,也不容许像理论性的阐释似的长篇大论,为此写上一段、一篇文字乃至一整本书。这直观和演绎性的特点,并不使翻译之为阐释变得简单容易,相反倒使它更加困难,因为不只要求原文的形式特征——其中最重要的自然是原著的体裁样式和语言风格——在译文中基本上一目了然,而且给了译者一些非常严格的限制。这些严格的限制,同样不只限于一词一句,而是适用于整个原著。这严格的限制,既是外形上的,也是数量上的,除了不同语言的符号不一样以外,其他一切看起来都应尽量相同或至少相似,作为翻译的阐释的"直观性"就在于此。也就是说,文学翻译的阐释不容许像一般解释和阐释那样随意地"稀释""浓缩"或扩展、改变外形特征,也并非越浅显易懂越好,越容易接受、消化越好,而是多寡、浓淡、隐显等等同样有个度的把握问题,同样必须严格以原著为准绳,以再创原著为目的。

(3)在总体上,是全面的和完整的。对于字和词如此,对于句、段乃至全文亦然。译者不仅要恰如其分地传达原文的意义、内容,再现原文的外形及隐含其中的逻辑关系,还得复制出原著作为文学作品所必有的艺术风格、请调、韵味等存在于字里行间的、不易见乃至不可见的因素,还得对所谓的言外之意和弦外之音以及飘散、笼罩在整个作品里的文化、社会、历史氛围,做尽可能不多不少、原封原样的再创。

这样的全面和完整性,固然又大大增加了文学翻译作为阐释的艰苦繁难程度,同时却使它既区别于一般翻译,也区别于理论性的阐释,是文学翻译之为文学翻译的诸多特征中最具本质意义的特征,是它的艺术性和学术性的重要源泉。这样的全面和完整性,可以说是文学翻译的灵魂。做不到这样全面、完整地阐释,即使翻译的是文学名著,译本也未必能成为文学——翻译文学,因为它缺少了灵魂。真正成功的文学翻译作品,必须经得起整体的审视,从整体看必须是像原著一样的艺术品。我们在讨论文学翻译的标准的时候,在对译本进行品评的时候,当然不能忽视这个全面和整体性的特点,否则就会失于"见木不见林"的偏颇。

(4)从译者方面看,是主动的和积极的。面对复杂、繁难、意蕴丰富、情致流动变换的原文,作为阐释者的译者仅仅消极地、机械地转换和传达或者反映,显然十分不够。阐释的"阐"字,就有深入地发掘、发扬和揭示等主动积极的含义。从一般的意义上讲,任何的阐释乃至比较流于表面的解释,都自然含有主观成分。作为文学翻译的阐释,本身又具有上边讲的复杂、深入、全面等特点,更不能不要求译者发挥主观能动性,更不会不带上其主观色彩。译者不是平面的镜子或者无生命的机器,而是活生生的、具有灵性和情感的、血肉丰满的人。他在工作时当然应该做到理智、冷静、克己和忘我,但这绝不等于说他就该并且也能无动于衷,绝不等于说译本会不受到他个人的思想感情潜移默化的影响。

也就是说,文学翻译必然或多或少带有这一活动的主体即译者的个人色彩。这种个人色彩如果随着时间的积累、译作的增多而稳定下来,便自然成了译者自己的风格。从理论上讲,译者的个人主观色彩或风格当然应该避免;然而在文学翻译的实践中,它却永远是客观存在,不管我们喜欢也好,不喜欢也好,承认也罢,不承认也罢。甚至也可以说,文学翻译的艺术性和创造性,在很大程度上正是仰赖于它。试想一想,一部作品的翻译如果永远是依样画葫芦般的客观和千篇一律,还有什么艺术和创造可言? 不许做主动、积极的阐释,否认译者实际上也有风格,就等于否认文学翻译真是艺术性的创造。

译者的风格既然如此重要,既然不可能完全消灭,同时又不宜张扬和显露,那就只可能使其尽量与原作者的风格相适应、相协调、相融合,使它的表现尽可能地自然、隐蔽并且控制在合理的范围之内。我很赞赏傅雷先生尽量选与自己气质和风格相近的作家来译的主张,因为这样确实能自然而然地扬长避短,相得益彰。还有许钧教授关于掌握好"度"的提法,我也十分同意。① 回顾一下我国乃至世界的文学翻译史,其实真正能传之后世的恰恰是那些有自己风格的翻译作品——林纾的"翻译"可以作为一个比较极端的例子,而能掌握好这个"度"的,恰恰是那些翻译大师。

(5)从原著和作者看,是相对和发展的。大凡真正富于文学价值的名著杰作,必然传之久远,必然面对不断变化发展的时代和社会,面对不同文化背景的一代代新的译者和读者。即使同一时代、社会和文化背景中的译者吧,人与人的教养、素质和经历也千差万别,他们对作品进行阐释时所取的角度和站的高度也必然有所差异。拿现代阐释学的术语来讲,就是他们在对原著进行阐释时的"先结构"不一样,结果就是阐释的成绩绝难完全相同。即使同一原著的翻译,也总是因人、因时、因地、因不同的译语文化背景而异;而且这"异"不只表现于它的载体语言——语言的变化确实最明显,也表现在对内容的阐释。这不只注定了翻译的忠实和等质的相对性,也使重译、复译或曰重新阐释变得可能甚至必然。

前边我提到了实为阐释的文学翻译与表演艺术的某些相似之处。正如一部名剧可以由不同时代、不同国家和不同风格的导演反复搬上舞台或银幕,一首歌或一支曲子可以由不同的艺术家反复地演唱和演奏,而且都通通被当作重新阐释或演绎(interpret)而得到认可一样,重译或复译也应该说是一种重新阐释或演绎,问题主要恐怕不在于该不该,有没有必要,而在于这新的阐释是否有其自身存在的价值,特别是艺术价值。在这个问题上,我国翻译界对自身的要求是十分严格的,也该严格。然而在进行翻译批评时常常将对原著的"忠实"看得太绝对,似乎一部作品就只能以一种风格和观点来阐释,忽视译语文化与原著文化背景之间的巨大差异,抹杀阐释者的个性和主体性的有限发挥,却又未必可取。我们不敢奢望获得现代西方某些导演那样大胆阐释古典名剧的自由,但也害怕手脚被捆得太死。须知,对于作为阐释的文学翻译缺少发展和相对的认识,拒

---

① 参见:傅雷. 翻译经验点滴//罗新璋. 翻译论集. 北京:商务印书馆,1984:625;许钧. 是否还有个度的问题——评罗新璋译《红与黑》. 中国翻译,1995(4):20-24.

绝通过高水平的、有着自身特色的重译或复译不断赋予文学名著以新的生命和价值，无异于抛弃这些名著，也就根本无所谓忠实或不忠实可言。

总之，文学翻译即阐释，一种特殊意义的阐释，一种深邃、直观、全面、主动和处于变化发展中的阐释。

在说明了文学翻译作为阐释的种种特点以后，似乎已经可以得出一个结论：用"阐释"这个本身就带有学术意味的词，能更具体地表达、更深入地揭示和更全面地涵盖文学翻译这一复杂心智活动的实质意义和价值。不是吗，阐释比模仿来得积极，比反映来得主动，比再现、转换、传达等来得深刻，比创造来得实在、精确和切合实际，比"再创造"言简意赅，可以不必加一个"再"字而暗示出了被阐释客体即原著的存在。至于我提过的什么"阐释、接受与再创造的循环"，如前文已说过的实在啰唆累赘。"阐释"一词应该讲已包括所有这些内容：接受只是译者进行阐释的必然却无形的收获，再创造只是阐释有形的特征和结果。还有我们所谓的理解和表达，前者可以说是译者对自己做的内向和无形的阐释，后者是他对读者做的外向和有形的阐释，通通都不过是阐释罢了，无须再加任何别的意思。

进一步推演，文学翻译要阐释的不只是原著文本所包括的方方面面，还必须进一步涉及创造文本的作家，涉及产生这作家和作品的时代和社会。而且仔细想一想，这原著文本和作家的创作，不同样也是阐释，即作家对自然、对社会、对人生，对客观世界和主观世界的阐释吗？文学艺术之于自然和社会、人生，与其说只是像古希腊美学主张的那样机械地模仿，像通常比喻的镜子似的消极反映，或者只是被称作容易流于肤浅的表现，不如也说是一种积极能动的、融进了个人思想情感的和富于创造精神的阐释更好。

从这个意义上讲，文学翻译其实是对原著所阐释的对象的再阐释。和作家的第一次阐释比较起来，这再阐释的内容应该讲还更加丰富，任务也更加艰巨。为什么？因为译者于原著的内容之外，还须对作家本人的种种情况，诸如他与作品的关系、他的风格即阐释方式等，也进行恰如其分的阐释。文学创作的不同风格乃至流派,其实就是作家对主客观世界的不同观察和表现方式,即阐释方式。能否把原作者的阐释方式即风格也适度地展现出来,则是作为再阐释的文学翻译成功与否的重要标志。

再往前跨一步,译本的读者即接受者的阅读活动,同样也可以讲是阐释。他们为求解读作品,获得认知和愉悦,也必须不同程度地发挥主观能动性,自觉不自觉地进行阐释。

当然,作家、译者和读者的三者阐释并不完全一样,前二者应该说都是自觉的、显性的、完整的(由有形的作品体现出来),相对而言也比较深刻;读者的阐释则是隐性的,也不一定自觉、完整和深刻,因为他们未必都像作家和译者似的有必须达成的目标。

综全文所述,文学翻译活动的全过程像一根长长的关系链条,即:

世界—作家—原著—译者—译著—读者

在这个链条中,译者居于关键的中枢位置,最具能动性也最富创造性,所以是主体也必须是主体,是译作成为翻译文学的决定性因素。

1990 年 5 月　四川大学竹林村远望楼初稿

2020 年 6 月　重庆武隆仙女山译翁山房定稿

阐释、接受与再创造的循环

——文学翻译断想之一

　　文学翻译必须是文学。文学作品的译本必须和原著一样,具备文学所有的各种功能和特性,也即除了传递信息和完成交际任务,还要具备诸如审美功能、教育感化功能等多种功能,在可以实际把握的语言文字背后,还会有丰富的言外之意、弦外之音。而这些,就决定了文学翻译的复杂性和艰巨性,就决定了文学翻译在各类翻译活动以及各类文学活动中的特定地位,就要求文学翻译家是一些具有特殊禀赋和素养的人。

一、文学翻译家首先是阐释者

　　过去人们常常简单地将文学翻译工作的模式归结为:原著—译者—译本,而忽视了在此之前创作原著的作家,以及在这之后阅读译本的读者。在我看来,全面而如实地反映文学翻译特性的图形应该是:

作家—原著—译者—译本—读者

　　与其他文学活动一样,文学翻译的主体同样是人,也即作家、译者和读者;原著和译本,都不过是他们之间进行思想和感情交流的工具或载体,都是他们的创造的客体。而在这整个的创造性的活动中,译者无疑处于中心的枢纽地位,发挥着最积极的作用。在前,对原著及其作者来说,他是读者;在后,对于译本及其读者来说,他又成了作者。至于原著的作者,自然是居于主导地位,因为是他提供了整个活动的基础,限定了它的范围;而译本的读者也并非处于消极被动的无足轻重的地位,因为他们实际上也参与了译本和原著的价值的创造。因此,在上面的图形中,没有指示单一方向的"→",只有表明相互关系的"—"。

当然,对于原著及其作者来说,译者绝非一般意义的读者。译者绝不能满足于只对原著及其作者有大致的把握和了解,而必须将其读深钻透,充分理解,全面接受。只有这样,译者才能出色地完成自己的任务,实现原著的价值与功能的再创造。对于这个问题,兴起和成熟于德国的传统阐释学和现代阐释学都提供了许多有益的启示。

传统阐释学视作者如天或神,因为他同样是光荣的创造者:神创造了世界,作家创造了作品,创造了作品中的世界。而追寻和揭示作品深意的阐释者,就犹如传达天神旨意的神使 Hermes,因而在希腊文中动词"阐释"为 hermeneuo,阐释学便叫 hermeneutics。然而,hermeneuo 以及相应的拉丁语动词 interpretari 乃至现代英语动词 interpret,都在"阐释""解释"之外,还同时有"翻译"的意义。这便从词源学的角度证明,译者就是阐释者。而事实上,古代的阐释者主要起着翻译家的作用,例如荷马史诗的阐释家和《圣经》诠释家(也许还有我国的古文今译家),他们的主要工作就是将原著翻译给不再使用那些古老语言的听众或读者,力图跨越原著创作的时代与读者生活的时代之间的历史鸿沟。也就是说从历史看,译者也即阐释者。

显然,这儿所说的相当于翻译的阐释,其内涵是十分丰富的,不能做一般字面的机械的理解。古罗马神学家圣奥古斯丁在《基督教教义》一书中,曾引用下面这首中世纪流行的小诗,来说明《圣经》注释工作的繁难:

> 字面意义多明了,
> 寓言意义细分晓,
> 道德意义辨善恶,
> 神秘意义藏奥妙。

事实上,在古今中外的文学佳构中,不只是那些伟大的传世巨著如《红楼梦》《水浒传》《西游记》抑或荷马史诗、但丁的《神曲》、阿拉伯的《一千零一夜》、莎士比亚的悲剧以及歌德的《浮士德》,而且就连一些杰出的短篇小说和诗歌,都无不同时蕴含着上述多层次的意义。例如笔者译过德国诗人海涅的小说《佛罗伦萨之夜》的一个片断"帕格尼尼",它虽说只有七八千字,却明显地具有多重意义:第一,它描绘了作者海涅听帕格尼尼演奏时眼前出现的各种幻象场景,也即钱锺书先生所谓的"通感"和现代科学家所谓的"联觉"现象,此系小说的"字面意义";第二,通过这些联觉现象的描绘,它展示了作为被压迫的意大利民族代言人帕格尼尼富于传奇色彩的一生,借他的音乐对囚禁在海底的"牛鬼蛇神"发出了解放的呼号,这是小说的"道德意义";第三,通过对幻象中崇高圣洁如天神的帕格尼尼及其庄严雄壮的琴音的赞颂,宣扬了人为宇宙中心的人道主义理想,讴歌了人类的光明前景,此为小说的"寓言意义";第四,对音乐的神奇力量的宣示,如结尾说"这样的妙音啊,你可永远不能用耳朵去听;它只让你在与爱人心贴着心的静静的夜里,用自己的心去梦想……"。如此这般的非理性的内容,都暗示着小说的"神秘意义"。更有甚者,在传统的阐释家看来,不仅任何一部或一篇成功的文学作品,而且就连某些单个的词语,都可能蕴含着多重意义,他们常以"耶路撒冷"为例子,来说明问题。

笔者对圣奥古斯丁所引的小诗和他企图证明阐释之繁难的观点详加分析,只是为了说明作为阐释者的翻译家的任务同样艰巨,他必须具备阐释家一样的精神、素养和本领,才能真正吃透原著,追索出其中多层次的深藏着的意义。

这儿笔者觉得必须做两点说明或补充,就是:

第一,上引小诗中所说的四重意义,在平庸的作品如一般通俗小说中不会全都存在;在具有这些意义的多数杰作中,它们又并不都那么容易地明显分开,特别是"寓言意义"和"神秘意义",常常是紧密地联系在一起的。

第二,在翻译或阐释文学作品时,还必须看到并足够地重视作品的审美意义、哲学意义等等。如果说哲学意义仍属于作品的思想内涵,可以勉强纳入寓言意义的范畴之中的话,那么,既关系内涵又关系形式(或者说主要关系着形式)的审美意义,就是必须补充进去的至关重要的第五重意义了。文学作品的审美意义由表及里,与其他几种意义融合渗透,相辅相成,相得益彰。

由上面的论述尤其是第二点说明引申开来,我们便可划定文学翻译与一般意义的阐释或一般翻译的界线,指出其间的差异。一般说来,后两者都只要求思想内容的准确传达。在翻译科技资料、政治文献乃至关系日常生活的实用书籍时,没有"寓言意义""神秘意义"等需要追寻,对"审美意义"也用不着特别重视,译文以畅达为上。在对文学作品做一般阐释时,就相当于进行分析和评论,以说理的精深透辟为重,形式不必计较。对任何作品的阐释都既可是一篇论文,也可是一部专著乃至一首诗。而文学翻译呢,则要求对原著进行多重意义的追寻,对原著从内容到形式进行全面的把握,以期最终以相对等值的形式,尽可能不多也不少地再创原著的多重意义。因此,本文所谓文学翻译家即阐释者这个命题,又是在对"阐释"一词做广义的现代理解的基础上提出的。

二、文学翻译家(译者)同时是接受者

20世纪70年代以来兴起于联邦德国的接受美学(Rezeptionsaesthetik),将作品在读者中引起的反应和读者的阅读活动收进了文学及文学史研究的视野,认为读者作为文学活动的又一主体,同时积极地参与了作品价值的创造。前文说过,对于原著及其作者而言,译者也是读者,而且是最积极、最主动、最富于创造意识和钻研精神的读者。他应该是自觉地力求对原著的多重含义以至隐藏于原著背后的作者的创作本意,做全面的把握和充分的接受。这意味着,他不仅要在思想意义上把原著读懂、读深、读透,领会其精神要旨,而且还要完成对它的审美鉴赏,在表现形式上也能细致地把握。很难设想,一部连自己都不能深刻理解和衷心喜爱的作品,

会被翻译得异常出色、成功。很难设想,一部作为直接的第一读者的译者都未充分接受的作品,它的译本会为更多的间接的读者所接受。

要做全面的把握和充分的接受绝非易事。掌握外文和起码的背景知识,仅仅能帮助你理解原著的表层意义如"字面意义"或者明显的"道德意义"。为了达到更高的要求,译者就必须研究和学习——研究作者的生平、著作和思想,研究作品产生的时代,研究他们的民族文化传统,等等。从这个意义上讲,译者又同时必须是研究者;不预先进行研究就从事翻译,特别是翻译名著,多半是不可能成功的。

现代文艺阐释学认为,先有(Vorhabe)、先见(Vorsicht)、先把握(Vorgriff)等等构成了我们意识中的所谓"先结构",而阐释总是在"先结构"的基础上进行的,因此说"成见是理解的前提"。我们译者意识中的"先结构",必定是十分复杂的,无疑会受到本身所处的时代和民族文化传统乃至个人经历、修养、性格的影响。这种情况,不可避免地会干扰我们对原著的理解,使我们的阐释总是或多或少偏离原著,打上译者自己时代、历史、民族乃至译者个人风格的烙印。客观地、严格地讲,文学翻译的绝对等值实不可能;一部原著在不同时代必然有不同的译本,再成功的译本也只能"各领风骚"数十年,所以重译就成了时代的需要;此外,同一原著又可能同时有一个以上的出色译本。从总体上看,文学翻译的标准是不易掌握的,在这儿更难找到"绝对真理"和等值,而只能力求尽可能的近似。

为此目的,译者一方面要研究学习,提高自己的文化素养和审美能力,特别增加对一切与原著有关的知识和学问的了解把握,以完善自己的"先结构";另一方面,还要学习有关翻译的理论,加深对自己的工作性质和任务的理解,以便在实际做翻译时,适当地、自觉地运用意识中的"先有""先见""先把握",特别是排除其中的"干扰",从而尽可能地使译文贴近原著,尽量避免偏离,使原文失去的东西尽量地少,译文尽量不添加进新的东西。

至此,作为阐释者、接受者和研究者,翻译家(译者)仍处于他活动的第一个阶段,做的是一种学术性很强的工作。工作成绩的好坏,对原著的理解是否深,接受是否充分,主要取决于他的外文水平、研究能力和理解能力等构成的学术修养。因此,在活动的第一阶段,翻译家在很大程度上又同是学者。前些年,王蒙同志曾在《读书》上撰文谈"非学者化"现象对作家创作的影响,指出它是当今文坛难于产生鲁迅、郭沫若、茅盾似的大师和划时代的巨著的原因。在我们文学翻译界,这个问题应该说更加突出,更值得引起注意。因为,文学翻译家比起一般的作家来,更有必要同时,或者更确切地说首先是学者。特别是名著和文艺理论的翻译,都将考验翻译家的学术水平;无论在序、跋或是译文中,都会融进他作为学者的心得和成果。

翻译家(译者)当然不是一般意义的学者,或仅仅是学者;他还必须同时是作家。这不只是就本文一开头已指出的他与译本及其读者的关系而言;也指他的素质、修养、能力等等。文学翻译已被公认为一种艺术,一种再创造。文学翻译必须是文学。从事这一艺术和文学再创造的人,他除了无须像作家似的选取提炼素材、谋篇布局和进行构思以外,工作的性质应该说是与作者差不多的。他在这方面的条件,绝不限于我们一般讲的"外文好,中文好"。过去,我们从事文学翻译的人出于自谦和自卑,不便谈这个问题,多数作家同行出于对我们工作的不了解,无从谈这个问题。事实是,为了完成原著的再创造,使它包括"审美意义"在内的种种意义都尽可能等值地重现于译本中,文学翻译家不只需要有作家的文学修养和笔力,还必须有作家一样对人生的体验、对艺术的敏感,必须具备较高的审美鉴赏力和形象思维能力,在最理想的情况下甚至也有文学家的气质和灵感。实践证明,并非所有"外文好,中文也好,又有广博知识"的人都能成为好的文学翻译工作者,更别说成为真正的文学翻译家。著名诗人兼译诗家卞之琳教授要求他的弟子裘小龙在译诗之前先学写诗,那意思就是译诗者最好同时是诗人。由翻译家而作家,或由作家而翻译家,或同时兼而为之,是我们无数杰出的先辈走过的路。今天,在我们的作家协会中,中青年的文学翻译家可惜还不够多,而且未受到应有的重视。究其原因,恐怕是我们不少人忽视了自己作家素质的提高。近几年大量出版的缺少文学味儿的"文学翻译",也从另一个方面说明了问题。

综上所述,真正的文学翻译家,应该同时是学者和作家。在他的整个活动过程中,学者和作家同时发挥作用,只不过在不同阶段,有时这个的作用突出一些,有时那个的作用的突出一些。很难设想,一个缺少作家素养的一流学者能成为一流的文学翻译家;反之亦然。事实常常是,二三流学者加上二三流作家,倒可以成为第一流的文学翻译家。从这个意义上讲,做文学翻译的人有些不伦不类,是一种处境尴尬的"两栖"乃至"三栖"动物。然而文学翻译的任务和性质决定了他的地位就该如此。要摆脱尴尬处境,一是使自己成为傅雷等少数先辈那样的大家,二是建立新的科学的评判标准,在学术界和公众中形成一种新的合理的价值观。对我们整个文学翻译事业的发展来说,当然第二个办法更加可取。为此,我们必须加强对文学翻译的研究和评价,指出它特殊的性质、巨大的困难,而本文便算是一个尝试。

最后,笔者还想重提一下本文开始时画的那个表示文学翻译特性的图形:

作家—原著—译者—译本—读者

全文只分析了处于中心地位的翻译家的活动。他作为读者兼作者,学者兼作家,完成阐释、接受和再创造的任务,将原著转换成译本。在此过程中,他于经常想到贴近原著及作者的同时,还要经常想到他的广大读者。因为在拿到译本以后,读者们同样要完成一个阐释、接受和再创造的过程,只不过这个过程的结果不形诸文字,不进行两种文字之间的转换罢了。广大读者能不能很好地实现对作品的阐释、接受和再创造,或如现代阐释学说的很好地与原著及其作者进行对话,同样有一个"先结构"问题。翻译家还有责任改善他的读者的"先结构",常用而可行的办法就是认真负责地为译本作序跋、加注释、写评价赏析文章等等。现时不在少数的无序或无跋或序跋十分简单的文学作品译本,其译者应该讲还未完全尽到应尽的职责。因为归根到底,文学翻译活动的全过程,包括译者→作者以及读者→译者→作者的阐释、接受和再创造的循环。心中没有自己的读者,即使你身兼学者、作家并且也懂翻译理论,仍不能成为优秀的翻译家。反之,你如果在翻译时经常考虑到了读者的接受——这在修辞造句上表现得格外明显,就可以说你的读者已无形地参与了译本的创造……

这里写下了一个文学翻译工作者的感想,浮光掠影,支离破碎,难免有所偏颇,权作引玉之砖吧。

(原载于《中国翻译》1987 年第 6 期)

尴尬与自如　傲慢与自卑

——文学翻译家心理人格漫说

当今之世，文学翻译已被公认为一门艺术，一种必须通过人的心智活动才能完成的艺术再创造。那么，从事这一艺术活动的人即文学翻译家，理当被视为艺术家或作家，受到与他们一样的尊重喽？

其实不然！

世界多数国家和地区，包括在我们尚存在尊重文学翻译家的传统的当代中国，世人，包括我们的文艺界同行，包括我们部分译者的内心深处或者潜意识中，都或多或少仍把文学翻译看作不过是一种技艺乃至技术，仍视翻译家为临摹者、艺匠，甚或只是工具、桥梁和文字处理机而已。要证明我这看似极端和偏激的提法，可以援引的事例很多很多，其中最值得我们这些幸而不幸地做了文学翻译家的人思索的，似乎正是：近百年来乃至更加久远，在我们中国乃至全世界，人们在研究文学翻译理论和谈翻译经验时，几乎都只翻来覆去地、不厌其烦地探讨翻译的性质、原理、功用、标准、方法、技巧等等，在涉及文学翻译活动的主体即翻译家时，充其量只谈他必须具备的学养及所谓译才、译德方面的一些方面，而绝少考虑他是一个活生生的人，绝少讨论他的人格问题和心理问题，绝少顾及他的情感、个性、气质和心理禀赋等等。①

是这些对文学翻译家的工作过程和工作成果没有影响或影响不大，因而不值得注意和研究吗？

显然不是！

事实上，只有把翻译家作为人的这些精神和心智的方方面面也纳入观察的视野，才可能解答更加微妙也更触及文学翻译本质的种种问题，诸如：外语系教授和翻译理论权威为什么不一定能成为优秀翻译家？ 文学翻译活动的成果为什么不都是或者说多数都不是文学——能传之久远，成为民族文学和世界文学组成部分的翻译文学？ 为什么同一原著经不同译家译出，效果和味道往往相距甚远？ 这儿仅仅是一个"信"与"不信"的问题呢，或者确实存在翻译家个人的风格呢？ 等等等等。

再换一个角度看看研究翻译家个人心理人格的重要和必要。请看简图：

作家←原著←翻译家→译著→读者

在文学翻译这一特殊的艺术创造过程中，显而易见，翻译家处于中心的、最积极最能动的位置。没有翻译家个人全身心地投入，只有他机械地操作，哪能产生优秀的译著，哪有文学、艺术可言！

然而，我们的文学研究早已把翻译家之前的作家的方方面面，包括他人格的、心理的、生理的乃至病理学的问题，当作观察的重要内容；现代兴起的接受理论，也专注于研究翻译家之后的读者，研究他的阅读心理、阅读态度以及感受等等。处于文学翻译活动中心位置的翻译家，却偏偏被我们的文艺理论和翻译理论忽视。

研究文学翻译家本身是必要的，可以研究的方面也很多，本文只对文学翻译家独特和复杂的人格心理，做一些观察分析的尝试。

---

① 笔者孤陋寡闻，在读过的有限理论著作和翻译谈中，只发现傅雷先生的《翻译经验点滴》触及翻译家的气质个性问题。参见：傅雷. 翻译经验点滴//罗新璋. 翻译论集. 北京：商务印书馆，1984.

一、工作心理——再创造的心理特征

文学翻译家的工作被正确地归结为一种艺术再创造。这"再"字不仅仅意味着语言形式的转换,信息的传达,一件作为完整有机体的艺术作品的重构和复制、再现;这"再"字还意味着限制。限制与创造,恰恰形成一对矛盾:限制要求翻译家克制和否定自我;创造则相反,要求他发挥个性,张扬自我。处于这一矛盾中的翻译家,他工作时的心理特征表现为不断地在自我的否定与张扬之间进行转换,寻求平衡,克服文学翻译上述的固有矛盾所必然造成的尴尬——一仆二主的尴尬。

现试将上图的箭头全部调转方向,即可表现文学翻译家所受的限制:

作家→原著→翻译家←译著←读者

说翻译家受原著和原著作者的限制,只能在原作者通过原著给定的范围内进行再创造,这好理解,无须多做解释。翻译家是否还要受读者的限制,在工作中是否还须考虑到他的读者对象,顾及他们的接受能力呢?当然,绝对! 也正因此,同一原著在不同的时代,适应着读者的不同接受能力和倾向爱好,就可以有也必然有不同的译本。忽视这两种限制中的任何一种,译本都不可能成功。翻译工作的再创造,实际上是在这两种限制的夹缝中进行,活动余地实在不多。由此,不难想象文学翻译工作之不易,不难理解翻译家内心会经常体会到的尴尬。

然而,正如歌德在《自然与艺术》一诗中唱的:

……

我看一切的创造莫不如此:

放荡不羁的精神妄图实现

纯粹的崇高,只能白费力气。

兢兢业业,方能成就大事;

> 在限制中,大师得以施展,
>
> 能给我们自由的唯有规律。

因此,限制本身与其说可怕,倒不如说是真正的翻译家、真正的"大师"施展身手的必备条件,否则搞文学翻译和做文学翻译家就太容易了,任何一个懂外文又懂中文并且背熟翻译原理、标准等等的人都可以为之。真正的"大师"必须"兢兢业业",必须自觉地认识和把握规律,包括认识和把握自己在进行再创造时的心理活动规律,才能变尴尬为自由、自如,才能以平衡、冷静的心态,悠游于双重限制留下的狭窄空间里,获得创造的乐趣。

具体说来,文学翻译家的创造或者说再创造,体现为(1)判断,(2)选择。

判断的前提,是我们在谈翻译的实际操作时所谓的理解;选择的目的,是所谓的表达。用简图表示即为:

(原著)理解→判断……选择→表达(译著)

判断与选择是包括文学翻译在内的所有译事的核心内容,但却局促于理解和表达之间,受着它们的限制。判断与选择在实践中经常融为一体,难以截然分开。

实质上,文学翻译不妨称之为一种判断和选择的艺术。判断和选择贯穿于文学翻译的全过程中,且不说翻译家必须在众多的外国作品中做出价值判断——包括市场需要和读者接受可能的判断,从而选择出其中的一部来。哪怕是出版社委托翻译的一部杰作,翻译家也必须:

首先,在深入研究、全面理解的前提下,对原著的总体风格——艺术流派、文体风格、语言风格等等,做出正确的判断,从而为自己的译笔译风选定一个适当的基调,就像作曲家在作曲前必须先定好曲式、调性和音高一样,这样译作完成后才可望成为统一、和谐的整体,成为一件艺术品。这一总体的判断和选择十分重要,却常为初学者和滥竽充数者所忽视,是市面上充斥着算不上文学的文学译作的一个重要原因。总体判断和选择正确与否,反映出翻译家的研究能力、学术修养以及治学态度,常常成为真正的翻译家、"大师"与搞文学翻译的芸芸众生之间的"阴阳界"和分水岭。

　　然后,在动笔翻译时,翻译家还必须周而复始地反反复复地做出大小不等的局部乃至细节的判断和选择,对一句一词的判断和选择,对一个场景、一个人物、一件东西的判断和选择。虽曰局部,要判断的方面仍很多,正确的选择诚非易事。这判断与选择的往复循环,伴随着译事活动的始终,是文学翻译家心智活动和心理活动的基本特征。

　　正是这一基本特征,使文学翻译家区别于作家、画家、作曲家这类艺术家。从理论上讲,他们都可以随心所欲地自由创造,因而大谈创作自由;文学翻译家却只有判断和选择和自由,而且这样的自由也有限,因为至少受着上面讲的那种双重限制。

　　正因如此,文学翻译特别难,常常比创作难,翻译家犹如一个戴着镣铐的舞蹈家,要在舞台上做出让导演(原著作者)和观众(译著读者)双方都满意的表演,实在太难了。说具体点,作家为表达一个事物,可以相对自由地从他自己不多的几种手段中随意拈一个出来,其结果至少也差强人意,很难有谁去挑剔他,想挑剔者也往往会在"个人风格""诗无达诂"之类的高墙前却步,作家的"自由地"天然地受到了保护。文学翻译家则必须准备多得多的表达手段,即使这样,也未必能选择到两重限制之间的最佳连接点,让人人包括译学理论家和搞文学翻译评论的人满意。基于此,世间不存在绝对完美、无可挑剔的译作。基于此,文学翻译又可称是一种遗憾的艺术。和尴尬一样,遗憾也常常是有自知之明的文学翻译家工作中特有的心理反应。

　　从总体上谈过文学翻译家工作心理的一些主要方面以后,我们再来看看在实际操作过程中,其不同阶段的心理特性。实际的操作过程如前所述,是一个循环:

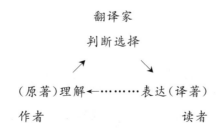

在理解阶段,翻译家必须努力克服自我,放弃自身的好恶,设身处地地进入原著和原作者的世界——精神和艺术世界,像演员一样进入角色,但不仅仅是进入书中某一人物的角色,而是要变成原作者,成为他精神的化身。在理想的情况下,翻译家应该把原作者的创作思路重复一遍,但这实际上是不可能的,因为他们之间横亘着时代、民族、宗教、文化以及个人经历方面的种种差异,没法完全逾越和消除。翻译家只有尽可能去追踪作家的思路,为此他在平时必须尽可能丰富自己的学识,增加自己的阅历,如现代阐释学所说的改善自由的"先结构"(Vorkonstruktion);在实际操作中,则要积极调动包括形象思维和逻辑思维在内的一切手段,以求钻进原著里,把它全盘接受和占有。翻译家在理解阶段的心理特征为克服自我。但是克服自我不等于消极被动;恰恰相反,它必须有翻译家的自觉努力和发挥主观能动性才能实现。事实表明,在理解时自以为是地歪曲原著的,往往是那种"先结构"不佳又疏懒的译者,盲目自信又不尊重原作者的译者。

到了判断选择阶段,翻译家的基本心理特性是发扬自我;但仍非绝对的,仍受着来自作者和读者的前后两重限制,可称为有条件或有限制地发扬自我。不过,在整个循环中,这一阶段翻译家作为创造者毕竟升到了最高的主宰位置,是他发挥主观能动性、实现艺术再创造的关键环节。我个人认为,作为艺术家和作家的文学翻译家也是有艺术个性的;他的个性表现在由他的"先结构"决定的判断与选择中,无法回避,不容否认。不正视这个现实,无异于否认文学翻译为艺术,视翻译家为匠人乃至机器。只不过,承认翻译家的艺术个性不等于允许他把不同风格的原著译成同一个调调。什么是翻译家的艺术个性?这问题微妙而复杂,此处不便深谈。但可以肯定,在判断选择阶段,翻译家在心理上是必然会发扬自我,从而表现出个性来的。

表达是判断选择的目的和完成。在这个阶段,翻译家又要相对地——在理解阶段是绝对地——克制自我,设身处地地考虑读者的接受能力和效果,以便在落笔前对自己的选择做出调整抑或再选择,直至在既忠实原著又能为读者——特定的读者接受之间,选择出一个最佳连接点。这也表明,文学翻译的"信"同样受着制约,绝对完全的"信"永远不会存在。

在实际操作中,不管自觉也罢,不自觉也罢,翻译家都在无休止地调整自己的心态,在克制自我与张扬自我之间来回转换。优秀的翻译家之所以优秀,一个重要原因就是转换和调整得心应手,自然自如,并且能掌握张扬自我的限度和分寸。

文学翻译是一项复杂繁难的精神活动,翻译家的工作心理也十分微妙,以上分析和描述只是要而言之、概而言之,尚待高明做进一步深入细致的研究。

二、社会心理——和傲慢与偏见搏斗

文学翻译家的社会人格、社会分工,以及由此决定的社会心理问题,我已在其他文章中谈过,这儿只做必要的生发和补充。我曾经提出,"并非所有'外文好,中文也好,又有广博知识'——包括翻译理论知识的人,都能成为真正的文学翻译家";"真正的文学翻译家,应该同时是学者和作家"。我认为,作家的素养和学者的素养,在翻译家身上缺一不可;但这并不意味着翻译家一定比单纯的学者或作家伟大,可以傲慢地对待学者和作家。这是因为,固然"一个文学翻译家＝一个学者＋一个作家",可事实往往是,一个二三流学者加上二三流作家,也可以成为第一流的翻译家。真正合理的是,社会应该将翻译家、学者、作家一视同仁,等量齐观;他们相互之间应该不分轩轾,彼此尊重。

然而,对于翻译家来说,事情却经常是不合理的。尽管在理论上,我们中国人也曾给他"偷天火赈济人类的普罗米修斯"的美誉,西方现代阐释学也尊他为传达神的意旨的神使赫尔墨斯(Hermes),但他在现实生活中扮演的角色和地位,确实是不妙的。不必举翻译家被视为"文化界的苦力"的西方国家作为例子了,就说咱们产生过玄奘、现当代文学受惠于文学翻译莫其大焉的中国吧,翻译家仍要与来自社会各方面的偏见与傲慢搏斗,与由此而产生的自卑心理搏斗。

偏见与傲慢的表现诸如:翻译的稿酬总比创作定得低;在一些地方,译作哪怕是经典大部头,也不被承认为科研成果;在有的协会,什么奖都有,就是不评翻译奖;一个文学翻译家要不同时当教授或者研究员,没有单独的学术成果和创作成果,很难有什么地位,如此等等。翻译家似乎永远扮演着一个虽必不可少,但却只配受支使的可悲可笑的角色。

原因何在?

原因一在社会公众和我们的文艺界同行对我们的工作不够了解,缺少对它的艰巨性和创造性的认识;二在我们工作的特殊性本身,在"文学翻译家＝学者＋作家",又不是纯粹意义的学者或作家,因而可以说非驴又非马。出于第二个原因,翻译家不少时候和场合心态失衡,就像个混血儿。在社会上,在某些文艺同行面前,他的心里常常交织着自卑与傲慢:自卑于自身的"不纯",不受重视;傲慢于自身的丰富渊博,一专多能,既瞧不起那些不学无术的笔杆子,也瞧不起那些少文乏味的学究。

然而,自卑不可取,傲慢也一样。文学翻译家有必要经常进行克服自卑和傲慢,树立不卑不亢的内外形象的努力,以实现心理平衡,保持心理健康。

具体如何办?

首先,最重要的是加深社会特别是文艺界和学术界对文学翻译工作的了解和理解。为此,必须加强对文学翻译、对译作和翻译家的研究和评介,指出其劳动的特殊性和非同一般的艰难,充分肯定翻译家对文化交流、文化建设不可取代的作用和贡献。须知,没有文学翻译便没有中国新文学,没有我们的新时期文学,或者就算有至多也只能是一副既贫血又苍老的样子! 没有文学翻译和翻译文学,也无所谓世界文学,即便它的倡导者是伟大的歌德和马克思!

其次,也相当重要的是,翻译家应该尽量清醒地认识自己,认识自身工作的意义和价值,努力从各个方面——包括心理和人格方面完善自己。

须知，人的自由即心的自由，心理自由了，平衡了，外界的、他人的影响便会减弱和消失，自卑、烦恼便会转化，变作自尊、自如和自得其乐。翻译家进行心理调节的主要动力应该是爱，爱自己的工作。爱我们译介的作家、作品，爱我们的读者。

再次，以我个人的经验看也真算有效而成功的办法，我们不少前辈更做出了典范，就是翻译家不妨就认认真真地既当学者，又当作家，不妨也出一些学术成果，也创作一点诗文。这样做，可能占去你从事翻译的少许时间，但收获却是多方面的：它不仅能增加你的自信，而且能帮助你的文学翻译事业更上一层楼，使你成为真正杰出的翻译家，成为"大师"。

写到这儿本该结束全文，我却忍不住再从正面说几句，换一个角度，描述一下以艺术再创造为己任的文学翻译家的理想心理人格。

简言之，首先作为一种特殊的作家和艺术家，理想的翻译家应该有作家、艺术家一样的气质禀赋、心理结构，诸如生性敏感，感情丰富细腻，善于观察事物，善解人意，长于形象思维，长于像表演艺术家一样模仿和表现不同的他人。一句话，我认为翻译家不是任何人经过努力就能当，而在很大程度上由天赋气质所前定，就像作家、艺术家也是由其天赋气质所前定的一样。优秀的翻译家如我们熟悉的朱生豪、傅雷等，应该说本是天才。其次，作为一类特殊的学者，翻译家还应该有学者的另一些气质禀赋，诸如细心严谨，坚韧沉静，善于分析事物，洞深世情，逻辑思维能力强，知难而进和锲而不舍。搞文学翻译确乎常常是"卖苦力"！要一个格子一个格子地爬，爬出一本几十万字的书来，翻译家真得具备登山运动员一般的体力和心理素质！

如此说来，做个文学翻译家实在不易啊！

（原载于《中国翻译》1993 年第 2 期）

翻译·解释·阐释

一、概　述

　　本文探讨的翻译,限指文学翻译,或者推而广之,指众多翻译门类中那些个不同程度地带有艺术性和学术性的品种,如哲学和其他人文艺术学科的翻译。

　　作为一个长期业余从事文学翻译的人,难免经常思考一些有关问题;而其中,"翻译究竟是什么",或者更确切地说"文学翻译究竟是什么"这个看似解决了的问题,又是我想得最多,也令我最伤脑筋的。我以为,这是一个对于译学研究而言带有根本意义的问题。它解决了,澄清了,其他许许多多莫衷一是的问题不说迎刃而解,至少也有了解决的理论依据,才容易得到澄清和解决。

　　这些有关文学翻译的稍显次要的问题可以包括或涉及:

　　(1)文学翻译的特殊标准;

　　(2)忠实和等值的相对性;

　　(3)复译或曰重译的可能性和必要性;

　　(4)翻译的创造性、学术性、艺术性;

　　(5)翻译家的主体性和个人风格等。

　　关于什么是翻译,中外古今从事这一行当的人和研究它的学者,已做过不少解说,下过无数定义。其中最具代表性和权威性的,恐怕莫过于各种辞书字典对于"译"或"翻译"的解释。在我们具有久远和深厚翻译传统的中国，早在唐代贾公彦所作的《义疏》中，就有"译即易，谓换易言语使相解也"①这样相当精辟的解释。现在国内流行的《新华字典》，对翻译做了"把一种语文依照原义改变成另一种语文"的释义；同样十分权威的《现代汉语词典》，对"翻译"一词的释义为"把一种语言文字的意义用另一种语言文字表达出来"。世界各国的词典字典乃至现代译学研究的代表人物，给翻译下的定义，不管是我国学者刘宓庆简明扼要的"语际转换"也好，费道罗夫附加上了对翻译的要求即翻译标准的"用一种语言手段忠实、全面地表达另一种语言表达的东西"也好，或是奈达有一大堆术语的"在接受语寻找和原语信息尽可能接近的、自然的对等话语"也好②，所有这些，可以认为和贾公彦的提法实际上差不多，其核心内容仍旧都是把翻译定义为语言符号的转换和信息的传达。

说上述贾公彦的定义精辟，只是对一般的和所有的翻译活动而言。它可以讲放之四海而皆准，其核心内容"转换"和"传达"，甚至可以用来定义诸如手语、旗语、盲文的翻译乃至电码和计算机编码的解译。但对于特点鲜明、性质复杂的文学翻译，它又显然不够了。何止是不够，"转换"和"传达"仅仅给人以一种简单、表面、机械和纯客观的印象，不能涵盖文学翻译这种复杂、深邃和多层次的心智活动的全部丰富内容，没有揭示出它的本质特征。试想一想，如果文学翻译真的也只是"转换"和"传达"，那么，需要的当然就不过是技术抑或技艺，当然谁乐意译都能够译，只要他会外文和中文，并且掌握了这些技术或技艺，如一般行外人所想象那样。果真如此，文学翻译又何来艺术性和学术性？又有什么"艺术"和"创造"可言？

对文学翻译做全面、准确的描述，为它下一个有针对性的、恰如其分

---

① 转引自：罗新璋. 翻译论集. 北京：商务印书馆，1984：1.
② 参见：刘超先. 中国翻译理论的发展线索研究. 中国翻译，1994（4、5）：2-6；蔡毅. 关于国外翻译理论的三大核心概念——翻译的实质、可译性和等值. 中国翻译，1995（6）：7-10.

的定义,给我们为之倾注心血的事业"正名",真是既必要又关系重大。

二、文学翻译究竟是什么?

对这个问题,中国和外国已有过无数的回答。林语堂先生、唐人先生都称文学翻译是"艺术",李健吾先生说"原作是表现,翻译是再现",克罗齐更认为"翻译即创作",余光中先生则说它是"有限的创作";我们当代翻译界综合以上的说法,取得了一个比较一致的认识,即视文学翻译为一种"艺术再创造",等等。除此之外,还有关于文学翻译的种种类比,傅雷先生将它比作临摹名画,傅惟慈先生将它比作习字描红格儿,还有人把它比作戴着镣铐跳舞,比作用不同的乐器演奏同一首曲子,比作国际文化交流和传播的桥梁、媒介,诸如此类,不胜枚举。

所有这许许多多的说法和类比,无疑都道出了文学翻译的某一个或某些个特点,都对我们认识文学翻译的实质有所启迪。只不过它们都并未把问题说完全,也不够精确和科学,尚不能作为文学翻译的定义看待。而没有准确和科学的定义,正是我们文学翻译工作者,至少是如我一样的人,在从事翻译实践和翻译研究时常常可以感觉到的一大遗憾。我们因此并不完全清楚自己到底是在干什么性质的工作,也更难说服别人,让他们相信我们是在从事创造性的艰苦劳动,在进行"艺术再创造";我们和我们的工作也因此遭受误解、忽视甚至鄙薄。

对文学翻译究竟是什么这个经常摆在我们面前的问题,本来讨厌抽象思维的我在工作之余常常忍不住做一些思考。例如在 1987 年第 6 期的《中国翻译》,我就提出了文学翻译是"阐释、接受与再创造的循环"这个命题,与同行们探讨。时隔 10 年,我再来审视这个命题,觉得它在当时虽也不无一点儿新意,但是却有烦琐和面面俱到的毛病。今天,我想对它做些修正,把自己的一些零碎、浅薄的想法即所谓"断想"提出来,就教于各位专家和同行。

文学翻译究竟是什么？现在我回答：是阐释，仅仅是阐释；所谓接受也好，再创造也好，或者更通俗一点的理解也好，表达也好，通通都已包括在这"阐释"二字之中。

> 翻译即阐释，只不过是一种广义的阐释，是一种全面的、特定意义上的阐释。

需要声明的是，翻译即阐释这个命题的提出，并非论者个人别出心裁；早在为翻译这一古老的人类交际活动命名造字时，我们的祖先应该说就已多少悟出了译即释的道理，而且中外皆然。

在汉语里，"译"与"释"不仅字形相似，意义也曾经相通。《正字通·言部》："凡诂释经义亦曰译。"又见《潜夫论·考绩》："夫圣人为天口，贤者为圣译。"唐代诗人柳宗元在《天对》中说："尽邑以塾，孰译彼梦。"所有这些古文献里的"译"字，都是诠释和阐述的意思。此外，汉语里还有一个演绎的"绎"，与翻译的"译"音同形似，并且意义也不无联系。

同样，在英语里，由拉丁文衍生出来的 interpret（解释，阐释）也有翻译（translate）的意思。它（在德语里变成了 interpretieren）既可以指用语言的解说、阐述，例如评介一部文学作品，也可以指艺术的演绎或表演，例如导演执导一出戏，歌手演唱一首歌，钢琴家演奏一部乐曲，等等。反之，translate 除去翻译这个意思之外，同样还有说明、解释以及转移、变换等意义。

文学翻译使用的媒介或载体是语言文字，在这点上无异于一般用语言进行的说明和解释；其翻译的对象是文学作品，须满足文学艺术在审美方面的诸多要求，在这点上又与艺术的演绎、表演颇为相似。我们不是常常说，译者应该像戏剧演员一样进入角色吗？不是说，在刻画塑造人物的栩栩如生方面，杰出的译者可以比作全能的表演艺术家吗？在写景状物的绘声绘色方面，他们堪称成功的造型艺术家吗？在很大程度上，我正是从英语等西方语言的 interpret 一词在艺术领域的实际运用中，得到了最初的启示，慢慢悟出了文学翻译也是一种 interpret，即一种带演绎性的阐释的道理。

其实,在文学翻译的实践中,只要稍加留意,就可以发现不只可以做上面那样的类比,而且真正体现了译即释,或者不得不释的情况,也实在是不少。凡是所谓的意译,凡是运用所谓翻译技巧的地方,不管是转意、引申,还是增减原文,其实质都是在"释"。越是民族文化色彩浓重的词语和事物,翻译越离不开"释",包含"释"的成分就越多,如中国古典哲学或文学理论的一些术语和民间俗语;越是困难和艰涩的原文或者文体,也越少不了"释",如诗歌,特别是中国古典诗词,还有某些西方现代派作品,如《尤利西斯》似的行文特异之作。要证明此言不虚,只要找一些中国古典诗歌的原文和译文甚至是汉语的今译,来对照读一读就行了。还有就是看外语影视片的经验:那些本身已是翻译过的几乎总比原文的容易理解,其原因就在于其中许多往往正好是难点的地方已经由译者"释"过,也就变得容易理解了。

当然,这儿说的"释",多半还只是局部的、浅层次的和字面意义上的,即解释。真正好的翻译,应该尽量减少这种带有"稀释"副作用的解释成分,虽然想完全避免也不可能。如何才算恰如其分,不同的人可以有不同的理解。重要的是心中有数,并在此基础上掌握适当的分寸,善用却不滥用所谓翻译技巧也即解释的"技巧"。

文学翻译作为整体,自然不只是这样的解释,而应该是阐释。

三、文学翻译这种阐释有何特点? 它以什么区别于解释和一般意义的阐释?

在回答这个问题之前,允许我从德国大诗人歌德的不朽杰作《浮士德》中举一个主人公如何做"翻译"的有趣例子。在诗剧第一部"书斋"的第四场,浮士德博士初次遇见了化身成一条黑犬的魔鬼靡非斯托,心情十分烦乱,于是翻开希腊文的《圣经·新约·约翰福音》来进行翻译,想以此获得内心的安宁。可是刚刚着手翻译第一句,他便绞尽脑汁,累累停笔,几乎翻译不下去了。

Geschrieben steht：“Im Anfang war das Wort!”

我写上了：“太初有言！”

Hier stock ich schon! Wer hilft mir weiter fort?

笔已停住！没法继续向前。

Ich kann das Wort so hoch unmoeglich schaetzen,

对“言”字不可估计过高，

Ich muss es anders uebersetzen，　　　我得将别的译法寻找，

Wenn ich vom Geist recht erleuchtet bin.

如果我真得到神的启示。

Geschrieben steht：“Im Anfang war der Sinn.”

我又写上：“太初有意！”

Bedenke wohl die erste Zeile，　　　仔细考虑好这第一行，

Dass deine Feder sich nicht uebereile!　下笔绝不能过于匆忙！

Ist cs der Sinn，der alles wirkt und schafft?

难道万物能创化于“意”?

Es sollte stehn：“Im Anfang war die Kraft!”

看来该译作“太初有力！”

Doch auch indem ich dieses niederschreibe,

然而就在我写下“力”字,

Schon warnt mich was，dass ich dabei nicht bleibe.

已有什么提醒我欠合适。

Mir hilft der Geist! Auf einmal seh ich Rat

神助我矣！心中豁然开朗，

Und schreibe getrost：“Im Anfang war die Tat!”

“太初有为！”我欣然写上。

几乎把这位满腹经纶的老博士难住了的仅仅是一个词儿,即原文中

的 logos。此词汉语里音译为"逻各斯",在希腊文中却含有字词、言词、言论、思想、意识、概念以及理性、理念乃至神和宇宙法则等多重意思。马丁·路德著名的《圣经》德文译本把这句译成为"太初有言",和英语译本的"In the beginning was the Word"一样,在字面上与原文倒是贴切的,也符合基督教的教义,因为"言"可理解为"神的话"或"神的金言"。但是,把这个"言"字放在说明创造世界万物的原动力这个上下文中,浮士德按照自己的理解便觉得不妥,于是反复斟酌,几经改变,最后把它"译"作了离 logos 一词的原意相去甚远的"为"字。很显然,浮士德是按照自己信奉的有为哲学,对原文做了很独特的诠释或阐释,应该算是一个走得比较远的"译即释"的例子。在他所处的那个翻译的任务主要为诠释《圣经》的时代,这样"译"也许并不奇怪,对今天的我们却显然不足为训。可是不译成"为",而像马丁·路德一样译成"言",或者像我国流行的《圣经》译本那样译成"太初有道",就不是译者按照各自的世界观对同一个词所做的不同阐释了吗?特别是这个"道"字,它虽在意蕴深广玄奥方面于原文有过之而无不及,却带着明显的中国古典文化的色彩,对于希腊文 logos 来说,它同样也是特定的中国译者的释罢了。反过来,中国哲学的这个"道"字,在西文译本中几乎都只是音译为 Tao 或者道路的"道"(Way),然后做大量的注释,却几乎没有人译为 logos,不是说明 logos 并不等于"道"吗?

说到在翻译作品中经常不得不加的注释,不管是题解、笺注或是脚注,还是负责任的译者在译序或后记中所做的有关作品的种种交代和介绍,不也都可看作是对"译即释"这一事实的尴尬承认吗?

这儿举的浮士德"译"logos 的例子,虽说不能成为翻译活动的典范,却仍反映出了翻译作为阐释的一些主要特征。它说明翻译实在是一种艰苦、复杂的心智劳动,既非简单的"转换"或一般的解释,又有别于狭义的理论性的阐释。

具体讲,文学翻译这种阐释的特征为:

(1)在内容上,是深邃的。释不能停留在文字的表面,而须发掘和揭示原文的深层语义即现代阐释学所谓原作者的"本意",包括深深隐藏在其中的民族"文化积淀"乃至"集体无意识"。这不只是对一字一词而言,大一点的语言单位如短语、成语、典故更是如此,整个的作品尤甚。就拿字词来说,也不只西文的 logos 或汉语的"道"这样的抽象词,才有多重意蕴需要深入发掘,一般常用的实词也一样。著名翻译家董乐山先生前不久发表文章,谈到台湾学者黄文范在《编印英汉文学词典刍议》一文中对英语"I"这个人称代词的汉译做过统计,结果竟有 42 个之多,而且尚不无遗漏。这对于"I"的四五十种不同汉语译法,绝非无实际意义的简单重复,而是各具宽窄不等的意蕴和雅俗有别的色彩。仅仅是各种语言都存在的这种一词多义和多词一义现象,就注定了翻译,特别是带艺术性和学术性的翻译,绝不只是简单的转换,就注定了翻译者必须像浮士德似的冥思苦想,殚精竭虑,在一词一语的众多解释中扒梳、发掘和挑选,以找出那在特定的上下文中最贴切的一个。这发掘和挑选,就是阐释。

(2)在形式上,是直观的和演绎性的。例如 logos 是一个词,浮士德也只能努力把它再现或复制为一个词,既不允许像一般解释似的不拘多少地随意说上几句,也不容许像理论性的阐释似的长篇大论,为此写上一段、一篇文字乃至一整本书。这直观和演绎性的特点,并不使翻译之为阐释变得来简单容易,相反倒使它更加困难,因为不只要求原文的形式特征——其中最重要的自然是原著的体裁样式和语言风格——在译文中基本上一目了然,而且给了译者一些非常严格的限制。这些严格的限制,同样不只限于一词一句,而是适用于整个原著。这严格的限制,既是外形上的,也是数量上的,除了不同语言的符号不一样以外,其他一切看起来都应尽量相同或至少相似,作为翻译的阐释的"直观性"就在于此。也即是说,文学翻译的阐释不容许像一般解释和阐释那样随意地"稀释""浓缩"或扩展、改变外形特征,也并非越浅显易懂越好,越容易接受、消化越好,而是多寡、浓淡、隐显等等同样有个度的把握问题,同样必须严格以原著为准绳,以再创原著为目的。

(3)在总体上,是全面的和完整的。对于字和词如此,对于句、段乃至全文亦然。译者不仅要恰如其分地传达原文的意义、内容,再现原文的外形及隐含其中的逻辑关系,还得复制出原著作为文学作品所必有的艺术风格、情调、韵味等等存在于字里行间的、不易见乃至不可见的因素,还得对所谓的言外之意和弦外之音以及飘散、笼罩在整个作品里的文化、社会、历史氛围,作尽可能不多不少、原封原样的再创。

这样的全面和完整性,固然又大大增加了文学翻译作为阐释的艰苦繁难程度,同时却使它既区别于一般翻译,也区别于理论性的阐释,是文学翻译之为文学翻译的诸多特征中最具本质意义的特征,是它的艺术性和学术性的重要源泉。这样的全面和完整性,可以说是文学翻译的灵魂。做不到这样全面、完整地阐释,即使翻译的是文学名著,译本也未必能成为文学——翻译文学,因为它缺少了灵魂。真正成功的文学翻译作品,必须经得起整体的审视,从整体看必须是像原著一样的艺术品。我们在讨论文学翻译的标准的时候,在对译本进行品评的时候,当然不能忽视这个全面和整体性的特点,否则就会失于"见木不见林"的偏颇。

(4)从译者方面看,是主动的和积极的。面对复杂、繁难、意蕴丰富、情致流动变换的原文,作为阐释者的译者仅仅消极地、机械地转换和传达或者反映,显然十分不够。阐释的"阐"字,就有深入地发掘、发扬和揭示等等主动积极的含义。从一般的意义上讲,任何的阐释乃至比较流于表面的解释,都自然含有主观成分。作为文学翻译的阐释,本身又具有上边讲的复杂、深入、全面等特点,更不能不要求译者发挥主观能动性,更不会不带上其主观色彩。译者不是平面的镜子或者无生命的机器,而是活生生的、具有灵性和情感的、血肉丰满的人。他在工作时当然应该做到理智、冷静、克己和忘我,但这绝不等于说他就该并且也能无动于衷,绝不等于说译本会不受到他个人的思想感情潜移默化的影响。

也就是说,文学翻译必然或多或少带有这一活动的主体即译者的个人色彩。这种个人色彩如果随着时间的积累、译作的增多而稳定下来,便自然成了译者自己的风格。从理论上讲,译者的个人主观色彩或风格当然应该避免;然而在文学翻译的实践中,它却永远是客观存在,不管我们喜欢也好,不喜欢也好,承认也罢,不承认也罢。甚至也可以说,文学翻译的艺术性和创造性,在很大程度上正是仰赖于它。试想一想,一部作品的翻译如果永远是依样画葫芦般的客观和千篇一律,还有什么艺术和创造可言。不许做主动、积极的阐释,否认译者实际上也有风格,就等于否认文学翻译真是艺术性的创造。

译者的风格既然如此重要,既然不可能完全消灭,同时又不宜张扬和显露,那就只可能使其尽量与原作者的风格相适应、相协调、相融合,使它的表现尽可能地自然、隐蔽并且控制在合理的范围之内。我很赞赏傅雷先生尽量选与自己气质和风格相近的作家来译的主张,因为这样确实能自然而然地扬长避短,相得益彰。还有许钧教授关于掌握好"度"的提法,我也十分同意。回顾一下我国乃至世界的文学翻译史,其实真正能传之后世的恰恰是那些有自己风格的翻译作品——林纾的"翻译"可以作为一个比较极端的例子,而能掌握好这个"度"的,恰恰是那些翻译大师。

(5)从原著和作者看,是相对和发展的。大凡真正富于文学价值的名著杰作,必然传之久远,必然面对不断变化发展的时代和社会,面对不同文化背景的一代一代新的译者和读者。即使同一时代、社会和文化背景中的译者吧,人与人的教养、素质和经历也千差万别,他们对作品进行阐释时所取的角度和站的高度也必然有所差异。拿现代阐释学的术语来讲,就是他们在对原著进行阐释时的"先结构"不一样,其结果就是阐释的成绩便绝难完全相同。即使同一原著的翻译,也总是因人、因时、因地、因不同的译语文化背景而异;而且这"异"不只表现于它的载体语言——语言的变化确实最明显,也表现在对内容的阐释。这不只注定了翻译的忠实和等质的相对性,也使重译、复译或曰重新阐释变得可能甚至必然。

前边我提到了实为阐释的文学翻译与表演艺术的某些相似之处。正如一部名剧可以由不同时代、不同国家和不同风格的导演反复搬上舞台或银幕,一首歌或一支曲子可以由不同的艺术家反复地演唱和演奏,而且都通通被当作重新阐释或演绎(interpret)而得到认可一样,重译或复译也应该说是一种重新阐释或演绎,问题主要恐怕不在于该不该,有没有必要,而在于这新的阐释是否有其自身存在的价值,特别是艺术价值。在这个问题上,我国翻译界对自身的要求是十分严格的,也该严格。然而在进行翻译批评时常常将对原著的"忠实"看得太绝对,似乎一部作品就只能以一种风格和观点来阐释,忽视译语文化与原著文化背景之间的巨大差异,抹杀阐释者的个性和主体性的有限发挥,却又未必可取。我们不敢奢望获得现代西方某些导演那样大胆阐释古典名剧的自由,但也害怕手脚被捆得太死。须知,对于作为阐释的文学翻译缺少发展和相对的认识,拒绝通过高水平的、有着自身特色的重译或复译不断赋予文学名著以新的生命和价值,无异于抛弃这些名著,也就根本无所谓忠实或不忠实可言。

总之,文学翻译即阐释,一种特殊意义的阐释,一种深邃、直观、全面、主动和处于变化发展中的阐释。

四、结 论

在说明了文学翻译作为阐释的种种特点以后,似乎已经可以得出一个结论:用"阐释"这个本身就带有学术意味的词,能更具体地表达、更深入地揭示和更全面地涵盖文学翻译这一复杂心智活动的实质意义。不是吗? 阐释比模仿来得积极,比反映来得主动,比再现、转换、传达等来得深刻,比创造来得实在、精确和切合实际,比"再创造"来得言简意赅,可以不必加一个"再"字而暗示出了被阐释客体即原著的存在。至于我提过的什么"阐释、接受与再创造的循环",如前文已说过的实在啰唆累赘。"阐释"一词应该讲已包括所有这些内容:接受只是译者进行阐释的必然却无形的收获,再创造只是阐释的有形的特征和结果。还有我们所谓的理解和表达,前者可以说是译者对自己做的内向和无形的阐释,后者是他对读者做的外向和有形的阐释,通通都不过是阐释罢了,无须再加任何别的意思。

需要强调的是,给文学翻译做一个新的、全方位的描述,下一个更确切的定义,除了有"正名"的作用并随之而带来认识的改变和提高以外,还可以很好地把现代的阐释理论引进译学研究,使其增加研究的新视角和新内容。事实上,近年来国内也陆续出现了一些结合阐释学研究翻译问题的文章。

进一步推演,文学翻译要阐释的不只是原著文本所包括的方方面面,还必须进一步涉及创造文本的作家,涉及产生这作家和作品的时代和社会。而且仔细想一想,这原著文本和作家的创作,不同样也是阐释,即作家对自然、对社会、对人生,对客观世界和主观世界的阐释吗? 文学艺术之于自然和社会、人生,与其说只是像古希腊美学主张的机械的模仿,像通常比喻的镜子似的消极反映,或者只是被称作容易流于肤浅的表现,不如说也是一种积极能动的、融进了个人思想情感的和富于创造精神的阐释更好。

从这个意义上讲,文学翻译其实是对原著所阐释的对象的再阐释。和作家的第一次阐释比较起来,这再阐释的内容应该讲还更加丰富,任务也更加艰巨。为什么? 因为译者于原著的内容之外,还须对作家本人的种种情况,诸如他与作品的关系、他的风格也即阐释方式等,也进行恰如其分的阐释。文学创作的不同风格乃至流派,其实就是作家对主客观世界的不同观察和表现方式,即阐释方式。能否把原作者的阐释方式即风格也适度地展现出来,则是作为再阐释的文学翻译成功与否的重要标志。

再往前跨一步,译本的读者即接受者的阅读活动,同样也可以讲是阐释。他们为求解读作品,获得认知和愉悦,也必须不同程度地发挥主观能动性,自觉不自觉地进行阐释。

当然,作家、翻译家和读者这三者的阐释并不完全一样,前二者应该说都是自觉的、显性的、完整的(由有形的作品体现出来),相对而言也比较深刻;读者的阐释则是隐性的,也不一定自觉、完整和深刻,因为他们未必都像作家和译者似的有必须达成的目标。

综全文所述,文学翻译活动的全过程像一根长长的关系链条,即:

世界—作家—原著—译者—译著—读者

维系这链条一个环节又一个环节之间关系的纽带以及这一关系的实质,如果要科学、精确而言简意赅地用一个词来表达的话,恐怕最好莫过于"阐释"二字。

（原载于《外语与翻译》,1998 年,刊期不详）

再谈文学翻译主体

一、回顾与感激

20世纪八九十年代,我国译学研究在一批新锐译论家的推动下逐渐掀起高潮。作为文学翻译的实践者,我于应邀在南京、珠海和香港参加的几次研讨会上发言,就译者在文学翻译活动中的地位和作用问题,谈了自己的一些感想。发言随后整理成文,在《中国翻译》等刊物上发表,总的提名都叫"文学翻译断想"。原本不过是些基于个人实践经验的感想述说罢了,既没有进行多么深入的思考,更谈不上什么理论依据。发那些言的主要动机出自不满,不满多少年来译论研究一直纠缠在翻译的原则、标准和直译、意译的争论,不仅了无新意,多数时候还忽视文学翻译的文学特性,更加严重的是见物不见人,暴露出翻译界本身对翻译家也抱着一种视而不见的轻慢态度。这,在我看来,很大程度上便导致翻译家在文坛和学术界地位低下,其业绩即译作在很多场合不受重视甚至干脆不被承认。

既然不满,便忍不住在发言和文章中就翻译家的地位和作用问题提出一些看法。它们虽极肤浅,然而却不乏新意,诸如:

> 文学翻译的主体同样是人,也即作家、翻译家和读者……在这整个的创造性的活动中,翻译家无疑处于中心的枢纽地位,发挥着最积极的作用。(《阐释、接受与再创造的循环》)

> 翻译家既是读者,又是作者,既是阐释者,又是接受者,理想的译

者应该同时是学者和作家。（同前）

> 翻译活动的主体即译家⋯⋯只有把翻译家作为人的这些精神和心智的方方面面也纳入观察的视野，才可能解答更加微妙也更触及文学翻译本质的种种问题。（《尴尬与自如　傲慢与自卑——文学翻译家心理人格漫说》）

> 在文学翻译这一特殊的艺术创造过程中，翻译家处于中心的、最积极最能动的位置，没有译家全身心的投入，只有机械地操作，就没有艺术。（同前）

> "文学翻译家＝学者＋作家"，又不是纯粹意义的学者或作家，因而可以说非驴又非马。（同前）

> 文学翻译即阐释，一种特殊意义的阐释，一种全面、深邃、直观、艺术和积极主动的、处于变化发展中的阐释。因此，文学翻译必然或多或少带有这一活动的主体即译者的个人色彩。（《翻译·解释·阐释》）

> ⋯⋯

应该讲，以上"断想"只是一些任何有思想的文学翻译家都知道的、再普通不过的事实、再明白不过的道理；只是咱们这些人堪称学界和文坛最谦逊知足的一群，都默默无声地甘当"文化苦力"，很少有谁如"年轻气盛"的不才似的感到不满，或者即使不满也不肯冒冒失失地讲出来罢了。可是没想到讲出来后，经过敏锐的理论家从译学发展的角度进行观照，从理论上加以提高，简单的事理申说竟变成了"文学翻译主体意识的觉醒"①，变成了"对翻译家的主体性"进行的"系统探讨"②，真叫我这个原本只痴心于文学翻译实践的理论门外汉荣幸之至，不胜感激。

---

① 谢天振. 译介学. 上海：上海外语教育出版社，1999：129.
② 许钧. 文学翻译的理论与实践. 南京：译林出版社，2001：163-173.

二、前瞻与伸发

又是应邀赴上海外国语大学参加"译学理论现代化高级论坛",逼使我对文学翻译做新的思考。

经过十多年的学习和积累,我这个实践者尽管仍然敬理论而远之,但在译论界朋友的感召下也时时关心理论的发展,并且跟着动动脑子,对译家在译事活动中的地位和作用有了些许新的认识。尽管同样零碎、片断、粗疏,难免荒谬、错误;仍归纳、整理于后,为的是向译界同行和朋友们讨教。

1. 保持中国特色

实现中国译学观念的现代化,窃以为必须坚持以我为主的原则,亦即在学习西方理论成果的同时,一定要保持和发扬历史悠久的中国译论的传统和特色。全盘照搬不行,因为中西文化之间存在很大差异,特别是作为各自文化主要载体的汉语和拉丁、罗马、斯拉夫等语系的语言,其形态和结构存在质的差别;这便决定同为语言艺术的文学翻译的实践及其理论,在中西之间必然也有本质区别。香港中文大学的刘宓庆教授也曾从另一个角度,指出了这一区别,认为:西方译论与语言学发展关系密切,具有"显著的形态学特征";中国译论与中国传统美学紧密结合,具有"显著的人文特征"。[①]

再看翻译实践,形态基本相同、文化背景相近的西方语言之间互译,相当程度上的确只是符号的转换;而汉德、汉俄、汉法、汉英的互译,情况就复杂多了,也艰难多了。因为后者即中西文学的互译,不仅需要实现更加吃力的语言转换,还得完成内容繁复、情景错综、路径曲折坎坷甚至常常是布满陷阱的文化传输(cultural transfer)。但正因此中国译学研究的

---

① 刘宓庆. 中国翻译理论的宏观架构//耿龙明. 翻译论丛. 上海:上海外语教育出版社,1998:32.

天地也更加广阔,所面临的任务也更多、更重,绝非仅仅依靠引进欧美花样翻新的译论所能完成。窃以为在译学观念现代化的过程中,要向西方学习的主要是方法、视野、范畴之类,如把比较文学、文化研究、阐释学和接受美学的研究和统计方法等引入我们的译学研究,而不可能也不应该全盘照搬西方的什么理论体系。

言归正传。提出文学翻译的"主体性"问题,把人即译家视为文学翻译活动的中心和主体,克服译学研究见物不见人的弊端,应该说正好符合中国传统译论的人文特色。

再者,文学翻译作为跨文化的文学活动,本质上与一般文学创作活动没有什么差别,其理想的成果必须仍然是文学,亦即翻译文学。不言而喻,正像视作家为文学创作的主体一样视翻译家为文学翻译的主体,也符合以艺术再创造为特征的文学翻译的实际。由此往深里讲,这个"主体说"多半不适合其他门类的翻译,特别是不适合那类服务性或工具性的翻译工作,比如外事翻译或者科技翻译,尽管这类翻译在我们的社会生活中往往更加重要。

说翻译家是文学翻译的主体,处于中心地位,与传统译论以原著为中心提出的忠实原文等主张,与我过去在谈译者与原著(作家)和读者的关系时也曾提出过的"一仆二主"说,各为事物的一个侧面,应该辩证地看待。承认和强调翻译家的主体地位,并不等于他往前可以不受原著的限制,往后可以不考虑读者的接受;而仅仅是为了加强翻译家的自我意识和主体意识,使其更好地发挥创造性;因为在包括文学翻译在内的文艺活动中,创造性乃是生命。

2. 紧密结合实践

在保持和发扬中国译学研究传统的同时,还必须紧密结合文学翻译的实践。真正有价值、有生命力的观念和理论,应该是实践的总结和提高,而不可能由理论家闭门造车,凭空想象出来。"文学翻译主体说"是一个理论来自实践的绝好例子。事实上,我国一大批文学翻译家特别是所谓文艺学派的代表人物,早就在实践这个理论,区别只在于各人实践的强度不等,有的人比较自觉,有的人不怎么自觉罢了。一个显著的例子是许渊冲先生,我认为他通过自己那富有个性和成果的理论和实践,成为运用这个理论的急先锋;只不过遗憾的是,这位前辈在理论上把翻译家的主体作用强调得有些过头和过分,实践中难免有时矫枉过正。要正确地、恰如其分地把握"度"与分寸实在不容易,然而正是这个不容易,把文学翻译变成了艺术,造就出了一些兼为学者和作家的大师。

十分可喜的是,中国当代文学翻译理论研究的代表人物如许钧、谢天振等,本身多是富有实践经验和成果的翻译家,所以对来自实践的"主体说"心有灵犀,本身的理论和研究也紧密结合文学翻译的实际①,反过来也受到文学翻译家的欢迎和重视。他们成功的经验告诉我们:不能为理论而理论,空头理论除了孤芳自赏别无一用,空谈理论不如没有理论,因为它们只会浪费资源和生命。中国译学观念现代化必须服务实践,指导实践,起到提高我国目前的文学翻译水准,推动我国文学翻译事业向前发展的作用。

因此,对义学翻译的主体即翻译家的研究,包括对译家创作活动的特征、性质,译家必备的修养、技能,译家的从业道德、工作心理、社会人格,以及培养造就后继者的条件和途径等的研究,应该成为中国现代译学的组成部分。20 世纪中国译学界在这方面已做出不少成绩:《中国翻译》几乎每期都有人物研究和评介的栏目;青年学者穆雷则率先推出了《通天塔的建设者——当代中国中青年翻译家研究》②;香港中文大学金圣华教授编著的《傅雷与他的世界》③开名译家个人研究的先河,内容丰富、感人;郭著章等编著的《翻译名家研究》自成系统而富特色④;许钧、唐瑾主编的"巴

① 如许钧的《文学翻译批评研究》《〈红与黑〉翻译研究》《文学翻译的理论与实践》。
② 北京开明出版社 1997 年出版。
③ 香港三联书店 1994 年出版。
④ 湖北教育出版社 1999 年出版。此书有一个瑕疵:也许是受当时"气候"的影响,给郭沫若的篇幅明显少了一些。

别塔文丛"①洋洋大观;许钧访谈录性质的《文学翻译的理论与实践》形式独特,由于先在《译林》连载而影响巨大……

但是,总的说来,对翻译家的研究仍嫌不够;一些译界前辈曾在中国思想文化发展进程中产生过巨大影响,对于他们,至今仍未见全面、深入的评介和研究成果问世。

"主体性"问题从实践者偶尔的肤浅"断想",发展到理论家有意识的"系统探讨",再到而今引起文学翻译界的集体关注,不也很好地证明了文学翻译理论的研究脱离不开文学翻译实践,可以并必须与实践紧密结合吗?

三、行内与行外

考察文学翻译活动包括读者接受在内的全过程,窃以为对于广大读者来说,实际上并不存在本来意义的原著,译著即他们的原著。用其他论者的话来说,译著是原著生命的延长;译作的诞生意味着原作的死亡。因此,译者主体作用发挥的充分与否至关重要,直接影响和决定原著的流传、接受以及寿命的长短。译者的主体作用得到充分发挥,译本取得成功,得到社会的认可,便可成为翻译文学,最理想的情况甚至成为译入语的民族文学经典。这样成功的范例虽说不多,但并非没有,就我所知,德国便有施勒格尔译的莎士比亚,俄国有帕斯捷尔纳克译的《浮士德》等。

但是,这一极易为文学翻译界认识的道理和与之相联系的"主体说",却很难为我们行外的学界、文坛、出版界和读书界所认识,人们往往看不到译者的主体地位和作用,因而有意无意地轻视文学翻译和文学翻译家,以致造成累累恶果:

改革开放以来我国文学翻译的出版空前繁荣,然而真正经得起读者和时间考验的佳译、名译并不多。特别是近年来我国出版界一方面大叫

---

① 　湖北教育出版社出版。

"译者难找"，另一方面又饥不择食，让一些根本不够格的人滥竽充数，粗制滥造，好像文学翻译是人都可以做，结果造成翻译质量下降、文学翻译名声扫地、愿意献身文学翻译事业的人越来越少的恶性循环。

更严重的还有，中国翻译出版市场剽窃和变相剽窃的"抄译""编译""译写"之风炽盛，让读者受害，令译家寒心。

除了上述明显恶果，文坛、学界对翻译家主体作用的忽视还存在某些隐性的流弊，这儿只举其中一端，因为它由来已久，相当普遍，连文学翻译家本身多数也已习以为常。究其实质不能不说它也是一种剽窃，因为无偿占有别人劳动成果的性质没什么两样；只因为情节、程度不如上述剽窃行为严重，而且往往数量较小，还多半出于不自觉和无意，姑且暂不以剽窃论。尽管如此，这种顺手牵羊似的偷摸举动却往往更令译家心冷，因为它多半来自咱们在学界和文坛的同行，因为它同样是对译者主体作用的否定，对译家人格的轻慢。

我说的是有些人以征引名家经典的译文装点门面，抬高身价，却不屑或懒得交代译文出自何人，好像根本不存在一位他本该心存感激的译者，而有意无意地要让人相信引者本身就精通多种外语，误以为他所征引的文字系其本人翻译。这种蓄意偷摸者应该不多，我也不屑在他们身上浪费笔墨。下面只举几个我相信并非蓄意，然而却能让人看出这一"流行病"猖獗程度的显例。

前些年，鄙省的一本著名诗刊别出心裁，在每一期的封二都印一首"外国名诗"，并精心配上由美编创作的原作者木刻肖像，然而从来不标注译文出自何处，译者姓甚名谁。

某文学新秀才华横溢，旁征博引，但不习惯交代所引译文出处，因此一位香港作家撰文予以善意的提醒和批评。

我很喜欢余秋雨先生的《文化苦旅》，特别是在《莫高窟》中发现他读过拙译《纳尔齐斯与歌尔德蒙》并颇有所得，心里不禁发出欢呼。可是，随后发现紧接着与拙译一字不爽的书名，在括号内只有 Narzis und Goldmund 这个德文原著题名，却硬是没有译者×××，当即像被人兜头泼了一盆冷水。也许余先生懂德文,读的只是黑塞的原著? 果真如此,我在这里就向他道歉了。

金元浦先生主编的《中国文化概论》是我授课的主要参考书,令我和学生获益匪浅,特别是觉得每一章后面的"文选"非常有用。然而遗憾的是所选译文如列宁的《关于民族问题的批评意见》和莱布尼茨《中国近事》的序言,通通没有出处和译者交代。

还有一位年轻学友郑重其事地题赠一册有关"歌德其人其作"的书给我,我兴冲冲地拜读,谁知越读越感到不是滋味,最后竟难过得像本欲品尝美味却吞下了一只苍蝇:书中未对多处援用我的论点和研究心得加以说明就不讲了,还大段大段抄上我的译文也不加注说明。面对这样的"惠赠",受赠者我真是唯有苦笑。

四、不满与反思

然而不满、难过和苦笑之后,也进行了一些反思。反思的结果之一是:译家的主体性和劳动价值之长期被漠视——似乎理所当然地被漠视,责任首先在我们文学翻译界,在我们干这一行的人自己。不是吗,我们长期不好意思提出自己是文学翻译主体的主张,不敢大声说出"译著也是原著","对译著我拥有同样是神圣不可侵犯的多种权利"! 须知电台播一首歌按规定得付给词曲作者稿酬,我们怎么可以容忍别人引用译文连译者的名字也不提呢? 如此一来,这译文还是"我的"吗? 兼为学者和作家的翻译家,难道不应和学者、作家一样,也表现出一些个自尊、自信,具有一些个主体意识、自我意识和权利意识吗……

许钧、谢天振们说对了,我是个"主体意识"觉醒得比较早,也比较重视自己劳动的意义和价值,因而也比较自尊和敢于坚持自己权利的文学翻译工作者。一个例子是我较早地想到要出自己个人的译文集,因为作家、学者——有时也包括二流作家——出文集早已司空见惯,觉得翻译家作为一种艺术创造的主体,同样可以向社会交出体现自己个性的成果。

1991 年我编了一部 30 年译文自选集,幸蒙友好的漓江出版社接受,虽说后来篇幅从 80 多万字的两卷缩减成了 56 万字的一卷,且书名仅为《德语文学精品》而少了"×××译文集"的标示,我仍心满意足,心存感激。毕竟事实上打破了一个似乎约定俗成的规矩,即翻译家只有死后或者得等到七老八十才能出个人译文集的惯例。

光阴荏苒,人生易逝,似乎没过多久又到准备做自己 40 年文学翻译的总结了,于是选编好自己的 12 卷译文集找地方出版。然而,尽管也有友好的出版社表现出兴趣,却出于显而易见的经济原因久久不能付诸实施。所幸"主体意识"强烈的我始终没有服气,前不久终于与独具慧眼、办事干脆的广西师大出版社签了约,预计年内又会创下一项仍活跃于译坛的译家出版大规模译文集的纪录了。①

当然也发现过不少令人感动的尊重翻译家的例子。说实话,相比之下,中国的文学翻译家还算比较幸运,我们的读者特别是广大的普通读者实在是太好了,我们的出版界总的说来也不错。但我这里同样只能举有代表性的两二个突出的例子。

刘宓庆先生在《中国翻译理论的宏观架构》一文中征引了德国学界先贤威廉·洪堡和歌德的话,在为此所加的注中清楚交代了出处,以及该书从德文到英文的译者即编者的名字为 Peter Heath。②

英年早逝的王小波在《我的精神家园》中有一篇《我的师承》。他以此文指名道姓地对两位影响自己文学道路的前贤表达真诚的感谢,这两个人都是翻译家,一为译介普希金的查良铮先生,一为译介杜拉斯的王道乾先生。

我本人也有幸遇见过这样一位读者。他读完前边提到过的《纳尔齐斯与歌尔德蒙》异常感动,先写信祝福我"扎西德勒",后又在暑假大老远

---

① 此前该社已推出规模小一些的"郭宏安译文集"。

② 刘宓庆. 中国翻译理论的宏观架构//耿龙明. 翻译论丛. 上海:上海外语教育出版社,1998:43,51.

地从藏区带着女友来到我当时工作的歌乐山下,向我献上一条洁白的哈达,随后未表示任何愿望便匆匆离去! 十多年了我心中一直有这么位读者,虽然他的名字和模样已经忘记了。我当然不能想象他是专程来看我,但其对翻译至真至诚的敬重深深打动了我,以致使我反倒怀疑起来,我们的工作真是这么意义重大、神圣崇高吗?

五、结语与希望

经过十多年的思考、实践、再思考和切磋,我发现、越来越发现"翻译家的主体性"问题不但牵涉面广,而且影响既大又深远。我们文学翻译界自己必须响亮地而又理直气壮地喊出:翻译家是文学翻译的主体,译著即原著,译家研究应成为译学研究的重要组成部分,翻译家的著作权和其他种种权益必须受到尊重! 不如此,无以消除令我等寒心的种种流弊,无以使与我们文学翻译工作有关的方方面面取得新的进步,呈现新的面貌。

（原载于《中国翻译》2003 年第 3 期）

文学翻译批评刍议

一、美玉与蜡泥

如何做文学翻译批评？

文学翻译作为跨文化的文学艺术活动，起着促进国际文化交流和各国人民相互理解的巨大作用；对于相关的国家，要么传播弘扬它的民族文化，要么充实它的民族文化宝库，丰富它民众的文化精神生活。文学翻译家的贡献和功绩，实不容低估。

关于文学翻译评价的标准，前人有过不少精辟的论述和有益的争论。总的说来，对于文学翻译的评价批评，我要特别强调"文学"二字，意即在正确传达思想内容的前提下，在信与达的前提下，还必须在遣词造句、语气笔调、音韵节奏以及情绪意境等方面，都尽可能再创再现原著的神韵和风格，使得译文富有与原著尽可能贴近的种种文学因素和品质，使译著在包括专家的读者审美鉴赏的显微镜下也是文学，即翻译文学。

文学翻译与翻译文学，两者虽关系密切，却并非一个概念：前者定性于原著的性质，与之对照的是其他门类的翻译如科技翻译、外事翻译等；后者定性于译著的质地和水准。后者并非前者的必然结果，而只是其成功的高水平的结果。事实上，大多数的文学翻译出版物，哪怕它们的原著是世界文学的精品、瑰宝，哪怕也可能产生巨大的经济效益和一定的社会影响，却离文学的要求甚远，仍难于纳入翻译文学的范畴。

究其原因,主要是译者忽视了"文学"二字,或者并未忽视,却力不从心——这第二种情况恐怕更多。前辈译家反复提倡的"雅",傅雷提倡的"神似",钱锺书所谓的"化",以我理解,强调的都恰恰是再现再创原著的文学特性,再现再创包括内容和形式两方面而特别是表现形式方面的文学品质,文学魅力。文学翻译之难,文学翻译区别于他种翻译的本质特征,正在于此。

近一两年,国内报刊发表了不少批评译作和讨论批评的文章,还开过有关会议,打破了译坛多年的沉寂,是件大好事。实事求是地指出某些名译的不足和错漏,同样意义非凡。笔者偶校旧译,时常惊异而又感慨:错漏真难避免!例如在拙译《魔山》中,我就得了傅雷先生说的"色盲"症。因而觉得,对那些肯花时间精力来帮助挑漏拈错乃至吹毛求疵的好心人,实在该衷心感激。

可是,对于文学翻译的批评,我又认为不应止于挑漏拈错——这对任何翻译包括学生的翻译练习一样必要,而且还应前进和深入一步两步,对译著做文学的批评,总体的批评。这种批评,我觉得更为本质和重要;没有它,我看就会犯瞎子摸象的错误,做出不正确和不公正的判决来。

打一个难免"跛脚"的矫枉过正的比方:一部译作虽然错漏多多,但富于文学性,保有原著的文学本质,广大读者乐于接受,也经住了时间的考验,这部译作应该承认属于翻译文学,因为它只是美玉有瑕,修订打磨即可臻完美,弥足珍贵矣!反之,另一译作字句、语法几无错误,甚至标点符号也对原著亦步亦趋,经得住显微镜下的对照检验,然而可惜没有文学性,读来索然无味——如果还有人读的话,那就只能说是一点点地照着原著拼捏成的蜡泥一块,根本改变了原著的美玉质地,只好抛弃了。可叹的是文学翻译是一门遗憾的艺术,无瑕的美玉几乎不存在,有瑕的美玉也实在不多,多的却是在各种各样条件下产生的蜡泥——要把美玉淹没掉、排挤掉的可恶的蜡泥!

作为有瑕美玉而存在而备受珍视的一例,我想林纾的译品非常典型。而前辈大师钱锺书对林译的评述,则是对翻译文学做文学批评的绝好范例。

我作如是说,当不致引起误解,认为我反对对译作做语言对照批评,反对一丝不苟,主张胡译瞎译吧。

我作如是说,旨在呼吁对翻译文学做文学批评,旨在呼唤美玉的鉴定者和保护者,哪怕这美玉还有难免的瑕疵。而鉴定、保护美玉的重任,就得由文学翻译批评家来承担和完成。

二、显性与隐性

翻译难,文学翻译更难;尽管如此,汉唐以降的约两千年,特别是改革开放新时期,我国还是出了不少成就斐然的文学翻译家,各个语种都有,因此我们就有了数量可观的名著名译。但是与此同时,从事文学翻译批评而卓有建树和声名者,放眼古今,包括各个语种,却数不出几个人来。为什么?因为文学翻译固然难,文学翻译批评难上加难:他不但必须具备文学翻译家的学识、眼光,理想的情况下最好还要有做文学翻译的经历、经验,还要有文学翻译理论家的理论素养,最后,更重要的是还得有忘我无私的胸怀和高尚的品德,能够秉持公正,对翻译家和译作做出实事求是、理据充分的评价、判断。做这样一份工作太难、太苦,往往还吃力不讨好,没有宽广的胸怀和宏大的格局不会来干这件事,也不敢和不情愿干这件事,所以文学翻译批评家少之又少。

那么,中国到底有没有文学翻译批评家呢?

译翁回答:当然有,不过确实不多,成就卓著者更是凤毛麟角。

本翁孤陋寡闻,见识过的文学翻译批评家就那么几个。他们大致分为两类:一类是学者型的文学翻译批评家——他们把批评实践与学术研究结合在一起,让批评实践为学术研究服务,成就也通过世所瞩目的学术著作体现出来。其代表人物为许钧、谢天振,我称他们是显性的文学翻译批评家。另一类自然就是隐性的了——他们人数多得多,"隐姓埋名"却并非无名,而只是不以文学翻译家名世罢了。他们以文学翻译批评为日常工作,一般情况下,绝大多数对自己的文学翻译批评家角色并不自觉。他们隐身在众多外国文学编辑里边,其中少数出类拔萃者堪称文学翻译批评家,有些同样有做文学翻译的经历和经验——我如此弯来绕去地"卖关子",是因为此乃本翁独家发现,是有专利权的!

译翁跟不计其数的文学翻译编辑打了几十年交道,接触过他们的杰出代表李文俊、绿原、李景端、刘硕良等,认为他们以及另外一些我没机会见识的外国文学出版家,都是百分百的文学翻译批评家,只是没谁道破真情罢了。

从显性、隐形两类文学翻译批评家中,译翁只能各选一位代表略加介绍、分析,阐明凭什么称他们文学翻译批评家。

先说学者型的文学翻译批评家许钧。说他是一位大学者,最近问世了一份《中国哲学社会科学最有影响力学者排行榜》,他位列前三名,就可以证明。还有,他自己也是文学翻译家,出过《不能承受的生命之轻》等多部有影响的译著,读书界都知道,就不详述。不大为人知道的是他的译学研究,尤其是文学翻译批评的研究。20 世纪 80 年代,我如获至宝地读过他研究文学翻译批评的专著,书名好像就叫《文学翻译批评》,读后留下了深刻印象。须知即使到今天,尽管翻译理论研究热火朝天,研究文学翻译批评的著作仍难见到。

前不久我在缅怀谢天振教授的文章中说,像他似的在学术界影响巨大,还有超凡组织才能的将帅之才不可多得,青出于蓝而胜于蓝的许钧是其中一位。

20 世纪 80 年代中期,他还在南京大学读研究生,就成功发起和主持了全国性的翻译理论研讨会,令翻译界刮目相看。随后他又组织《红与黑》不同译本的大讨论,在我看这是一次别开生面的文学翻译批评实践,一场文学翻译批评的实兵大演习,而年纪轻轻的许钧,就是这场大战役运筹帷幄、指挥若定的统帅!

还有许多可以视为文学翻译批评家许钧业绩的事例,限于篇幅,不再啰唆。许钧可以说是当今学者型的文学翻译批评家的杰出代表。请注意

"当今"这个时间限定,因为我们过去对文学翻译批评不够重视,没有很好研究,也就不知道谁是文学翻译批评家。我认为肯定有一些,这里只说一位——钱锺书,他那本《林纾的翻译》看似单薄,却堪称保护有瑕的美玉并对其做综合文学批评的典范。

跟学者型的文学翻译批评家一样重要,甚或更加重要的是出版家型的文学翻译批评家,虽说他们总是隐身在众多的出版社和刊物编辑、总编中间,默默地"为人作嫁衣",很少抛头露面。可对于我国的文学翻译事业,编辑和出版家型的隐性文学翻译批评家功莫大焉!是他们细心筛选、评判,沙里淘金,才使美玉从蜡泥中脱颖而出,再由他们精心打磨而熠熠生辉,成为作为我们民族文学组成部分的翻译文学作品。用大家习用的说法表述,他们中许多人就是可敬可亲的"伯乐"!

我终生难忘,如今已被视为经典的拙译《少年维特的烦恼》,就是经由编辑绿原和编辑室主任孙绳武评判、认可,才领到了出生证。有了人民文学出版社的《维特》这薄薄一本书,我随后的从译之路宽敞平顺,也才有了我这个德语文学翻译家,才有了敢于倚老卖老的巴蜀译翁。

再讲讲李景端,以他作为出版家型的隐性文学翻译批评家的代表。

20世纪90年代,我写过一篇《能人李景端》,跟《忙人刘硕良》和《雅人李文俊》匹配。讲的只是老李办《译林》和领导译林出版社那些事,挂一漏万,忽略了许许多多,充其量出版家一个。其实,老李的能力还表现在很多方面,举例说,在翻译界他还是长年的观察家,还是活动家和外交家,可以说只要关系到翻译,十处敲锣九处有这位老哥。我时常想,八十好几的人了,图什么呀?

回到文学翻译批评,老李除去领着《译林》和译林出版社刊发出版了大量好作品,培养了许多年轻翻译家,还设立戈宝权文学翻译奖,创办文学翻译出版协会,在协会给文学翻译佳作评奖,也就是进行高层次的文学翻译批评。做这一切,出版家型的文学翻译批评家李景端无所图,以我的观察只是出于对事业的挚爱,只是源自心中的情怀,有了这种情怀,他就不知老之已至!

或问："译翁啥时候想到把绿原等出版人看作文学翻译批评家的呢?"

我想,大概是应邀去绍兴纪念鲁迅先生百年诞辰的时候。具体讲是去当鲁迅文学奖下设文学翻译奖的评委。殊不知到会后一看,除了评审委员会主任绿原,还有好几位出版界的资深外国文学编审。我明白了,他们的日常工作就是认认真真地,一字一句一个标点地,审改我们的译作,来当评委只是他们本职工作的拓展、深化、提高,要综合、总体地评判参评的作品,也就是要遴选出美玉中的美玉。此时此地,他们的文学翻译批评家面目显露无遗。

出版界的伯乐们,当年你们对啥都不是的穷小子有知遇之恩,今天巴蜀译翁为你们正名,算是回报吧。

2020 年 7 月　于重庆武隆仙女山译翁山房

且说复译

　　复译，我习惯于称重译。重译或者复译的必要，鲁迅从进化论的视角观察，认为复译会一直存在下去："因言语跟着时代的变化，将来还可以有新的复译本的，七八次何足为奇，何况中国其实也并没有译过七八次的作品。"鲁迅先生已经说得很透辟，无须我再饶舌。可以补充的只是，无数成功而受到广大读者青睐的重译作品，包括《少年维特的烦恼》《浮士德》《茵梦湖》以及《格林童话全集》《海涅抒情诗选》《歌德谈话录》等拙译在内，都有力地证明了鲁迅先生的论断完全正确，无可置疑。上述拙译从 20 世纪八九十年代畅销至今，为原著赢得了亿万新的读者，赋予了原著新的生命，无可辩驳地证实了复议或者重译巨大的、无法取代和否认的作用、价值和意义。是复译给予原著新的生命，没有复译，再伟大的原著都不可能长期流传、永世不朽。

　　复译之必要和重要显而易见，该已众所周知，无须赘言。本文想着重讲一讲重译或曰复译之难，之不易，因为这个问题，据我所知，至少在中国从来没有人讲。

　　为什么没人讲？没关系的行外人想不到讲，没做复译的行内人不屑于讲，即使做复译的人也不便讲甚至不好意思讲，更别说实事求是地、理直气壮地讲。也就是说，做复译的人心里总有点虚，总有难言之隐。

　　其实，比起所谓原创性翻译即首译来，重新翻译即重译或曰复译，要面对不一样的挑战,要克服的障碍会更多,很多时候不是更容易而是更难!①

举个例子:10 年前我几经犹豫与迟疑,好不容易才接受约请,重译了德国当代幻想文学大师米切尔·恩德的《永远讲不完的故事》和《毛毛》这两部代表作。

为什么犹豫? 为什么迟疑? 不仅因为此前已有两三位德语同行严肃认真的译本,再译难免捡人便宜之嫌,影响自己的译家形象不说,还可能得罪同行朋友。

再者,即使排除掉这些"私心杂念",不在乎可能有的闲言碎语,重译这活儿本身也吃力不讨好,要面对一般人不理解的双重的挑战:不仅得经受与原文的对照评估,还得经受与旧译的对照评估;新译不但必须有自己的鲜明特色,而且显然还得超越旧译,真是谈何容易!

所谓"捡便宜"者,充其量就是在理解原文有困难时可以看看旧译,或许能从中获得一点启发;而翻译一部《格林童话全集》或者《永远讲不完的故事》《毛毛》似的童书,这样的便宜恐怕也难以捡到,因为原文通常比较简单。类似于这样的作品,事实上重译比首译更叫人伤脑筋。因为要力避让旧译牵着鼻子走,绝不能对旧译亦步亦趋,于是就只有绞尽脑汁,就只能多伤脑筋,以求有新的创造。

名著的重译或复译,是个异常复杂的问题。有所创造、有所前进、有所提高的复译、重译,不但不应受到非难,而且应得到提倡;事实上上述拙译也得到了翻译界的肯定和鼓励,受到了广大读者的赞赏和欢迎。应该受非难和唾弃的,只是那些名不副实的所谓"新译"、重译或复译,因为它们实际上只是胡译、乱译甚而至于抄译、剽窃。高水平的、有着自身价值的重译或复译,将不断赋予文学名著以新的生命,使它们一次一次地复

---

① 为免误解,申明一句:翻译家往往遭作家轻视,复译也被认为不如所谓原创性翻译,译翁认为都不可一概而论,优劣与否必须具体情况具体分析,丝毫没有贬低创作和原创性翻译即首译的意思。

活,一次次地焕发青春。

对于复译,著名的诗人、出版家、翻译家绿原有一个精彩、生动而富有深意的比喻。他称世界名著的复译为一次接力赛;我补充说:这接力跑永无止境,只要人类还存在,时代还前进,翻译家就得一棒一棒地接着跑下去。而且,跟现实生活中的接力赛一样,后跑的不能比先跑的差到哪里去,相反多数情况下必须更快、更好,事实上正常情况下也更快、更好。

这,就是复译或曰重译的生存之道;这就是复译或曰重译辩证法!

2020 年 6 月　于重庆武隆仙女山译翁山房

歌德与文学翻译

　　钱锺书先生在《林纾的翻译》一文中论及文学翻译"媒"或"诱"的作用时,指出由其自身"不能避免的毛病"即"讹"而"产生了新的意义",也就是说,译文可能反而"导诱一些人去学外文、读原作"。钱先生接着讲:"歌德就有过这种看法;他很不礼貌地比翻译家为下流的职业媒人(Übersetzer sind als geschäftige Kuppler anzusehen)——中国旧名'牵马',因为他们把原作半露半遮,使读者想象它不知多少美丽,抬高了它的身价……"[①]

　　钱先生征引的歌德"慧语"出自其 *Maximen und Reflexionen*(《格言与思考集》,见汉堡版《歌德文集》第 12 卷第 499 页),全文为:"翻译家可以视为职业媒人,他们把一个半遮半掩的美人夸得来可爱至极,使我们对原著生出按捺不住的兴趣。"

　　精通多种语言和旁征博引的钱先生把歌德的这句话实在是用得非常贴切,令我这既研究歌德又一生酷好文学翻译的后生小子佩服之至。而且岂止佩服,有幸得到过钱先生的关怀和教诲的我,原本就视他老人家为自己的一位恩师!

　　尽管如此,读了钱先生的上述文字,我心中仍产生了一点疑惑——不是怀疑钱先生的说法正确与否,而是怀疑歌德这位文豪和智者怎么竟会如此轻贱好歹也算是自己文学同行的翻译家;因为,Kuppler 这个德文词,

---

① 　钱锺书. 林纾的翻译//《翻译通讯》编辑部. 翻译研究论文集. 北京:外语教学与研究出版社,1984:268.

孤立地从字面意义上讲确有贬义。

为解开多年来横亘心中的这个疑团，近日里利用译事的间歇检阅、研究了手边的一些有关资料，得到的却是一个全然不同的、令人鼓舞的结论：歌德对文学翻译和翻译家的态度不仅根本与贬抑、轻贱挨不上边儿，而且可以说正好相反！所谓"职业媒人"，在他老人家只是个比喻罢了；而比喻，我们知道，常常是跛脚的。

今年适逢歌德 250 周年诞辰，写这篇文章既对这位德国大文豪表示敬意，也借用他老人家与文学翻译有关的嘉言懿行，给自己和自己的译界同行们"打一打气"。

关于歌德与文学翻译的关系，可以说的话很多很多，现择要讲述以下三点。

一、深刻独到、涵盖广泛的理论建树

歌德一生关注和经常思考文学翻译问题，做过不少堪称精辟的论述。他虽没有写过专论翻译的文章，有关言论大都分散见于通信、谈话、书评、自传和格言、语录，可是数量却很可观，把比较重要的汇集、整理起来，已近乎一套自成体系的文学翻译论。

歌德在不同的场合，从不同的角度，谈到了翻译，特别是文学翻译的作用和重要性。

1805 年 2 月 13 日，他在《耶那文学汇报》发表的一篇题名为《阿雷曼诗歌》的书评（见汉堡版《歌德文集》第 12 卷第 226 页）中写道："……对于一个民族来说，把其他民族的作品翻译成自己的语言，乃是迈向文明的主要的一步……"歌德对于翻译的作用和意义的这个评价，可谓再崇高不过，然而却完全符合实际。拿他所属的日耳曼民族来说，其在欧洲文明的发展进程中曾一度处于十分落后的状态，所以受惠于通过翻译而从古希腊、罗马、意大利乃至英国、法国"拿来"的，就太多太多了。这个道理我们极易明白，因为中国近代的摆脱落后，"迈向文明"，也始自通过翻译才得以实现的"西学东渐"。

1821 年 7 月 22 日,在致同时代的作家兼翻译家 J. H. 弗斯的信中,歌德感叹道:"翻译家作为中介者,我们理应对他怀着怎样的崇敬啊!他们把那些珍宝带到我们身边,不是让我们面对着这些外国产的稀罕物儿惊叹不止,而是供我们随时使用和享受,就像家常的饮食一样。"①

可以为歌德这一评价提供佐证的,正好就是他与收信人弗斯的关系:弗斯以翻译荷马史诗在德国文学史上留下了自己光辉的名字;歌德不只深受他译的《伊里亚特》和《奥德赛》影响,而且学习由他移植进德国文学的古希腊六音步诗体 Hexameter,将它用到了自己的《浮士德》等作品中。② 歌德对包括弗斯在内的嘉惠于自己的翻译家,因此不能不怀着深深的敬意。

关于"世界文学"的伟大构想,我们都知道,是歌德第一个提出来的。而在他最喜欢"世界文学"这个话题的 1827 年前后,也是他探讨翻译问题最多和最深入的时候。例如,1928 年,在《艺术与古代》杂志的第 6 卷第 2 期(见汉堡版《歌德文集》第 12 卷第 353 页),歌德写道:"应该这样看待每一位翻译家,即他在努力充当具有普遍意义的精神交易的中介人,并以促进这一交流为己任。在广泛的国际交往中,不管能讲出文学翻译的多少不足,他却仍旧是,并将永远是人类最重要和最高尚的事业之一。……每一个翻译家也是他的民族的先知。路德之翻译《圣经》功莫大焉,尽管时至今日,仍有人在对它说三道四,吹毛求疵……"

歌德的这一段话,对我们的启迪实在太多,鼓舞实在太大了!马丁·路德以翻译《圣经》而促成了德语的统一和德国文化的勃兴,确实堪称"民族的先知"。我等与他虽不能同日而语,但只要真正敬业、称职,为国际文化交流贡献自己的一份力量,又何尝不是在从事着一种歌德所谓"人类最

---

① 转引自:Dobel, R.(hrsg.)*Lexikon der Goethe-Zitate*.[S. l.]:Deutscher Taschenbuch Verlag, 1995:942-943.
② 《少年维特的烦恼》的第一编多处写到主人公崇拜盲诗人荷马,爱读荷马史诗,反映了作者歌德深受弗斯译的荷马史诗影响。

重要和最崇高的事业"！至于我们工作中的不足,虽在所难免仍应尽量避免,并且欢迎善意的批评;而对那种貌似内行的"说三道四""吹毛求疵"却大可一笑了之,因为伟大、有名如马丁·路德尚有自以为是者与他胡搅蛮缠——更何况自有公道存在,此辈未必会通过对著名翻译家吹毛求疵而留名青史。

而且,"翻译家不光为自己的民族工作,对那个他从其语言移译来作品的民族亦然",歌德于 1828 年 6 月 15 日在致苏格兰著名作家和翻译家 T. 卡莱尔的信中如是说(见汉堡版《歌德书信集》第 4 卷第 282 页)。这句话进一步阐明了文学翻译的作用和价值的双向性。事实上,文学翻译乃是国际文化交流的一个重要组成部分;没有翻译文学,不可能产生世界文学。歌德的"世界文学"理想,只有通过文学翻译来实现。

歌德虽然高度评价翻译特别是文学翻译的作用和价值,对翻译家怀有由衷的敬意,却也没少谈论翻译这一营生的局限和难处。歌德认为,即使最认真仔细的翻译,也总会带点异味,因为语言使用习惯不同。

歌德在魏玛宫廷中的同僚克内伯尔翻译了古罗马诗人普罗佩尔茨的哀歌,请诗人为其校改润色。1795 年 12 月 9 日,歌德将改好的译文寄给席勒,并在附信中说:"然而,一如自己的作品很难令人满意,译作更是永远不会十全十美。"但是,即使永远不可能完美,"即使(翻译的)镜子没有正确地反映出原著的面貌,它仍然可以使我们注意到镜面本身,注意到它虽有缺陷却或多或少是引人注目的质地"。

对本文一开篇从钱锺书先生的名文中转引的那段歌德"慧语",似乎就完全可以作如是观,因为它毕竟也指出了"职业媒人"的作用,歌德对于翻译家可以说仍旧是寓褒于贬,褒多于贬。不是吗?

爱克曼著名的《歌德谈话录》第 499 页,在 1823 年 12 月 30 日有这么一段记载:"随后我们谈到了翻译问题,歌德告诉我,他感到很难用德语诗句再现英文诗。说用德语的多音节词或者复合词翻译英国人有力的单音节词,完全是白费力气,毫无效果。"大诗人歌德的这段话,说明了译诗多么艰难,多么吃力不讨好。而且,在除了单词构成之外共同点极多的英语和德语之间尚且如此,完全属于不同体系的语言如汉语和德语的诗歌互译,显然更是难上加难了。

然而,难也得译,哪怕是"不可译"还得译。因为,即使在论述翻译问题时也时常表现出辩证精神的思想家歌德在汉堡版《歌德文集》第 12 卷第 499 页说:"做翻译的时候总归必然会遇到不可译的情况;然而正是到了这个节骨眼儿,你才会真正见识别的民族、别的语言。"

对这个在我们看来十分讨厌的"不可译"问题,歌德在 1827 年 9 月 20 日致 F. v. 缪勒的信中进一步阐述道:"做翻译的时候切切不可与外语对着干。遇到不可译的情况得予以尊重;因为任何一种语言的价值和个性,恰恰就在于此。"

真是至理名言啊!笔者孤陋寡闻,确实想不起还有谁把翻译的这种先天不足,看得讲得像歌德这样透彻,这样辩证,这样入情入理,这样富于睿智。

歌德不仅一般地、宏观地论述翻译,特别是文学翻译的性质、意义和局限,而且还讲到了有关译者具体操作的一些问题。

例如,关于翻译标准,他在 1815 年 1 月致 J.D. 格里斯的信中说:"忠实和美,是对任何文学翻译都该提出的两个主要要求;换句话讲,译文应该绝对忠实原文,并且能使人理解原文的特性,读起来舒服。"歌德前半句的"忠实和美",一涉及思想内容,一涉及艺术形式;后半句则对何谓"忠实和美"分别做了解释。他所谓的"特性"(Natur),无外乎我们今天讲的原著的艺术特色和风格。总括全句的意思,歌德对文学翻译提出的要求就是既忠实地传达出原文的内容,又恰当地再现原文的艺术风格和审美价值,可谓全面并且符合现代的观点,真是难能可贵。

符合这两条标准的好的译文,按照歌德的观点作用可更大啦。在《歌德谈话录》第 122 页,歌德对爱克曼讲:"至于说到希腊语、拉丁语、意大利语和西班牙语,既然已有很好的德译本以供阅读这些民族的杰作,我们就没理由再花许多时间去吃力地学习它们,除非你有特殊的目的。"又讲:"所以不可否认,读一种好的译文通常都会大有收获。腓特烈大王不懂拉丁语,可他用法译本读西赛罗的演说词,与我们其他人读原文的效果完全一样。"

与读原文的效果相同,好的译文就应该是这个样子;好的译文可以取代原文,节省我们学外语的时间精力——这些,不妨看作就是歌德从实践的观点提出来的检验和评判翻译好坏的标准。

自然,文学翻译通常都不可能像歌德说得这么完美,但尽管如此,有缺陷的译文如前所述并非全然无用,不管是做钱先生讲的"诱媒",还是做歌德比喻的失真的"镜子"。

同样是评判翻译的优劣高下,歌德另有一些提法似乎更加深入透辟,更加专业和耐人咀嚼、寻味。1805 年,在追悼德国著名作家和莎士比亚翻译家威兰特的致辞中,歌德讲:"翻译有两种境界:一种要求把外国的作家接到咱们这儿来,使我们能够视他为自己人;另一种正好相反,要求我们去到外国作家那里,适应他的生活状态、言语方式和其他特殊习惯。"①后来,在为《西东合集》写的注释中谈到翻译问题,他又发展自己的这个境界说,认为:"翻译有三种:第一种让我们以自己的观点去认识外国;平实的散文式译法对此再适合不过……;接着是第二个阶段(Epoche),它尽管使我们置身于外国的情景中,本意却只是要化外国的为自己的,然后再努力以自己的方式将其表现出来……;第三个时期(Zeitalter)可以称作最后的也是最高的境界,即要努力使得翻译等同于原著,结果就不是一个取代另一个,而是要等同于另一个价值。"②

歌德这些关于翻译境界的论述,意蕴何等深沉,内涵何等丰富!不仅涉及了我国翻译界曾经争论不休的翻译是否应该保存原文民族特色的问题,而且甚至可以说早早地开了曾经风行我国的等值翻译理论的先河。而他在第二、第三之后精心选用的 Epoche(时代)和 Zeitalter(纪元)这两个德语词,更含有特殊的意义(本文第三节将进一步述及)。

---

① 转引自:Goethe. *Goethe-Handbuch*. [S.l.]:Verlag J. B. Metzler,1998:1069.
② Goethe. *Goethe-Handbuch*. [S.l.]:Verlag J. B. Metzler,1998:333-334.

还有翻译的方法,同样被歌德纳入了观察的视野。他讲:"对于初学的青年,我认为散文化的翻译比诗化的翻译更有用。"①按笔者的理解,这儿所谓"散文化的翻译",大概就相当于那种侧重内容传达的平实的翻译或者说直译,所谓"诗化的翻译"则指重视保持原著审美价值,再现原著风格,因而也富有创造性的文学性翻译——笔者不妨斗胆为这种"诗化的翻译"造一个诗化的名称:"雅译"。

在1796年3月3日致J. H. 迈耶尔的信中(《歌德书信集》第2卷第216页),歌德又讲:"翻译一本书的情形就像您所说的临画,两者都只有通过模仿才能真正被认识。"把翻译比作临画,和傅雷先生在《〈高老头〉重译本序》开篇的著名比喻可谓英雄所见略同;只是歌德仅仅简单地提到了方法和效果,不如傅雷先生做了那么全面、细致、清楚的阐发。再者,把翻译比作临画,把它们的实际操作同样归结为"模仿",似乎也有些"跛脚":翻译特别是文学翻译的创造性,因而很容易遭到抹杀。

关于翻译方法,歌德还曾讲过:"努力等同于原文的翻译最终将接近逐行对译,并使原文的理解变得来极其容易……这样,外国的和本国的、熟悉的和陌生的便逐渐相互靠拢,最终实现整个圆圈的衔接。"②这儿提倡的"逐行对译"法(Interlinearversion),似乎特别适合属于同一或相近语系的语言之间的翻译,如英语和德语、法语和意大利语、俄语和塞尔维亚语等的拉丁化语言;汉语和这些语言要"逐行对译"恐怕就难了。

歌德讨论翻译的言论不止这些,但就这些已经涉及问题的方方面面,而且不乏真知灼见。对此,相信读者也会和我一样始而感到惊讶,惊讶这位德国大文豪如此博学深思,继而又会产生疑问:歌德怎么竟如此关心翻译问题,并能从宏观到微观,从理论到实践,都讲出一番深刻且内行的道

---

① 《诗与真》3卷,11章,见 *Goethe · Werke*,Inselverlag 1981,Bd. 5,S. 446.

② 转引自:Dobel,R.(hrsg.)*Lexikon der Goethe-Zitate*.[S. l.]:Deutscher Taschenbuch Verlag,1995:943.

理来呢？就因为他是一位天才的诗人，一位卓越的思想家吗？

是的，但又不完全是。

二、结合创作、贯穿一生的翻译实践

读过歌德早年的杰作《少年维特的烦恼》的人，恐怕谁都不会忘记男女主人公在一起读维特翻译的莪相诗歌的场面，不会忘记他最后悲痛欲绝地念的一小节诗句："春风啊，你为何将我唤醒？你轻轻地抚摸着我的身儿回答：'我要滋润你以天上的甘霖！'可是啊，我的衰时近了，风暴即将袭来，吹打得我枝叶飘零！明天，有位旅人将要到来，他见过我的美好青春；他的眼儿将在旷野里四处寻觅，却不见我的踪影……"[①]因为，这个场面本是全书最感人的一段，是维特悲惨的故事临近结束的高潮。可就本文的题旨而言，更值得注意的却是，这所谓出自维特之手的长达四五页的莪相译诗，实乃作者歌德自己所译，而非他从别人的译著里借用来的。也就是说，早在青年时代，歌德已经把翻译和创作结合了起来。

而较之维特翻译"莪相"，浮士德老博士为译好《圣经·新约·约翰福音》的第一句而绞尽脑汁，是歌德作品中的主人公从事翻译活动的更为人熟知的例子。此外像戏剧《克拉维歌》和小说《威廉·迈斯特》的主人公，也都担任过翻译。在歌德60多年的创作生涯中，把翻译用于自己作品的情况真是不少，而且方式也很多，如他有的诗歌介乎翻译与该作之间，有的则明显地流露出受译诗影响的痕迹。

歌德的创作与翻译之所以关系如此密切，是因为他自幼喜读外国文学作品，精通英、法、意以及拉丁和希腊语等多种外语，且一生关心翻译特别是文学翻译问题。歌德之所以关心，并非仅仅爱好，也不只因为他视翻译文学为"世界文学"的主要支柱，还出于一种实际需要：从《维特》开始，他的作品不断地译成各种外语，为了鉴别这些译本的质量，他不得不对文

---

① 转引自拙译《少年维特的烦恼》。

学翻译理论和文学翻译批评的问题,诸如区分优劣的标准、境界等,经常做深入的思考,并就这些问题与他作品的译者如卡莱尔等进行探讨。

再者,也许更加重要的是,歌德还自己动笔完成了数量可观的译作。配合和适应各个时期的思想情况和创作需要,歌德一生的译事活动大致可以分成四个阶段:

第一阶段。从18世纪70年代中叶至90年代中叶的20年间,他翻译了法语、意大利语和希腊语的诗歌和戏剧,除了上面提到的"我相",还译过法国古典主义戏剧家高乃伊和拉辛,古希腊诗人品达和荷马等。歌德此一时期的翻译旨在学习借鉴,除少量译诗融入了创作、收进了自己的作品集以外,基本上都没有发表。

第二阶段。1795至1805的10年,是歌德一生中翻译成果最丰硕的阶段,共译了法国启蒙思想家伏尔泰的两个剧本、三出意大利轻歌剧、一部法国女作家施泰尔夫人的文学论文等等,而其中最重要的则为法国狄得罗的剧作《拉摩的侄儿》和论文《绘画论》。值得注意的是,也正是在这10年,歌德与席勒紧密合作,促成了德国文学辉煌的魏玛古典时期的诞生,应该讲与他们之同时特别热衷译事不无联系。

第三阶段。1805至1820年间,歌德的兴趣更多地转到了研究自然科学,除去少量的译诗和剧本残篇,译的主要是与他的《颜色学》研究和写作有关古典科学的论著。

第四阶段。1820年以后,歌德的译事活动紧紧地围绕着他关于"世界文学"的构想,主要翻译了意大利作家曼佐尼、英国诗人拜伦以及古希腊悲剧作家欧里庇德斯等的作品;其中特别是曼佐尼那首为拿破仑之死写的颂歌乃是他第一个译成德文,因而极受重视。可对于中国人来讲,更加有意思的也许是在这一时期,歌德还译了四首咱们的古典诗歌。

我们知道,歌德在中老年时期,曾对包括中国文学在内的东方文学产生浓厚的兴趣,这不仅帮助他写成了杰作《西东合集》和《中德四季晨昏杂咏》,还促使他产生和提出了"世界文学"伟大构想。在上述译事频繁的第四阶段,歌德读了我国明代的小说、诗歌和戏剧。[①] 在读到被他称作"一部伟大的诗篇"的诗体小说《花笺记》时,歌德忍不住将其中所收《百美新咏》的四首,即《薛瑶英》《梅妃》《冯小怜》《开元宫人》,从英译本转译成了德文[②],加上解说,以 *Chinesisches*(《中国的诗》)为题,于 1827 年发表在《艺术与古代》上。笔者比较研究了中文原诗和歌德的译文,可以认定歌德的翻译尚属于他自己所分的"三个境界"或曰三个层次中的第一个境界和初级的层次,也即"以自己的观点去理解外国",所求只是以"平实的散文式译法"传达出原文的大意而已,因此很少顾及原文内容和形式的中国特色,与其说是翻译,不如说是 Nachdichtung 即仿作或拟作更加恰当。译诗之难甚或诗不可译由此也可见一斑,何况歌德又是通过英译本转译,难免"隔"得更远。关于歌德译中国诗的情况将另文详述,此处提出来只是作为这位德国大文豪热衷文学翻译,并由此受惠极多的一个例子。

实践出真知。歌德的文学翻译实践还应该包括校订和评介别人的译文,评同时代著名作家威兰特译的莎士比亚剧作,评弗斯译的荷马史诗,评吕克特译的中国诗歌,等等,并为此写了不少专门的书评文字,如《论克内伯尔翻译的卢克莱修》和《弗里德利希·吕克特的〈东方玫瑰〉》便是其中比较重要的两篇。在前一篇中,歌德提出要想作品翻译成功,必须全面地了解被翻译者的思想和生平,包括他所处的时代,因为"谁也认识不了诗人的本来面目,除非了解他的时代";在后一篇中,则高度评价了吕克特所译的中国古诗。除此之外,歌德还常常对自己作品的翻译,特别是英译本、法译本和意大利文译本做出评价。从《维特》开始,在他生前,他的作品几乎已被译成了欧洲的所有语言;其中,以尤卡莱尔的英译《威廉·迈斯特的学习时代》和《威廉·迈斯特的漫游时代》,最受歌德的好评。

总而言之,歌德一生没有少品尝翻译这只"苹果",故而深谙其中三

---

① 详见拙作《歌德与中国》。

② 英译本为 P. P. Thomas 出版于 1824 年的 *Chinese Courtship*。

昧。也就难怪,他能如本文第一节所述,对翻译特别是文学翻译提出自己一整套堪称精辟的理论和主张了。

三、"歌德世纪"——文学翻译的黄金时代

歌德热衷翻译实践,勤于思考翻译理论问题,除了个人的喜好,还有更重要的时代原因。1750 至 1850 年的 100 多年,在德国的思想文化史上,通常被称作"歌德时代"或"歌德世纪"。在这个世纪里,德国先后经历了启蒙运动、"狂飙突进"运动以及魏玛的古典时期和浪漫派运动,出现了莱辛、赫尔德、歌德、席勒、霍夫曼、施雷格尔兄弟、海涅等大作家和大诗人,康德、黑格尔等大哲学家,巴赫、莫扎特、贝多芬等大音乐家,亚历山大·洪堡和威廉·洪堡兄弟等大科学家,德意志思想文化的天幕上因而形成了星汉灿烂的壮观景象,在欧洲思想文化发展史上一直处于后进地位的德意志民族因而第一次得以振兴,超过意大利、西班牙、荷兰,取得了与英国和法国并驾齐驱的地位。这样一个世纪之命名为"歌德时代",具有显而易见的象征意义,无疑是对大文豪和大思想家歌德在当时领袖群论的核心地位的承认。

本文第一节曾引述歌德评价翻译的重要性的一句话:"对于一个民族来说,把其他民族的作品翻译成自己的语言,乃是迈向文明的主要的一步";其实,"迈向文明"这个短语不妨改作"实现振兴"。德意志民族在"歌德时代"取得了长足的进步,改写了自己长期落在欧洲其他民族后边的历史,在很大程度上真是得益于翻译。而且,与 16 世纪初马丁·路德翻译《圣经》时的单打独斗不同,处于 18、19 世纪交替的 100 多年的"歌德时代",可以说整个思想界都热衷于翻译。这种情况,也和我国 100 多年来从变法图强,经五四运动,直到改革开放新时期的大量翻译引进颇有些类似。正如我国新文学的缔造者鲁迅、郭沫若、矛盾、巴金、冰心无不

同时都是翻译大家,"歌德时代"的德国大作家也几乎全从事文学翻译①,并且继马丁·路德之后,又出现了一些名垂青史的杰出翻译家,例如威兰特、弗斯以及 A. W. 施雷格尔和蒂克。其中,威兰特翻译的莎士比亚,弗斯翻译的荷马史诗,则被视为德语翻译文学具有划时代意义的里程碑;如果说马丁·路德之翻译《圣经》只可视为歌德所谓译事三境界的第一个层次的话,威兰特和弗斯则已分别达到了第二个境界和第三个境界。

以上所述,就是歌德一生关注翻译和坚持翻译实践的时代原因;也可以说,自身创作的需要加上时代的需要,使歌德与文学翻译结下终身不解之缘,成为一位即使在翻译方面,特别是理论上也卓有建树,在德国乃至世界文学史上也鲜有人堪与比肩的顶尖级大作家和大诗人。

1982 年,也就是在歌德逝世 150 周年的时候,在德国涅卡河畔的马尔巴赫市,由席勒国家博物馆所属的德国文学文献馆举办了一个展览。展览内容之独特而丰富,在德国——恐怕还不止在德国——堪称史无前例。它展出了如此多的手稿、书信、图片、书评以及各式各样的相关书刊和实物,以致同时出版的展品目录就厚达 700 余页,可谓洋洋大观。展览名为"世界文学——歌德世纪的翻译热"(Weltliteratur—Die Lust am Übersetzen im Jahrhundert Goethes)。从举办者精心构思的这一展览会名称,读者已不难想象出展览的内容全都与文学翻译有关,歌德在整个布展中处于中心地位,而所要突出的主题则是他在一个多世纪前倡导的"世界文学"理想。凡此种种都清楚地揭示出:文学翻译、歌德时代、"世界文学"这三者之间存在着密不可分的关系。

没有文学翻译不可能有"世界文学"。"世界文学"理想的实现标志着人类文明的巨大进步。从参与文学翻译的实践到做出一系列的理论建

———————————

① 例如席勒曾译法国古典主义剧作家的悲剧《菲德拉》(Phaedra),并因不满《好逑传》的德译本而自己动手重译,可惜未完成。

树,从提出"世界文学"的构想到身体力行,以自己成果丰硕的创作促使这一构想的实现,德国大文豪、大思想家歌德对人类文明的发展进步真是功莫大焉!

（原载于《中国翻译》1999 年第 5 期）

筚路蓝缕　功不可没

——郭沫若与德国文学在中国的译介

最伟大的人物总是通过某种弱点与他们的时代联系在一起。

——歌德《格言与反思》

郭沫若早在东京求学的年代便尝试文学翻译,1949 年后校订旧译不算在内,从事这项被他视为与自己的创作同等重要的工作近 30 年,也就是差不多半生的时间了。据戈宝权先生"初步统计",他出版的译著"大概在 30 种上下",总字数超过了 300 万。他不但翻译西方的歌德、席勒、海涅、雪莱、高尔斯华绥、屠格涅夫、托尔斯泰,而且译东方的莪默·伽亚谟、迦梨陀娑和泰戈尔;他不但译诗歌、戏剧和小说,而且译文艺理论、哲学和马克思主义经典乃至于自然科学著作。①

郭沫若丰硕的翻译成果,是他作为文化巨人的宏伟建树的一个重要组成部分,是他能跻身中国 20 世纪"最伟大的人物"之列的诸多原因之一;他的译事活动对中国新文学的贡献和对后世的影响,除了鲁迅几乎无人可比。而作为翻译家,郭沫若的主要成就和贡献,首先又在于德国文学特别是歌德的译介。

在中国翻译文学史上,最早介绍德国文学的是徐卓呆、吴梼、马君武、应时、鲁迅、周瘦鹃等人。然而,除了马君武译的席勒名剧《威廉·退尔》,

---

① 戈宝权. 谈郭沫若与外国文学的问题//郭沫若研究论集. 成都:四川人民出版社,
　　1980:311-319.

其他译品要么是原著不十分重要,要么分量过于单薄,因此都没有产生多大影响。真正称得上我国译介德语文学开山祖师的不是别人,仍是 20 世纪中国最杰出的诗人、学者和思想家之一的郭沫若。

从上述两个方面看,对于德国文学在中国之能传播和产生影响,郭沫若都可谓功不可没,功莫大焉!

一

郭沫若尚在学生时代完成的《少年维特之烦恼》(1922),已充分显示出年轻的天才诗人的翻译天才。它无疑是歌德乃至整个德语文学第一部在我国受到广泛欢迎的作品,而且至今影响犹存。刚刚过去的 1999 年,是举世瞩目的"歌德年",为纪念这位大文豪的 250 周年华诞,笔者应邀赴德国参加了一系列学术活动,所到之处只要话题涉及歌德与中国的关系,就没有不提到郭老和他的翻译特别是郭译《维特》的。更有甚者,日本上智大学和德国歌德学院东京分院联合举办题为"歌德与现代"的国际学术研讨会,主持人木村直司教授建议我发言的题目,依旧是我国肇始于郭译的"维特热"。

可以断言,郭沫若的所有译著,以《少年维特之烦恼》这部"小书"传播最广,名声最大,不,岂止是他个人的译著,就在 1949 年前译成中文的德国文学乃至所有外国文学作品里,郭译《维特》的影响也无与伦比。今天,我们知道,国外已有不少学者致力于研究郭老的德国文学翻译,特别是研究他如何成功地翻译了《维特》以及《浮士德》。①

说到《浮士德》,它应该讲是郭老所有译著中最为重要、最具价值的一部,尽管它不像较早完成的《维特》那么脍炙人口,影响深远。要知道,歌德的这部诗剧不仅卷帙浩繁,难解难译,而且在世界文学史上占据着一个

---

① 例如斯洛伐克著名汉学家高利克(Marian Galik)、奥地利女汉学家安伯丽(Barbara Ascher)等人,都多年从事郭沫若翻译德国文学特别是歌德的研究。

十分重要的地位。歌德为写《浮士德》前后共花去 60 年的时间,因此视它为自己的"主要事业";郭沫若为译这部巨著同样呕心沥血,历 30 年之久方能最后完成,完成后也"颇感觉着在自己的一生之中做了一件相当有意义的事"①。郭老的感觉没有错:《浮士德》被誉为"西欧自文艺复兴以来 300 年历史的总结"与"现代诗歌的皇冠"(弗朗茨·梅林语);他之译成功这部巨著,无异于摘取了无比珍贵的文学皇冠。难怪戈宝权先生认为:"不要说郭老的全部翻译,他就是只译一部歌德的《浮士德》,也就很了不起。"②

除了诗剧《浮士德》和书信体长篇小说《少年维特之烦恼》,郭老还翻译出版了歌德的叙事长诗《赫尔曼与窦绿苔》和一些抒情诗——他在 1936 年译了歌德自传《创作与真实》(即《诗与真》),但未出版;除了歌德,他还翻译了席勒的名剧《华伦斯坦》(即《华伦斯太》),以及施笃姆的小说《茵梦湖》,等等。

《华伦斯坦》戏剧三部曲是席勒的代表作,在德国文学史上也占据着重要地位,因为在我国没有多大影响,这儿就不讲了。只说《茵梦湖》,它名义上为郭老以及同学钱君胥合译,但其柔美的语言风格和引人遐思的题名,都明显地打上了天才诗人的印记,因此也当然被人们视为郭译。可别小看这篇比《维特》还早一年问世的译品,它篇幅尽管只有一两万字,却是 20 世纪 80 年代以前德语文学在我国影响最大的三五种作品中的一种。这部中篇小说至今新译层出不穷,但全都仍然叫《茵梦湖》,而不是《意门湖》或者《漪溟湖》。③ 这就像《维特》始终是个长不大的"少年",其"烦恼"仍然没有升级为苦难或者痛苦,都表现出郭译对后世显而易见的、

---

① 《浮士德》第二部译后记,见:郭沫若. 郭沫若集外序跋集. 成都:四川人民出版社,1982:283.

② 戈宝权. 谈郭沫若与外国文学的问题//郭沫若研究论集. 成都:四川人民出版社,1980:311-319.

③ 就《茵梦湖》这部小说的翻译和译名问题,1922 年曾在中国文坛的一些名流之间爆发过激烈的争论,有兴趣的读者可参看拙文:杨武能. 施笃姆的诗意小说及其在中国之影响. 外国文学研究,1986(4):56-64.

历久不衰的影响,表现出开山祖师郭沫若对于徒子徒孙不可抗拒的控制力。①

    在德国文学译介这个领域,不承认郭沫若筚路蓝缕之功显然是不行的,但是却很少为人道及。近几年国内出版了大量研究文学翻译的著作,大多只限于探讨郭老在某一文体翻译方面的成就,或者只是译介这部那部杰作的业绩,而少有对他作为翻译家在中国新文学诞生时期的巨大贡献,特别是他在德语文学译介方面的开创之功,做总体梳理充分肯定的。例如,在一部颇具权威性的《翻译名家研究》中,只以"郭沫若与诗歌翻译"为题单独谈了郭老的译诗主张和成就,而且所举的例子仅限于他译的英诗和从英语转译的《鲁拜集》。相反其他十多位翻译名家的待遇就优厚得多,不仅得到的是相对全面的评价,而且人人附有一份"译事年表"什么的,唯郭沫若一个人例外。② 比起所有其他的译界先贤来——对他们的后学我自然同样怀着深深的尊敬,是郭老都逊色了吗? 否!

    那么原因何在呢?

    近年来妨碍文学家郭沫若得到公正评价的历史和政治原因,必然同样影响人们对翻译家郭沫若的认识,这儿就不深说了,虽然其中存在颇多令人不解和难以接受的地方。作为题词印在本文前面的那则歌德格言,窃以为同样可以用作评价郭沫若这位伟人的参考。

    还有一个具体原因,就是郭老文学翻译的建树,如本文一开始所述,主要在对德语文学特别是对歌德的率先译介,然而今天我国研究文学翻译的专家通德语者恰恰不多,我们这些译介德语文学的人却偏偏又不够争气,极少注意和花力气研究自己众多的前辈、先驱,特别是自己的开山

---

① 自拙译《少年维特的烦恼》于 1981 年问世以来,已有好几位德语同行提出应改"少年"为"青年",也不无一定的道理,但在实践中未必有好的效果,故未为多数新译认同。

② 郭著章,等. 翻译名家研究. 武汉:湖北教育出版社,1999.

祖师郭沫若先生。①

亡羊补牢,犹未为晚。这篇小文,算是弥补自己过失的一个尝试。

二

由郭老开创的译介德国文学的传统,在今天是否还值得我们继承,他的一些翻译主张和翻译原则,是否还值得我们学习呢? 回答显然是肯定的。

首先,我们应该学习郭老明确而高尚的翻译目的,学习他严肃而认真的翻译选题。

选题是否严肃认真,取决于目的是否明确、高尚;也只有严肃认真了,选题方能适时得当,从而使自己的译作产生巨大的社会影响力。这一点我以为非常重要,应该说是区分翻译家和翻译匠的重要标志。1920 年,郭沫若在译《维特》和《浮士德》第一部之前,就明确说过:"我想歌德底著作,我们宜尽多地介绍,研究,因为他处的时代——'胁迫时代'(译者按:指'狂飙突进'时代)——同我们的时代很相近! 我们应该受他的教训的地方很多呢!"②此后,在《浮士德》的译后记和其他文章中,郭沫若又一再表示过同样的看法。这就告诉我们,他译《维特》和《浮士德》绝非信手拈来,为译而译,更不是为了追逐名利,而是想通过自己的译著传播歌德的"教训",从而达到影响社会和改造我们的国民性的目的。这与他本人弃医从文,与更早一些的鲁迅先生提倡和从事文学翻译,情况是一样的。

在这个前提下,我们自然发现,郭老译的几乎全是德国文学的精品;其他语种和非文学的译作也是一样,没有任何不入流的东西。正因为如此吧,他作为文学翻译家的社会影响才特别深远,对开创我国新文学的贡

---

① 不仅是郭老,其他研究和译介德语文学的前辈如杨丙辰、汤元吉、胡仁源、魏以新、陈铨、商承祖等,今天知道的人也已不多。
② 田汉,宗白华,郭沫若. 三叶集. 上海:上海书店,1982:18.

献才特别巨大。

其次,我们还应该学习郭老有关文学翻译的一系列重要主张,学习他在做翻译时一丝不苟、兢兢业业的工作态度、作风和精神。

郭沫若非常重视翻译工作。他说:"翻译家要他自己于翻译作品时涌起创作的精神……要有创作精神寓在(译作)里面……对于该作品应当有精深的研究、正确的理解,视该作品的表现和内含,不啻如自己出。"①因此,他"差不多是在一种类似崇拜的心情中"翻译了歌德的《浮士德》;对他来说,"那时的翻译仿佛自己在创作一样"。他为《维特》和《浮士德》写的长篇的序和跋文,都证明他对这些作品确有"精深的研究、正确的理解"。他翻译《浮士德》第二部时参考了多种中外译本,两次校改,两次润色,译完全书后"几乎像生了一场大病,疲劳一时都不容易恢复的"。② 这些正确的理论主张和认真的工作态度,同样是郭沫若的译事取得成功的重要条件。

郭老对文学翻译特别是诗歌翻译的论述不但多而且见解独到,囿于论题和篇幅,这儿就不深说下去,有兴趣的读者可以参阅上面提到的《郭沫若与诗歌翻译》。

对于上述我以为值得向前辈郭沫若学习的几个基本方面,恐怕今天的翻译界很少有人不同意。但是讲到郭老的具体译作是否成功的问题,毋庸讳言,意见看法却不统一:有人怀疑郭译《维特》错误百出,有人提起郭译《浮士德》就摇脑袋,有的甚至把这部巨著在中国不为一般读者欢迎的原因归于"译文太差"。对这个复杂而有争议的学术问题,我觉得有必要抱着实事求是的态度,具体和深入地进行研究。我自己的观点是,尽管郭沫若翻译的几部德国文学作品译文水平参差不齐,影响有大有小,但总的说来仍是成功的。其中《少年维特之烦恼》应该讲译得相当出色,否则

---

① 郭沫若. 文艺论集. 北京:人民文学出版社,1979:140.
② 郭沫若. 文艺论集. 北京:人民文学出版社,1979:286.

哪能使千千万万男女青年为之感动?① 时代相似和原著杰出,固然是译本广泛流传的主要原因,但译文缺少文采和感人的力量也显然不行。笔者重译《维特》时曾参照郭译进行校订,发现郭译中真正的错误(即所谓黑白错误)并不多,更说不上"错误百出"。在当时尤其难能可贵的是,郭沫若对原著没有任意进行添加和删削(这在今日的港台译本中还屡见不鲜),而是一句一句老老实实地译了出来。

不错,在一代一代中国人中风靡之后,今天读来,郭译《维特》的确失去了情韵,但这主要是因为经过半个多世纪的时光侵蚀和社会变迁,我们的语言和文风都发生了巨大变化。别的不讲,就说书名中的"少年"一词,原文为 jung,相当于英语的 young,按道理早已该改成"青年"才对了。尽管如此,在郭译之后的近 20 种译本,包括 1981 年出版的拙译在内,仍无法改"少年"为"青年",足见郭译《少年维特之烦恼》影响力何等之大,何等深入人心。这个小小的例子也证明,郭译《维特》相当成功。

还有,直至今天,一当提起《维特》这部作品,不少文学前辈乃至一般上年纪的读者不光仍然津津乐道,而且多数还会带着情感,背诵郭译的《绿蒂与维特》这首序诗:

> 青年男子谁个不善钟情?
>
> 妙龄女人谁个不善怀春?
>
> 这是人性中的至洁至纯;
>
> 为什么从此中有惨痛飞迸?
>
> ……

附带说一下,人民文学出版社推出的拙译《维特》10 多年来总印数已超过 150 万册,还有上海出得稍晚一点的另外一个译本也差不多,畅销的程度都大大超过了前些时间被炒得很热的《红与黑》,这应该讲同样托庇于祖师爷郭老的余荫。没有他的《维特》如雷贯耳的声名,很难设想区区

---

① 关于由郭译所引起的"维特热"及其巨大影响,详见拙作:杨武能. 歌德与中国. 北京:生活·读书·新知三联书店,1991:112-116.

后学的新译能如此吃香。

再说说《浮士德》。

为了研究和重译它，我对照歌德的原著将郭译从头至尾细读了不止一遍，发现其固然难免有所谓黑白错误，但同样并不很多，第二部中更少——因为先有了周学普先生的译本可资参考、校订。为了适应原著诗体的各种变化，郭沫若把我国的五言、七言、自由诗、歌谣体甚而至于"百子歌"等等，统统都用上了，可谓煞费苦心。整个说来，郭译《浮士德》使用的是当年刚诞生不久的白话文，并且诗意浓郁。例如第一部开场浮士德的独白，以及女主人公坐在纺车旁唱的歌子等重要段落，今天读来仍朗朗上口，比起几十年后我们的众多新译，真不见得就逊色多少。

遗憾的只是，郭老在《浮士德》中犯了某些文学翻译的大忌。这也许与他当时翻译标准不够明确，某些尺度掌握不当，甚至与他如前文引述的翻译主张中过分和片面地强调的"创作精神"有关。须知，翻译毕竟不是创作，或者说只是再创作，而这个"再"字，就意味着译文必须受原著的制约。这种制约不限于思想内涵，还包括艺术风格以及时代气氛和民族色彩等。郭译《浮士德》一个触目显眼的毛病，就是在有的地方破坏了原著的民族色彩，行文中出现了许多中国味儿特浓的词语，诸如"梨园""嫦娥""周郎""胡琴""做么歌""紫禁城""户部尚书""得陇望蜀""人之初，性本善""不管三七二十一""骂了梅香，丑了姑娘"之类，甚至还夹带了不少他老人家故乡的土特产，诸如"江干李子"(指四川江安县产的李子)、"丰都天子"(指阎王，四川丰都被民间视为鬼城)，什么"燕老鼠""褴龙""阴梭""作鼓振金"等等。① 这些四川方言中常用的词，对于其他地方的读者来说，即使在上下文中也不太好懂；就算懂了，又必然给《浮士德》加添一点儿"川味儿"。再者，确如郭沫若自己所说，译文中"有不少勉强的地方"；但这更多地为翻译诗歌、诗剧的客观困难造成，这里就不再细讲了。

———————————

① "燕老鼠"即蝙蝠；"褴龙"指流氓；"阴梭"意即悄悄跑掉；"作鼓振金"意即煞有介事，认认真真。

可是，尽管有这些毛病，郭译《浮士德》的成就仍是主要的。即使到了半个多世纪以后的今天，它也并非完全没法读；不，它的一些重要段落，如第一部一开场浮士德老博士的独白，如玛甘泪独自坐在纺车旁的吟唱等，仍然可以说是诗意盎然，可吟可诵。自己也翻译了《浮士德》的诗人绿原，把后学们不断精益求精地重译这部"天书"比作一场接力赛；跑第一棒即在没有参考中译文的情况下率先翻译其第一部的青年郭沫若，应该讲已经表现得非常出色，非常优异。没有他这位筚路蓝缕的开路先锋，包括笔者在内的一代一代后来人所要克服的艰难险阻，不知要多几多！

至于《浮士德》在中国之尚未为广大读者理解，主要原因则在原著的内涵过分丰富，表现手法与我们的传统欣赏习惯不同，牵涉的历史、宗教、哲学乃至歌德生平的背景知识也太多。以郭沫若的博学深思，理解《浮士德》第二部尚需要 30 年的阅历，一般人哪能轻易读懂。这种情况不只在中国，在德国乃至整个欧洲也一样：海涅曾告诉法国人，他们如果不通晓德语，就不可能领略歌德的诗有多美；当代德国文学评论家汉斯·马耶尔也说："歌德的伟大是与他的语言紧紧联系在一起的。"言下之意都是，歌德的诗根本不可译，《浮士德》尤其如此。这种看法是否正确，无须我们深究；但它至少说明，译歌德，特别是译《浮士德》，是何等艰难。

了解了这些情况，再想想郭沫若是在怎样的条件下译出《浮士德》的，看看他已达到的水平，就不能不承认他译得相当成功。

综观郭老的所有翻译，我认为最成功莫过于抒情诗了。1920 年，他为田汉的译作《歌德诗中表现的思想》译了几首歌德的诗，并于"附白"中提出了"神韵译"的主张并且在译诗时真正付诸实践。因此，他留给我们的不管是《鲁拜集》还是歌德、雪莱的代表作，至今都仍然朗朗上口，极富情致。作为例子，这儿只引他 20 年代译的歌德的一首脍炙人口的短诗：

放浪者的夜歌	**Wandrers Nachtlied**
一切的山之顶	Über allen Gipfeln
沉静，	Ist ruh,

一切的树梢	In allen Wipfeln
全不见	Spürest du
些儿风影；	Kaum einen Hauch；
小鸟儿们在林中无声。	Die Vögelein schweigen im Walde.
少时顷，你快，	Warte nur，balde
快也安静。	Ruhest du auch.

不管我们是否懂德语，应该都不难判断，郭老的译诗不但再现了原诗的格律形式，而且传达出了它的丰神韵致。此诗后来又有了包括梁宗岱、冯至、钱春绮等著名诗人和翻译家的如下新译：

流浪者之夜歌	漫游者的夜歌	浪游者的夜歌
一切的峰顶	一切峰顶的上空	群峰一片
沉静，	静寂，	沉寂，
一切的树尖	一切的树梢中	树梢微风
全不见	你几乎觉察不到	敛迹。
丝儿风影。	一些声气；	林中栖鸟
小鸟们在林间无声。	鸟儿们静默在林里。	缄默，
等着罢，俄顷	且等候，你也快要	稍待你也
你也要安静。	去休息。	安息。
（梁宗岱 译）	（冯至 译）	（钱春绮 译）

与郭译相比，后三种富有代表性的新译多半只能讲各有特色，都不能说明显地有所超越。其中钱先生的译文与郭译差异比较显著，优点是精练、工整，但以再现原诗的节奏、韵致这一标准衡量，郭译似乎又更好。

除了《放浪者的夜歌》，郭译的另外 20 余首德语诗歌，如歌德的《五月歌》、《对月》、《迷娘歌》(译文之二)和海涅的《打鱼的姑娘》等，都很成功。还有前边提到的施笃姆小说《茵梦湖》穿插的几则抒情诗，也翻译得相当不错，特别是其中那首《我的妈妈所主张》，不但情调缠绵，朗朗上口，还极富民歌朴素、清纯的韵味。①

如此等等,郭沫若众多成功的实绩摆在我们面前,他作为我国德语文学翻译第一人的贡献和功绩,不应不受到足够的重视。

总而言之,我们德语文学翻译界的鼻祖郭沫若,实在是"了不起",实在是功不可没。

（原载于《郭沫若学刊》2000 年第 1 期）

---

① 参见:郭沫若. 沫若译诗集. 北京:人民文学出版社,1957.

就歌德译介问题答《德国之声》电台记者问

——1999 年 8 月 23 日于德国科隆

● 杨武能　　▲ 张晓颖

▲ 杨教授,谢谢您在百忙中抽出时间,来科隆接受我们《德国之声》电台的采访。据我所知,您是中国研究和翻译歌德的权威专家。您不但个人选译了 6 卷本的《歌德精品集》,同时还主编了 14 卷的《歌德文集》。可是在此之前,歌德作品已有不少的中文译本,和以前的这些译本相比,您主编的《歌德文集》以及自己翻译的《歌德精品集》有什么不同呢?

● 首先我要说,出于历史的、经济的和政治的原因,我们国家在翻译和出版歌德的作品方面还相当落后。比如日本,早已有不下 10 种这样的多卷集、文集乃至全集。出版比较系统和完整的歌德文集,我国是从郭沫若开始的一代代歌德翻译家就已经想要做的事,可惜一直没有做成功。所以说在最近的八九十年,都只是单本单本地在翻译出版。今年纪念歌德 250 周年诞辰,是一个很好的契机,于是在出版社和翻译界同仁的共同努力下,我们推出了中国第一套比较大型的 14 卷《歌德文集》,同时我个人也选译了《歌德精品集》,后者已经出版 4 卷,计划总共是 6 卷。您问它们和以前的译本比较有什么不同? 首先,规模显然就大不一样。以前是单本单本地搞,你译一本《少年维特的烦恼》,我译一本《浮士德》。现在是把歌德作品进行系统和科学的分类,编辑起来出成一套,这样就能够让读者对歌德有一个比较完整的印象。其次,译文几乎全是新的,与旧译也自然有所不同。因为一般说来,每出一个新译本,都会向原作靠近一步,也只能一步步地靠近。新译本的一个重要任务,就是要在某些方面超过原来的译本,同时必须更容易为现在的读者接受。因为社会在不断发展,语言在不断变化嘛。比如我在翻译歌德时对自己的一个重要要求,就是时时刻刻要想到面对的读者,力求使我的译文他们不单是能够读懂,而且要读起来觉得有文学味,并且能够欣赏。

▲ 您自然而然地引到了我的下一个问题。我想问的就是歌德生活在两三百年前,他那时候使用的德语现在的人读起来未必都能懂。那么,您怎样把歌德的这些著作翻译成中文,才能让现在的中国人都能够读懂?您肯定得招兵买马,得有一班人来参加翻译您主编的《歌德文集》。您是怎样召集这么多翻译人员,来完成这个大项目的?

● 歌德的语言,对我们研究者来说不算太难,但是现在的德国年轻人读起来也许就不那么容易接受,那么有味道——这都有可能。那么中国人呢? 中国人首先认为,歌德是世界文学的一位大家,一位大文豪,同时也是一位伟大的思想家。因此我们在翻译他作品的时候,既要传达出它们的思想内涵,还要保留原来的审美价值,即同时得注意保留它们的艺术性,并且还要注意目前我们中国语言的发展状况和读者的欣赏习惯,以便他们接受和欣赏起来容易一些。您还问,怎么组织那么多人参加《歌德文集》的翻译。除了我自己翻译得比较多以外,有北京、上海、广州的专家、教授们通力合作,例如广州外国语学院(现名为"广东外语外贸大学"——编者注)和中山大学都有人参加,北京更多,上海也不少。但因为是以我为主,所以我自己的译品收得就多一点。整个组织工作自然相当复杂,但因为我熟悉德语界的情况,加之另一位主编刘硕良先生是一位著名编辑家,所以物色译者也不太难,可以说我们把中国译介歌德的多数行家里手都动员起来了。

▲ 杨教授,您不只是《歌德文集》的主编,据我所知,这次先后在魏玛和爱尔福特参加歌德翻译国际学术讨论会的都只有您一位中国代表,可您却生活在处于内地的成都。我因此是否可以认为,成都乃是中国研究和翻译歌德的中心?

● 首先得声明,我并非国内任何组织和单位派出的代表。我只是分别接受德国歌德学院总部和国际歌德学会的邀请,出席了上述两个研讨会,而且 10 月底还将接受东京歌德学院和日本爱知大学的邀请,出席东京的歌德研讨会。至于说成都是不是研究和翻译歌德的中心,这个问题我真是很难回答。按照中国的传统美德,我们不好自称中心,也不想争当中心,尽管在译介歌德这个领域内,我们做的事的确多一点,在海内外的影响也大一点。但是,成都和四川参加翻译《歌德文集》的毕竟不过三四个人,与北京、上海相比力量仍嫌单薄。当然啦,我们成都也有优势,那就是十多年来我自己真正是潜心译介歌德,还有更加重要的是,我所在的四川成都可以说很好地继承了中国翻译和研究歌德的传统。您知道,郭老以及陈铨、董问樵等前辈歌德专家都是四川人,在翻译歌德这点上,我们可以讲是继承了郭老等人的传统;而对于中国的歌德研究,我的导师冯至先生本是享誉海内外的权威,我跟随他专攻歌德,并且一直坚持到了今天,因此也把他研究歌德的传统带到了成都,带到了我现在任职的四川大学。不过,在这次的国际歌德研讨会上,我深感势单力薄——不说欧美各国,连亚洲的日本、韩国、印度都有不止一个参加者,因此也认识到自己责任重大。要想把歌德研究和译介推上一个与中国的国际地位相当的水平,我们实在是任重道远,实在是必须狠下功夫培养接班人,把郭老和冯至先生翻译和研究歌德的衣钵继续传下去,并且发扬光大。在这样做的过程中,如果成都自然而然地发挥起中心的作用来,我们也该当仁不让。

▲ 您刚才提到,是郭沫若先生第一个翻译了《少年维特之烦恼》;60年以后,来自四川的杨武能教授又率先重译了《少年维特的烦恼》。提到这一本书,我就想问,当时郭沫若翻译歌德的这部作品,影响了中国几代青年人的人生;那么现在的中国青年,还会不会有人读这本书? 还有没有人会受它的影响呢?

● 有许多人读,而且也有人受它的影响。关于郭老,他译的《少年维特之烦恼》影响非常大,像您说的那样影响了几代青年人。现在国外还是认为在中国影响最大的歌德作品是《少年维特之烦恼》。正因为如此,这次日本 10 月份举行的歌德研讨会在邀请我时,建议我讲关于《维特》在中国的接受和"维特热"。我心里想,我早就不只是翻译了《维特》,干吗还要我讲这个题目! 不过,不要紧,我还是会讲。我的新译本是 1981 年问世的。到目前为止,差不多每年都重印一次,总共印了多达 150 万册。而且还不止我的这个译本,还有上海的一个译本印得也不少。后来其他出版社看见这本书印量如此之大,也纷纷搞自己的译本。如果没有人买,没有人读,怎么会争着搞呢?

▲ 听说当年有人读了《少年维特之烦恼》就试图自杀。您觉得现在有没有青少年读了这本书,失恋了也会去自杀? 有没有这样的报道?

● 这倒没有。当年,就是郭老翻译的《少年维特之烦恼》出版以后,确实引起了一些像这种在我们看来是消极的反应。从文字资料里我也找得出很多例子。在我的《歌德与中国》这本书里面——我在生活·读书·新知三联书店出了一本书,叫这个名字——关于这个"维特热"在当年的表现写得比较多,由于时间的关系,我就不讲了。今天还是有些青年受它的影响,主要是那些不太成熟的小青年。嗨,他们读过以后就觉得社会怎样怎样黑暗,自己前途多么多么渺茫。例如上海有个女青年读者给报社写信,说她在班上老是受到人家的忌妒,感到很孤立,说读了《少年维特的烦恼》以后心里感到特别压抑,不知将来自己前途会怎么样,等等。报社的编辑回了信开导她……所以说,读都仍在读,但绝大多数的青年人,特别是文化层次比较高一点的,他们都知道,不能这样地去接受这本书,觉得应该把它作为一本文学名著、一本杰作来读。现在多数人都是这样的。

▲ 好,那么歌德对于中国人来说究竟代表什么,他仅仅只代表德国的文学吗?

● 不,我特别要强调一下,您这个问题提得非常好。如果歌德光是一个文学家,那么世界上的文学家多得很。在我看来,在世界级的大文豪里头,能够像歌德那样既有非常杰出的成就、丰富的作品——他创作了各式各样的作品,不但数量巨大,形式也多姿多彩,同时又是大思想家的,实在是并不多。他有几个方面的思想,现在看来仍然非常有意义。早在 20 世纪二三十年代,一批先进的中国人已经看到了这个问题——就是不把歌德单纯地看成一位文学家。例如张闻天——一位大政治家,他就认真研究过《浮士德》,写过长篇论文《歌德的浮士德》。在详细分析了《浮士德》的思想内涵以后,他说的最后一句话,发出的一句叹息就是:"唉,保守的、苟安的中国人啊!"是的,这就表明,张闻天希望用浮士德的精神,用他那敢作敢为、不断拼搏和勇于进取的精神,来改造中国人在传统哲学思想影响下产生的"安贫乐道""知足常乐"的人生观和世界观。对于《浮士德》,这样去认识和接受的不光是张闻天。很多先进的思想家,包括郭沫若以及后来的人都这样看待这个问题。而今天,歌德的思想家地位,在我看来比他的文学家地位更加重要。我们一贯强调浮士德身上的"自强不息"精神,用出自《易经》的自强不息这个短语来概括浮士德精神也对;但是,我今天还要特别强调浮士德这个人物和《浮士德》这本书所表现的仁爱精神。诗剧的最后一句,为什么叫作"跟随永恒的女性,我们向上、向上"?什么是"永恒的女性"?"永恒的女性"代表的就是仁爱,就是西方始于文艺复兴的传统的人道主义或曰人本主义。还有,大家都在讲是歌德第一个提出了"世界文学"的构想。他这个"世界文学"的内容是什么呢?主要就是主张,不同的民族——作家也好,普通人也好——应该相互理解,相互容忍,相互学习和交流……

　　▲ 您讲到这儿,我想起了一些现在的时髦词儿:全球化、商业全球化、文化全球化等等。如此说来歌德是很超前了喽,他当时就创造了"世界文学"这个概念?

　　● 他是第一个提出来的,比马克思还早几十年。

　　▲ 杨教授,您多年来一直在研究歌德,那么,请问,歌德的什么作品在中国最有名?

　　●《少年维特的烦恼》。

　　▲ 他的什么作品在中国最受爱戴?

● 从不同层次的个人来看有所不同。据我看，广大读者最喜爱的，目前是歌德的诗歌，当然还有《少年维特的烦恼》。但是，在一些比较有头脑、有思想和文化层次比较高的人里面，大家特别推崇的还是《浮士德》。

▲ 杨教授，您用德语撰写了《歌德在中国》一书，将由佩特·朗出版社出版发行。您能大致介绍一下歌德作品在中国的传播和接受情况吗？

● 歌德的作品在 20 世纪初开始介绍到中国，第一个翻译歌德作品的学者和翻译家叫马君武。马君武先生是一位民主主义革命家，曾追随孙中山，当过孙中山(时代)的教育部长。他在日本留过学，是第一个在德国拿到博士学位的中国留学生，不过他学的是冶金。他同时也搞文学翻译，首先翻译的是歌德和席勒。这大概在 1902 至 1915 年之间。他以后最重要的歌德翻译家就数郭沫若了。郭老在日本留学时就开始译《少年维特之烦恼》，也译了《浮士德》的一些片断。他得到了当时在国内的学者宗白华先生的支持……还有田汉，也曾是一个歌德迷。郭老在翻译歌德的时候创作也受到了歌德的影响。1922 年，他在上海第一个出版了歌德的《少年维特之烦恼》的译本，书一出来就像您刚才所说那样，产生了非同小可的影响。1928 年郭沫若又翻译出版了《浮士德》的第一部。因为 20 年代、30 年代出了很多歌德著作的译本，当时在中国的确掀起了一股"歌德热"，单《少年维特的烦恼》就有译本十多种，《浮士德》也有四五种。但是最后流传下来的仍只是郭老的译本。1949 年前，在相当长的一段时间里，歌德可以讲是我们中国人最喜欢的外国作家。我这是根据统计数字说的，当时普希金的作品，其他如巴尔扎克等作家的作品，都还不如歌德的作品受我们中国人的喜爱。

▲ 那么，重新掀起歌德热是在什么时候？

● 1982 年。1982 年是歌德逝世 150 周年。那时候我们已经登台了，在冯至先生带领下已经登台了。所以 60 多年后由我完成的第一个《维特》新译本在 1981 年出版，就是为纪念歌德做准备。然后我又翻译了其他一些东西，写了一些介绍文字，也可以说是我率先撰写有关歌德在中国的影响的文章,写歌德与中国现代文学的关系,特别论及了歌德作品对我国书信体小说发展的影响,提到了《威廉·迈斯特的学习时代》的人物迷娘怎么演变成街头剧《放下你的鞭子》里面的香姐……是田汉把歌德小说中有关迷娘的情节改编为独幕剧,叫作《眉娘》——眉毛的"眉"。后来,在抗战时期,陈鲤庭、崔巍等戏剧工作者再把《眉娘》改成了《放下你的鞭子》。这个街头剧当时在中国影响很大,不少大艺术家都参加过演出,比如金山、张瑞方、凤子等,而其中最重要的一位要数王莹……

▲ 像翻译歌德这种大文豪的作品,我想,除了语言上的困难,肯定还有文化上的障碍。您这次代表中国参加了魏玛和爱尔福特的国际歌德译者大会,有没有机会和其他国家的同行交流经验?各国的翻译家在翻译中遇到的困难相似吗?

● 作为中国去的唯一与会者,我当然应该向大家介绍中国的有关情况。这次我很高兴,也很自豪。我出席过无数次国际会议,这次特别感到自豪。自豪什么呢?为我们中国的文化、为我们的语言、为我们诗歌的艺术感到自豪。我们讨论的多数问题都是共同的,但也有的问题并非如此。日本的学者也好,韩国的学者也好,他们面对着《浮士德》有些音韵方面的问题,都很坦率地说:"我们没有办法,毫无办法。我们只能用散文来译,为什么呢?因为我们语言里面没有这么丰富的音韵、格律。"德国学者却特别关心这个,问大家:"你们怎么复制原文的格调,怎么表现原文的风格呢?"我回答说,我们虽说没有完全相同的音韵、格调,但是中国富于诗歌传统,有很多很多音韵和格律,要找到与之相近或相似的实在不难,比如要表示高兴,表示忧郁,要长一点的,短一点的,中国都有好多好多。我们不单有律诗、绝句,还有词和曲,古典的加上现代的,真是应有尽有,千姿百态……翻译时只要努力去寻找,虽说不可能找到与原文完全相同的韵律、格调,但是总能找到相近的,我们不追求与原著完全一样,但却能创造大致相同的意境,取得大致相同的效果。……第二个问题,就是有关文化背景、宗教背景等等,我们作为研究者,当然多数都知道,但也有一些问题是在会上通过讨论才真正搞清楚的。所以这次参加研讨会收获很大。

　　▲ 杨教授,谢谢您接受我的采访,祝您在德国生活愉快,在研究和翻译工作中取得更大的成就。

　　　　　　　　　　　　　　　（王荫祺　根据录音整理）

智者与智者的对话

——许钧著《文学翻译的理论与实践》漫评

说来自己也难相信,搞了 40 多年文学翻译,竟没有从头至尾地认真读完一两本有关翻译的理论书,更别说仔仔细细地学习、钻研了。一些个原理、原则、标准、技巧,都是 20 世纪 50 年代上大学时在课堂上淘来的,随后则在实践中得到了应用和验证。与此同时,长年累月地坚持业余做文学翻译,自然还会对碰见的问题进行思考、梳理和总结,遇上适当的场合还不得不像票友似的粉墨登场,不揣浅陋地在行家面前玩一玩儿"理论"。并非故作谦虚啊,事实就是如此,仅仅如此。

为什么厌烦翻译理论著作,特别是对某些近年来从国外引进的时髦译论敬而远之呢? 原因无他:在原本极富实践性的文学翻译领域,一些貌似严谨深刻、体大虑周或花样翻新的理论,往往有隔靴搔痒和空对空的毛病,说实话对翻译实践很难起指导作用,专业的理论家们不妨拿去细细研究,慢慢赏玩,像我似的业余翻译工作者不读也罢。

许钧教授编著的《文学翻译的理论与实践——翻译对话录》(译林出版社,2001)篇幅 25 万多字,部头也不算小,并非纯粹意义的理论著作却胜似理论著作,我倒真是一页一页地、认真仔细地从头至尾读完了,不但读得来津津有味,而且大有收获。一些长期困扰我,一些在翻译界众说纷纭、争论不休的问题,在这本书里几乎都进行了探讨,都得到了比较切合实际和有说服力的回答。前辈和同行们虚实结合、精彩精辟的论述常常令我拍案叫好,不止一次油然生出暗夜独行者终于见到光亮,或者突遇知己的释然欣然、不亦快哉之感。

例子不胜枚举。仅对事关文学翻译本质特征的何谓"再创造",还有如何理解信、达、雅中的这个"雅"字,如何传达、再现原著的艺术风格,如何看待和发挥译者的主体作用,以及怎样处理神似与形似的关系和如何开展文学翻译批评等问题,在《对话录》中都不乏深入的阐述和精辟的见解。有同行称赞此书为一座"译学宝库",应该讲并非溢美之词,而是很有道理。①

许钧教授这部书何来如此巨大的吸引力? 其内涵何以如此深刻、丰富?

在这部书中体裁和架构起了重要作用。除去引言和后记,全书都采用访谈和对话的形式,明显地具有直接、生动、活泼、亲切等优点,不少时候还富有论辩性,使读者特别是行内人极易受到感染,经常不知不觉地参加到对话中。而且,统一的形式又有变化,除了对谈还有三人谈、四人谈,这样便出现了著名的伉俪翻译家萧乾、文洁若和赵瑞蕻、杨苡双双联袂上场,许钧、袁筱一师生携手登台的有趣情景。许钧自己则不只当主持人,还一次次反过来变成了受访者。如此等等。

形式、架构的作用不可小视,但对于此书的成功来说,更重要的显然还是内容。这就牵涉到参加对话的是些什么人,他们谈话的内容是否丰富、有趣,以及水平和深度怎样。古语说:"听君一夜话,胜读十年书。"这儿所谓的"君",我理解即富有人生阅历和学识的长者或智者。尽管不才也忝列于受访者之中,弄不好就有抬高自己之嫌,我仍不能不尊重基本事实,斗胆断言书中的 20 多篇访谈几乎都是我国文学翻译界的智者与智者的对话。因为无论是作为提问人的许钧教授,还是作为答问人的资深翻译家和学者,应该讲无一没有丰富的文学翻译实践和独具一格的建树,无一未对文学翻译的种种问题进行过长期的思考,因而也各有自己深刻、独

---

① 参见:谢天振,等.《文学翻译的理论与实践——翻译对话录》五人谈. 中国翻译,2001(4):67-68.

到的见解。他们应该讲在自己的领域内都是智者和长者,都可以被尊为所谓"君",听他们对话、切磋,收获还会小吗?

什么叫"实践出真知"?什么叫"言之有物"?什么叫"言之成理,持之有故"?许钧教授等著的《文学翻译的理论与实践——翻译对话录》,会给你生动而又深刻的解答。你只要耐心聆听、积极参与那20多场智者与智者的对话,一定会对文学翻译这人类最古老而崇高的事业之一有更深刻的认识和理解;倘若你自己也从事这项事业,那更会受益匪浅,受用终生。广大文学翻译工作者特别是有志于文学翻译的青年轻松愉快地读完这一本书,我相信所得到的启迪一定比苦钻硬啃无数本空头理论还更多。

这样讲是否夸大其词呢?一点也不。因为此书确系我国半个多世纪以来文学翻译实践经验的总结、理论思考的结晶。不信请看事实。

许钧把他的受访者笼统称为"前辈翻译家",其实他们本身也有辈分之别。分得粗一点吧,像季羡林、陈原、许渊冲、屠岸、方平和已故的叶君健、萧乾、李芒、赵瑞蕻等等,不论年龄、资历还是学养,不也应算李文俊、江枫、罗新璋、吕同六、林一安以及更晚一些的郭洪安、施康强和不才这些"前辈"的前辈吗?这20多位学者兼翻译家虽说远非中国文学翻译界的全部,也未必个个都是最优秀者,但却无不富有代表性和典型性,可以说我国当代文学翻译的主要体裁、主要语种、主要主张、主要风格或曰流派,都包含在他们的工作和成就中了。主持人许钧周到的设计和精心的安排,由此可见一斑。

周到和精心更体现在提问的富于针对性、现实性和理论深度。可以讲问题都提到了点子上,不同的对象有不同的切入点、侧重点,对话内容很少雷同不说,而且篇篇都有自己的看点和出彩的地方,因为提问者事先研究了受访者,知道他们每个人专长在何处。许钧教授系我的忘年交,一大半的受访者也是我的师友,读他们的对话我真感到如闻其声,如见其人,我听到的不只是许多独特的观点,甚至也见到了他们为人为学的风采和个性。即使是久闻其名却无缘谋面的许渊冲先生吧,他的谈话风格一如其独特的译论,也给了我一个有棱有角的印象;而我所熟悉的李文俊和罗新璋则显得机智又幽默,一如我在生活里认识的他们。

《对话录》的上述优点表明,主持者许钧不但对翻译特别是文学翻译的种种理论和实践问题十分熟悉,对当今中国译坛特别是受访者的个人情况他也了如指掌。可以想象,为了对症下药,顺利地完成这20多场访谈,许钧一定做了长时间的深入研究和认真准备,例如为了与李文俊对好话而研究福克纳,为了对林一安进行成功的访谈而阅读博尔赫斯,等等。

许钧,我想也只有许钧,才能把不同辈分、层次、个性和风格的译家动员起来,集合起来,将他们有关文学翻译的长期思考变成生动鲜活的对话,与他们一块儿面对面地进行深入的切磋,并且做到思想观点百花齐放,既不回避争论也有包容,故而不乏精辟之论、至理名言。经过了几年的努力,终于编成眼下这样一本书,实在不易啊!

为什么讲只有许钧能成就此事呢?

当然这是笔者个人的看法。因为在我的眼里,许钧不只是我们翻译界的一位多面手,既富有翻译实践经验,又学识渊博,对翻译理论造诣颇深,而且作风谦虚谨慎,待人宽厚平和,同时还善于做策划和组织工作。据我回忆,还在南京大学念硕士研究生时,他便表现出了这些才华和优点。不仅如此,许钧志存高远,想的是干大事,而有幸又生逢其时,遇上了可以干大事的环境和时代。难怪近十多年来,他在学界特别是译坛崭露头角,突飞猛进,组织了一个一个唯有将帅之才方能胜任的大战役,完成了一项一项可以写进中国翻译史的大工程。为我这位成就突出的小朋友,笔者由衷地感到高兴和骄傲。

在译学理论界,同行们称许钧为"有心人"。① 这让我想起在德语文学史上有一位爱克曼,想起了同为"有心人"的他留下的不朽业绩——《歌德谈话录》。当然,我绝不至于幼稚或者说狂妄到了将自己也有份儿的《翻译对话录》与《歌德谈话录》等量齐观,而仅仅是觉得,确确实实觉得,在珍

---

① 谢天振,等.《文学翻译的理论与实践——翻译对话录》五人谈. 中国翻译,2001
  (4):67-68.

视前辈的经验积累、继承,当维护和抢救前人精神财富的"有心人"这点上,许钧和爱克曼的见地和胸怀并没有本质的不同。我倒是以为,许钧他动手得还嫌晚了点,所考虑的面也嫌不够广,很遗憾,像董乐山等一些在中国读书界影响深远的大翻译家,不是被遗漏了或者没来得及访问吗?

最后不能不讲一讲《译林》杂志和译林出版社。前者坚持开了3年多的专栏预先刊发对话,后者把对话印成了如此端庄的一本书,实在是又为中国的翻译界和读书界做了一件大好事。特别是《译林》的副主编王理行先生,据我了解乃许钧10多年的合作者和朋友,本身也是位有见地和勤动笔的学人和作家,因此跟许钧可谓珠联璧合。没有《译林》杂志、译林出版社和王理行这样一位眼光独到的"有心人",我想许钧这个大工程肯定很难完成得如此圆满、如此顺利。

(原载于《中国比较文学》2003 年第 1 期)

学无止境，译无止境

——"杨武能译文集"自序

从 20 世纪 50 年代末在南大念书时偷偷"种自留地"算起，我从事文学翻译已经 45 个年头了。大学毕业后的主业虽说始终是教书和搞研究，并在这两个方面也都取得了一些成绩，文学翻译却是我的"至爱"，甚至可以讲是我生命的主要组成部分。45 个寒暑春秋，不管外面的世界是阳光明媚，还是风雨交加，也不管个人的命运是顺利畅达，还是坎坷曲折，我都一样地乐此不疲。大半生矢志不渝，辛勤劳作，终于在生命的金秋季节迎来了收获。它实实在在地摆在面前，虽说在当今社会也许并不多么为人看重，却是我自己的心血，不，也包括我的师长、前辈和亲友们的心血所浇灌和培育，因此为我无比珍惜。

是啊，面对着这套心血和生命化作的 10 多卷"杨武能译文集"，不禁百感丛生，心潮难平，一种从未有过的充实和幸福感涌起在胸中。为此，我首先得感谢广西师范大学出版社，是它帮我实现了出一套个人译文集的夙愿！多少年了，当代中国作家出文集早已司空见惯，却始终未见哪家出版社有兴趣、有眼光、有魄力出版当代翻译家的译文集，特别是 10 卷以上的大型译文集；能真正被视为文学翻译这一创造性劳动的主体，享有出版个人译文集这一殊荣的，迄今唯有少数几位已经去世和盖棺论定的大翻译家，如翻译巴尔扎克的傅雷、翻译契诃夫的汝龙，真是令一生痴迷于文学翻译的我辈失望、郁闷、悲哀！

是文学翻译真的如某些轻贱它的人认为的那样不足道吗？显然不

是。认真负责和够水准的文学翻译尤其是经典名著翻译,更有可能因为成为翻译文学而长期流传,从而化作民族的文化财富和文化遗产,在我看价值绝不在一般文学创作和学术研究之下;所以既从事研究也搞点写作的我一贯主张,真正的文学翻译家必须同时是学者和作家。只可惜明白和承认这个道理的行外人并不多,于是当代译家不能出自选集的情况长期存在。

现在好喽,有了敢于"吃螃蟹"的广西师范大学出版社,不仅我个人得偿夙愿,有幸成为中国第一位健在人世便出版 10 卷以上大型译文集的文学翻译家,而且相信中国的文学翻译事业也将由此得到有力的推动,中国的翻译文学史也将增加新的一页。因此,对于广西师大出版社,我不仅感谢而且佩服,既佩服他们的眼光和魄力,也佩服他们超乎寻常的敬业精神和工作效率。自舞文弄墨以来,打过交道的出版社编辑少说也有好几十位,还没见哪位像该社具体负责这套译文集的呼延华似的办事干脆利落,考虑问题既重视出版社自身的利益,也替著译者着想。基于此,我们才空前迅速地签订了合同,"杨武能译文集"才能又快又好地推出,一句话,事情的成功,出版社特别是呼延华先生功不可没!

我从事的德语文学研究和译介,译作数量相当不少,而感到欣慰的是所译均系德语文学的经典或杰作,且具有相当的系统性。译介得最多的首先数歌德,占文集已出 11 卷中的 4 卷,因为歌德不只是德国"最伟大的诗人"(恩格斯语),同时是我本人研究的重点;接着为堪称德语文学"多姿多彩的奇葩"的 Novelle(中短篇小说),它们也多达 3 卷,即施笃姆的《茵梦湖》、海泽的《特雷庇姑娘》和霍夫曼等的《赌运》;然后轮到脍炙人口的《格林童话全集》和《豪夫童话全集》,以及莱辛的寓言、海涅的抒情诗和席勒的戏剧《阴谋与爱情》等德语经典名著,它们也各占 2 卷。还有 3 卷即《歌德慧语录》《魔山》《纳尔齐斯与歌尔德蒙(含里尔克抒情诗选)》,出于原著著作权限制等方面的原因暂未收入,将争取尽快补齐。

德语文学堪称思想者的文学。移译它的这些经典、杰作,移译这些堪称世界文学瑰宝的作品,我如同经历了一次次精神远游,地理与时间双重意义的远游,同时还体验到了相似于文学创作的艺术创造的乐趣。几十年来,我从自己的工作同时又是爱好中所得到的快乐和享受难以言表,所获取的知识和人生经验难以尽述。绝非敝帚自珍,这套译文集无异于一座宝山,无异于一笔巨大的精神财富,作为亲身参与创造并受益良多的译者,我希望您千万别与它擦肩而过,而要在您的家里和您的心里给它腾出小小的一角。这样不但您个人获益,您的家人乃至亲朋好友也会长期得到好处。

同时是学者和作家的文学翻译家当然不是天生的。今天我能出如此规模的译文集,饮水思源,得感谢重庆一中培养了我对文学和外语学习兴趣的王晓岑和许文戎老师;得感谢南京大学引导我跨进文学翻译之门的叶逢植和张威廉教授;得感谢我在中国社会科学院的恩师冯至先生;得感谢多年来曾给予我关爱、扶持和宽容的编辑和出版家,特别是《世界文学》的李文俊、人民文学出版社的绿原、译林出版社的李景端和漓江出版社的刘硕良等先生;得感谢千千万万喜爱我译著和译笔的读者,以及重视我翻译成果的翻译界和译学理论界朋友,诸如南京大学的许钧教授、上海外国语大学翻译研究所的所长谢天振教授;得感谢高度重视我翻译成果的德国有关部门和单位,特别是颁授给我"国家功勋奖章"的约翰尼斯·劳总统和给予了我重奖的洪堡基金会,得感谢为我创造了良好工作条件的四川大学各级领导;最后,同样得感谢我的家人特别是我的妻子王荫祺,她与我志同道合、同甘共苦 35 载,多方面为我分劳分忧,不仅生活中给我无微不至的照顾,还具体参与了我多部作品如《魔山》《豪夫童话全集》《格林童话全集》的翻译。纸短情长,还有多得多的师友如我念大学和研究生时的多位同窗,如我在北京的一批老哥们儿,还有多得多的出版社和刊物的友好,还有我在四川和全国各地的众多文友、学友,都无法一一在此表达感激之情!

真是幸运啊,在风风雨雨、坎坷不平的人生路上,能遇到这样多善待我的好人! 就因为有了他们,我才感觉人生如此有意义,如此美好。就因为想着他们,我将继续辛勤劳作,在"入秋"之后尽量多做些事情。

　　真感欣慰啊,在文学翻译尚未得到足够重视的当今社会,我的译品诸如已印行 150 余万册的《少年维特的烦恼》以及《茵梦湖》《海涅诗选》《格林童话全集》《纳尔齐斯与歌尔德蒙》等,能得到无数读者的喜爱!就因为有了他们,我才感到自己工作有乐趣、有价值,才决心在自己已不年轻的未来岁月有所进步,把工作做得再好一些。

　　学无止境,译无止境,十全十美、毫无瑕疵的译著永远不可能出现,我深谙此理;可我将继续提高自己,力争奉献给读者尽可能完美的译本,也就是尽量少一些瑕疵的美玉。

　　离百尺竿头差距不小,要更进一尺谈何容易;然而,"虽不能至,心向往之"。

　　是为序。

2003 年 1 月 25 日　于四川大学竹林村远望楼

下降与超越　症结与对策

——《季羡林与李景端关于翻译的对话》读后

对近年来报刊上讨论的"译者难找""翻译质量堪忧""提高翻译稿酬""维护译者权益"等问题,原本也有话要说却每次都欲说还休。原因一是说了白说,说了多半没用,二是真正的"症结"不便说,说了很可能引起误解甚至开罪于人。

然而读了《季羡林与李景端关于翻译的对话》,实在深受感动:季老以90高龄的带病之身,仍全方位关心我国的翻译事业,为提高翻译质量、改善译者的社会和经济地位操心劳神,提出了好些客观而实在的意见和建议! 身为晚辈,怎能对这些与自己息息相关的讨论一言不发,明哲保身! 不说,问题永远解决不了,不但如笔者似的以翻译为职志的人将继续受到损害,翻译事业也得不到健康发展,同时还对不起殷切关怀我们的老前辈啊。

季老与景端先生的对话全面论述了有关问题,现仅据切身体会讲几点看法,具体涉及的主要是笔者多年从事,因此也比较了解的文学翻译。

一、翻译质量问题:并非"一代不如一代",
而是"青出于蓝而胜于蓝"

季老认为"不能笼统讲现在翻译质量全面下降了","至少从文学翻译来讲,虽存在粗制滥造低劣之作,但也确有质量上乘的。像有些名家名著,经过修订后的新译本,其质量显然比旧译本好多了"。我觉得,季老对于"翻译质量堪忧""翻译质量下降"等提法的回应,可谓客观、全面而又实事求是。具体分析,我则以为 20 世纪五六十年代的文学翻译,其水平和质量,较之此前的二三十、三四十年代,已有明显的提高。到了改革开放的新时期,提高更是巨大和显著。拿文学翻译来说,季老强调的"有些名家名著,经过修订后的新译本,其质量显然比旧译本好多了",即为有力的证明。君不见,经过广大读者的评判、选择,经过时间和实践的检验,一大批世界文学名家名著的新译本如《浮士德》《神曲》《红与黑》《茶花女》《安娜·卡列尼娜》《少年维特的烦恼》以及《哈姆雷特》等莎士比亚代表作和普希金的诗歌、小说等等,早已经取代旧译包括旧的名家名译,成为新的流行译本了吗? 而这"取代"和"流行"的主要条件,无疑为翻译质量的提高。应该讲,不断地提高乃是中国翻译事业和翻译界的主流和全局;这,也符合世间事物发展的总规律,亦即"青出于蓝而胜于蓝"。

那么,有没有"下降"和"堪忧"的情况呢? 当然有,当然并非庸人自扰,危言耸听,相反情况非常严重,特别是在人才缺乏的社科翻译领域。只不过拿文学翻译来讲,这些情况的产生有明显的阶段性,具体讲是到了 20 世纪 90 年代,"堪忧"和"下降"的情形才大量出现并急剧严重起来。但是,经过中国译协的老会长叶水夫等在媒体上及时指出和发起讨论,形势已逐渐有所好转。看来一个急剧"下降"和十分"堪忧"的阶段已经过去,虽然问题尚未彻底解决。

为什么未能彻底解决? 要做出符合实际的回答,得先说说问题的症结究竟在哪里。

二、问题的症结不在译者,
不在出版社,而在过时的体制

凡是亲历过 20 世纪 90 年代文学翻译出版"大繁荣"的行内人、行外人都心里明白,这是市场经济在我国一步步取得胜利,逐渐取代旧有的计划经济体制的结果。

我国翻译和出版事业的市场经济化进程,可谓举步维艰。

第一步,仅仅为打破只允许人文、译文出版文学翻译作品的"国家规划",把权限扩大到译林、漓江等少数先知先觉的出版社,就花了改革开放之初的好几年。

第二步,80年代末90年代初,各省市和各行业的出版社如梦初醒,省悟到原来出版外国文学翻译作品可以赚钱,特别是出版名著名译可以赚大钱,于是不声不响地,也自发地大胆向原本已不适应经济发展大趋势的"国家规划"发起冲击——各施奇招,纷纷抢着推出自己的名家名著翻译。如此搞成的译本,当然不排除一部分也出自行家之手,因而质量上乘和富有特色,但是多数确实只能是粗制滥造、胡乱拼凑甚而至于抄袭剽窃;后者如果也叫作翻译,那真是对这一本来严肃、神圣的称谓和事业的亵渎了。

举一个我最熟悉的例子:我和侯浚吉先生率先在1981和1982年重译了郭老风行数十年的《少年维特之烦恼》,译本分别在人文社和译文社一版再版,大量重印,在80年代印数均已超过百万,出版社自然赚得盆满钵满。所以,到了90年代,各地的出版社几乎都弄出了自己的《维特》,仅我见闻所及和绝对是不完全的统计,迄今已不下明显超出了我国德语文学翻译力量能够完成的二三十种。在这些所谓"新译"中,截至目前,我查实了的抄袭剽窃本已达四种。

对上述各出版社对旧的计划经济规章体制的冲击,对其积极参与外国文学出版的自由竞争,作为译者的我举双手赞成,因为它推动了我国出版行业的市场经济化,从长远讲也有利于翻译事业的发展和译者地位的改善。至于说这些出版社的初衷是赚钱,在当今之世我觉得也无可厚非。要说有所不妥,那只是竞争的手段手法,即不顾译者水平和译品质量,滥印滥发,抢占市场,致使"劣币驱逐良币",胡译抄译排斥了佳译,既坑害了读者,也败坏了翻译的声誉。

综上所述,问题的症结在于:

从根本上讲,造成这不妥而堪忧局面的,应该主要不是被动地打工赚点小钱的译者和"译者",也不是有胆量和精明头脑的赚了大钱的出版社,而是计划经济无视市场规律、限制自由竞争的旧体制,而是长期像绳索、锁链一样套在出版社和译者身上的旧规章。因此,要想从根本上改变不妥而堪忧的局面,提高我国文学翻译与出版的质量和水平,固然也必须提高译者的专业能力和道德修养,但更加关键和要紧的却是,进一步冲破种种过时的规章体制束缚,进一步推进翻译和出版事业的市场经济化。这意味着,出版界和翻译界还须对原有的计划经济体制再次发起冲击,第三次冲击。此番冲击如获突破,翻译质量以及季老和景端先生随后探讨的译者地位、稿酬高低、职业翻译家的造就以及设立国家翻译奖等等,都将不成问题。

三、适应市场规律,取消统一规定的稿酬标准,
废止或限定"专有出版权"

对计划经济旧体制第三次冲击涉及的问题当然多得多,但国家统一规定稿酬标准和出版社似乎当然享有"专有出版权"这两点,对翻译和出版事业的束缚、妨碍最显著,对译者的伤害最严重。

先说翻译稿酬。新时期以来不止一次调高计酬标准,但不论怎么算还是脱离市场经济的实际,不论怎么比还是太低太低。且看事实:

1960年我才学做文学翻译便拿8元钱每千字,只要发表1500字就够在南京大学生活一个月,也就难怪我的老师张威廉在20世纪50年代翻译了三四部大书,便在南大旁边买了一幢花园洋楼。现在呢?大学教师多上课便有课时费,在校外平均一学时即50分钟收获上百元或更多,肯多上课的人一个月收入上万元或更多,比起做翻译来真是既快捷又轻松。更别说做文学翻译即使已经成名成家,收入跟各类星们之所得仍有天渊之别!

真不解有关部门凭什么给作家、翻译家的稿酬统一规定标准,而对歌

星、笑星们高得脱离中国国情,高得令人咋舌的出场费之类视而不见,不闻不问! 在这种情况下,多少人还愿意认认真真学翻译、做翻译,合格的译者怎么会不难找,而各地出版社贱价招募到的怎能不是些"南郭先生"乃至文抄公呢? 如此这般,哪里还有产生职业翻译家的土壤和气候,普遍的翻译水平和质量怎能不"堪忧",不下降? 取消统一规定的翻译计酬标准,让翻译产品的价格接受市场调节、论质按需公平定价,此其时矣!

再说"专有出版权"。这项来自有关法规的授权,好像有利于常常是毫无回报地天然获得了此项权利的出版社,实际却助长不符合市场经济法则的垄断,结果不但扼杀了优秀译本的生命力,而且麻木了出版社自身的竞争意识,让劣译伪译的炮制、上市成为必然。须知,多数情况下出版社拥有"专有出版权"都懒得利用,也就是俗话说的"占着茅坑不拉屎"。即使"肯拉""勤拉"吧,在现实的条件下,能"专有"和垄断的也只是某个译本的出版发行权,而不是原著的翻译权,更不是对市场的占有;中国市场之大,哪容一两家出版社专有! 就由于"专有"和"垄断",20世纪90年代才雨后春笋般疯长出来那么多名著"新译",结果是真正的翻译家和出版家深受其害。

记得好像还在20世纪90年代初,景端先生等出版界和翻译界的有识之士就已指出"专有出版权"的弊端。而今,令人高兴的是北京、上海、江浙已有一批翻译家在各自出版社的理解和支持下,挣脱了"专有出版权"的束缚,切切实实地维护了自己的权益。看来,相关的方面也该实事求是地顺应形势,在制定法规和规范合同时做必要的调整了。

具体讲,"专有出版权"也不一定干脆取消了事,而是必须认真加以限定,让译者真正享有自愿授予或不授予或中止授予此权的权利,让意欲享有此权的出版社真正付出相应的、足够的代价,因而也才珍惜此项权利。

顺便说说,统一制定(实际上是强行压低)稿酬标准以及设定所谓"专有出版权",大概出自有关法规制订者的这样一个观念:出版社都是国家办的,因此代表"公",著译者系个人,因此是"私",损私利公"天经地义"。所以,迄今为止,著译者与出版社总是处于不平等的地位,常常不得不与之签订有国家法规依据的"霸王合同""霸王条款"。

是因应时势,进行变革的时候了! 果如此,则中国的翻译出版事业再次繁荣有望,翻译家的地位和翻译质量提高有望。到那时,佳译、名译会更好地传播,劣译、伪译会逐渐减少以至于绝迹。优秀的译著广为人知,译者名气自然更响,社会经济地位也会相应提高。在这种情况下,学翻译、做翻译的人自然会多起来,也就有望出现更多的名家名译乃至职业翻译家和翻译大师,"像傅雷、朱生豪、汝龙那样很知名的翻译家"也就不会少见了。

对我这两个或"废除"或限定的主张,有人也许会说国外也存在稿费标准,也实行"专有出版权"。我的回答是:人家的著译者确实能按作品的销售数拿到版税,我们这里瞒报印数(更别说销售数)和克扣译者稿酬的现象却屡见不鲜;人家凭一本畅销书的版税便足以致富,我们却相距远矣。举个例子,德国朋友得知拙译《维特》20多年来印行近 150 万册,都祝贺我说,仅凭这本书我就已经该跻身百万富翁的行列啦。对此我只能笑笑,心里清楚自己所得充其量不过百分之一二。

当然,个人得失事小,重要的是上述两项规章妨碍国家翻译事业的发展和翻译质量的提高,因此废除和更改宜早不宜迟,更何况不少时候已经形同虚设呢。

四、切实保护译者权益，
设立"翻译家经纪人公司"

"翻译是一门学科,有它自身的规律,文明的社会,开放的国家,需要职业翻译家,翻译应该成为社会需要、受人尊重的一项职业",季老毫不含糊地说。他老人家还讲:"好多年以前我就呼吁过要设立政府颁发的'翻译奖',这不仅因为许多国家都有设,更因为翻译工作是跨学科、跨部门的,在促进中外文化交流、振兴中华的事业中起着不可替代的桥梁作用。为了体现国家对这项重要工作的支持,尽快设立'国家翻译奖'是非常必要的。"季老作为学界的泰斗,还对"高校中翻译不能算科研成果"的"一刀切"做法,提出了质疑和改进意见。笔者尽管也搞点创作和学术研究,却始终自认为首先是一名文学翻译工作者,因此觉得季老的话说出了我们心中的企盼,不仅拥护、赞成,而且深为感动。

在西方世界,翻译家被认为是只知道默不作声地勤恳工作的最谦逊的一群人,因此有文化学术界的"苦力"之称。在我们国家,从五四运动以来,翻译家享有各式各样的美誉,似乎谁都知道和承认没有翻译便没有现代中国,没有翻译便没有中国新文学,没有翻译便没有中国的赶超世界。但是,在现实生活中,翻译工作者地位很低,权益经常遭到漠视。文学翻译家,应该讲是他们中境遇较好的了,然而作为个体,在与姓"公"的出版社以及给人以高人一等印象的港台出版商打交道的时候,还是处于弱势。不仅出版社出版商,就连那些属于流氓小偷范畴的剽窃者,也让我们没法对付。于是,前些年,就出现了张友松译的马克·吐温被大量侵权出版,这位著名老翻译家本人却穷困潦倒,死于成都郊外的悲惨故事。还有堪称德语文学翻译大家的钱春绮先生,在向笔者述及经常发现自己的译作被侵权使用,写信去问遇到的多半是不理不睬,他老人家对包括鄙省一家大出版社在内的"黑心出版商"的"吸血鬼行径"真是深恶痛绝,但同时显得既无助又无奈。近些年来,本人遭遇的侵权事例同样不少。其中,最叫人痛恨和忍无可忍的自然是那些抄袭剽窃者——最令我无可奈何的是几家台湾出版商,而最令我痛心和寒心的,却是个别原本看来对我友好的名牌国家级出版社。说是有意也罢,无意也罢,真叫人想不通怎么可以为一点小利而损害时常被其戏称为"衣食父母"的译者!

总而言之,广大译者包括其中混得好一点的文学翻译家,在当今中国的知识文化界可称是一个弱势群体,而之所以弱,就在于缺少组织性,缺少专门维护自己权益的机构或者专职代言人,有的充其量只是"路见不平,拔刀相助"的同情者和支持者,如季老和景端先生。记忆犹新的是两三年前,正是他两位或领衔上诉,或对簿公堂,为多位翻译家赢得了诉某一国家级出版社侵权的官司,维护了我们的权益和尊严。但是,一场官司打下来,景端先生已身心疲惫,不仅疲惫还失望颇多,因此后来翻译家遇到事情又去找他,他虽仍感到不平,却无心无力再"拔刀"啦。翻译家们自己呢,偏偏又是些不懂得借打官司炒作自己的迂腐家伙,说不懂也不完全对,更主要恐怕还是舍不得自己的精力和时间。长年累月地译呀写呀,已经够累的了!但是又不可能总是依赖90高龄、德高望重的季老,总是依赖景端先生似的既有心又有闲的义人。怎么办?唯有建立为广大译者和翻译家维权的机构和机制。这样的机构当然首先应该在中国译协或作协内考虑建立,但以专业和实效计,也不妨另起炉灶。因此我呼吁行内行外的有识之士成立"翻译版权代理公司"或者"翻译家经纪人公司",并且不揣冒昧地顺便问一句景端先生:你这个人既有心——事业心、责任心、同情心,又有闲——早已退休,可不可以带头成立这样一家公司,把偶一为之的代翻译家维权的业余义举,变成一项经常发挥自己余热的正式工作或职业呢?如果你或其他在能力和专业方面也够条件的人成立这样的公司,开业时我一定特快专递来花篮表示祝贺,并且争取成为公司的第一个客户,请公司首先代理本人去追究出版拙译《维特》剽窃本的某某出版社,以及侵犯我《格林童话全集》和《魔山》等著作权的某某出版公司!

20世纪末　初稿于四川大学竹林村远望楼

2020年6月　校改于重庆武隆仙女山译翁山房

大系乎？大盗乎！

——《诺贝尔文学奖大系》"小说精选"示众

一部标榜为诺贝尔文学奖"小说精选"的出版物，大 16 开本硬面精装，上下两册共 1800 多页，满满当当 300 万字，因此就冠冕堂皇地被炮制者们美其名曰"大系"。

可不，这块头儿，这包装，这招牌，这名号，加在一起确实令人敬畏。也就难怪去年某日，在即将登机赴外地前的短短几分钟，我仍忍不住要从候机厅的流动售书车上捧起来翻一翻。看目录，从 1903 年获奖的比昂逊到 1994 年折桂的大江健三郎，均被收编其中，"大系"之名可谓不虚；但是否"精选"，却值得研究。

时间有限，只挑 1910 年获奖的德国小说家保尔·海泽看看，发现所选明白无误地全是拙译，因为《犟妹子》《特雷庇姑娘》《安德雷亚·德尔菜》这三个篇名，都太富译者的个人色彩了。真是受宠若惊喽，尽管目录上似乎"理所当然地"没有印出贱名，虽然三篇译文加在一起多达 10 万余字，而每一个字都包含着译者的心血。

赶紧翻翻正文。一翻更大失所望，大感惊讶：不仅每位获奖者都有的总篇目页上，就连正文的前面和后面，也同样哪儿都找不到译者的署名，找不到任何有关译文出处的说明文字。30 多位译者呀，包括一看就知是冰心、季羡林等泰斗和国宝的老翻译家，待遇统统如此，可谓目中无人到了极点！

面对如此"大系""大编"，已多次遭遇窃贼的区区仍不免惊愕、震怒，当即决定买它一套作为赃证。可一看定价:将近 700 元——真够黑的!再掂掂分量:接近 2 公斤,带来带去实在费力,只好作罢。

飞行在万米云天之上,仍没法不想地上的事情,然而却百思不得其解:在著作权法和相关处罚条例已公布和执行有年的今天——此书第一次印刷为 1999 年 6 月,什么人还如此大胆,竟干得出相当于系列杀人越货案的罪恶勾当?依稀记得印在版权页上的出版发行单位是中国物价出版社,主编为李博等三人,难道真有这样一家堂堂国家级出版社?真有三位敢于亮出真名实姓的大主编?看来多半是不法书商冒名作案吧。一想到这些要钱不要脸的家伙,心中顿时感到无奈。

回成都后,抱着试一试的侥幸心理,给国家新闻出版署下属外国文学出版委员会的负责人李景端先生写了一封信,请他帮助了解是否真有一家中国物价出版社,这家出版社是否真出过这样一套书,不想很快得到了肯定的答复。景端兄并且指示我赶快去买书,我即请在机场工作的学生代为办理,谁知一问书已卖完,卖书的小姐讲这套书贵虽贵,却挺好卖。无奈只得在市里寻找,终于在成都书店集中的省展览馆前购得,喜形于色的店老板边开发票边讲:"这套书就是好卖。"

回到家里仔细阅读,发现此书不但有 ISBN 号,还有中国版本图书馆的 CIP 数据,可谓操作正规,手续齐备;可是内容却完完全全是窃取来的。

"这一回,我真的不再宽容!"我当即下定决心。要知道,以前本人著译虽累遭侵权,却都息事宁人,以各式各样的借口做了东郭先生。如前些年某文艺出版社抛出黄某剽窃我译的《少年维特的烦恼》,已经引起翻译界和传媒的广泛关注,我却因剽窃者据说年事已高,而且又写来了一纸很不像样的"检讨",就放这位黄老先生和违规的出版社轻轻松松过了关,尽管口里也喊过不再宽容。这回可不同了,别人已不止于鼠窃狗偷,而是明目张胆地知法犯法,肆无忌惮地"抢劫杀人",受害者哪能再容忍,再当东郭先生?哪能不坚决维护自身的权益,同时也维护国家法律的尊严呢?

这一回,我们真的不能再宽容!

中華譯學館 · 中华翻译研究文库

许　钧◎总主编

第一辑

中国文学译介与传播研究(卷一)　许　钧　李国平　主编
中国文学译介与传播研究(卷二)　许　钧　李国平　主编
中国文学译介与传播研究(卷三)　冯全功　卢巧丹　主编
译道与文心——论译品文录　许　钧　著
翻译与翻译研究——许钧教授访谈录　许　钧　等著
《红楼梦》翻译研究散论　冯全功　著
跨越文化边界:中国现当代小说在英语世界的译介与接受　卢巧丹　著
全球化背景下翻译伦理模式研究　申连云　著
西儒经注中的经义重构——理雅各《关雎》注疏话语研究　胡美馨　著

第二辑

译翁译话　杨武能　著
译道无疆　金圣华　著
重写翻译史　谢天振　主编
谈译论学录　许　钧　著
基于"大中华文库"的中国典籍英译翻译策略研究　王　宏　等著
欣顿与山水诗的生态话语性　陈　琳　著
批评与阐释——许钧翻译与研究评论集　许　多　主编
中国翻译硕士教育研究　穆　雷　著
中国文学四大名著译介与传播研究　许　多　冯全功　主编
文学翻译策略探索——基于《简·爱》六个汉译本的个案研究　袁　榕　著
传播学视域下的茶文化典籍英译研究　龙明慧　著

第三辑

图书在版编目(CIP)数据

译翁译话 / 杨武能著. —杭州:浙江大学出版社,
2021.1

(中华翻译研究文库 / 许钧总主编)

ISBN 978-7-308-20729-4

Ⅰ.①译… Ⅱ.①杨… Ⅲ.①文学翻译－研究
Ⅳ.①I046

中国版本图书馆 CIP 数据核字(2020)第 259655 号

中华译学馆 莫言题

译翁译话

杨武能 著

出 品 人	褚超孚
总 编 辑	袁亚春
丛书策划	张 琛 包灵灵
责任编辑	诸葛勤
责任校对	黄静芬
封面设计	程 晨
出版发行	浙江大学出版社
	(杭州市天目山路 148 号 邮政编码 310007)
	(网址:http://www.zjupress.com)
排 版	浙江时代出版服务有限公司
印 刷	杭州高腾印务有限公司
开 本	710mm×1000mm 1/16
印 张	25.25
字 数	363 千
版 印 次	2021 年 1 月第 1 版 2021 年 1 月第 1 次印刷
书 号	ISBN 978-7-308-20729-4
定 价	88.00 元

版权所有 翻印必究 印装差错 负责调换

浙江大学出版社市场运营中心联系方式 (0571)88925591;http://zjdxcbs.tmall.com